「いや、これ以上は
聞くに及ばな
刹那――
室内を怒涛のような
アルスの魔力が満たす。

局地的な勝敗なんて、
たいした問題じゃない。

大事なのは
王の駒を押さえることなんだから

「あれを全て防いだ!? そんなッ!」

最強魔法師の隠遁計画 12

イズシロ

HJ文庫
917

最強魔法師の
隠遁計画

The Greatest Magicmaster's Retirement Plan

CONTENTS

12

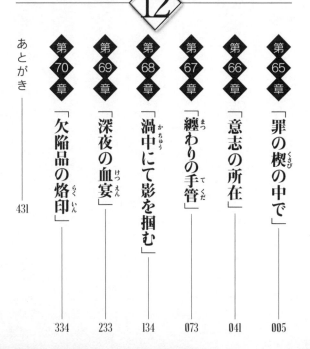

Presented by IZUSHIRO Illustrator MIYUKIRURIA

第65章「罪の楔《くさび》の中で」

外界のとある地。

そこでは、およそ人工物と呼べるもの全《すべ》てが風化しつつあった。最後にほんの僅《わず》か残された名残《なご》りさえも、止《とど》まることを知らない時の流れが奪《うば》い攫《さら》っていくのだ。

きっと、人間が知るかつての世界の姿は、その断片《だんぺん》すらも、遠からずすっかり消え去ってしまうことだろう。

そして生存圏《けん》内にも……今や、かつての世界の有様を克明《こくめい》に記憶《きおく》しているものはいない。魔物《まもの》の出現と同時に、それら一切《いっさい》について、記録物すら全て失われてしまったのだから。

せめて7カ国が接する僅かな面積にだけでも、外側へ意識を向けるに値《あたい》するだけの……例えば、何かしらの冒険心《ぼうけんしん》をそそられるような魅惑的《みわくてき》な世界が広がっていれば、まだ人類は救われたのだろうか。

いいや、どんな世界になろうとも、どれだけの脅威《きょうい》が現れようとも、人は内輪の諍《いさか》いを好む生き物だ。内側に潜《ひそ》む争いの種を、普段《ふだん》は理性と知性で何とか押《お》さえ込んでいるに過ぎない。だから、一度箍《たが》が外れてしまえば、そこからは思想と理想と……無理解の押し付《つ》け合《あ》い。最後は相手を力ずくで屈服《くっぷく》させる手段に出てしまう。

動物間にさえ縄張《なわば》り争いというものが発生するのだから、争いは生命の本質と切っても切《き》り離《はな》せないのかもしれない。それはおそらく、知性の高低の問題ではない。いや、知能が高ければ高いほど、相手を屈服せしめんと画策するその手段が、より高度に、狡猾《こうかつ》になっていくだけなのだろう。

規範《きはん》とは、模範《もはん》とは……。一度滅《ほろ》びかけた人類の再興は容易《たやす》いものではなかった。何をもってルールとするのか。そんな単純なことすら、曖昧《あいまい》なまま。なんとか設けられた仮初《かりそめ》のルールですら、所詮《しょせん》は己《おのれ》を僅かに律するための枷《かせ》程度。本質的にはこの時代すら、やっていることはかつてと大して変わりはない。魔物にいくら追《お》い詰《つ》められても、何度でも同じ過《あやま》ちを繰《く》り返《かえ》し続ける。

二度と繰り返してはならないと声高《こわだか》に叫《さけ》びながらも、結局は同じ轍《てつ》を踏《ふ》む。

それを業《ごう》と呼ぶならば、まさしくそこは、人類と生存圏内7カ国全ての業が蟠《わだかま》ったまま、闇《やみ》に紛《まぎ》れて打ち捨てられている罪業《ざいごう》の安置所だった。

バベルの防護《ぼうご》壁《へき》最外周部から、数十キロメートル。大国イベリスと堅牢《けんろう》なる国家クレビディート……この二国間の排他的《はいたてき》統治領域の間に跨《また》がるように、それは建造されていた。

ちなみに建造物と言っても、通常のように上へ向けてではなく、下に……つまりは地下深くに延びるように築かれている。

その名は、《トロイア監獄《かんごく》》。

壁面《へきめん》に横穴を掘《ほ》り独房《どくぼう》とした、地下数百メートルにまで及《およ》ぶ逆円錐《えんすい》形の監獄である。

そこは国内に拘留《こうりゅう》しておけないほどの凶悪魔法《きょうあくまほう》犯罪者が、7カ国の協定の下、送り込まれてくる場所だった。いずれも一生陽《ひ》の目を見ることのできないほど長い刑期《けいき》を与《あた》えられた者ばかりで、深部に至るほどその罪科は重くなっていく。一番の重罪人が収監《しゅうかん》される最深部ともなれば、陽の光など一片《いっぺん》たりとも差し込む余地はない。

逃《に》げ出《だ》そうにも、大金を投じて建造されたその牢獄《ろうごく》は、一切の魔力漏洩《まりょくろうせつ》を許さない外壁《がいへき》プレートで覆《おお》われている。さらに受刑者《じゅけいしゃ》は全て、体外への魔力放出や魔法の構築を阻害《そがい》する金属製の首輪をつけられていた。万が一脱走《だっそう》に成功したとしても、周囲数十キロには、人里はおろか、家一軒《けん》すら存在しない。まさに魔力も魔法も使えないまま、脱走者は魔物の跳梁跋扈《ちょうりょうばっこ》する外界で、途方《とほう》に暮れることになるのだ。

なお、現在表向き、7カ国には死刑《しけい》制度が存在しない。その理由としては、過去に各国軍や上層部が行ってきた非人道的な研究や計画の数々を、全て白日の下に晒《さら》さんがため、というものが挙げられる。つまり容疑者を処刑《しょけい》しては、その実態が永遠に明かされることはないから、ということ。とはいえ、それはやはりお題目である。実質的には臭《くさ》いものに蓋《ふた》をし、曖昧模糊《あいまいもこ》とした無責任の闇の中に、全てを手つかずで放置しているに過ぎない。

ただ、それは何もこの一点に限ったことではない。7カ国のほぼ全国家の政治体制の基本……つまるところ、生存圏内の安全神話とは、外界と魔物の確実な脅威から、市民らの目を背《そむ》けさせることで成立している。それは仮初の平和であり、あらゆる危機を隠蔽《いんぺい》し、薄闇《うすやみ》の中に包《つつ》み隠《かく》しつつも、市民にそれと意識させない、巧《たく》みな印象操作の賜物《たまもの》なのだ。

そういった意味で、このトロイア監獄こそは、まさに人知れず闇の中深くに打ち込まれ封《ふう》じられた、人類の業の楔《くさび》と言えるのかもしれなかった。


「所長、またクウィンスカ博士が接触《せっしょく》禁止区画へと降りていますが、どうしますか？」

監視《かんし》ルームで、最近配属されたばかりの新人看守が、監獄所長へと呆《あき》れた声で告げた。

彼《かれ》の身に付ける制服は弛《たる》み一つなく、靴《くつ》も染《し》み一つすらなく磨《みが》き上《あ》げられていて、まるでこの監獄の管理体制の厳格さを体現しているようだ。こんな訪《おとず》れる者すらない辺境の地で、誰《だれ》が見る訳でもないというのに、外見だけなら、看守としてまさに満点と言えるだろう。

彼がここに着任したのは、半年ほど前。新人とはいえ三十そこそこという年齢《ねんれい》を考えれば、特に左遷《させん》ということもないのだろう。ただそれでも、この人事は外れくじには違《ちが》いなかった。ここは7カ国が共同運営する極秘《ごくひ》監獄《かんごく》だが、立地上のこともあり、人員はクレビディートとイベリス両国から補充《ほじゅう》されることが多い。彼もその例に漏《も》れずイベリスの出身であるが、ここに命懸《いのちが》けでやってきた当初は、あまりの僻地《へきち》ぶりに愕然《がくぜん》としたものだ。

「博士の好きなようにやらせてやれ。なんせこんな辺境だ、やることさえやってるなら、ある程度までは黙認《もくにん》するんだ……そもそも、あのマッドサイエンティストに下手に関《かか》わると、ロクなことにならんぞ。しっかり覚えておけ」

所長は、軍服がはち切れそうなほど厚い胸板《むないた》を膨《ふく》らませて、盛大な溜《た》め息《いき》を吐《つ》いた。この極秘監獄を任せられているだけあって、彼は腕《うで》っ節《ぷし》についてはまさに折り紙付きだ。監獄所長の座に就《つ》くにあたって順位こそ返納したが、本来ならシングル魔法師候補にさえなり得たほどの実力者である。

もっとも、だからこそ彼は所長に任命されたのだが。つまり、それほどまでに抜《ぬ》きん出《で》た彼の実力こそが、極悪人《ごくあくにん》ばかりが収監されたこのトロイア監獄では、看守らの安心感を担保する上で最も有効なのだった。

そうは言っても、万が一に備えるのは当然のこと。基本的にはここの看守はどんな端役《はやく》ですら、外界で強力な魔物を狩《か》れるだけの力を有している。

ちなみに普段の生活について触《ふ》れるなら、彼らが外出するのは、せいぜい月に一回程度。

不測の事態で魔物がこの監獄に接近してきた時などである。実を言えばそれすらも滅多《めった》にないことなのだが、そんな不運な魔物達《まものたち》は、討伐隊《とうばつ》に即時《そくじ》殲滅《せんめつ》されるのが常だ。

後は、内地からの配給が行われる時くらいだろうか。食料などの運び込みはそれなりに大きな作業になるため、看守らが駆《か》り出されることもしばしばあるのだ。

ただ全体に、魔法師としての彼らの力が役立つ機会は、あまりないと言って差《さ》し支《つか》えなかった。ならば、やはり左遷なのだろう。

そんな中、所長はふと、思い出したように続けた。

「博士の一番お気に入りの〝モルモット〟が息を引き取ったのは、いつだった？」

「はい、私が着任する頃《ころ》には、もうすでに死亡していたかと……ただ、その報告が本国に行っていないようですが」

そう……クウィンスカ博士のモルモット。無人モニター越《ご》しに監視されていた〝彼女《かのじょ》〟が、文字通りピクリとも動かなくなってしまってから随分《ずいぶん》と経《た》つ。この監獄の最深部にあったその独房は、今頃《いまごろ》手の付けられない腐臭《ふしゅう》で満たされているだろう。

所長は、部下のそんな回答に、こともなげに言葉を返した。

「ま、構わんだろ。誰が何人死のうが、ここじゃ誰も気にも留《と》めん。どうせここにいる奴《やつ》らは、あんな形で〝内地の役に立つ〟以外、社会や国家に奉仕《ほうし》できることなどないのだからな。それに、どうせ奴らは死ぬまでここから出られんのだし……いや、死んでも、か」

「……は、ははっ、それもそうですね。おっと所長、そろそろ囚人《しゅうじん》らの飯の時間ですよ」

「もうそんな時間か、おい」

所長はちらりと壁《かべ》の時計を確認《かくにん》すると、室内に控《ひか》えていた監視主任へと指示を出した。目深《まぶか》に被《かぶ》っていた軍帽《ぐんぼう》を被り直し、素早《すばや》く敬礼を返すと、主任は直ちに監獄全体に響《ひび》くほど大きく、アラーム音を鳴らす。

「所長、今日の配分量はどうしましょう。ここ最近、さすがに少し食料の消費が激しすぎますが。このままでは先の補給分もすぐに食《く》い潰《つぶ》されて、あと一カ月保《も》たないかと」

所長の機嫌《きげん》一つで、食料の配分量は日々変化する。ただ、最近はとある事情で、いつもなら数日分の食事が、一気に配られることが続いていた。こんな場所であるから当然、一度規定の食料が尽《つ》きれば、当分次の補給はない。そうなると、囚人らの食事が減らされるのはもちろん、最悪、数日間ゼロになることすらある。これまでも、補給が滞《とどこお》った時などたまに起きていた事態ではあるが、今回は、さらにひどいことになりかねない。下手をすると囚人の四分の一ほどが餓死《がし》するのではと、主任は内心で危惧《きぐ》していた……だが。

「今日で、残り全部を与えろ」

所長の口調は、残酷《ざんこく》なまでにきっぱりしたものだった。

「了解《りょうかい》です」

主任は口角を微《かす》かにひきつらせたが、それでもキビキビと指示を送っていく。

そのやり取りを緊張《きんちょう》した面持《おもも》ちで聞いていた先程《さきほど》の新人は、不審《ふしん》そうに少し眉《まゆ》を顰《ひそ》め、一瞬《いっしゅん》口を開きかけたが、すぐにためらう素振《そぶ》りを見せる。そもそも本来なら、新人である彼に、所長の決定に口を出す権限などあるわけもないのだ。

実は、この監獄は「凶悪《きょうあく》犯罪者を収監する」、そのためだけに造られたわけではない。いくら罪が重いとはいえ、わざわざ彼らを収監するためだけに、外界にこれほど巨大《きょだい》な建造物を作るのは、あまりに割に合わないのだ。

トロイア監獄に収監される囚人は、死刑が廃《はい》された現在においてもトップクラスの重罪人ばかりだが、実はここで、彼らは死以上に厳しい刑罰《けいばつ》を与えられることになっている。

それこそが、魔法を扱《あつか》う者にとって最も厳しく重いとされる「供給刑《けい》」である。

これは身体《からだ》に突《つ》き刺《さ》した特殊《とくしゅ》な管状の装置を通して、魔力を吸引され続けるというものだ。刑を与えられる時間は階層によって違いはあるが、最下層の重罪人ともなれば、まさに目覚めている間はずっと、絶え間ない苦痛が続くことになる。それこそ魔法を扱える人間に絞《しぼ》りだせる、ギリギリの限界まで……。

魔力が枯渇《こかつ》すれば装置は自動停止するが、受刑者の魔力が回復すればすぐに再開されるため、実質的に絶え間ない苦痛を与え続ける、陰惨《いんさん》な刑罰といえる。

なお、蓄《たくわ》えられた魔力は制御《せいぎょ》ルームで厳格に管理され、先の話に出たクウィンスカ博士のチェックの許《もと》、地下の特殊なパイプラインを通って内地へと送られる仕組みだ。まず監獄内で魔力の収集・圧縮が行われてから、月に数回、早朝の魔物が鎮静化《ちんせいか》する時間を見計らって、供給ラインを起動させるのである。

少しためらっていた新人の男は、やがて思い切ったように、おずおずと口を開いた。

「あの、所長……それは、パイプラインの復旧が遅《おく》れているからでしょうか」

数週間前にパイプラインが一部断裂《だんれつ》し、それを復旧するため内地から技術者が送られてきた、という話は彼も聞いていた。そして同時に、復旧作業の進捗《しんちょく》があまり芳《かんば》しくないことも。所長はまあな、というように軽く頷《うなず》き。

「最近、魔物の動きが妙《みょう》に活発化するタイミングが多いからな。だからこそ、次に魔力の移送が可能になるまでに、できる限りの量を絞って、圧縮しておかねばならん。奴らに与えるのはそのためのメシだ。だからこそ、なけなしの食料を腹いっぱい食わせてやるんだ」

「でも、食料が尽きたら……？」

「そりゃ、当分は絶食させることになるな。その結果、何か不測の事態が起きても、仕方あるまい」

「でも、そんなことになったら奴ら、死《し》に物狂《ものぐる》いになりませんか？　最後の力を振《ふ》り絞って……まさか、暴動や脱獄騒《だつごくさわ》ぎが……」

「そんなことが可能なら、俺《おれ》はとっくに用済みだな。忘れたか、奴らの首にはあの首輪が付いている。魔法を構築しようにも、僅かな魔力の放出すら許されん。まったく、上手《うま》いこと考えた奴がいるもんだ」

たくましい肩《かた》を小さく竦《すく》めながら、所長は今更《いまさら》ながら新人を教え諭《さと》すように続ける。

「魔力封《まりよくふう》じの首輪は、俺でも外せない作りだ。無理に外そうとしたり限界を超《こ》える魔力を感知したら、その時点で爆発《ばくはつ》する。もしそれをどうにか防ぎ、なんとか脱獄《だつごく》できたとしても、身一つで外界に立《た》ち尽くすことになる。生きて内地まで辿《たど》り着《つ》けると思うか？」

所長に問われて、新人の男はぶんぶんと顔を左右に振った。ごく初歩の魔法すら禁じられた者が、魔物がひしめく外界で生き延びることなど、到底《とうてい》不可能だ。魔物に魔法という対抗《たいこう》手段なしで挑《いど》む……そんな無謀《むぼう》な試みの結果がどうなったかは、近代の歴史が証明してくれている。結果、人類は惨《みじ》めな敗退を重ね、人口と国家の数を大幅《おおはば》に減じた挙句、「生存圏」というこのごく狭《せま》い住処《すみか》に、押し込められることになったのだから。

「それはそうと、博士には『そろそろ容量が一杯《いっぱい》だ』と言われていたんだったな」

「そうです。ちなみに博士はまだ禁止区画におられますが、お呼びしますか」

「いや、いい。俺が直接降りていく。ついでだ、久しぶりに、棺桶《かんおけ》に片足突っ込んだ囚人どもの、陰気《いんき》な面《つら》でも拝んでくるか」

「は、はい。お気をつけて」

トロイア監獄の最深部。地下の第5層は、現在無人モニターによる監視のみが行われている。そもそも看守らは誰もそこへは降りたがらないが、規定上も、そこに足を踏み入《い》れられるのは、所長とクウィンスカ博士など、ごく限られた者のみである。

最下層ゆえに、そこには7カ国内でも最悪クラスの魔法犯罪者が収監されている。まさに地獄《じごく》の底のような場所。下手に足を踏み入れることすら、ある意味、危険行為《こうい》として忌《き》避《ひ》されているのだから。

……所長の歩く靴音《くつおと》が、虚《うつ》ろに薄暗《うすぐら》い地下通路へと反響《はんきょう》する。

今は、彼が先程主任に命じた通り、囚人らの食事時である。

監獄の中では、食事は本来、最も大きな楽しみの一つであるはずだ。だがこのトロイア監獄では、食事中の喧噪《けんそう》どころか、独房の中からは、囚人らがただ一心不乱に生命の糧《かて》を貪《むさぼ》る物音が聞こえてくるだけだ。

そんな中、螺旋《らせん》階段を下ってきた所長がその姿を見せると、囚人らは先程までの僅かな食事の物音を立てることさえはばかり、殊更《ことさら》に静寂《せいじゃく》を守った。

食事中すらも魔力を搾《しぼ》り取《と》られ続ける苦痛と、自然に漏れそうになる苦悶《くもん》の声を堪《こら》え、彼に目を付けられないように皆《みな》、唇《くちびる》を縫《ぬ》われたように口を閉ざす。

4層から下へと続く通路の先、厳重にロックされた隔壁《かくへき》を、所長は魔力認証《まりょくにんしょう》を用いて解《かい》錠《じょう》する。この監獄は基本的に吹《ふ》き抜け構造であり、螺旋階段のみが上層部と下部を繋《つな》いでいるのだが、地下5層だけは、そんな構造からも完全に隔離《かくり》されていた。

やがて開いた隔壁の先には、地下に繋がる真っ暗な穴が口を開けている。同時にどこか湿《しめ》って淀《よど》んだ空気が、地下からどっと溢《あふ》れ出てくる。

それをものともせず、所長は淡々《たんたん》と足を進めていく。微かに鼻につく臭い……死臭《ししゅう》は、奥《おく》に進むにつれてひどくなっていくばかりだった。

◇　◇　◇

最下層の暗闇《くらやみ》の中で、奇妙《きみょう》な会話が交《か》わされていた。

「いい加減、そこの死体を処理してはどうかな、博士。もう結構経つぜ。まぁ、もう慣れたけどな。正直臭《にお》うのかどうかすら、分からなくなってきた」

牢獄の中から聞こえるのは、妙に不敵な印象を与える男の声だ。この監獄内でも彼だけは、声に感情を交えるだけの余裕《よゆう》があるようだ。

「ハァー、確かに少し臭うかもね。でも、言うほどキツくないよ。私としては嗅《か》ぎ慣れた香《かお》りなんだ。ヒヒッ、ふぅ……はぁ〜」

一方、牢《ろう》の外に立つ薄汚《うすよご》れた白衣を纏《まと》った女性は、咥《くわ》えていた煙草《たばこ》を摘《つま》み直しつつ、大きく息を吸い込んでみせる。

「この腐敗臭《ふはいしゅう》を嗅ぐと、なんだか安心するんだよ」

「それなら、それでいいさ。……で、新しい玩具《モルモット》探しは捗《はかど》ってるか、博士」

魔法式の刻まれた鉄格子《てつごうし》の向こうで、囚人の男はクックッと忍《しの》び笑《わら》いをしつつ、楽しげに喋《しゃべ》り続ける。明かりもない真っ暗な闇の奥で、男の声だけが虚ろに響いてくる。

独房の外のパネルには、現在供給刑が実行中であることを示す灯《あか》りが、赤々と点灯していた。想像を絶する痛みがあるだろう中、この囚人の余裕ある口調は、どうにも不可解ではあるが……女性——クウィンスカ博士は、咥えた煙草を再びふかし、んあ？　とどうでもよさそうな目を、独房の奥に向けた。

彼女のパサパサした髪《かみ》は艶《つや》もなくくすんでおり、汚《よご》れた白衣と相まって、随分とみすぼらしい格好に見える。加えて、世界の全てに興味を失っているかのように淀んだ目は、何ならここの囚人達《しゅうじんたち》よりも酷《ひど》いといえるぐらいだ。

実際、両者の間には鎖《くさり》に繋がれているかどうかという違いしかないのかもしれない。彼女にとっては、ここは決して、研究意欲を掻《か》き立てる新鮮《しんせん》な素材や発見が目白押《めじろお》しの宝物庫などではない。いわば彼女もまた、倦怠《けんたい》と退廃《たいはい》とに捕《と》らわれた独房の囚人と言えるのかもしれなかった。

そんな中で、彼女は気まぐれにこの最下層に立ち寄っては、人の身体をいじって暇《ひま》を潰す。それだけが、日々のちょっとした気晴らしなのだ。

「いいや、もう玩具《モルモット》いじりにも飽《あ》きてきたところだよ。それにもうじき、魔力タンクも満《まん》杯《ぱい》になる。だから今日は、ちょっとした物見遊山《ゆさん》程度のつもりさ」

大量の紫煙《しえん》を吐き出しながら、博士は曇《くも》った瞳《ひとみ》を囚人の男へと向ける。煙草の火のせいで、独房の壁の端《はし》に、鎖で繋がれてしゃがみこんでいる男の姿が、微かに見てとれた。それから彼女は、無造作に鉄格子の傍《そば》まで近寄ると、いかにもつまらなそうな眼《め》で、そっと彼を見据《みす》える。

その言葉に何を感じたか、男は闇の向こうで微かに笑ったようだった。

「ふん……あんたも大概《たいがい》悪党だな、博士」

「いやあ、君らには負けるんじゃないか？　まあ、私の人体実験の結果として出た〝廃棄《はいき》物《ぶつ》〟は、単に口減らしというだけでなく、少なくとも鼠《ねずみ》の餌《えさ》ぐらいにはなっているからね。そうでなきゃ、鼠どもに、貴重な正規の食料のほうまでも食い潰されてしまいかねないし。いやでも、確かにもしかすると、私のほうが勝っているのかもね。だって君らは単に〝殺す〟だけ、私は〝殺してから〟がお楽しみなんだから。一体どちらがより非道か、なかなか、難しい問題だ」

「なんであんたが、檻《おり》に入れられていないのかが不思議だ」

男の皮肉交じりな台詞《せりふ》と同時に、かさこそと通路の端を小動物が走る音がした。どこから入り込んだのか、いつの間にかトロイア監獄の内部にも鼠が増えているようだった。その音は、男の独房の隣《とな》りにある、静まり返った別の牢屋《ろうや》の中へと消えていく。もうじき、餌にありついた鼠があげる、歓喜《かんき》の声が聞こえてくるだろう。腐肉《ふにく》を漁《あさ》る小さな掃除《そうじ》人の……。

「ところで、囚人君。君は死ぬ時に何を望むのかな。例えば、人生最後に望む食事は？」

「無い。死ぬときは黙《だま》って死ぬさ」

「良い回答だね」

博士は、根元ギリギリまで煙草を吸い切ると、残った吸《す》い殻《がら》を、囚人の男の方へと指で弾《はじ》き飛《と》ばした。煙草が床《ゆか》に落ちて飛び散った小さな火花が、男のおおまかな姿だけを一瞬のみ、明るく照らし出す。

「私なら、珈琲か煙草だね。でも珈琲ならカップを持ってうろちょろできないから、やっぱり煙草かね」

その時、博士の背後から、誰かが近づく靴音が鳴った。

「困りますな、博士。無闇《むやみ》に囚人と接触されては。あれほど言ったのだがな」

最後に一際《ひときわ》語気を強めてから、所長は巨体《きょたい》の肩をそびやかすようにして、博士を見下ろした。軍帽の隙間《すきま》から覗《のぞ》く双眸《そうぼう》は、冷徹《れいてつ》な光を湛《たた》えている。

「所長さんか、君もご苦労なことだね、こんな最下層くんだりまで降りてくるなんて。……あぁ、もうそんな時間だったかな？」

「閉鎖《へいさ》時間など問題じゃない。それよりもタンクの調整は如何《いかが》か？　すぐに満杯になるはずと報告を受けたんだが」

だが、博士は所長に背を向けたまま、囚人の男へと視線を留め続けている。

次いで新たな煙草を取り出しつつ、面白《おもしろ》くもなさそうな口調で続けた。

「おいおい、それを君が言っちゃうのかよ、ゴードン所長？　心配しなくても、後一分もしないうちに満タンになるよ。私としてはパイプラインの断裂のほうが……ッ！」

不意に博士の頭が顔面から凄《すさ》まじい勢いで壁に衝突《しょうとつ》し、周囲にぱっと紅《くれない》の華《はな》を咲《さ》かせた。

所長が後ろから小柄《こがら》な博士の後頭部を鷲掴《わしづか》みにし、力任せに壁へと叩《たた》きつけたのだ。

壁一面に散った血がボタボタと床に垂れると、あちこちに小さな血溜《ちだま》りを作っていく。

誰が見ても分かる、文字通りの即死《そくし》だった。だが、その惨劇《さんげき》を引き起こした張本人たる所長は、冷静そのもの。軍帽の下から覗く眼光は、一切の感情を宿していない。

「おおぉ、派手にやったな、ゴードン所長」

「博士へのせめてもの慈悲《じひ》だ。どうせ生きててもこの後、嬲《なぶ》り殺されただろうからな……解き放たれた囚人らによって。いずれ、あの世で泣いて感謝してくれるだろう」

仕上げとばかり、彼女の身体全体を半ば押し潰すようにして壁面へ埋《う》め込むと、所長はそっと目を閉じた。直後、非常事態を告げる警報音が、大音響《だいおんきょう》で監獄中に鳴《な》り響いた。

魔力の貯蔵タンクが上限に達したらしく、独房の傍に備え付けられたパネルの灯りが消失。囚人達に対して行われていた供給刑が、一斉《いっせい》にストップする。

「メクフィスの合図を確認した。どうするダンテ、手を貸すのか」

徐《おもむろ》に目を見開くと、所長は独房の中の男へと事も無げに訊《たず》ねた。

「クラマの幹部、か……一考する余地はあるかもな。それはそうと、クウィンスカ博士にはもう少しだけ喋っていてもらうつもりだったんだが。あの女、例の断裂事故の裏についてだけじゃなく、俺らの脱獄計画にすら、遠まわしに何か勘《かん》づいてる素振りだったしな」

「ほう。ただのマッドサイエンティストだと思っていたが。ある意味、惜《お》しい人材を失《な》くしたと言えるのか。いやまあ、あの狂人《きょうじん》が手を貸したとも思えんが」

「まあ、所長《あんた》の処置には感謝するよ。あんなのでも、やはり堂々と見ていられちゃ、まずいかもしれんからな」

「念のためだ。断裂事故の裏側を知る者など、いないに越《こ》したことはないだろ」

「まあな、魔力タンクを満たすために、パイプラインを断裂させる。内地からは調査隊が派遣されるがそれもタンクの貯蔵限界までには間に合わない。脱獄までの流れは順当だな。計算違いがあったとすれば、トロイア監獄の所長が、クラマとも繋《つな》がってたことくらいか。計画を漏らしたなゴ、ー、ド、ン」

陰りの中から冷え冷えとした眼光が、ゴードンを突き刺した。

「悪く思うな。十分働いてやったんだ。それに生憎《あいにく》だが、クラマとは伝手《つて》がある程度だ」

にべもない所長の返答に皮肉げに肩を竦めた男——ダンテと呼ばれた囚人は、身体を一度大きく揺《ゆ》らすと、意気揚々《いきようよう》と立ち上がった。それと同時に、供給刑に使われていた巨大な針と管状の装置が、音を立てて一気に外れていく。

「まあいい。ふんっ、あんたをここの所長に任命した奴の顔が見てみたいな」

「俺をここに送り込んだのはクレビディートの能無しどもだ。後でお礼参りには向かうつもりだが」

「そりゃいい。私怨《しえん》は信用できるからな。この機に乗じたクラマの狙いも気になるが、それよりも今は自由への門出だ！」

そして、決して開かれないはずの彼の独房の扉《とびら》が、音を立てて解錠された。続いて隣《となり》の独房、さらにもう一つ隣と、連鎖《れんさ》するように全独房が開放されていく。

異常事態を察して駆けつけてきたらしい看守の悲鳴が微かに聞こえてきたが、それはすぐ、解き放たれた囚人どもによる喧噪と歓喜の叫びに、一気に呑《の》み込まれていく。

それを後目《しりめ》に、ダンテは小さく頭を掻いて。

「メクフィスの野郎《やろう》か。ま、奴らの手を借りずとも脱獄の手筈《てはず》は整っているんだがな。ただ、それを見透《みす》かされていたというのなら、少し興味深い。奴らにはそのうち、挨拶《あいさつ》でもする機会があるかもしれん。どうせ、内地には一度戻《もど》るつもりだったしな」

「……復讐《ふくしゅう》か？」

「おぉ？　おう、復讐ね、それも結構だな。脱獄犯《だつごくはん》らしい行動には違いない。ただ、あんなところに閉じ込められたのは確かに気に食わねえが、俺も俺なりに、あれこれ考えてたことがあってな」

ダンテはほとんど半裸《はんら》ともいえるボロボロの囚人服《しゅうじんふく》姿で、のっそりと独房を出た。およそ囚人だったとは思えない、引《ひ》き締《し》まった身体つき。非常事態を告げるレッドランプの灯りに一度だけ目を細めると、ダンテはおもむろに、壁に埋め込まれるようにして絶命している、クウィンスカ博士の遺体へと足を向ける。

それからかがみこむと、指を血溜まりに伸《の》ばしてそれをひと掬《すく》いし、舐《な》め取った。

「ふむ……いくら腹が空いてても、やはり血は不味《まず》いな」

「何をしている」

さすがに顔を顰《しか》めた所長が、そう尋《たず》ねる。

「とはいえ、特に雑味《ざつみ》はない……か。いや、俺の読みだと博士はとうにメクフィスの〝一部〟を身体に混入されてるんだと思ったが、あてが外れたようだ」

ダンテは、まるでワインをテイスティングするように、さらに血をひと舐めしてから、呆れる所長をよそに、独り言めいた言葉を漏らした。

「だとするとこっち、か……？」

続いて己の隣の独房を覗《み》き見るが、そちらには腐敗《ふはい》した遺体が、鎖につながれて横たわっているばかりだ。

「気のせいか」とダンテは小さく肩を竦めた。

彼としては、やはり少々気がかりではあったのだ。パイプライン断裂事件の裏側……彼女は、それに気付いていたらしい素振りを見せていたのだから。ただいずれにせよ、これ以上は確かめる術《すべ》もないし、時間的にもそう余裕があるわけではなかった。

「さて、ぼちぼち出るか、お前ら」

ダンテの呼びかけに応じるように、通路の陰《かげ》から、ゆっくりと数人が姿を現した。いずれも独房に収容されていた囚人達だ。

「さて、俺も動くか。ここまでは予定通りだが……」

ゴードン所長は呟《つぶや》きを止め、ふと頭上を見上げた。

ガラスが派手に砕《くだ》ける音とともに、何かが降ってくる。

吹き抜けの最上部、数十メートルの高さから落下し、床に叩きつけられたのは……数人の人間だった。上の監視センターにいたのであろう看守達である。その中にはあの新人の男の姿もあった。床に激突《げきとつ》した身体を奇妙な形に折り曲げ、血の海の中で絶命している。

「悪かったな、新人君」

所長はこの一連の計画を、副《ふく》所長を含めた腹心の部下にしか話していない。おそらくそれ以外の看守らは全員、積もりに積もった囚人らの恨《うら》みと鬱憤《うっぷん》晴らしのために虐殺《ぎゃくさつ》されるだろう。だがそれもまた、仕方のない犠牲《ぎせい》だ。

そして所長は忘れていたとばかり、腰《こし》にぶら下げている鍵束《かぎたば》をダンテに渡《わた》した。

「そら、これで首輪──魔力制御装置《まりょくせいぎょ》を外せ」

この鍵を持ち運べるのは所長だけの特権だ。だが、ダンテはにやりと笑って首を振り。

「いや、まだ大丈夫《だいじょうぶ》だ。その鍵は先に、ここの独房《ハコ》から出た連中に渡してやれ。ただ、四層の奴らは別だ……奴らには渡すな。あいつらにはまだ首輪を付けていてもらったほうがいい。多少使い道があるだろうからな」

「？　何を考えてる、ダンテ」

「いずれ分かる。それともう一つ。奇妙に思えるだろうが、ここは素直《すなお》に従ってもらう。所長、あんたも首輪を付けておけ」

「……？」

ダンテの指示に従い、所長や副所長も含めた職員組も魔力制御装置を装着したところで、彼らはついに本格的に行動を開始した。

トロイア監獄、その開かずの門がついに解き放たれたのだ。

久しぶりの外界の地を踏みしめた囚人達の数は、ゆうに百を超える。

そのいずれもが、国外追放されて当然の重魔法犯罪者であった。

だが、それでも全員ではない。過酷《かこく》すぎる供給刑の絶え間ない苦痛により廃人《はいじん》同様になった者も多く、そんな者達は、独房の扉が開かれても、虚ろな目でぶつぶつと呟き、壁や床を見続けるばかりだったからだ。

ここに立っている者も、多かれ少なかれ身体的・精神的なダメージはまぬかれず、足はふらつき、顔色は一様にまだ青い。ただダンテだけは、まるでついさっきまで供給刑を受けていたことなど忘れたように、腕を組んで平然と外界を見つめている。その姿は、文字通り全員が札付きの囚人達の中でも、一際異様であった。

「……これからどうするの、ダンテ」

そんな彼に、つややかな声で呼びかけ、一人の女が近づいてくる。ダンテの横に立つゴードン所長の巨体に臆《おく》することもなく、女は彼を見上げた。

「第一級犯罪者、ミール・オスタイカ。要人の暗殺が専門、その血塗《ちまみ》れの手にかけたのは五十人以上……だったな」

ゴードン所長は、女と男の素性《すじよう》を確認するかのようにそう呟いた。

女は特に返答する素振りも見せず、代わりに会釈《えしやく》でもするかのように、ニタリと妖艶《ようえん》な笑《え》みを浮《う》かべた。

他《ほか》の脱獄囚達《だつごくしゆうたち》と異なり、ミールはすでに看守の服を奪い、胸元《むなもと》を大胆《だいたん》に開けて着こなしていた。さらに、強奪《ごうだつ》したと思われるＡＷＲまで、腰に下げている。

ダンテはそんな彼女達《かのじよたち》をちらりと見て、所長に告げた。

「こいつにも手伝わせる。脱獄させてやる代わりに、という条件だった」

「そういうことぉ。わざわざみんなに紹介《しょうかい》してくれるまでもなかったのよ、所長さん」

　女の声によく見れば、ミール達と同じように、ダンテの元からの仲間達だけでなく、本来彼とは縁《えん》すらなかっただろう脱獄囚達まで、彼の下に集まり始めている。

　不敵な態度と醸《かも》し出す雰囲気《ふんいき》から、彼が脱獄の首謀者《しゅぼうしゃ》であることを何となく察したのであろう。それは、ダンテとしても望むところではあった。

「忠実な手足はいつでも欲《ほ》しいからな、歓迎《かんげい》するぜ。とはいえ、全員を連れていくわけにもいかん。……選別させてもらおう」

　ダンテが低く抑揚《よくよう》のない声でそう言うと、その意を察したように、ゴードン所長は軽く頷き返した。それから彼は脱獄囚達を一列に並べて、ダンテが目で合図した者の首輪――魔力制御装置を、鍵束を使って外していく。

　やがてその列の中から、のそりと、長身痩躯《そうく》の男が進み出た。

　ダンテが何か、と視線で問うと、男は喉《のど》から嗄《か》れた声を絞り出した。見たところ、六十間近とも思われる老齢《ろうれい》。

　過酷な供給刑が実行される中、独房の中でも鍛錬《たんれん》は怠《おこた》らなかったのか、ずいぶん壮健《そうけん》な身体つきだ。髪は総白髪《しらが》だが、解放直後に自ら切ったのか不揃《ふぞろ》いな長さになっており、隈《くま》のある目と鋭い眼光があいまって、老練な犯罪者めいた雰囲気を醸し出している。

「ダンテさん、俺はヴェクター。こう見えて4層組だ、それなりに腕に覚えはある。解放してくれた恩は返す」

「…………」

ダンテは男を、値踏《ねぶ》みするようにじろりと眺《なが》めた。

「ただ一つ、俺は俺のすべきことを優先させてもらいたい。そのあと必ず合流するから、何なりと命じてくれ」

「あぁ、構わないぜ。あんたはなかなか使えそうだ。それじゃこの後、十分英気を養ってから、復讐なり、狩りなりを楽しんでくれ、ヴェクター」

ダンテはニヤリと笑うと、所長とミール達を振り返った。

「さて、これくらいで十分だ。内地に向かうか……魔物は手強《てごわ》いが、やり方次第《しだい》で面白いことになる。なにしろ、これだけ人数がいるんだからな」

さらにダンテは、居並ぶ脱獄囚達の群れに向けて、良く通った声で呼びかける。

「さあ、内地についてからひと暴れするもよし、そのまま街中へ雲隠《くもがく》れするもよし！　いずれにせよ、生存圏《けん》に辿りつかんことには、俺達《おれたち》に未来はない。ＡＷＲについても俺に考えがある……行くか」

かくして、彼に見初《みそ》められた者もそうでない者も、脱獄囚達はそれぞれ、内地へ向けて行軍を開始した。それを率いるダンテの唇には、貼《は》り付けたような笑みが浮かんでいる。

「そら、魔物《まもの》どもがくるぞ……」

大量の人間が、縄張りに足を踏み入れたのだ。この格好の餌に魔物が食らいつかないはずもない。早速《さっそく》彼《かれ》らの正面に現れた魔物だけでも十体以上、中にはBレート相当もいる。

やがて、先頭の脱獄囚達と魔物との戦闘《せんとう》が始まった。だが混沌《こんとん》の中で、ダンテらの一団は密《ひそ》かに少し後退し、戦況《せんきょう》を見守る態勢に入った。

「ほう、間に合わせの武器しか持たんわりに、なかなか頑張《がんば》るな。直前まで飯を食わせてやった甲斐《かい》があったというものか。これが狙《ねら》いなのか、ダンテ」

ゴードン所長が、ちらりとダンテのほうを窺《うかが》う。戦力を温存するため、先に魔物に雑兵《ぞうひょう》をぶつけ、最小限の消耗《しょうもう》で内地に到達《とうたつ》するつもりなのだろう、と。

だが、ダンテは不敵な笑みを濃《こ》くし、「直《じき》に分かる」と言っただけだった。

先に戦闘を開始した受刑者達《じゅけいしゃたち》は当然、魔力制御装置を外されており、僅《わず》かながら戦える状況《じょうきょう》にあった。が、当然のことながら、供給刑による気力・体力の消耗からは回復しきっていない。結局一時的に上がっていた士気程度では敵に対抗することはできず、みるみるうちに彼らは魔物の餌食《えじき》となり、周囲には血溜まりがいくつも広がっていった。

「クソッ、ダンテ、手を貸せ!!」

続々と仲間が魔物の餌食にされる様を目の当《あ》たりにした一人が、背後を振り返《かえ》り、ダンテらに助けを求める。

魔物達が、哀《あわ》れな犠牲者達《ぎせいしゃたち》を夢中になって食い散らかしている中、ダンテはゆっくりと、歩き出した。陰惨な光景を気にすることもなく、ダンテは悠々《ゆうゆう》と先程の男に歩み寄り。

「手を貸せ、か。寝ぼけんな、テメーも魔物の胃袋《いぶくろ》行きだよ」

片腕《かたうで》だけで男の襟首《えりくび》を掴《つか》み上げると、その身体を軽々と持ち上げ……真横から迫《せま》った魔物の口腔《こうこう》内に、力任せに押《お》し込んでやる。

頭蓋《ずがい》が強靭《きょうじん》な顎《あご》に挟《はさ》まれてミシミシ軋《きし》む中、男は「なんで、お前らは……」と、最期の言葉だけを残して、絶命した。

そう、魔物達が血に狂い獲物《えもの》を貪り尽くしているというのに、ダンテ達だけが、無傷なのだ。先程もダンテが男の下へ足を運んでいる間、魔物達は完全に彼を無視していた。

その理由は——人間の頭部が噛《か》み砕かれる不気味な音を聞きながら、ダンテは、歯を見せて笑う。愚《おろ》かな男の魂《たましい》に教えるかのように、指先で自らの首をつついてみせた。

そこに装着された首輪——ダンテらがあえて外さなかった魔力制御装置。ダンテは、その意外な〝有用性〟に気付いていたのだ。その鍵は、体外へ放出される魔力《まりょく》を完全に遮断《しゃだん》するという装置の特性にあった。

外界の魔物は習性上、捕食《ほしょく》対象を定めるのに少なからず相手の魔力の有無《うむ》を確認している。魔物が動物などを襲《おそ》わず、ただ人間だけを標的とするのは、人間がその血と内臓に固有の魔力を有しているからこそ。もちろん魔物にとっては視覚もその補助とはなるが、手ごろな餌が目の前にあるとなれば、わざわざ別の、敵意はもちろん、魔力を微塵《みじん》も感じさせない相手を襲う意味はない。

もちろん万が一のリスクはあるが、そうなったら改めて、首輪を外して戦えばいいだけの話……ダンテはそこまで考えて、この奇策《きさく》を実行に移していた。

「なるほど、実に妙案《みょうあん》だ。本来なら使えぬ物も、捨《す》て駒《ごま》として有効活用できているしな」

ゴードン所長は、そう呟きつつ、思わず感心したように唸《うな》った。

ミールやヴェクターの他ダンテの腹心ら、選ばれた脱獄囚達もまた、僅かな動揺《どうよう》しか感じていないようだった。先程のダンテの選別は、通常とは逆――「首輪を外された者」こそが肉壁役の捨て石であり、「首輪を付けたままの自分達」こそが、真に選ばれた者であることを、彼《かれ》らは悟《さと》っていた。

つまり、意気揚々と忌《い》まわしい首輪を外されて喜んでいたのは、頭の回らない連中ばかりだったということ。自分達はおろか、よく見れば、当のダンテまで魔力制御装置を付けたままであることに、彼らはようやく気付いた。同時に、ぶら下げられた餌に食いついた愚物《ぐぶつ》は、早々に切り捨てられ、脱落《だつらく》したことも。

ダンテの背後で、自分達のために率先《そっせん》して餌になってくれている、哀れな犠牲者《ぎせいしゃ》をせせら笑う声が上がる。そして笑いながらに、選ばれた者達は心の底から理解する——トロイア監獄《かんごく》、その最下層たる5層に収監《しゅうかん》される、最凶最悪の受刑者《じゅけいしゃ》の冷酷《れいこく》さを。

彼らが背筋に感じたその戦慄《せんりつ》は、もはやどこか笑わずにはいられないといった雰囲気さえある、集団的狂笑を呼び起こした。それは同時に、ダンテと彼らの間に、明確な上下関係を構築するには充分《じゅうぶん》なものでもあった。

「さて、お次は断裂したパイプラインの修理現場だ。監獄はおろか、魔物どもの異変にも気付いているかもしれんからな。修理人どもを皆殺《みなごろ》しにして、装備と食料を奪う」

ダンテの冷酷な指示に逆らう者、それを疑う者は、この場にはもはやいなかった。

◇　◇　◇

至る所に血が飛び散った凄惨《せいさん》なパイプライン修理現場で、ひとまず、とダンテは周囲の地図を脳裏《のうり》に浮かべる。ここから最短距離《きょり》で内地を目指すならば、大国イベリスが距離的に近い。ただ、外界の巡回《じゅんかい》ルートの細かさや定期偵察《ていさつ》の頻度《ひんど》といった警戒《けいかい》態勢には、国によって差異がある。イベリスは魔物の討伐《とうばつ》には比較的《ひかくてき》積極的な大国であるため、ダンテは発見されるリスクがまだ低い、クレビディート側へと向かうことを内心で決めていた。

ただ、すぐにそちらへ移動を開始することはない。

7カ国の内どの国家であれ、軍人ではない者がバベルの防護壁《ぼうごへき》を突破《とっぱ》し、気付かれずに侵入《しんにゅう》するのは困難だ。防護壁の希薄《きはく》な箇所《かしょ》を呑気《のんき》に探している暇もない。ましてやこの人数と風体《ふうてい》では、どうしても目立ってしまう。

だからこそ、ダンテはここでしばしの休息を味わいつつ〝待ち人〟を待っているのだ。

「ふむ、あなたのその様子からすると、少し遅れてしまいましたか」

どこからともなく不意に現れたその人物は、どこか飄々《ひょうひょう》とした口調で、ダンテにそう声をかけてきた。

「そちらは順当だったようですが、こちらも、なかなか楽しい一時だったもので、ついつい興が乗ってやりすぎてしまいましてね、いやはや」

「一息つくのに、ちょうどいいくらいだ」

ダンテがそう応じつつ、声の主に視線を向ける。それは、長髪《ちょうはつ》の美丈夫《びじょうふ》であった。まるで舞踏会《ぶとうかい》に出席するかのような、きらびやかな服装である。貴族の優男《やさおとこ》を思わせる雰囲気だが、ここが外界であることを考えればそれはあまりにも不自然な恰好《かっこう》で、寧《むし》ろ異様だ。

「ほうほう、ダンテさんもあまりお変わりないようで、何より。そして、ゴードンさんも私のことをちゃんと覚えてくれていたようで、安心しました」

水を向けられたゴードン所長は、苦虫を噛み潰《つぶ》したような表情を浮かべる。

「メクフィス、俺は別に貴様の下についたつもりはない。利害が一致《いっち》しただけだ。俺は俺で勝手にやらせて貰《もら》う」

「ええ、わかっています。構いませんよ、ゴードン所長。あなたも囚人《しゅうじん》のようなものでしたからね。薄暗い監獄の中、看守と囚人、違《ちが》いは鉄格子だけと言ったところでしょうか。さぞ退屈《たいくつ》だったのでは？」

薄《うす》い笑みを浮かべるメクフィスは、しかし唐突《とうとつ》に片目を瞑《つぶ》り、念を押すように発した。

「ですが、こちらの要望だけは、果たしてもらわないと。何卒《なにとぞ》よろしくお願いしますよ」

慇懃《いんぎん》だがまるで本心をうかがわせないアルカイックスマイルを浮かべつつ、メクフィスは紳士《しんし》然とした所作で腰を折ってみせた。

「皆様《みなさま》、長らくの服役《ふくえき》ご苦労様でした。ただ、それはそうと……」と一変して不満を口に出す。彼はわざとらしい困り顔を作り、周囲を見渡《みわた》す。

「ちょっと想定していたよりも、お連れの人数が多すぎるようですね。これでは些《いささ》か目立ち過ぎてしまいますし、足を引っ張りそうな者まで紛《まぎ》れているとは……。幸い、あなた方のバックアップについては問題ありません。とある貴族様が手を貸してくれていますからね。勿論《もちろん》、最低限の物資と、隠《かく》れ家《が》の提供といった部分だけですが」

「貴族……何者だ？」

「アルファでは名のある家の方ですよ。まあ、あなた達の戦力が欲しいのでしょうが」

「ふん、この際だ、助けてくれるなら悪魔《あくま》だろうとかまわんさ。んで……減らすのか？」

「ええ、そうしましょう。ああ、わざわざダンテさんの手をわずらわせることはないですよ。本当のところをいえば私、実は今、少し気分がささくれ立ってまして。何しろ先日、大事な素体を、一つ潰されてしまいましてね。しかも無様に首を飛ばされる、という体《てい》たらくで。わざわざ身体の芯《しん》まで凍える雪景色の中《ここ》、〝仕事〟に励《はげ》んでいたというのに」

なので、ここは私が、とメクフィスはあくまで柔和《にゅうわ》な笑みは崩《くず》さず、さらりと言ってのける。それから打って変わった冷徹な視線で、値踏みするように脱獄囚達を見渡した。

その狂気《きょうき》じみた双眸に射竦《いすく》められ、彼らは揃《そろ》ってたじろいだ。外見だけ見れば優美な青年貴族ともとれる彼が一瞬《いっしゅん》だけ発した殺気により、凶悪《きょうあく》な犯罪者達が、まるで蛇《へび》に睨《にら》まれた蛙《かえる》のように竦みあがったのだ。

そして、メクフィスの最初の選別対象が定まった。その実行には、皮切りとなるような合図すら不要であった。

ターゲットとなった男は、殺気を感じると同時、反射的に拳《こぶし》を握《にぎ》りしめて戦闘態勢に入ろうとする。先の修理現場襲撃の流れで、一時的に首輪を外されていたため、それが可能だったのだ。続いて生存本能に駆《か》り立てられるように、彼が構成できる最大級の魔法《まほう》を、即座《そくざ》に組み上げて放とうとする。

が、そんな猶予《ゆうよ》が与《あた》えられることはなく、たちまち魔法は未完成のまま霧散《むさん》した。

「うっ……」と上半身を強張《こわば》らせて男はのけぞった。その目前には、いつの間にか一瞬で距離を詰《つ》めたメクフィスが立っている。彼は、まるで料理人が市場の食材でも眺めるかのように、無遠慮《ぶえんりょ》な視線を向けて男の顔を覗き込んでいた。

「反応速度、この程度ですか。やはり、貴方《あなた》はいらなそうですね」

「……！　ゴハッ⁉」

直後、男の口中に手刀が突っ込まれ、顎が外された。すっと喉の奥にメクフィスの指先が触《ふ》れた瞬間《しゅんかん》、男の頭部は、口から上が輪切りにされたようにズレて、切れ落ちていく。

突然《とつぜん》の凶行《きょうこう》に、他の脱獄囚《だつごくしゅう》達の間に、戦慄と動揺の気配が走《はし》り抜《ぬ》けた。それを尻目《しりめ》に、メクフィスは小さく呟く。

「やれやれ、これくらいで……皆さん、元は折り紙付きの凶悪犯《きょうあくはん》ばかりでしょうに。だったら、そのふてぶてしさを、存分に発揮してもらいたいものですね」

次にメクフィスの冷たい視線を向けられた別の男は、そうと悟るやいなや、たちまち背を向けてその場から逃走《とうそう》を図《はか》った。

だが駆けだすどころか、踵《きびす》を返した直後に、すでにその行動には終止符《しゅうしふ》が打たれた。

頭を鷲掴みにされ、男の首が可動限界を超《こ》えて一回転させられる。異様な音とともに頸《けい》椎《つい》が砕け、首の皮が引きちぎられかける。たちまち頭を支える骨が外れ、男の頭部はまさに皮一枚というところで、その身体にぶら下がった。

こうなると、さすがに脱獄囚の中でも、幾分《いくぶん》か場慣れしている者が反応した。

次はおそらく自分だ、ならば先手を、と考えたのだろう。一瞬の隙《すき》をついて別の脱獄囚が、後ろからメクフィスの顔面へと掌《てのひら》を伸ばす。同時、その指先に炎弾《えんだん》が出現した。それを直接、メクフィスの顔面へ叩きつけようと試みる。

だが一瞬後、男の炎弾は影《かげ》もなく掻き消《き》え、代わりに男の耳を、メクフィスの細い指が刺《さ》し貫《つらぬ》いていた。それでも何とか抵抗《ていこう》くらいはできたはずだったが、男は白目を剥《む》いて、身体を小刻みに震《ふる》えさせるばかり。

「貴方も、いらないですね」

メクフィスはいかにも愉快《ゆかい》そうな表情で告げると、耳から血に濡《ぬ》れた指を引き抜く。たちまち男は同時に目と鼻、口からも血を吹き出《だ》して、その場に倒《たお》れ込んだ。その様子は、まるで全身の血液が沸騰《ふっとう》し、頭部へと噴《ふ》き上《あ》がってきたかのよう。空中に迸《ほとばし》り周囲を染め上げていく異様な量の血液は、まるで紅の噴水《ふんすい》を思わせる凄惨さだ。

さらにそこから、数人を苦も無く〝処理〟したメクフィスは、腕《うで》に付着した返り血をハンカチで拭《ぬぐ》うと、優雅《ゆうが》に歩を進めて、再びダンテ達の前に立った。

「まだ少し多いですが、これ以上はもったいない気もするので、やめておきましょう」

メクフィスの殺戮《さつりく》劇を、退屈過ぎた監獄生活を忘れられる良い余興だとでもいうように、唇の端を少し歪《ゆが》め、黙って眺めていたダンテは、ただ一言のみを返す。

「……で、好みの血はあったか？」

「いえ、残念ながら。そうですね、可能ならそこの女性の方の血なども試《ため》してみたいところですが……あと、どうせならダンテさんのも、少し頂きたいですかね」

半月状に唇を曲げて笑ったメクフィスに対し、ミールは「うわぁ……見た目以上にヤバイ奴《やつ》ね、あんた」と吐《は》き捨て、ダンテもさすがに苦笑《くしょう》してかぶりを振《ふ》る。

冗談です、と表情を元に戻したメクフィスは、再びあの不気味かつ柔和な笑みを浮かべ、うやうやしく一礼した。

「次に会える日が楽しみです」

第66章「意志の所在」

積み重なっていく日常の、小さな幸せ。

それをしみじみと噛み締めたはいいが、そのまま呑み下すことを忘れていたのだろう。その味を惜しみ、舌の上で転がすようにして、ずっと余韻《よいん》に浸《ひた》り続けていた。そんな幸福感の甘味《あまみ》をずっと味わいたいがために、現実を蔑《ないがし》ろにしてしまっていたのかもしれない。

アルスはそんな風に、最近の己《おのれ》について振り返っていた。実際、微《かす》かな悔《く》いがないわけではない。ついに貴族界の面倒な柵《しがらみ》に自ら首を突っ込んでしまったのだから。それを自覚して、彼は内心で大きな溜《た》め息《いき》をついた。

ロキに言われるまでもなく、第２魔法学院に通い始め、テスフィア達と関《かか》わるようになって……いつかは、巻き込まれてしまうのではないかと懸《け》念《ねん》していたのだ。

ただ、今回に限っては、アルス自らが招いたことだと言えなくもないが。

アルスはそんなことを思いながら、リリシャが追い付いてくるのを待つ。

次いで、妙《みょう》に軽い足取りでやってきたその少女を、苦々しい思いで見つめる。

シャ。

「私の顔に、何かついてます？」

とり澄《す》ました顔で、両手を後ろで組みつつ、下から見上げるようにしてそう尋ねるリリシャ。

「いや。今回も結局こうなるのか、と思ってな」

「またまた〜。アルス君が自分で選んだことじゃない。ホラホラ、愚痴《ぐち》にもなってない」

「ま、否定はできんかもな」

「まあ、とりあえず行ってみましょ。ウームリュイナのお坊《ぼっ》ちゃんの話というのを聞いてみないことには、この先、判断のしようもなさそうだしね」

「それもそうだ。お前もたまには、建設的なことを言うもんだな」

「あれあれ、たまに、は余計じゃないですかね〜」

「いや、別にそうでもないだろ」

そんな軽口めいたやりとりを交《か》わしながら、アルスはあくまで気が進まないながらも、ゆっくりと歩を進めていく。

長い長い廊下《ろうか》の先、妙に足が重くなる階段を上り切った、その先にある応接室。そこではウームリュイナ家の次男、アイルが、新たな厄介事《やっかいごと》の種を抱《かか》えて、彼の到着《とうちゃく》を待っているはずだった。

◇　◇　◇

アルスとリリシャが保健室から出て行った直後――テスフィアは、ガクリと力なく俯《うつむ》いた。当たり前の日常、その有難《ありがた》さというものは、何もアルスやロキだけが実感しているわけではない。

テスフィアとアリスにとっても、それは変わらない。同時に今更《いまさら》ながらに、いつしかアルスとロキが一緒《いっしょ》にいる学院生活は、自分達にとっても大切なものになっていたのだ、と改めて気付かされる。

だからこそ、二人が事情も告げずに学院からいなくなった先日は、それが薄々アルスの「任務」に関することだと悟っていたにも拘《かかわ》らず、いつもの日々がどこか妙に色褪《いろあ》せて感じられた。同時に、バナリスから二人が帰還《きかん》した時は、本当にほっとしたし、心から嬉《うれ》しかったのだ。

思えば、贅沢《ぜいたく》な話だ。学院は、そもそもが魔法師の教育機関であり、いわば軍人として自分達が外界に出るまでの、仮初《かりそめ》の訓練場に過ぎない。

なのに、今は楽しくて仕方がない。学院に登校する一日一日、朝がやってくるのが待ち遠しくて仕方ないのだ。

だからこそ、その日常が足元から崩れ去ろうとしている今、あまりの衝撃《しょうげき》に、まともに立っていることすら覚束《おぼつか》ない。何よりも、あまりの〝想定外〟に対して、心構えが出来ていなかったと思い知らされる。

気分が落ち込み、深い混乱の最中《さなか》にいるテスフィアの胸の中には、今まであまりに暢気《のんき》すぎた己自身に対する、激しい後悔《こうかい》の念が渦巻《うずま》いていた。

足元から全《すべ》てがぐらつくような感覚に、たまらずテスフィアは保健室のベッドに仰向《あおむ》けに倒れ込んで、顔を両腕《りょううで》で覆《おお》い、小さく呟く。

「情けない、な……」

魔法師として、アルスが先を行っているのは当然だ。ただ貴族としてなら、精神的にはテスフィアはもっと毅然《きぜん》としているべきだと思う。それこそ彼が見直してくれるほどに。なのに実際は、彼には助けられてばかりで、挙句の果てに貴族のゴタゴタにまで巻き込んでしまった。いったい自分は、何をしているのだろう。

アルスには常に守られてばかりで、逆に何一つ彼の力になれていない。そんな自分がとても卑小《ひしょう》な人間に感じられて、心底落ち込んでしまう。先程《さきほど》の言葉も、本音がつい口をついてしまった結果だった。

「情けないって、何を今更」

　そんなテスフィアの傷心を抉《えぐ》るように、さらりとそう口にしたのは、同じ部屋にいた銀《ぎん》髪《ぱつ》の少女だ。

　ロキは丸椅子《まるいす》に座《すわ》って足を浮かせながら、それをくるくると回転させていた。小柄な体《たい》躯《く》もあいまって、暇《ひま》を持て余している幼な子のようにも見える。

「そりゃあ私も正直、色々と言いたいことはあります。でも、アルス様がそうお決めになったのです。本当に面倒だと思えば、アルス様はさっさと自ら手を引きますよ。でも、あの方はそうされなかった。そのことの意味を、もう少し考えてみたらいかがですか？」

「……。それって、少しは気を許してくれてるってこと？　心の距離的に？」

　腕で目を覆いながらではあるが、テスフィアはぽつりとそんなことを口にした。妙に誤解を招きそうな含みのある言い回しに、ロキはたちまちムッとして眉間《みけん》に皺《しわ》を寄せる。

「いいですか。少なくとも、それだけの労力を払《はら》っても良いと判断されたということです！　ただ、それ以上でもそれ以下でもありませんので、調子に乗らないように。何より、アルス様をご自身の事情に巻き込んだのですから。だからテスフィアさん」

「な、何？」

　あえて間を置いてから、改めて彼女《かのじょ》の名を呼んだロキは、椅子の回転をぴたりと止めると、ベッドの上へと、一際真剣《ひときわしんけん》な視線を向けた。

「覚悟《かくご》は決めてくださいね。あの方を貴族のいざこざに関わらせたんです。もう後には引けません。どのような形であるにせよ、あなたは当事者として、その責任を負うことになります。それだけは、しっかりと心に刻んでください」

「……うん」

少し弱々しい返事。無理もない、本来、テスフィアにとってもさっきの一連の出来事は寝耳《ねみみ》に水《みず》だったはずだ。それに彼女は三代貴族の一角、フェーヴェル家の子女とはいえ、現在は当主ですらないのだから。

そもそも、貴族社会の常識などほとんど知らないロキにとっては、この一件について、大きく踏《ふ》み込んだり助言することすら荷が重い。だが、こういった場合の覚悟の持ち方や、何か決断する上での心構え、精神の保ち方なら、少しは心得ているつもりだ。

表面的に見れば、今回の出来事はフェーヴェル家とウームリュイナ家、両家の間で解決されるべき問題にも思える。

しかし、本質的には違う。つまるところ、これはテスフィア自身の問題なのだ。そこを履《は》き違えないために、彼女は今、いくら未熟でも何かしらの覚悟を示さねばならない。

「つまるところ……意志の所在、ですかね」

「えっ、どういうこと？」

「なんでもありません」

　思わず溢《あふ》れた言葉の真意を、ロキはあえて突《つ》き放《はな》すような態度で隠す。これ以上はさすがに、手を差《さ》し伸べすぎというもの。もしアルスがここにいたなら、多少は助言してやれとでも言うかと思い、差し出がましい事を言ってみたまで。

　そもそも何もかもが他人におんぶに抱《だ》っこでは、本人が自覚している通り、テスフィアは己の無力さを抱え込んだまま、全く前へ進めず、ここで「終わって」しまうだろう。

（正直、アルス様があそこまでするとは私も思いませんでしたけど。それに、リリシャさんまで連れていくなんて）

　そう、問題はそこだ。今のところ中立な言動を取っているリリシャを、アルスがわざわざアイルとの会談の場に連れて行ったこと。

　リリシャもまた貴族であり、同時にその世界の事情に精通しているのも確かだ。交渉《こうしょう》ではリリシャの存在が役に立つこともあるだろうが、ある意味で、立場がはっきりしていない彼女を連れていくのは、諸刃《もろは》の剣《つるぎ》とも言える。特にウームリュイナ家が大貴族だというなら、妙に後ろ暗いところがあるらしいリムフジェだかフリュスエヴァン家だかの子女であるリリシャが、裏でなびかないとも限らないのだから。

そうなればアルスにとって、アイルとの会談の場は、そのまま最大の危地にもなりかねない。いわば、しっかり手綱《たづな》を握れていない馬を、乗馬として戦場に連れていくも同然の愚行《ぐこう》かもしれないのだ。

「この先きっと、呑気に惚《ほう》けていられる時間はありませんよ。ですからせめて、今は少しでも休んで、精神と身体の回復に努めてください。しょうがないから、私もしばらく、ここにいてあげます」

「うん、ありがとう、ロキ」

テスフィアは、己の心が少しだけ軽くなっていくような心地《ここち》がした。ロキの恩着せがましい言葉越《ご》しにも、確かに感じられるぶっきらぼうな優《やさ》しさ。それを感じ取り、心の痛みが和《やわ》らいでいくような気分だ。心の傷は完全に塞《ふさ》がりこそしないが、それでも疼《うず》き程度なら、しっかりと抑《おさ》えられる。

「私もいるからね。フィア」

ロキに続き、身を乗り出すようにして、アリスも力強くそう言ってくれた。

二人の存在は確かに心強いけれど、やはりそれにばかり頼《たよ》っていてはいけない。己も貴族の一人だというなら尚更《なおさら》、これ以上不甲斐《ふがい》ない所を見せるわけにはいかなかった。

すでに手遅《ておく》れな気はするけれど、一度は、二人に心を支えてもらった。ならば、ここから前へ踏み出すのは、きっと己一人の力で為《な》すべきこと。テスフィアは一度瞼《まぶた》を閉じ、それから顔を覆っていた腕をさっと開くと、勢いよくベッドから立ち上がった。

「だ、大丈夫《だいじょうぶ》、フィア？」

アリスが心配げに声をかけてくるのに、きっぱりと頷《うなず》き。

（なんだろ……ホントは不安ばかりのはずなのに、少し安心する）

ロキやアリスが傍《そば》にいてくれるというだけではない。どこか身体の内に、小さな火が灯《とも》ったような、魂の奥深《おくふか》くから、己の芯が温められていく気がした。

（あぁ、アルの魔力だ、これ）

テスフィアはそっと呟く、実際に、彼の魔力が今も体内を巡《めぐ》っているわけではないだろう。だがアルスが先程、テスフィアを落ち着かせるため、そっと手を当ててくれていた背中……そこが、やけに心地よい熱を持っているように、テスフィアには感じられたのだ。

裸身《らしん》を見られた、ということは一旦《いったん》横に置いておくとして――でなければ、何一つ集中して物事を考えられなくなりそうだったからだ。

それとは別に、少し前の自分については、思い出すだけで身震《みぶる》いしそうだ。己の態度を思い返すだけで、自己嫌悪《けんお》の巨大《きょだい》な波が襲ってくる。落ち込み、塞ぎ込んで、ただそれだけで足を竦《すく》ませて、前に進むことすら考えられなかった。そんな弱い自分が許せず、同時に少し怖《こわ》かった。

でも……今は違う。

（あぁもぉ、背中が熱いなぁ。ううん、胸が熱い……のかな？　……え？）

同時に感じはじめた胸の高鳴り、その理由を徐々に自覚して、テスフィアの頬が桃色《ももいろ》に染まる。

同時にその感情を〝確認《かくにん》〟してしまったことに、妙な安心感を覚えてしまう。そのこと自体が、テスフィアの頬の紅潮を一層強めていった。

同室の二人に隠すように蹲《うずくま》って、そっと己の心臓に手を当てる。そして……。

テスフィアは一つ悟る。これはあまりに、今更で恥《は》ずべきことだ、と。それでも胸の鼓《こ》動《どう》は、テスフィアの心の乱れを映して、まるで音が周囲に漏《も》れるのではないかと思うほど、強く大きく、暴《あば》れ狂《くる》っている。

「大丈夫、フィア。どこか痛む？」

優しい声をかけてくれる親友の心遣《こころづか》いが、チクリと胸に痛い。

「大丈夫大丈夫《だいじょうぶだいじょうぶ》」と頬の火照《ほて》りを冷ましつつ、テスフィアは内心で、アリスに何度も謝罪していた。

「それより、アリスも大丈夫？　私のせいで怪我《けが》しちゃったみたいだし」

「ううん、こんなのへっちゃらだよ。それに、フィアのせいじゃないから！」

「え⁉　でも」

「だ～か～ら、フィアのせいじゃないって」

真顔で言い直したアリスの声に、一切《いっさい》の迷いはない。テスフィアが自責の念に駆られることなど、彼女は決して許してくれないのだろう。

「あ、ありがとう」

「まったく、変なところで気が小さくなるんだから、フィアは。誰《だれ》の責任でもないよ。そもそも誰かの責任なんてもの自体が生まれないように、ぜ～んぶ、ちゃんと片付けよう。私だって、出来ることはなんでもするよ！」

いつもの調子で至らない友人を諭《さと》すように、アリスは己の首の怪我など一切顧《いっさいかえり》みない様子で言う。言ってくれる。

「うん、本当にありがとう」

俯くテスフィアは、せめてものお返しと、一語一語まで意識してしっかりと言葉を紡《つむ》ぎ、そして覚悟の出発点として、いつもの〝図々《ずうずう》しいテスフィア〟に戻《もど》る。

「こんなこと言うのは、さすがに違うとは思うんだけど……アリス、ロキ、力を貸して」

「もちろんだよ！」

「え、私は嫌《いや》ですよ」

「へ？」

話の流れを完全に無視して、ロキの返事は、心底意外そうな表情と断りの言葉だった。

別にロキが掛《か》けたというわけでもないのだが、完全に梯子《はしご》を外された形のテスフィアは、面白《おもしろ》いほど大きく目を見開き、唖然《あぜん》とする。

一瞬の間があり、やがて湧《わ》き起《お》こってきたらしい何とも言えない可笑《おか》しみに、ロキの唇《くちびる》が堪《た》えきれない、というようにわななく。

やがて彼女は、悪戯《いたずら》な子供のような笑《え》みを浮《う》かべながら、こう続けた。

「ですから、お断りです。ただ、個人的には手を貸しませんが、アルス様が動かれた以上、私も黙《だま》って見ているわけにはいかなくなりました。つ、つまりですね」

チラリとテスフィアを見たロキは、呆然《ぼうぜん》としたままの、どうにも察しの悪い彼女に、盛大な溜め息と一緒に。

「ですので！　少しぐらいは付き合ってあげますよ」

「えっと、つまり……少しなら頼っても？」

「ええ、良いですよ！　なんであなたは、一から百まで言ってあげないと理解できないんですか？　短い間ですが、これまでのよしみといえば、よしみですしね」

　本音を言えば、ロキの決意は、この学院に来てからのアルスの変化について考えた上でのことだ。その変化をもたらしたもの。その理由には、認めたくはないが、やはり〝彼女《かのじょ》達《たち》〟が含《ふく》まれているのだろう。〝アルスの日常〟を取《と》り戻そうとするならば、彼女達も含めて、でなければ目的は完全達成できない。

「でも、テスフィアさんがここでどれほど息巻き、意気込んだところで、アルス様が帰ってこないことには何も始められませんがね」

「うん、それは分かってる。それにリリシャも手伝ってくれる？　ような感じだったし」

　テスフィアの誤解を解いておきたい気持ちに駆られたが、今は、とロキはひとまず自制した。根本的に二人は、リリシャという少女を見誤っている。ロキが見たところ、あの少女はきっと、貴族令嬢《れいじょう》かつ軍人、さらにアルスの監視《かんし》者というだけではない。

　レティの忠告を受けて、表面的な部分でリリシャを判断しないように心がけているからこその結論だ。そもそも、あのアルスの監視者として選ばれたというのに、リリシャが魔法を不得意としているのは不可解だ。あれが演技である可能性もあるが、この状況下、そもそもそんな芝居《しばい》を打つことに意味がない。何か裏にある、そんな気がする。

　とはいえ、裏切られても良い程度の信用はおいてもよい。これまでの彼女の言動や態度から、ロキはそう判断していた。アルスに対して何か害意があるなら、もっと直接的な機会はいくらでもあったからだ。そうでなければ、アルスがリリシャを連れていくと言った時、ロキは身を挺《てい》してでも止めただろう。

とは言うものの……。ロキは考え過ぎるあまり今から頭痛を覚えていた。

完全な味方とも言い切れない以上、この先、事態は非常に複雑になりそうだった。そもそも最近のアルスに関しては、彼女としても思うところがないわけではないのだ。

「穏便《おんびん》に済めば良いのですが」

「えっ⁉　穏便に済まないってこともあり得るのかな？　でも、だったらアルもあんな風に……だって、面倒臭《めんどうくさ》そうではあったけど、結構冷静だったよね？」

アリスの疑問に、ロキはやれやれ、といった風に答える。

「それはあなた達に関することだからです。もっと言えばアルス様自身がある程度、何というか、つまり認めている方限定の態度ですよ。ぐちぐち言いつつ、厄介事を黙って引き受けるというのはね。そもそも最近、アルス様はだいぶ変わられてきたというか」

ただ口ぶりとは別に、ロキとしては、アルスのそんな変化を内心で快く思っている。けれど、彼にはやはり、これまでと変わらない部分もある。特に、政治的な意味でも人付き合いにおいても、八方美人になれるほどの器用さは持ち合わせていないはずだった。

「だからそろそろ、アルス様の我慢《がまん》の限界も近いのかもしれません。あの失礼な貴族に対して、明らかに苛立《いらだ》っておられましたから」

「……？」

ただ、物騒《ぶっそう》なことを口に出すのはここまでだ。

（言ってしまえば、アルス様は荒事《あらごと》や裏稼業《かぎょう》だって、随分《ずいぶん》とこなされてきた方ですし）

アイルという少年が本当に気に障《さわ》るというなら、アルスが実力行使に出ることは、実は決して不可能ではない。たとえウームリュイナが相手であったとしても、だ。あくまでロキが見たところ、ではあるが、流血沙汰《ざた》はおろか、万が一誰かの命が奪《うば》われたとしても……1位という座の重みを考えれば、総督《そうとく》は、アルファは全力で彼を守る、いや、守らなければならない。彼女が考える限り、そんな最悪のケースでも、彼に下される処罰《しょばつ》は極力軽減されるだろうということ。また、それすらも不満であるというなら、彼が国外に出ることすら、実質的に止められる者はいないのだ。

ただ、さすがにアルスのことだ、さっきの態度からしても、そんな無茶《むちゃ》をすることはないだろう。ロキはそこに思い至り、そんな可能性は考えるだけ無駄《むだ》だったと反省した。

ただ、他《ほか》の二人は、何となくロキの考えていた万一の危惧《きぐ》について感じ取ったようで。

「ちょっとロキ、そんな怖いこと言わないでよ」

「でも、フィア、アルがリリシャちゃんを連れて行ったのは、自制が利《き》かなくなるかもし

ある。

現実的な可能性を示唆《しさ》しつつ、少し意地悪げにアリスが言う。もちろん、冗談《じょうだん》の類《たぐい》では

れないからって可能性、ない？」

「アリスまでぇ。そ、そんなことになったら……」

何を想像したのか、戦々恐々《せんせんきょうきょう》とした様子で、テスフィアは顔を青ざめさせた。

「いやあ、さすがに大丈夫《だいじょうぶ》だよ。そんな風に真に受けてもらっちゃ、困るかなぁ」

頬を掻《か》くアリスを、じろっとわざとらしく睨むテスフィア。

あはは……と愛想笑《あいそわら》いを浮かべながら、アリスの視線が気まずそうに、少しずつテスフィアから逸《そ》れていく。ロキも小さく溜め息をついて。

「自分で物騒なことを言っておいてなんですが、ないでしょうね。ま、万が一そうなったとしても、畏《おそ》れ多《おお》くもアルス様にそこまでさせた相手が悪いとも言えますが」

ただ、そもそもそれができるならば、アルスがこれまで、学院で大人しくしているというようなことはなかっただろう。どちらにせよ、最強の切り札であるアルスという少年は、本来、総督や元首はおろか、もはや一国をもってしても簡単に御《ぎょ》せる存在ではないのだ。

やはりリリシャを連れていったのは、十中八九穏便に済ませる道を探《さぐ》るつもりだからだろう、という結論に、ロキは再び達して。

「とにかく、無駄な心配は、それこそ精神力の無駄遣《むだづか》いです。いい加減、テスフィアさんも休んではどうですか」

「う、うん、そうするけど……」

だが、テスフィアとしては、とてもじっとなどしていられない。

この先どうすればいいのか。テスフィア自身分からないのだ。この先起こりえる事態や対応について考えだせば、それこそきりがなかった。

ただ、考えておくべきことで何より優先順位が高いのは、やはりウームリュイナの動向である。

三大貴族として幼少期に交流のあったウームリュイナ家。フローゼに連れられて、テスフィアもその屋敷《やしき》には、度々《たびたび》訪《おとず》れていた。だが、ずっと忘れていた。もっと言えば、思い出さないようにしていたのだろう。

そんな過去に触れようとした時、テスフィアの心は鋭《するど》い痛みを発した。

同時にズキリと襲《おそ》ってきた頭痛めいたものに、思わず息が漏れる。

張《は》り詰めた神経を、直接無遠慮な誰かの手が撫《な》で回《まわ》すような痛みに、テスフィアは思わず呻《うめ》いて、こめかみを押《お》さえる。

（どうして、だろう……？　上手《うま》く思い出せない）

その直後。不意に、保健室の中でも聞き取れるほど、盛大な破砕音《はさい》が響《ひび》いた。アルス達が向かった本棟《ほんとう》の方からだ。その特徴的《とくちょうてき》な音だけで、何が起こったのかは、だいたい察せられる。多分派手に窓が破られ、無数のガラス片が……空中に一斉《いっせい》に撒《ま》き散《ち》らされたそれが、地面に雨の如《ごと》く降り注いだのだろう。本能的に身体を縮こまらせた三人は、音が鳴《な》り止《や》むと、互《たが》いに頬を引《ひ》き攣《つ》らせつつ、顔を見合わせた。

◇　◇　◇

少し前の時間。アルスは相も変わらず、妙に遠く思える学院の応接室へと気怠い歩を進めていた。

何を考えているのか無責任なだけか、リリシャの表情は寧ろ楽し気だが、意気込みなど一切ないアルスの心中は、どうにも憂鬱《ゆううつ》を隠しきれない。その理由の大部分は、自分が柄《がら》にもないことをやっている、と明確に自覚しているためだ。

(上手いこと……そう、何とかこの面倒《めんどう》くさい状況《じょうきょう》を、自己正当化できないもんか。せめて一つぐらい、俺《おれ》にとって利益が欲《ほ》しいところだよな)

柄にもないといえば、ここまで自分が感情論で動いてしまったような気持ちもあって、何やら気恥《きは》ずかしさまで混ざり込んでいるようだ。

道中、リリシャが一応ウームリュイナ家について、掻い摘《つま》んだ説明をしてくれたが、それにすら生返事をするだけで、アルスはただ、廊下を黙々《もくもく》と歩き続ける。学園祭の頃《ころ》の喧《けん》騒《そう》が、どこか懐《なつ》かしくすら感じられる。次々と舞《ま》い込む厄介事に、精神力をじわじわ削《けず》り取られているような錯覚《さっかく》さえ覚えていた。

それというのも、先にリリシャがしたり顔で指摘《してき》した通り、結局今の状況は、アルスが己の意志で選択《せんたく》したものだからに相違《そうい》ない。だからこそいくら正当化しようにも、それが上手くできないでいる。

「それで、どうするのかな？　平和的解決の段階は過ぎちゃってるよー」

まるで他人事《ひとごと》のようなリリシャの台詞《せりふ》に、アルスは苦々しい表情を浮かべた。

本来なら、やはりこれはテスフィアが自らの手で打開すべきこと。それが彼女のためにもなり、アルスのためでもある。

だというのに、アルスには容易《たやす》く理解できてしまったのだ。恐《おそ》らく、今回の出来事はテスフィアの手には余る事態だ、と。

ましてやアイルという少年には、特に油断ならないところがある。それはたぶん、彼《かれ》がどういった理由か、相手の意志を縛《しば》ったり気力を削《そ》ぐといった手練手管に、異様なほど長《た》けているという点にある。アルスはそれを、彼と対峙《たいじ》した瞬間、はっきりと感じ取ることができた。人を操《あやつ》るスキルに長じているという点では、元首のシセルニア、総督やシスティにも似たところがあるが、アイルのそれは、もっと別の何か──それこそ歪《いびつ》な悪意に染まった精神性から生まれているようなところがある。上に立つ者が、下の者を見下すこと。彼はそれを当然と思っている節があった。生まれついての貴族の不遜《ふそん》も、行き着くところまで行き着いたと言ったところか。

だからこそ、アルスは露骨《ろこつ》に彼を疎《うと》んじる態度を取ったのだが。

ただし、今回の当事者はテスフィアだ。貴族にしては珍《めずら》しいほど、いっそ幼いとさえ言えるほどに単純明快な弱点を持つ彼女にとっては、アイルはまさに天敵だろう。実際、アイルに出会っただけで、精神的な抵抗力《ていこうりょく》さえ削ぎ落《お》とされてしまったようだった。

つまりは彼女にとってアイルとの対峙は荷が重い、あまりに早過ぎる試練なのだ。

敗北すれば、テスフィアは魔法師の道を閉ざされ、人生の全てを棒に振ってしまうかもしれない。ましてやその選択すらも本人の意思ではない。巧《たく》みに操作され、追い込まれていった結果故《ゆえ》だとするならば、流石《さすが》に理不尽《りふじん》なのかもしれない。

そもそも、これがフェーヴェル家の意向だったならば、アルスとて強く関わろうとはしなかったはず。だが、話を聞く限りでは恐らく、全てはウームリュイナの一方的な考えと圧力によるものだ。いかなる理不尽をも権力だけでどうにかできると思っている、アルスが普段《ふだん》から忌《い》み嫌《きら》っている貴族の傲慢《ごうまん》さ、不遜《ふそん》さが具現化したような事件。

それが、アルスの逆鱗《げきりん》に触れたとも言える。いわば、到底《とうてい》見過ごせる範囲《はんい》ではなかった。

(柄にもなく正義の味方ごっこか、笑えない冗談だな)

自分のあるべき心情を思い出す。他者のために割《さ》いてやる労力も、かけてやる情も、極力無駄は省いていく。それこそ、自分以外の全てがどうでもいい……はずだったのに。

してみると自分は、彼女を教え導く日々の中で、思ったよりもテスフィアとアリスに感情移入していた、ということなのか。いや、現状を正しく分析《ぶんせき》・理解する必要がある。

(手間ということで考えるなら、実際、結構な労力をかけてきたんだ。その一切を大貴族様とやらの勝手な都合で、ぶち壊《こわ》しにされるのは最悪だよな)

さらに、時間や労力のことだけでなく、テスフィアとアリスの成長速度は、やはり群を抜いているということもある。特に、潜在《せんざい》能力の高さはアルスの予想を遥《はる》かに上回っている。正しい訓練を積めば、卒業までに目覚ましいほどに頭角を現すだろう。その手応《てごた》えの片鱗《へんりん》は、7か国親善魔法大会の時に、すでに感じていた。

今までの彼女らは、アルスから見ると「凡庸《ぼんよう》ではない」という程度だった。だが、最近では、そんな成長ぶりを見るのが、妙に楽しくさえなってきてはいないか。

いや、それこそ以前の自分ではありえない行動原理だ、と独り小さく笑う。

居心地《いごこち》の良い場所を、こんな学院などに限定してしまうのは、常に戦場を忘れなかった以前の己からすれば、寧《むし》ろ不純であり、ノイズですらあったはずだ。

だから——ただ、不毛ではあっても平穏《へいおん》に過ぎていく学院生活が、思ったより居心地が良かっただけ。ロキがいてテスフィアとアリスがいて、フェリネラがいる。敵か味方か、気の抜けないリリシャもまた、日々のちょっとしたスパイスとしては、その要素に入れてもいいのかもしれない。

穏《おだ》やかな日常に、程よい変化。たったそれだけで、当初は退屈《たいくつ》なだけに思えた生活に、新鮮《しんせん》な息吹《いぶき》が吹《ふ》き込まれたようにも思える。

もちろん彼女らがいる生活は、最初から自分が望んだものではない。ただあてがわれたレールの上で、成り行き上生まれてしまっただけだったはず。それが今は、どこか手放すのが惜《お》しいと感じてしまう。それだけの甘美《かんび》さが、価値があると思えてしまった。

アルスはまるで気合を入れ直すかのように、自分の項《うなじ》を軽く擦《こす》った。

「ふん、一流の魔法師《まほうし》になりたい、か……」

先のテスフィアの台詞を思い起こしての一言。独白のつもりだったが、リリシャが律儀《りちぎ》に反応してきた。

「でも、単に一流っていってもねぇ？　イマドキ、そんな曖昧《あいまい》な目標ないって」

どこか小馬鹿《こばか》にした口調だが、リリシャの声音《こわね》には、ただそれだけでもない複雑な心情が見《み》え隠《かく》れしているようだった。確かにテスフィアの理想なのだろうが、言ってみれば、子供がごっこ遊びの延長で、ヒーローやお姫様《ひめさま》に憧《あこが》れるようなものだ。

魔法師の雛《ひな》は、いずれは軍人になる身だ。過酷《かこく》な現実と弱肉強食の論理だけが支配する外界で、理想や理念が何を保証してくれるというのか。

リリシャは恐らく、貴族とはいえ、ただの日向《ひなた》育ちのあどけない花ではない。己と同じ匂《にお》いとまでは言わないが、それをアルスは巧みに感じ取っている。だからこそ、彼女にとってはそんな純粋《じゅんすい》さがいかにも幼稚《ようち》に思えるのだろう。そして多分、ほんの少しだけ、眩《まぶ》しくも見えている。

アルスは何となく、そんなリリシャの心情が分かるような気もした。とはいえ、さすがにあのテスフィアだけに、病《や》み上がりの世迷言《よまいごと》だろうとも考えたくなるが。

「そうだな、あのお花畑育ちには、まだまだ教え込むことは多そうだ」

そう毒づいて見せたアルスの表情は、先程とは打って変わって、何かが吹っ切《き》れたように穏やかだった。

一流の魔法師……。

リリシャが言う通り、それはあまりに漠然《ばくぜん》とした目標だ。

きっとテスフィア自身が、己の強さに満足できていないからこその表現だ。この道の本質はおろか、目指す道の遠さすらも不確かだからこそ、出てきた言葉なのだろう。

まだまだ強くなりたい、アルスにはそんな彼女の心の声が、聞こえてくるようだった。貪欲《どんよく》に強さを求め、その強さを、いっそ気恥ずかしいぐらいに、彼女が思う〝正しいこと〟のために使おうというのだろう。

彼女はきっとすでに、強さの在り方というものが、単に魔法の力を究《きわ》めるだけではないのだと知っている。

そして今、テスフィアはさらに変わろうとしている。そう、心も身体《からだ》も全てが、ゆっくりと成長していきつつあるのだ。テスフィア本人も、おぼろげながらも意識の底でそれを自覚しているに違《ちが》いない。

だからこそあの時は、今、学院という学《まな》び舎《や》を離《はな》れるわけにはいかないと、真《ま》っ直《す》ぐな瞳《ひとみ》で見返してきた。その視線を、面倒だと感じながらも心のどこかで真摯《しんし》に受け止めたからこそ、アルスは今、こうして歩を進めているのだろう。

やがてアルスの足が、ようやく一歩だけ階段に掛かる――奇妙《きみょう》な運命が絡《から》み合《あ》った先へと続く、その階段へと。

本校舎の最上階――そこは学院内で、最も生徒らが近寄りたがらない場所だ。

あるのは、理事長や学年主任など学院運営に携《たずさ》わる者が使う執務室《しつむしつ》の類だけ。無論、この階だけでも相応の広さだが、それぞれの部屋は、来客や外部の者のための応接室も兼《か》ねていた。

また、全ての部屋に防諜《ぼうちょう》対策が施《ほどこ》されているため、部屋同士の間隔《かんかく》は必要以上に空いている。部屋に張られた白い特殊《とくしゅ》な壁紙《かべがみ》はそれ自体が光っているようだったが、その輝《かがや》きもまた、一般《いっぱん》の生徒を畏縮《いしゅく》させるところがある。いわば自分達には畏れ多い、ちょっとした聖域として意識してしまうのであろう。

だがそれも、アルスにしてみればどうということはない。

アルス達が到着した時、幾《いく》つかある応接室のうち、1番というプレートがかかった部屋に人の気配があった。また、室内が点灯されている様子から、恐らくここが先の〝招かれざる客〟が滞在《たいざい》している場所だろう、と当たりが付く。

アルスが扉《とびら》のノブに手を伸《の》ばした直後、思いもよらずドアの方から先に開き、中から一人の女性が顔を出す。

「まさか、理事長自らが出てこられるとは……」

先に声を発したのはアルスだった。

それを制するようにシスティは、どこか疲れた様子でまず視線をリリシャに向けた。ちょっと猫背《ねこぜ》気味になっているせいか、急に老《ふ》けこんだようにも見える。それから、改めてアルスに視線を据《す》えると、まるで親の敵《かたき》でもあるかのように、小声で叫《さけ》んだ。

「はぁ、またしてもあなたなのね。このっ、トラブルメーカー！」

行きがかり上とはいえ、アルスとしても少々耳が痛いところだ。

しかし、肩《かた》を竦めつつ一応弁解は試みる。

「いえ、今回はどちらかというとフェーヴェル家の問題ですよ。それに、フィア《あいつ》を指導してやれとおっしゃったのは、理事長の方ですよね？　なので、彼女を巡る問題に俺が関《かか》わったところで、別に不自然ではないかと」

「うっ、それは……いやいや、どの口が言うのよ！」

「良かれと思って行動したつもりです、俺は。それにまだ、問題が起きたわけじゃない」

「十分トラブルよ！　事件よ！　ウームリュイナは三大貴族の筆頭よ、分かってる？」

「ええ、もちろん」

「その辺りは、私がアルス君に説明しておきました」

そう補足したのは、まるで模範生《もはんせい》のようにしゃんとした態度を取るリリシャである。

「言ったところで、彼にはあまり意味がないと思うけど……まあ、ありがとう、リリシャさん。はぁ～、でもこれ以上の厄介事《やっかいごと》は勘弁《かんべん》よ、ただでさえ……」

続く言葉の無意味さに気づいてシスティは大げさに額を押さえつつ、大きく息をついて、手近な壁《かべ》に寄《よ》り掛かる。

少しばかり芝居がかっていたが、精神的にかなり参っているのは本当らしい。

アルスはさすがに、どこかバツが悪そうに頬を掻く。

「たぶん、学院自体に迷惑《めいわく》は掛かりませんよ。それに理事長も、魔法の勉強を続けたいと願う本校の生徒が、本人の意に反して自主退学させられるのは、面白くないでしょう？」

「それはまあ、ねえ」

渋《しぶ》い表情になるシスティ。教育者としての立場と、組織運営者としての立場が葛藤《かっとう》しあって、恐らくその胸中は複雑そのものなのだろう。

しかし――。

「本当に、全部、禍根《かこん》を残さずに終わらせられる？」

ふいにガシッと両肩《りょうかた》を掴《つか》まれたアルスは、彼女の両手をちらりと見た後、真剣《しんけん》な顔をしたシスティに向き合って。

「大袈裟《おおげさ》ですよ、それ」

「いいえ、よく覚えておいて……ウームリュイナには、それだけの力があるの。いくらあなたでも、用心するにこしたことはないわ」

「だとしても、ですよ」

「ここじゃなく他所《よそ》でやってくれるっていうなら、私個人としてはいくらでも力を貸したんだけど」

「ありがとうございます。じゃ、もしそうなったら遠慮《えんりょ》なく」

「えっ！　……いえ、その、少しは遠慮して、ね……？」

「かつての三巨頭《きょとう》が、情けないですよ」

「私も立場があるし、所詮《しょせん》は雇《やと》われ理事長なのよ。公僕《こうぼく》なの。ここまで来ると、事態が最悪の段階に至った時、私だけじゃどうにもできないわ。でも、だからといって、テスフィアさんが無理に退学させられるというのは、本意じゃないしね。ああ～、気が休まる時間なんてありゃしない」

「いえ、俺としてはその言葉を聞けただけで、少しホッとしました」

人の悪い笑みを浮かべたアルスに対して、システィはぶすっと頬を膨《ふく》らませた。

「私をからかうなんて、良い度胸ね！　まあ、あなたのことだから、どうせ何か打算あってのことでしょうしぃ～？　ま、余計な心配はよしておくとしますかね」

皮肉たっぷりに言われて、ついでにバシッと背中まで叩《たた》かれたアルスは、男を見せてこい、と言われたようで苦笑《くしょう》を浮かべるしかない。

「〝彼〟は、アルス君とだけ話したいそうよ。まあ、リリシャさんの同席くらいは認めてくれるでしょうけど。さすがに今回は、私も場を外すわ。だからリリシャさんも、彼のフォローをよろしくね。アルス君ときたら、何しろ貴族が大っ嫌いなんだから」

「はい、存じ上げております、理事長」

にっこりと猫《ねこ》を被《かぶ》って、あくまで優等生的な応答に徹《てっ》するリリシャ。

これ以上の問答は無用だと、ノブに改めて手を掛けつつ、アルスはふと振《ふ》り返《かえ》って。

「申し訳ないですけど、俺に打算なんてありませんよ、手持ちの切り札もね。正直、久《ひさ》し振《ぶ》りに手ぶらで戦場に向かうことになります。まあそれでも何も譲《ゆず》る気はありませんが」

確固たる決意だけを示すと、アルスはリリシャを伴《ともな》い、あっけにとられるシスティを後に、静かに扉を閉める。そして、油断ならぬ来客が待つ部屋の中へと歩を進めた。

◇　◇　◇

ドアが閉まり、二人の姿が室内へ消えるのを見送って、システィはそっと理事長室へ向かって、いったん踵《きびす》を返す。奇妙なことに、先程《さきほど》までの態度と口調とは打って変わって、その足取りは、どこか弾《はず》んでいるようだった。

この状況下で、不謹慎《ふきんしん》であることは自分でも分かっている。しかし、それでもシスティは、小さな喜びで頬が緩《ゆる》むのを抑えられなかった。

「なんだ、アルス君……確かにちゃんと、変わったじゃない。ベリックに聞いた時は、まさかと思ったけれどねぇ。子供の成長ってどうしてこうも心が弾むのかしら」

少し前にリリシャの詳細《しょうさい》な素性《すじょう》について、ベリックに問いただそうとした時のことを思い出す。その時ついでに、ベリックは嬉《うれ》しそうに、アルスがついに口を閉ざしていた「過去」についてロキに話した、と伝えてきたのだ。

一見些細《ささい》なことだが、ことアルスに限って言えば、大きな前進である。彼の変化を目《ま》の当《あ》たりにして、システィも教育者として、どこか本懐《ほんかい》を遂《と》げたような気分だった。

別に目下の問題が解決したわけではないが、それとは別に、確かに喜ばしいことなのは間違《まちが》いない。

システィは、こんな状況の中でも晴れやかな気分だった。それこそ現役《げんえき》時代に戻ったかのように、気分が高揚《こうよう》している。

いや、これは……一種、若気に当てられたとでも言うのだろうか。

本人は決して認めないだろうが、あの〝彼〟が、あえて打算も先行きの見通しも捨てて、正しくこうあるべきと感じたことに対し、自ら動こうとしているのだ。そしてその動機には、学院で同じ時を過ごした誰かとの関係が大きく関わっている――それはもう、一種の小さな絆《きずな》とさえ言えるのではないだろうか。

（若いって、いいわね～）

アルスは、今回ばかりは手札など何もないと言っていた。それは、無謀《むぼう》さと紙一重《かみひとえ》のもの。もちろん、若さ故の無鉄砲《むてっぽう》さというのもあるのだろう。

だが、システィは、この時だけはその若さが羨《うらや》ましかった。積極的にそれに触《ふ》れ、いわば触発《しょくはつ》されたいような気分さえしていた。

そう、いっそ少し馬鹿《ばか》になってみるのもありかもしれない。こんなご時世だ、心で正しいと思ったことを、妙《みょう》に賢《さか》しげな保身や大人の計算ずくで押しとどめることなく、そのまま真っすぐ行動に移せる者は少ないのだから。

（やば、良い歳《とし》して母性にでも目覚めたのかしら？　同期に婚期《こんき》を逃《のが》したとか揶揄《やゆ》されそうね）

頬を染めて自重するシスティ。レティがアルスを気にかけるのも分かろうというもの。つくづく手のかかる子ほど可愛《かわい》く思えてしまう自分に気づく。

カツカツとヒールの小気味良い足音を響かせながら、システィは薄《うっす》らと口角を上げて。

「少し羽目を外してみようかしら」

悪戯っぽい笑みとともに人差し指を一本立て、血色の良い唇の下にそっと触れてみた。

しかし、それもせいぜい数秒のこと……ちょっと小首を傾《かし》げた後、その表情はいつもの通り、大人の慎重《しんちょう》さを備え、深慮遠謀《しんりょえんぼう》の気配が貼《は》り付《つ》いた、学院の理事長としてのものに戻ってしまった。だが、それを誰が責められるだろう――それこそが、正真正銘《しょうしんしょうめい》の若者とすでに年を経てしまった大人の、決して埋《う》められない違いというもの。

「もしもの時は、きっとベリックならなんとかしてくれるわよね。それなりに貸しもあることだし。それと、ウームリュイナからの寄付金が打ち切られた場合は……？」

正直、ウームリュイナ家からの学院への寄付金は、学院の全体予算にとって、無視できない金額ではある。もっとも言ってみれば、これを受け取っている理由は、慣例上、相手が貴族だから、ということが大きい。それもウームリュィナはかつての王族、歴史を紐解《ひもと》けば元首シセルニアの縁筋《えんすじ》にすら当たるのだから、断ることは難しかったのだ。

「……ま、そうなったらそうなったで、良い機会ということなのかもしれないわね」

独り呟《つぶや》いたシスティは、これで腹は決まったとばかり、足取りも軽く理事長室へと引き返していくのだった。

第67章「纏《まつ》わりの手管《てくだ》」

応接室の中は、意外に簡素な造りだった。

第一印象めいたものを抱《いだ》こうにも、あまりにもシンプルで、特に目につくような物がない。机やソファー、最低限レベルの給湯器や食器などが備え付けてあるだけで、他に気の利いた調度品の類は見当たらない。入学試験の面接にも使われたりするだけに、必要以上に入学希望者や生徒らを萎縮《いしゅく》させない配慮《はいりょ》なのかもしれない。

そんないささか面白味《おもしろみ》のない部屋の中、肝心《かんじん》の相手——アイルは、苛立っている様子もなく特に傲慢な素振《そぶ》りも見せず、柔和《にゅうわ》な視線をアルス達に向けていた。

部屋の中央にはソファーセットが置かれ、その間に曇《くも》りガラスのテーブルが設置されている。広いソファーの中央に背筋を預けず座《すわ》っていたアイルは、微笑《ほほえ》みつつ口を開いた。

「すっぽかされずに済んだようで、ホッとしたよ」

誰のせいでこうなったと思っている、とばかり、アルスは辛辣《しんらつ》な視線を投げかけつつ、一応は返事をする。

「すっぽかそうにもここは学院内だしな、隠れるところもない。面倒だが学院に居座《いすわ》られたら理事長の心労も募《つの》るばかりだしな。そっちの方が面倒そうだ」

そう言いながら、アルスはアイルの背後、ソファーの後ろ側に突《つ》っ立《た》っている二人の従者に視線を移す。

うっかりしていたが、さっきもしノックでもしていれば、恐らくどちらかが——多分、シルシラと呼ばれていた女従者の方が——扉を開けに来たのかもしれない。

彼女《かのじょ》はフェーヴェル家に仕えるあの老執事《しつじ》、セルバと同じような匂いがする。いかにも従者として、接客や応対に手慣れている、といった雰囲気《ふんいき》。

一方の男の方はというと、服装こそはいかにも従者風でまずまず美丈夫《びじょうふ》とさえ呼べる面構《つらがま》えだが、少し無骨な印象を受ける。身にまとう気配からは、いくつもの修羅場《しゅらば》を越《こ》えてきたのであろう猛者《もさ》だけが持つ、独特の鋭さを感じさせた。

すぐに値踏《ねぶ》みするようなアルスの視線に気付いたのか、男は軽く眼《め》を伏《ふ》せた。

そんな様子をどう取ったたか。

「そうだった。話の前に少し紹介《しょうかい》の時間を貰《もら》えるかな」

何気ない口調で言うアイルに、無言の頷《うなず》きだけで応じた。

そのまま振り返らず、アイルは片手を挙げると、まず女性の方を示した。

「こっちは僕《ぼく》の専属従者で、シルシラ・シクオレン。護衛役も兼ねてもらっている」

（やはりか）

とアルスは内心で呟く。ただの従者というだけでなく、二人がいざとなれば戦闘《せんとう》もこなせることは、半ば予想できていたことだ。

ひとまず紹介を受けた女性は、丁寧《ていねい》に胸に手を当て、流れるように腰《こし》を折り一礼する。実に優美で、洗練され尽《つ》くした動作。何万回と繰《く》り返してきたのであろう所作に、アルスは内心でぼやいた。

（身のこなし的にも、恐らく並みの腕前《うでまえ》じゃないな。どうしてこれほどの逸材《いつざい》が、こんな奴《やつ》の周囲にいるんだか）

無論、それがウームリュイナ家の巨大《きょだい》な権勢の一端《いったん》を示しているのだろう。財力や政治力だけでなく、私兵の数もまた群を抜《ぬ》いていると聞く。が、この二人ならば、多分その中でも筆頭クラスであろうと想像がつく。

続いて彼女の口から出た声音も、銀の鈴《すず》が鳴るように涼《すず》やかなものだった。

「遅《おく》れてのご挨拶《あいさつ》となり申し訳ありません、アルス殿《どの》。状況が状況でしたので、どうかお許しください。なにしろアイル様ときたら、今回のことは急に思い立たれて……」

示された謝意と続く言葉を、アルスは「もうそれくらいで結構」と、不愛想《ぶあいそ》に手で制した。形ばかりの詫《わ》びなど受け取る意味はない。いかにも貴族の作法めいた、長々しい前口上などいらないのだ。

「へえ、僕のせいかい？　棘《とげ》があるなぁ、シルシラ」

苦笑したアイルに、シルシラはあくまで表情一つ変えず。

「アイル様の思いつきにいちいち付き合わされる身としては、苦労が絶えませんので」

「それは仕方がないことさ、僕はそういう奴なんだから。それでも君は僕に従ってくれるんだから、ありがたいと思っているよ」

「御心《おこころ》のままに」

畏《かしこ》まった口調でシルシラはいかにも上辺だけ、といった定例句を口にした。

アイルは少しばつが悪そうな表情を浮《う》かべ、思い出したように反対側の手を上げた。

「失礼、続いてこっちの男性は……ま、言ってみれば完全に護衛担当だね。シルシラと同じく僕専属の従者ではあるけれど、彼の入れる紅茶は酷《ひど》くて飲めたもんじゃない」

「それは失礼いたしました、アイル様。まあ、二度と紅茶をお淹《い》れする機会はないと思いますが」

平然とそう返しつつ、もう一人の男性従者は、半歩前に進み出て、アルスを値踏みするような視線を向ける。

「アルス・レーギン殿のお噂《うわさ》はかねがね。こうして拝謁《はいえつ》できたことを光栄に思います。私のことは、オルネウスとだけお呼びください。以後、お見知りおきを」

「……こちらこそ」

言葉こそ丁寧だが、特にこちらへの敬意めいたものは感じられず、寧ろ相手を値踏みする無遠慮《ぶえんりょ》な目線の方が印象に残る。ひとまずアルスは無言でそれに頷きつつ、内心でそっと訝《いぶか》しんだ。

（単に、オルネウス、か。家名を告げない理由は何だろうな）

一応アルスはこの場では上位者であり、そんな彼に対しては、この場ではフルネームで名乗るのが礼儀《れいぎ》だ。

そうしない理由は、単に家名を持たないのか。もしくは明かせない理由でもあるのか。

一先《ひとま》ずアルスがソファーに腰を下ろすと、リリシャが後ろに回る気配がした。アルスやアイルと同列に座るのではなく、あえて立って控《ひか》えることで己《おのれ》の立場を示す。謙虚《けんきょ》といえば謙虚だが、リリシャとしては、話し合いの矢面《やおもて》に立つつもりはない、という意志表示でもあるだろう。

彼女も貴族である以上、事情や作法というものをアルスより深く理解していても、かえって立場上、フェーヴェル家とウームリュイナ家の問題に首を突っ込むのはまずいと判断していようだ。

いずれにせよ、ひとまずリリシャはこの話し合いにおいて、自分の主な役目は、成り行きを見守り立ち会い人になること。いわばオブザーバーというのが近い。

（さて）

始めよう、という代わりにちらりとアイルに視線を送ると、彼はそれをオルネウスの慇《いん》懃無《ぎんぶ》礼《れい》な態度への非難と取ったのか、苦笑して詫びるように言った。

「悪いね。オルネウスは少々堅物《かたぶつ》でね」

冗談混じりのそんな言葉は逆に、アルスに一層の不快感を抱かせた。オルネウスの態度のほうが、まだ素直《すなお》で誠実だとさえ言えるほどに。

要は誠意の有無《うむ》などではなく、そもそも何も感じさせない。その気がない。結局は全《すべ》て〝装《よそお》っている〟に過ぎないのだ。

好悪《こうお》はおろか、あらゆる内心についても表情や声に表れることはないのだろう。だからこそ、このアイルという少年の言動は全てが作り物めいて、胡散臭《うさんくさ》く思えてしまう。

完璧《かんぺき》過ぎるポーカーフェイスゆえに、まるで血が通った人間ではなく、何か異形の存在を相手にしているような、ひどく奇妙な違和感《いわかん》を覚えるのだ。

「別に怒《おこ》っちゃいないさ。まあ、リリシャも含《ふく》め、こっちはそちらの紹介に応じる必要はないと思うが」

「もちろん、君のことを知らない人間はここにはいないよ。でも……リリシャさんだっけ、彼女のことは気になるよね。何より、意味が分からない。リムフジェが介入《かいにゅう》してきたら、そりゃもう事は二つの家だけの問題じゃなくなるよ。そもそも、リムフジェの『頭首』はこのことを知っているのかな？」

その質問はリリシャも想定していたことなのだろう。そう、相手も大貴族であるが故に、リリシャ側の急所をも熟知しているということだ。リリシャはニコリともせず、すでに用意していたらしい答えを口にした。

「頭首は知りません」

「独断かな」

「はい、でも問題はないかと。私は確かに三大貴族の家柄《いえがら》ではありませんが、リムフジェ家と同時にフリュスエヴァンの家名も持つ者であり、さらに軍の意向も汲《く》んでアルス殿に同席しております。そちらも軍のシングル魔法師相手に、随分《ずいぶん》と荒《あら》っぽい態度を取られているわけですから。どうぞ私のことは、中立の立会人として、ご認識《にんしき》ください」

「あぁ～、なるほど、それなら大丈夫《だいじょうぶ》だ。でもベリック総督《そうとく》はやはり、何かと鼻が利《き》くみたいだね。良いよ、良いよ。寧ろ君がいてくれた方が話もスムーズに済むというものだ」

「ありがとうございます」

鼻白むでもなく、あくまで泰然《たいぜん》と構えたアイルは、そっと片手をあげる。

いつのまに用意されていたのか、すぐに湯気を立てる紅茶が、シルシラの手によって無音でテーブルに置かれた。

「もちろん、ここの安い買い置きとかじゃないよ。僕らがいつも持ち歩いている物だ」

アイルの勧《すす》めに、せっかくだということで、アルスは軽く喉《のど》を潤《うるお》すことにした。

最高級らしい茶葉をふんだんに用いられたその紅茶は、確かに鼻腔《びこう》をくすぐる芳醇《ほうじゅん》な香《かお》りを放っている。だが、単に香りだけでは合格点を出せるわけもない。日頃《ひごろ》からロキの淹れる紅茶によって、アルスの舌はかなり肥えている。彼に言わせれば、紅茶は高ければ良いというものではない……はずだったが。

「産地はハルカプディアの最北・ウルガル地域で採れるウル産茶葉、畑から直送されたものです。ブレンドではない純正銘柄《めいがら》品で、豊かな香りが特徴《とくちょう》です」

シルシラの流暢《りゅうちょう》な説明を受け、アルスはそれを一口含み……直後、コトッとティーカップを受け皿に戻《もど》して、ほうっと一息つく。

「ここまで違うのか」

素直に認めねばならない。香りで味わう紅茶には不慣れだとはいえ、味のほうも、しっかり美味《うま》いと感じてしまったのだから。

「お湯はもちろん、適温で淹れております。淹れ方《かた》にもまたコツがあるのですが……それでもこれほどの茶葉ならば、ご満足頂けるものをお出しできること、請《う》け合いです」

あくまで抑揚《よくよう》のないシルシラの口調だが、その奥《おく》に、僅《わず》かにプライドが満たされた悦《よろこ》びのようなものを感じさせる。紅茶を淹れる腕《うで》には自信あり、というところか。

「……奥が深いな」

「はい、この茶葉は、直《じか》に私が選別しましたので。ただ、もちろん単純に茶葉が全てという訳でもありません。多少品質が悪かったとしても、良い味が出るように創意工夫《そういくふう》をするのもまた、腕の見せどころです。そして、もう一つ大事な点が……さらに加えて、留意すべき部分が別にあってですね」

「あ、あぁ、そうなんですね」

次第《しだい》に熱を帯び、止《とど》まることを知らなくなってきた彼女の口調に、我知らず気圧《けお》されてしまい、思わず敬語になってしまったアルスだったが。

「はいはい、もういいでしょ、シルシラ」

そこに割って入ったのは、やれやれ、という表情を浮かべたアイルであった。

「済まないね、アルス殿。彼女にお茶の話をさせると、いつまで経《た》っても終わらないんだ。

なんせシルシラは……えっとなんだっけ？」

　彼がシルシラを一瞥《いちべつ》した直後。

「ティー・マイスターです！」

「そう、それ。シルシラは紅茶に関しては、ほぼありとあらゆる資格を取得していてね。とにかくまあ、並々ならない熱意があるというわけ」

「ティー・アドバイザーとしての資格も持っておりますので、何か分からないことがあればいつでも」

　思いがけず、寡黙《かもく》そうな第一印象とはずいぶん異なる一面を見せたシルシラだったが、さすがにこれ以上は、と控えることにしたらしく、彼女はそこで言葉を切った。

　いずれにせよ、それなりに覚悟《かくご》を決めて来たつもりのアルスだったが、すっかり出鼻を挫《くじ》かれてしまった感は否《いな》めない。それはリリシャも同様のようで、微妙《びみょう》な空気が応接室に満ちた。そこで一つ手を打ち鳴らすと、仕切り直しとばかり、アイルがにこやかに言う。

「さて、話を戻そうか」

　アルスとしては完全にペースを持っていかれた気分だが、これからが本番になるはずだ、と改めて視線も鋭《するど》く、アイルの顔を見据《みす》える。

　そもそも最初から、アルスは何一つ譲るつもりはない。

「さて、アルファが誇《ほこ》る最高位の魔法師たるアルス殿。僕は君に、わざわざ会いに来たんだ……というのはもちろん、フィア絡《がら》みのことでね。ちょっと調べさせてもらったところ、君が彼女を直々に教えているというじゃないか。だからこそ、フィアの将来のことについて、君には一度話を通しておかないと、と思ってね」

ただその口調と態度には、あくまで目的は形式的に筋を通すだけのことだ、という意志がはっきりと表れている。もはや隠す気もないのだろう。

「というわけで、フィアは連れて行くよ。文句はないよね」

アルスは足を組み直し、ただ一言のみ、きっぱりとした口調で返す。

「悪いが、それはできない。させない」

「ふ～ん、正直、その返答は意外だったかな。誤算だよ。君はてっきり、この手の問題に首を突っ込むのを嫌《いや》がっていると思ってたけど。それとも、予想以上にフィアを気に入ってしまったのかな？」

口ではそう言いながらも、アイルは一切柔《いっさいやわ》らかい微笑《びしょう》を崩《くず》さない。アルスの態度も、本当に予想外だと感じているのかどうかは、疑わしいところだった。

「気に入っている、か……まあ、そうとってもらっても構わない」

これは無論、テスフィアの才能と資質を買っている、という意味での発言だ。

だが、続いて人を食ったような笑《え》みをアルスが浮かべた時、アイルはついに、絶えず浮かべていた微笑を引っ込めると、ピクリと眉尻《まゆじり》を吊《つ》り上《あ》げる。

(ほう、ようやくまともな人間の面《つら》になったじゃないか)

アルスは内心で皮肉たっぷりにそう毒づく。

テスフィアの意志がどうあれ、あくまでアイルとしては、当然手に入るはずの熟した果実を横から掠《かす》め取《と》られた、という印象なのだろうか。そもそも、彼《かれ》の意志を阻《はば》む者がいるということ自体、看過しかねるという態度にも思える。

「そう口にした以上、君はこの一件に大きく関わることになると、理解した上で言っているのかな」

背後でリリシャが微《かす》かに反応を示したが、アルスはあえて無視した。きっと彼女は、アイルの態度が変わったこと、その意味とリスクについて知らせたかったのだろう。ただ、その程度は当然アルスも知った上のこと。

「もちろんだ」

「何が君をそこまで駆《か》り立てるのか聞いても？　僕の知っている限り、アルス・レーギンは、こういった俗《ぞく》っぽい出来事にはおよそ深く関わろうとしない人物だったはずだ。特に、貴族社会に関わることは各段に嫌《きら》っていて、そのために叙爵《じょしゃく》の話まで蹴《け》ったということだったけれど？」

「よく調べている。概《おお》ね当たってるのが癪《しゃく》だが、この際、世間知らずなお坊《ぼっ》ちゃんに言っておかないといけないだろうな。率直に言うが、自分が手塩にかけた教え子の未来を勝手にどうこうされて、はいそうですかとはならんだろ普通《ふつう》」

それを聞いたアイルは、寧ろ意外そうに、そういうものか、とでもいうかのように顎《あご》に指を当て、少し考えこむような素振りをみせる。

「ましてや、事は俺《おれ》の利害に直接絡む話だ。つまるところ、俺が将来楽をしたいがために、少なからぬ時間をあいつに割《さ》いてきたんだからな」

ここについては、あくまでも勝手に己の領域を侵《おか》してきたアイル側の理屈《りくつ》には付き合わず、アルスは自分の考えで介入を決めている。

アルスは口角を持ち上げて。

「フィアと両想《りょうおも》いだとか、堂々とプロポーズしてアイツが受けるとか、そんな恥《は》ずかしい場面を見せられたら、さすがに口出しするほど野暮《やぼ》じゃないがな」

「ハハッ、それは難しいね。愛しているから婚約《こんやく》しているわけじゃない、まして好きですらないんだから」

さらりとアイルはテスフィアに個人的な好意などないことを吐露《とろ》する。悪意などなく、貴族なのだからと、さも当然のことのように。

　リリシャもそこは同意のようで、特別異論はなさそうだ。

「それでも、あれはあれで美人ではあるのだろうけどね。……なるほど、少し君の調査が甘《あま》かったようだね。で、そうなるとアルス殿はどうするんだい？　得意の裏の手管で、僕を亡《な》き者《もの》にするとか？」

　無邪気《むじゃき》な笑みとともに、アイルはあくまで冷静にそんな言葉を発する。

（裏の……汚《よご》れ仕事のことまで知っているか）

　アルスは内心で、ウームリュイナの恐《おそ》るべき調査力に舌打ちしたい気分だった。

　アルスのもう一つの顔。クラマの幹部をはじめ、重犯罪者やテロ組織の始末。そういった案件はおしなべて総督直轄《そうとくちょっかつ》のものであり、全てが極秘裏《ごくひり》のはず。それを知っているとなると、ウームリュイナ家の手は、とっくに軍の中枢《ちゅうすう》を越え、それこそ総督の間近にまで伸《の》びているのだろう。

　だが、ここで内心を悟《さと》られてはならない。アルスは努めて冷静に言葉を返す。

「いいや、何もしやしないさ、俺の方からは、な。俺がどう出るか、それは今後のそっちの態度が決めることだ。貴族なら理解できるだろ」

　スウッとアイルの表情が、初めて「大きく」変化した。口角が下がると同時に表情からは一切《いっさい》の柔和さが掻《か》き消《き》え、まるで仮面のような無表情だけが、その顔を支配する。

「君こそ、勘違《かんちが》いしないほうがいい。ウームリュイナは貴族じゃない、〝王族〟だ。まず、覚悟を決めるのは君のほうだよ、アルス。これ以上は文字通り心身、いや、君の寿命《じゆみよう》を削《けず》ることになる。そこまでして、かつての王たる一族とやり合う覚悟はあるのか？　得になることなんて、一つもないはずだが」

「覚悟だと？　悪いな、生まれてこの方、俺には覚悟のない選択《せんたく》なんて一つとしてないんだ。いいか、これだけははっきりさせておく。俺の選択が将来、俺の得になるかどうかを決めるのはお前じゃない。そして、俺は自分のしたことが徒労に終わるのは我慢《がまん》ならん性《しよう》分《ぶん》だ。今回に限っては尚更《なおさら》な。もう一つ、お前が王族だろうと何だろうと、俺の知ったことじゃない」

瞠目《どうもく》したアイルはニイッと口元を三日月に歪《ゆが》めてから、小さく吹《ふ》き出《だ》した。

「そうだった、君は元首シセルニアの命令にさえ、従順とは言い難《がた》いんだよね。でも、今回ばかりは勝手が違うと思うよ。もしこの問題に首を突っ込んでくるなら、貴族界のルールには従ってもらう」

もちろん、それを承知の上でアルスはこの場にやってきたのだ。あくまで冷静な態度を崩さないアルスに対し、アイルはさらに言《い》い募る。

「フィアとの婚約については、正式に互《たが》いの署名入りの書面を交《か》わして約束されている。この意味が君に分かるか？」

事前に話が出ていた、大きな懸念《けねん》材料。いわゆる約定の〝根拠《こんきょ》〟だ。もちろん実物を突きつけられたわけではないのでハッタリの可能性はある。だが、それでも強力なカードであることに変わりはない。

その証拠《しょうこ》に、アイルの言葉を聞いたリリシャの顔が、僅かに険しくなる。強気に出られるのはここまで、ということだ。

ここからは、話の主題は威圧《いあつ》や恫喝《どうかつ》の応酬《おうしゅう》ではなく「交渉《こうしょう》」になるだろう。

「では、そちらは証書を持っていると？」

アルスに代わってのリリシャの問いに、アイルは「でなければわざわざ来ないよ」と笑《え》顔《がお》で返す。その態度からは、予想通りハッタリや虚勢《きょせい》の類《たぐい》は読み取れない。

さらにアイルは、澄《す》ました顔でこんな一言をあっさり付け加える。

「フィアが僕のものになれば、行く行くは、フェーヴェルとウームリュイナを一つに……そう、どちらかというとフェーヴェルが、ウームリュイナに吸収されるというのに近い形になるのかな。そうなれば、両家にとって、輝《かがや》かしい未来が訪《おとず》れるだろうね」

「……！」

それを聞いた途端《とたん》、リリシャの顔に大きな衝撃《しょうげき》の色が浮かぶ。ただの結婚《けっこん》、というならまだしも……両家の統合、となると話はまったく違《ちが》ってくる。さすがにフェーヴェル家当主たるフローゼの目が黒いうちは、という気がするが、ウームリュイナが裏で何を画策しているか、実際のところは分かったものではない。特にこのアイルという少年は、己の意志を通すためなら、涼しい顔でどんな手段をも取りかねない、という気がする。

これまでそれなりに緊張《きんちょう》はしていたものの、まだ比較的《ひかくてき》気楽な「立会人」という意識でいた彼女の顔色が、文字通り一変した。

場の空気が変わったことをアルスなりに察しつつも、貴族の事情に疎《うと》いがゆえに、アルスはあえて、リリシャに確認《かくにん》した。

「リリシャ、つまり、これからの話し合いはどういうことになる?」

アルスの問いかけにリリシャは難しい顔を向ける。

「交渉のルール上では、特別なことはありません。互いが納得《なっとく》のいく着地点に向けて、ありとあらゆる物が取引の材料になる、というだけです。でも……」

彼女が口籠《くちご》もるのは無理もない。

アイルの意図がはっきりした以上、もはやこの結婚契約《けっこんけいやく》が関わっているのは、テスフィア個人の運命という範疇《はんちゅう》を超《こ》え、もっと巨大なアルファ内の勢力バランスの問題、ということになる。何しろ三代貴族のうち、フェーヴェルとウームリュイナの二家が統合されるというのだから。

文字通りの政略結婚が成れば、貴族界の勢力バランスに絶大な影響《えいきょう》を及《およ》ぼすだろう。結果、ウームリュイナは恐らく、今以上に大きな力を手にすることになる。

そこまで考えて、リリシャは、やはりこの場に付いて来て正解だったと感じた。軍部のみならず、政治と貴族もまた、互いに切っても切り離《き》せ《はな》ない関係だが、ウームリュイナが力を伸《の》ばせば、その影響力《えいきょうりょく》はもはや元首の足元にまで迫《せま》る。

元首は基本世襲制《せしゅうせい》だが、ある程度までは民意が反映される側面もある。さらに、貴族や高級官僚《かんりょう》らの支持も無視できない。つまり、ウームリュイナが邪魔《じゃま》と見れば、現在の元首たるシセルニアを、トップの座から引きずり下ろす手段もなくはないのだ。

それには、貴族や高級官僚が集中する政治機関「元老院」が鍵《かぎ》になる。フェーヴェルの力を取り込み、それを足掛《あしが》かりに元老院をも抑《おさ》えられたら、情勢は一気に傾《かたむ》く可能性がある。当然、そこにはどのような形であるにせよ、混乱だけでなく、確実に対立と抗争《こうそう》が発生するだろう。

背中に冷たいものを感じながら、リリシャはそんな恐ろしい未来予想図を頭に描《えが》く。

（ウームリュイナの源流は、王族の血脈。ただ、これまで彼らは三大貴族それぞれの分立を良しとしている様子で、フェーヴェルを取り込もうなどという気配は少しもなかった。それが、なぜ急に？　いずれにせよ、かなり前から用意周到《よういしゅうとう》に準備していた可能性が高いわね。下手をすると、アルファという国家の体制自体が覆《くつがえ》るかも。強引《ごういん》にやれば国家転覆《てんぷく》罪ものだけど、確かに勢力バランスさえ崩せば、合法的に実行できるかもしれない）

リリシャの不安を裏付けるかのように、アイルはシルシラへと、ゆっくりと片手をあげて合図を出した。

すかさず彼女は、懐《ふところ》から長方形の小箱を取り出し、中を開く。顔を覗《のぞ》かせたのは、くるくると巻かれて黄金の糸で結ばれた、厚手の羊皮紙だった。

「こちらが、両家の婚約を示す証書の原本になります」

テーブルの上に出されたそれを、アルスより早く、リリシャが確認に動く。アルスがちらりと見た彼女の横顔は、もはや焦燥《しょうそう》感を露《あら》わにしていた。

「リリシャ、本物なのか？」

「……偽物《にせもの》なら、重大案件についての公文書偽造《ぎぞう》となり、当然罪に問われます。両家のサインが本物であるかは私には分かりませんが……元老院お墨《すみ》付きの公正保証印が押《お》されている。元老院が立ち会い、認可《にんか》した証《あかし》です」

改めて、穴が空くほど羊皮紙を見つめ直すリリシャだったが、やはりこの証書に不正は一つも見当たらない。保証人の欄《らん》にもしっかりとサインがあった。

(モルウェールド少将が保証人⁉)

貴族としても格が高く、軍部でも高い地位にある大物。軍の現在の体制に異を唱える派《は》閥《ばつ》の筆頭格で、ベリックの政敵でもある男だ。

リリシャは知らず絶句した。嫌な予想が、急に現実味を帯びてきたためだ。なおかつ、手遅《ておく》れとすら思わせるウームリュイナの用意周到ぶり。

やはり、これは相当事前から練られていた計画に違いない。ならばこそ、この証書の完全さにも納得がいく。貴族間の婚約は確かに重大な事だが、さすがにここまで徹底《てってい》した証書を用意する必要まではないはずなのだ。

リリシャはひとまず、証書から目を離して持ち場に戻りつつ。

「他《ほか》にも、いろいろと証拠が確認できました。確かに本物のようです」

「そうか」

だが、ここでアルスもリリシャも共通して気付いたことがあった。それはフェーヴェル家当主、フローゼ・フェーヴェルのこと。具体的には、ここまできっちりした証書がある状態で、彼女が娘《むすめ》とアイルとの婚約話を反故《ほご》にしたいと申し入れるようなミスをするはずがない、ということだ。つまり、この証書は……。

推測の域を出ないが、二人は同時に結論を下した。

（嵌《は》められた）

かなり汚《きたな》い手を使ったのだろう。そもそもアイルには、テスフィアに掛《か》けた暗示に見られるような、特異な能力がある。アルスが見たところ、テスフィアの身体《からだ》には、僅かながら魔力《まりょく》の痕跡《こんせき》も感じられたくらいだ。何より、彼ならばやりかねない、という強い確信めいた気持ちがある。

ただ、一先ず確実なことは、現物がある以上、約定の効力は法的に守られている、という動かせない事実。

こうなると、アルスのみならず、リリシャであろうとも、取れる手段は限りなくゼロに近い。証書を綺麗《きれい》に丸め、再び小箱に仕舞《しま》い込む女従者《シルシラ》の姿を横目に、リリシャの背中に、再び嫌な汗《あせ》が伝っていく。

政界だけでなく、今の軍部もまた、貴族派閥との微妙なパワーバランスで成り立っている。それを維持《いじ》しているベリック総督の手腕《しゅわん》も相当なものだが、やはりフローゼ・フェーヴェルとヴィザイスト・ソカレントが彼を支持していることが大きい。

いずれにせよ、アイル――ウームリュイナ家が狙《ねら》っているのは、現状の体制を一変させること。そうなれば、アルファ国内に大きな波乱が起きるのは疑いない。

ここまで証拠が出れば、自分の予想——ウームリュイナの狙いが透《す》けてくる。単なる大貴族同士のいざこざでは済まされない。もはやウームリュイナが向かう先にあるのは、まぎれもない野心。まさに、現在のアルファに明確な反旗を翻《ひるがえ》そうとしているのに等しい。

何より厄介《やっかい》なのは、それが貴族一家《いっけ》レベルではなく、軍や政治の上層部すらも抱《かか》え込んでの、巨大な造反計画であるらしいことだ。

元首はアルファを象徴《しょうちょう》する存在で、現人神《あらひとがみ》とさえ称《たた》えられることもあるくらいだ。何より、アルファがここまで強大な国になったのは、アールゼイト王家あってこそだ。それに牙《きば》を剥《む》くなど……。

リリシャはキッと目を険しくして内心で毒づいた。

(国賊《こくぞく》がっ！)

同時に彼女は、大きな動揺《どうよう》も覚えていた。推測できる最悪の未来と、軽い気持ちで乗っかったつもりだったこの一件の裏に潜《ひそ》む事の重大さ。こうなると、貴族のルールすら碌《ろく》に知らないアルスでは、事態の収拾《しゅうしゅう》は尚更荷が重くなってくる。

「証書が本物であることを先《ま》ずは確定させなければなりません。また、この場には当事者でもあるフェーヴェル家が不在でもあります。この場であなたの要求に正当性を認めるわけにはいきませんね」

無理を承知で、なんとか不利な流れを押し止《とど》めるつもりで、リリシャは声を絞《しぼ》り出す。

アルスの代役をこなすかのように、必死で最後まで言い切った。

「ふぅん、そこまで正当性がないとは思わないけどね。ただ、簡単には認められないというなら多少は譲《ゆず》ってもいいよ。ただし、それには代替《だいたい》条件がある。つまり取引ということになるんだけれど」

そこでアイルは一度言葉を切り、改めて微笑とともに。

「僕としては君が欲《ほ》しい、アルス殿」

「なっ⁉」

リリシャは驚愕《きょうがく》のあまり、瞠目してアルスの方を窺《うかが》った。

「断る」

アルスが間髪《かんはつ》容《い》れず否定したので、いくぶんか安堵《あんど》したリリシャであったが、改めてアイルという少年の、傍若無人《ぼうじゃくぶじん》とでもいうべき発想に呆《あき》れる思いだった。ある意味で、器《うつわ》が大きいとも言えるのかもしれないが。

婚約の正当性うんぬんとそれは、別次元の話だ。アルスがウームリュイナ側に付くというのは、貴族界のパワーバランスと同等以上に、アルファにとって重大な影響をもたらす。そうなってしまっては、この婚約話自体を止めたところで意味がなくなってしまう。

「だいたいその要求は、さすがにこの一件と無関係すぎます！　そもそもシングル魔法師《まほう》は軍の保有戦力。問題外です、あなたがこの意味を分からないはずがない」

リリシャの威圧的《いあってき》な言葉を受けて、アイルはどこかとぼけたように。

「そうかな？　僕はまだ当主ではないから、思いついたことを気楽に口にしたまでだよ。ただ、せっかく代案を提示してあげたのに、随分な言い草だよね。それに、シングル魔法師が総督直轄だというのは、あくまで慣例に沿っているだけなんだよね。ちゃんとした法的根拠の上で運用されているわけじゃないのさ。それにアルス殿は、今や正式な軍人とすら言い難い。何しろ学院の生徒なんだから……いや寧《むし》ろ、そっちの方が問題あるよね」

「ッ……！」

リリシャが一瞬《いっしゅん》口ごもったのは、アイルの指摘《してき》が、意外にも核心《かくしん》を突いていたからだ。

アルスは一応軍人なのだが、その立場や今に至る経緯《けいい》について、軍規上の解釈《かいしゃく》の曖昧《あいまい》さを突かれれば、確かに難しい部分がある。それらはあくまでも、アルスの異常な戦闘力《せんとうりょく》ゆえに、特例として黙認《もくにん》されているからだ。しかし、それでもリリシャとしては、ここは中立的な立会人としての立場をやや放棄《ほうき》する印象になってでも、こう言わざるを得ない。

「軍を敵に回すおつもりですか」

リリシャは強い視線で、アイルの顔を、まるで睨《にら》み付《つ》けるように見据えた。

ウームリュイナの持つ巨大な情報網《じょうほうもう》を巧《たく》みに利用し、相手の致命的《ちめいてき》な急所を責め立てる。加えて言葉が魔力を通じて、精神を乱し縛《しば》り付けていく。それと同時に、リリシャの意外な脆《もろ》さが浮き彫《ぼ》りになる。

「不出来な方のお兄さんと一緒《いっしょ》で、今君は軍に押し込まれて、使い捨ての駒扱《こまあつか》いというわけかい。哀《あわ》れなもんだ」

ついに膝《ひざ》を折り崩れ落《お》ちそうになったリリシャの身体を、すかさず誰《だれ》かの手が支える。

アイルの声を、その人物——アルスの冷たい言葉が遮《さえぎ》った。

「おい、その辺にしておけ。立場は立会人とはいえ、リリシャは俺の連れだ。あまり調子に乗るなよ」

周囲に響《ひび》く低い声で、アルスは静かに、だが強い語気で言い放った。この相手は、いかにも貴族らしい狡猾《こうかつ》さが鼻につくというだけではない。そのやり口や態度には、どこかおぞましい匂《にお》いがする。それがどうにも気に入らない。

もはや内心では、彼と交渉するということすら、馬鹿馬鹿《ばかばか》しくなりつつあった。

だが当のアイルは、しれっとした表情のまま、ぬけぬけと言う。

「ここからが、面白《おもしろ》くなりそうなんだけどな。君にとっても有益な話だと思うけど」

「いや、これ以上は聞くに及ばない。……主人を守る準備はできているか？」

後半の台詞《せりふ》は、アイル本人ではなく、その護衛役二人に対してのものだ。

直後、アルスは片手をさっと上げると、コキコキと指の関節を鳴らした。

間髪容れず、シルシラがアイルの前に立ちはだかり、同時にオルネウスが、主人とアルスの間に置かれていたテーブルを、勢いよく蹴り上げる。

ガラスのテーブルに罅《ひび》が入る鋭い音が響いた刹那《せつな》――室内を怒涛《どとう》のようなアルスの魔力が満たす。直後、危険と見てそれを取り除こうとしたオルネウスの意図は果たせず、重いテーブルは巨大《きょだい》な魔力の衝撃波《しょうげきは》に飲まれるまま、アイル目掛《めが》けて襲《おそ》いかかった。リリシャを背にしたアルスの前に、一瞬で展開された厚い魔力壁《まりょくへき》……それが一気に押し出された結果、その衝撃が怒涛となって、アイルのもとに押し寄《よ》せたのだ。

シルシラが全身でアイルをかばったところに、横から飛び込んだのはオルネウスである。彼が瞬時《しゅんじ》に両手を合わせて突《つ》き出すと、まるで激流を強固な岩が二つに裂《さ》き放つかのように、衝撃波は彼を中心に左右へと逸《そ》れていった。

だが、それでもただで済むはずはない。部屋の壁面《へきめん》を覆《おお》っていた巨大ガラスが砕け散《ち》り、先程《さきほど》のテーブルや他の調度品の類は、全て最上階の室内から、空中へと放《ほう》り出された。

それらが地面に叩《たた》きつけられる激しい物音と同時、なおも顔から微笑《ほほえ》みを消さないまま、アイルは、すっかりがらんとしてしまった背後の室内をちらりと振《ふ》り返《かえ》りつつ、改めてアルスの方へと向き直る。

それから小さな笑みを洩《も》らすと、彼はそれぞれに戦闘《せんとう》態勢でアルスを睨みつける二人の従者を、軽く手を挙げることで制した。

「怖《こわ》い怖い、さすがに最強の魔法師ともなると、凄《すご》みが違うね。でも、所詮《しょせん》脅《おど》しは脅しだ。魔力をぶつけるなんてお遊びじゃ、僕《ぼく》を心底から震えあがらせるのは難しいな。だからオルネウス、悪いけどまだ、手は出さないでよ」

「ちっ……」

アルスは苦々しく舌打ちをする。やはりこの少年は、いろんな意味で普通ではない。並みの相手なら恐怖《きょうふ》で竦《すく》むどころか気絶してもおかしくないさっきの状況《じょうきょう》下で、アルスがどこまで踏《ふ》み込むつもりか、その本気のラインを冷静に見切っているのだから。

「残念ながら君は、普段《ふだん》から感情的という言葉とは対極にある。この情報は正しかったみたいだね。あの程度でそうそう〝切れる〟ことはない。いや、怒らないというわけじゃないが、全てを怒りに任せて理性を失うにはあまりに……そう、寧ろ『人間離《ばな》れして冷徹《れいてつ》すぎる』んだ。だからこそ逆の意味で信頼《しんらい》に値《あたい》する、さっきのような状況下でもね。言ったろ、先に君のことはいろいろ調べさせてもらったんだ、僕の力を甘くみないほうがいい」

「………」

よくも人のことを勝手にあれこれ分析《ぶんせき》してくれる、と内心思いながら、アルスは無言でしたり顔のアイルを見つめる。

「ま、これぐらいは許してあげるよ。軽い挨拶《あいさつ》みたいなものみたいだしね。それに僕の方も、ちょっとやりすぎたようだ。謝《あやま》っておくよ」

言葉とは裏腹に、アイルは立《た》ち尽《つ》くすリリシャを、満足げな微笑を浮《う》かべて見つめた。

これほどの激しい応酬があったにも拘《かか》らず、今の彼女は虚《うつ》ろな目で、ただ荒《あ》れ果《は》てた部屋を眺めているだけだ。呆然《ぼうぜん》自失としているその様子は、以前のテスフィアに近い。ただアイルのやり口に違いがあったとすれば、家の事情という弱点を抱えていたテスフィアとは異なり、今回はリリシャが心の奥底《おくそこ》に持つ、個人の本質的な脆さにその毒牙《どくが》を突き立てた、という部分だろう。

「おい、しっかりしろ！　お前もポンコツなのか、いちいち奴《やつ》の言葉を、まともに受け止めるな」

「……!?」

アルスにそう言われ、リリシャはきょとんとして、目に光を取り戻した。

彼女まで再起不能になったら後々面倒《めんどう》だ、と思っていたアルスは、内心で少し安堵するとともに、ふと過去の出来事を思い出した。

以前、うっかり彼女の頭に手を触《ふ》れようとしてしまった時の、あの鋭い反応を。今にも悲鳴を上げんばかりに、腕を上げて己《おのれ》をかばうかのような素振《そぶ》りを見せたリリシャ。

彼女は一見気ままで大胆《だいたん》なようだが、本質的にはとても繊細《せんさい》というか、どこか臆病《おくびょう》なところさえ感じられる。常に何かに恐怖している。そのへんには疎いはずのアルスだったが、なぜか彼女に対しては、何となく分かる部分がある。

少なくともお気楽そうな見た目よりは、かなり複雑な内面を抱えているのだろう、と察せられた。

「だ、大丈夫《だいじょうぶ》！　ほんのちょっと、驚《おどろ》いただけだから」

今もそんな虚勢を張っているが、アルスから見れば、異常な発汗量《はっかんりょう》から、彼女が受けたショックの大きさは一目瞭然《いちもくりょうぜん》である。

そんなアルスとリリシャの様子を他所《よそ》に、一応事態は落ち着いたと見て取ったらしいシルシラが、流石《さすが》に呆れて口を挟《はさ》む。

「まったく、アイル様、さすがにこの学院で事を構えては、事後処理が大変ですよ。あの〝魔女《まじょ》〟まで、この一件に引っ張り出すおつもりですか？」

その諫言《かんげん》めいた一言で、アイルの表情からは、さすがに悪戯《いたずら》っぽい笑みが引く。

「確かにそれは良くないね。アルファが誇る1位の力と器《うつわ》を、ちょっと間近で見てみたかったというのはあるけれど。ま、つい誰かを怒《おこ》らせてみたくなるのは、僕の悪い癖《くせ》だね」

今にも舌をちろりと出さんばかりのその言い方は、あくまで軽々しい。

「ふざけ過ぎだな。命がいくつあっても足らんだろ」

「幸か不幸か、一つで十分足りているみたいだね」

アルスは一言、嫌味《いやみ》をぶつけたが、アイルはどこ吹く風。ただ、アルスはなおも戦闘態勢は解かずにいる。

油断なく警戒《けいかい》を解かないシルシラはもちろん、オルネウスという男もまた、なおもさっきの好戦的な気配を引っ込めようとしないからだ。

彼は「手を出すな」という主人の命令を形ばかりは守っているようだったが、身体から発する濃《こ》い魔力は、そんなしおらしさとは真逆のものだった。

「言っておくぞ、二度目はない」

「そこは、肝《きも》に命じておくよ。君も、さすがに最強の1位だけあって、ただ軍に飼いならされているだけの魔法師ではないようだし」

涼《すず》しい顔でそう応じつつアイルは、文字通りすっかり小綺麗《こぎれい》になった室内を見回して肩を竦めた。続けて。

「だが、総督《そうとく》の任命および罷免《ひめん》の権利は、基本的に元首に一任されている。誰かが元首に奏上しさえすれば、ここでの君の行動は、のちのち君を贔屓《ひいき》しているベリック総督に不利に働くはずだ。ちなみに我《わ》がウームリュイナは、そういう政治工作には特に長《た》けていると自負させてもらっていてね。残念ながら何かあれば、君がお世話になっている総督も君自身も、無事華々《はなばな》しく退役《たいえき》とはいかないだろうね」

ベリックが今の座から滑《すべ》り落ちれば、当然アルスをかばう勢力の発言力は弱くなる。ただ、アルス個人だけならば極端《きょくたん》な話、アルファを追放されようともどうということはない。寧ろ願ったり叶《かな》ったりとさえ言える。

しかし、それもベリックを巻き込むとなれば別。軍を去るなら、互いに貸し借りなしの状態にしておきたい。これまでの経緯もあり、自分はともかく、ベリックに一方的に罪科を負わせることだけは避《さ》けたかった。

もちろんアルス個人としてはベリックにはそろそろ恩を返し終えつつあると思っている。それは置いておいても、今ベリックがいなくなれば、アルファの未来には確実に暗雲が立ち込める。しかも、いけ好かないウームリュイナの……というより目の前の少年の、誰も望まぬ台頭を許すことになるおまけ付きで。

(これを見越《みこ》して、わざわざ衆人環視《しゅうじんかんし》の中、あれだけのことをしたのか)

いっそのこと、アイルの言うありがたくもない〝信頼〟とやらを素知らぬ顔で裏切って、この主《あるじ》と護衛二人を亡き者にするという不謹慎《ふきんしん》すぎる案まで考えてみたが、やはりそれは難しいだろう。

ここは学院内で、そうそう派手な魔法を使うわけにもいかない。しかも、あれほどの騒《さわ》ぎが起きたのだ。最上階から落下してきた物をめぐって、屋外ではそろそろ煩《うるさ》い野次馬《やじうま》が騒ぎだしていてもおかしくはない。一応、下に通行人がいないことはもう一つの視覚で確認済みだった。

そんなアルスの一瞬の計算を見越したように、アイルは二人の従者へと告げる。

「二人とも、安心していいよ。聡明《そうめい》な彼のことだ、僕をここで手に掛けるメリットの有無《うむ》なんて、それこそ考えるまでもない。もちろん今は、だけどね」

言葉とは裏腹に、アルスの万が一の動きに対して軽い牽制《けんせい》も兼《か》ねているあたり、いかにも狡猾だが、確かに効果的ではある。

アイルは不敵な笑みを浮かべ、彼をかばう位置にいるシルシラと、臨戦態勢を崩さないオルネウスに微笑みかける。

それからアルスを軽く挑発《ちょうはつ》するかのように、数歩前へ出ると、床《ゆか》の上に残ったガラスの破片《はへん》を、ガリッと踏みしめて見せた。

「――!!　アイル様、それ以上は……」

「言ったでしょ、彼は今は手が出せない。だからこっちからも手を出しちゃダメだよ」

「しかし……」

アイルはあくまでにこやかに、シルシラの心配を無視して言葉を続ける。

「さてさて、だいたいは僕の読み通りというところだよね、番犬君」

「下らない心理分析ごっこに自信があるなら、口にも気を付けろ。俺の忍耐力《にんたいりょく》をずいぶん高く買ってくれているようだが、買《か》い被《かぶ》りということもあるぞ。もし俺にとっての〝本当の一線〟をお前が踏み越《こ》えた時は、自覚もないまま、首と胴《どう》が泣き別れることになる」

「ふむ、その境界線とやらにはちょっと興味があるけど、僕もそんな見え透いたブラフに屈《くっ》するほど臆病じゃないんでね。ただ、ここはあの理事長の管轄《かんかつ》である学院内だ。君がこちらの手に乗らないのと同様、僕もそちらの思《おも》う壺《つぼ》には嵌《はま》らないよ」

システィが政治的にはベリック寄りである以上、不祥事《ふしょうじ》があれば、証拠の隠蔽《いんぺい》その他、学院ぐるみで全力を尽くしてアルスをかばう行動に出る可能性はある。アイルは一応、そこまで考慮《こうりょ》しているのだろう。

「ふん、食えないな」

「褒《ほ》め言葉《ことば》として受け取っておくよ」

アイルは揶揄と取ったようだが、アルスがそう言ったのは半ば本心だ。

一瞬とはいえ、アルスは先程まぎれもない殺気をもって、魔力による衝撃波を放った。なのに、アイルの態度は見ての通り。

達観や冷静さというより、精神の奥底に宿る何かしらの異常さ――確実な死を直感してなお、平静でいられるらしい。アルスとしては、先程の彼の台詞を、そっくりそのまま返してやりたいくらいだ。

多分この少年は、自分の命に対してすら極端に執着《しゅうちゃく》が薄《うす》いか、もしくは生まれつき、何かが壊《こわ》れているのだろう。

本能的な恐怖すらも凌駕《りょうが》する、異常な精神と思考回路。アルスとは別の意味で、畏怖《いふ》されるべき異質な存在。

ともあれ、安い挑発も含《ふく》めて、アルスが何かを仕掛《しか》ける機会と隙は、すでに失われてしまったことは確か。

「少し散らかってしまったけど、これから先は、立ち話でも？」

アイルは肩を竦めつつ周囲を一瞥《いちべつ》してから、改めてそう問《と》い掛ける。

「俺は構わん」

「それは良かった」

相も変わらず、アイルからは貼《は》り付けた仮面のような優美な笑《え》みだけが返ってきた。

……満面の笑みの下、アイルは内心で、「まずは一勝」と油断なく思考を巡《めぐ》らせていた。

まずはアルスのブラフを躱《かわ》し切ったことで、少しは優位に立てたと見ていい。リリシャも未《いま》だ、精神的動揺から立ち直れていないのは明らかだ。彼女はしばらく、余計な茶々は入れられないだろう。

見えない駆け引《ひ》きの結果、今後の交渉は、多少なりともこちらが有利に運べるはずだ。

(とはいえ、まるで命綱《いのちづな》を着けずに綱渡《つなわた》りをしている気分だなぁ、でも、先に最後まで渡《わた》り切ったのは、ひとまず僕のほうだ)

そしてここから先、どう話を運ぶべきか。相手を一気に追い込んだ場合……単なるブラフを越え、本当に実力行使による逆襲《ぎゃくしゅう》に転じられる可能性は、どれくらいあるだろうか。

アイルは最高位を冠《かん》されている魔法師の実力を、手勢のそれと比べ、内心で推《お》し量《はか》る。

(……厳しいかなぁ)

そう判断した。ウームリュイナ家の筆頭戦力であるシルシラとオルネウスですら、恐らく全力のアルスには、魔法戦では敵《かな》う見込みがない。

一先《ひとま》ずは、集めた情報から予想していたアルスの人柄《ひとがら》を……特に、その非人間的と紙一《かみひと》重《え》の本質的な怜悧《れいり》さについて、ある程度、確かめられただけでも良しとせねばならないだろう。彼については、軍も手綱を握り切れていない、というのはやはり正しいようだ。いや、本当の意味で彼を制御《せいぎょ》することなど、誰にも不可能なのかもしれない。

貴族の生まれでも何でもない者が、軍はおろか、国家の定めたルールからすら、逸脱《いつだつ》した存在であり続けている。そしてまた、ウームリュイナの血筋にある己の意志にすら、彼は恐らく、頑《がん》として従わないだろう。

それは、アイルにとってどうにも我慢ならないことだ。もちろん、これまでもそんな強者には幾度《いくど》となく出会ってきた。だがアイルはそのたびに、彼らをねじ伏《ふ》せてきたのだ——個の力ではなく、圧倒的《あっとうてき》な権力でもって。

個の力に勝《まさ》るのは、多数を操《あやつ》る支配の力たる権力。もしも相手が一騎《いっき》当千《とうせん》というならば、こちらは千を上回る万の力で当たる——それがアイルの帝王学《ていおうがく》であり、基本的な考えだ。そのうえで、なおも相手がこちらの手駒《てごま》にならないならば、目の前から消えてもらうか、どん底に落ちてもらうかするだけの話。どんな強者でも大勢の前には屈せざるを得ないのだから。

しかし今、アイルの目前に立つアルファ最強の魔法師は、そんな強者達の誰とも違っている。アイルが今までに堕《お》としてきた——人望も立場も力も全《すべ》て失った——者達とは、まさに比較《ひかく》にならない難敵。

だが、そんな難敵だからこそ、懐柔《かいじゅう》し手駒にできれば、とも思っていた。何しろ、アルスという存在のおかげで、アルファは外界における魔物討伐《まものとうばつ》において、7カ国でもトップクラスの実績を築けたのだから。

まさにアルスこそは、アルファ中枢《ちゅうすう》における権力闘争《とうそう》の中で、頂点に上《のぼ》り詰めるには必須《ひっす》の切り札。以前シセルニアも同様に考え、アプローチしたが彼の完全な操縦には失敗したと聞いている。だが、ウームリュイナの次男たる自分ならば……そんな気持ちがあったのは事実だ。しかし、そんな考えは所詮幻想《しょせんげんそう》でしかなかったと、アイルは一つ学んだ。目の前にいるのは、まるで鋼鉄の壁《かべ》のような、揺《ゆ》らがぬ意志と力の持ち主。

だからといって全てを諦《あきら》めるのではない、寧ろ、アイルは覚悟を決めた。

今こそがその時。己《おの》が覇道《はどう》を行く者として、新たな段階に立つために必要な試練の時。

だからこそ今、アイルはあらんかぎりの努力で、装う。ずっと以前から想定し、考え抜《ぬ》いておいた腹案。それを、いかにも今しがた、ごく自然に思いついたかのように気弱な笑みさえも湛《たた》えて切り出す。

「弱ったな。どうにも僕と君は、どこまで行っても平行線らしいね。ただ、こちらとしては、シングル魔法師と一戦交えるつもりはないんだ。それだけは分かってほしいところだ。

こうなった以上……一つだけ、方法がなくもないかな。フィアとの婚約《こんやく》を破棄《はき》させたいのであれば尚更《なおさら》」

「…………」

静かに己を見据《みす》えるアルスの視線。それから一瞬も目を逸らすことなく、アイルは言葉を続ける。

「こういったケースに備えて、貴族間の揉《も》め事《ごと》を平和裏《り》に解決するための、伝統的な手段ってやつがある」

ここで意味深に、まるで相手の意志をうかがうかのように、アイルは言葉を切る。それが、アイルの側から一方的に切り出された提案のように見えてはならない。

今度は温和な微笑《びしょう》の中、そこだけ冷たい光を湛えたアイルの瞳《ひとみ》が、アルスを見つめる番だった。

「……その先を聞こう」

一応リリシャの様子を窺ってから、アルスは静かな口調で言った。彼女の表情や態度から、まずは提案の具体的な内容を聞いてから、という判断が読み取れたからだ。

そんな水面下でのやりとりを素知らぬふりで、アイルは一つ頷《うなず》くと、説明を始めた。

「アルス殿《どの》は知らないかもしれないけれど、本当に昔からあるやり方さ。最近だと何でも金だの権益分配だので解決を図《はか》ることも多いけれど、少々浅ましいと思わないか。結果、そんな風潮に毒されたのか、真の高貴さというものを、成金根性《こんじょう》と履《は》き違えている者も少なくない。しかも、今回は三大貴族の二家の問題だ。だからこそ、格式高いやり方が似合うと思う。その方法とはつまり、【貴族の裁定《テンブラム》】」

それを聞いてリリシャの眉《まゆ》がぴくりと動いたが、当然の如《ごと》くアルスに聞き覚えはない。

「【テンブラム】は、今でこそあまり聞かなくなったけど、百年ほど前は、よく用いられていた競技試合だ。かつての貴族達は何かの問題がこじれた時、血なまぐさい実力行使でなく、代わりにチェスやスポーツ、テーブルゲームの類《たぐい》で競《きそ》っていた。その勝敗結果に則《のっと》って、最終的な裁定を取り決めていたのさ。もちろん代理競技者を雇《やと》ったりしてね。【テンブラム】は、そんな時によく活用された競技試合の一つというわけだ」

「待ってください。【テンブラム】を実行するなら、まずは詳細《しょうさい》なルールを決め、双方《そうほう》が合意してからでなくては」

「おや、リリシャさんがここで口を挟むのかい？」

「ッ……」

気圧《けお》された様子のリリシャをかばうように、アルスが割って入る。

「待て。そもそもリリシャの発言が許されないなら、立会人として呼んだ意味がない」

「あぁ、そうだったね。これは失礼。だが、こちらはフィアとの婚約について、証書まで持っている。それを反故《ほご》にするというのだから、多少は譲ってもらわないとね。もちろん、アルス殿のさっきの威圧行為《いあつこうい》も、不問にするというおまけつきだ」

アルスはちらりとリリシャの方に視線を走らせた。彼女は無言で、この際仕方ない、と目で訴《うった》えてきた。

そもそもアルスは、【テンブラム】とやらはおろか、貴族のルール全般《ぜんぱん》に疎《うと》い。だからこそ、ここにはリリシャを伴《ともな》ってやってきたのだ。彼女がそう判断したのなら、アルスとしても異論を唱える余地はないだろう。

「ひとまず、リリシャに一任する」

アルスは端的《たんてき》に答え、リリシャの方へ視線を向ける。

「それでは……【テンブラム】を開催《かいさい》するにあたり、公平を期すために、せめて二つの条件を満たしたほうがいいかと思います」

「ふ～ん、それは何かな？」

余裕《よゆう》たっぷりで、アイルが言う。

「一つはもちろん、この一件を一旦《いったん》持ち帰り、当事者の片方であるフェーヴェル家の合意を取ること。そしてもう一つ【テンブラム】開催に際して、フリュスエヴァン家が、その審判役《しんぱんやく》を担《にな》わせていただきたい」

リリシャの意図は、明らかだ。ウームリュイナがルールや結果を捻《ね》じ曲《ま》げたり、巧妙《こうみょう》な不正を行わないよう、監視《かんし》するためだろう。

彼女がアルス側に有利な判定を下してくれる、ということまでは期待できないにしても、万が一アイル側の不正その他が発覚した時、巨大な権力を盾《たて》に、素知らぬ顔で握りつぶされるといったことは防げるはず。

「ふーむ、フリュスエヴァンがね。大丈夫かな？　君は随分《ずいぶん》、アルス殿と親しいようだけれど」

顎《あご》に指を置き、訝《いぶか》しむような視線を送るアイル。

「もちろん家名に誓《ちか》って、【テンブラム】の場においては中立公正を守ります」

胸を張ってリリシャはそう断言し、アイルがなおも考え込むような素振りを見せた隙に、アルスにだけ聞こえるような小声で、そっと囁《ささや》いた。

「確かにウームリュイナ家に有利にもなり得る提案だけれど、規則には則ってる。これを拒否《きよひ》すれば、あとは血の道しか残らないわ」

（血の道、か……）

随分不吉《ずいぶんふきつ》なようにも聞こえるが、アルスとしてはそっちの方が手っ取り早いと思えなくもない。が、やはりこれは貴族間の問題。いわばテスフィアの代理でここにいるとはいえ、フェーヴェル家の人間ではない自分がひっかき回すことでもないと、思い直す。

「分かった」と相槌《あいづち》を返すと、リリシャは小さく笑みを作る。

「では【テンブラム】が成った場合、それに賭ける双方の条件について確認《かくにん》を。そちらはテスフィア・フェーヴェルの婚約破棄《こんやくはき》」

「うん。で、そっちはアルス・レーギン殿の自由の保障だ。具体的にはベリック総督の指揮下から外れた上で、彼に対する命令権・指揮権の類一切《たぐいいっさい》を放棄すること。もちろんその後は、アルス殿自らの自由意志で、我がウームリュイナと雇用契約《こようけいやく》を結び、こちらの指揮下に入ってもらう。そうだな、名目は僕の新たな護衛役かな。安心してくれ、俸給《ほうきゅう》は今以上の待遇《たいぐう》を約束するよ」

「……！」

リリシャはしばし絶句する。それは実質的に、軍におけるアルスの立場の曖昧さを突いた上で、軍との関係を解除させた後、彼を私兵として雇おうというものだ。

型破り、というだけではない。それは解釈次第《かいしゃくしだい》で、総督及《そうとくおよ》び軍への明確な敵対行動にもなる。さらにその二つが、アルファにおいて巨大な影響力を持っているがゆえに、下手をすると国家自体への反逆にすらなりかねない。リリシャが懸念《けねん》した通り、アイルはきっと、アルファ――この魔法大国に、巨大な混沌《こんとん》の嵐《あらし》を産み落とすことを、ほとんど気にも留めていないのだろう。

もっとも彼の発言に驚いたのは、リリシャだけではなく、周囲の従者達も同様だった。まずオルネウスは、驚いたように片眉《かたまゆ》を上げ、その後、ちらりと主の表情を窺い、次にはアルスの態度を、油断なく窺う素振りを見せた。

シルシラもまた、思わず上げそうになってしまった驚きの声を、懸命《けんめい》に堪《こら》える。それから彼女は、嫌《いや》な予感が的中した、とでもいった様子で、澄《す》ました表情のアイルを見つめた。

シルシラは、それこそ己が少女だった時期、オルネウスなどより遥《はる》か以前から彼に仕えてきている。そのためアイルに対して、決して口にはしないが、いわば弟も同然、といった感情さえ抱いているくらいだ。

シルシラが属するシクオレン家は、代々ウームリュイナに仕えてきた家系である。この家に生まれた者には、例外なく六歳から、一流の従者となるべく苛烈《かれつ》な教育が課せられる。主を守るための肉体作りから始まり、貴族社会で身につけるべき知識・教養はもちろん、社交術・礼儀《れいぎ》作法の他《ほか》、滞《とどこお》りなく主を世話するための、ありとあらゆる術《すべ》が含まれていた。

シルシラは、そんな全ての課程を血の滲《にじ》むような努力で乗《の》り越えてきた。その結果、晴れてウームリュイナの次男・アイルの側仕《そばづか》えとなって早十数年……。

主従として、日頃《ひごろ》から交《か》わされる何気ない会話の中では、アイルの姿はあくまで、年相応の無邪気《むじゃき》な少年として、シルシラの目に映ることがほとんどだ。

だからこそこれまで彼女は、いつもの日常で見せる顔こそが、アイルの本質なのだと信じてやまなかった。

確かに生家の巨大な権力と周囲の甘《あま》やかしの中で、少々歪《ゆが》んで育ってしまった節はある。それでも、普段のやりとりで見せる通り、根は善良でごく普通《ふつう》の少年であるはずだ、と。

だがときに、そんな彼女ですら、アイルについては理解できない部分があるのも確か。表面上は貴族としての優美さを崩《くず》さないが、きっと彼の心の奥底には、まるで氷で作られた小部屋のような場所がある。そこには、シルシラはおろか、血を分けた肉親ですら足を踏み入《い》れることを許されないのだ。

そんな一面に触れた時、正直、ヒヤリと背筋に冷たいものが走ることがあった。ときに見せる、世慣れた大人顔負けの狡猾さ。ふとした折に浮かび上《あ》がる、人間離れした知性や常識外の感性。それら全てが、常にシルシラに、アイルについての一抹《いちまつ》の不安を抱かせ続ける。

時々、彼女はふいに思うことがある。
アイルの秘《ひ》めた器は、きっと自分などの想像を遥かに超《こ》えている、と。別に化け物だとは思わない。だが、どうにも計り知れないのだ。

そして、ウームリュイナの次男として生まれついた彼が、将来、どこに向かって歩いていくのかを考えると、まるで身体《からだ》が震えるような思いがする。人知れず冷たい氷の部屋で編んだ怜悧な思考と遠大な計画の赴《おもむ》くまま、歩き続ける真っ暗な道。その闇《やみ》の先に、彼は一体何を求めているのだろうかと。

ただ孤独《こどく》というだけならば、自分が常に彼の側《そば》に付き添《そ》って、支えとなることも可能だろう。だが、理解の追い付かぬまま、一人でどんどん先へと走って行かれては、シルシラは導《しるべ》もない中で、主の背中を追わねばならなくなる。

いつか、見失ってしまうのではないか。暗黒の道の中、彼を一人で歩ませることになってしまうのではないか。それだけが、シルシラは怖かった。

だが、きっと分かっていたことだったのだ。予感ではない、直感でもない、それでもシルシラは、いつかこうなるかもしれない、と危惧《きぐ》していた。だが、あえて行動に出ることも、主を諫《いさ》めることもなかった。どこか絶望や諦めにも似た感情が、シルシラの口を閉ざさせていた。それは、やがて来《きた》るべき破局を、見て見ぬふりをするのに似た行為《こうい》だと知っていながら。

半ば、無理やりに信じ込もうとしていた――いつも己に無邪気な態度を向けてくる、あのアイルの屈託《くったく》のない笑顔《えがお》こそが、彼の本当の顔なのだ、と。

しかしそんな幻想《げんそう》が今、崩れ去《さ》った。いや、これまで自分は幻想のみを胸に抱いて現実を直視しなかったのだから、いっそ崩れ去ってくれてありがたいとさえシルシラは思う。

常人には測りかね、いっそ壊れている、とさえ言える器《うつわ》に、神々や太陽の熱さえ恐《おそ》れぬ自由奔放《じゆうほんぽう》すぎる翼《つばさ》。それゆえに、いかなる嵐の到来《とうらい》にも頓着《とんちゃく》せず、血と泥《どろ》の中でさえ、微笑んだまま立ち続けていられる。

きっとこれが、アイルという人格の本質であろう、と。ならば、それすらも包み込み受け止めるのが、従者としてシルシラの在るべき姿。

いや、どこかでそれは、情とでも言うべきものだったのかもしれない。それこそ、危なっかしい弟を見守り支えようとする、慈《いつく》しみに満ちた姉のような。

いずれにせよ、シルシラを襲った驚愕《きょうがく》は、そんな覚悟とでもいうべき意志の力をもって、ねじ伏せられた。

アイルの切り出した条件は、突拍子《とっぴょうし》もないがこの上なく正しい。アルス・レーギンはアルファが保有する唯一《ゆいいつ》絶対の切り札。延《ひ》いては、人類を守る最強の個だ。

彼を手にする者は、巨大な権力を、アルファの未来においてだけでなく、それこそ人類の未来全体において有することになるはずだ。

だが、だからこそ、個人がそれを所有することなど果たせるはずもない、何より軍がそれを許すはずもない。

いくらアイルがウームリュイナの血に連なる者といえど、到底《とうてい》不可能に思えた。と同時に、この主ならばどうにかしてしまいそうだ、とも感じる。

きっとこれからアイルの行く道には、巨大な障害と想像を絶する孤独が待ち受けているのだろう。もはやこの先、ウームリュイナ現当主でさえ、息子《むすこ》たる彼の思考を、その一端《いったん》でも覗《のぞ》き見ることは叶うまい。その胸中に、どれほどの大望《たいもう》を抱いているのかと……シルシラは、一歩前に出た主の背中を見つめた。

きっと表面では、あの優美な笑顔を、いつものように振り撒《ま》いているのだろう。シルシラにとっては、直《じか》に見ずとも手に取るように想像できる、見慣れた光景だ。

だからこそシルシラは内心で、小さく溜《た》め息《いき》をつきつつ、こう呟《つぶや》いた。

(――ふう、まったくなんて世話の焼ける。でも私だけは、いつまでもお側《そば》にいなければならないのでしょうね。ええ、そうさせていただきますよ、あなたがなんと言おうとも)

一瞬《いっしゅん》のみ、ちらりと相手の出方を窺《うかが》うかのように飛んだアイルの視線……それに、シルシラの力強い瞳が、後押《あとお》しするかのように並び加わった。

◇　◇　◇

言葉を失《な》くしたリリシャを他所に、アルスは押《お》し黙《だま》ったままだった。アルスはただ、出された条件について、考察していた。

可能かどうか、などというレベルのことではない。もっと別の次元の話だ。

そもそもベリックの指揮下を離《はな》れること自体には、アルスとしては特に異存はない。ただ、そもそも学院を無事卒業さえすれば、それは自然と成るような気もするし、それ以外にも方法さえ問わなければ、いくつか思いつく手立てはある。もちろん、ベリックに多少なりとも恩義を感じているからこそ、そんな強引《ごういん》な手段は取らないというだけだ。

「いいだろう」と、アルスは、あくまで無表情に答える。それは、アイルの方が一瞬訝《いっしゅんいぶか》しげな表情を浮かべたほどの、意外な回答。

アルス自身、自分でもどうかしている、と思わなくもない。だが、この場でそんな判断すら、迷いなく下せるのがアルスだ。決して投げやりになったわけではない。彼としては、ただ冷静にリスクとリターンを判断しただけのこと。

何よりも、アルスの内側には、いざとなれば……という冷たく乾《かわ》いた考えがある。それこそが、切り札だ。最強の力、多少道理を曲げても、己の意志を押し通《とお》すに足《た》るだけの力。その時は、血の雨が降ろうとも、選んだ道を進めばいい。ベリック相手なら多少は遠慮《えんりょ》もしようが、相手がおよそ気に食わない存在、目の前の少年とそれに与《くみ》する有象無象《うぞうむぞう》だというならば、全く遠慮はいらないだろう。

だからこそ、アルスは全く遠慮も躊躇《ためら》いもなく、重々しく付け加える。

「だが、俺《おれ》の人生を賭けるんだ。フェーヴェル家のメリットだけじゃ面白くない。だから、俺からも追加条件だ。もちろんそちらも、相応の覚悟はあるんだろ？」

「もちろんだとも、現役《げんえき》最強の魔《ま》法《ほう》師を手に入れることができるんだからね、最初から安い取引で済むとは思っちゃいないさ。で、そちらは一体、追加で何を僕に要求するのかな。『今すぐここで死ね』とかでない限りは、二つ返事での承諾《しょうだく》も辞さないよ」

「ふん、それは残念だ」

愛想《あいそ》の欠片《かけら》もないアルスの言葉に苦笑《くしょう》しつつも、アイルは特に気分を害した様子もなく。

「そうだね、確かに君にとっちゃ残念かもしれないが、でもまあ、ここは穏当《おんとう》に、それ以外の条件にしてくれるかな」

至極《しごく》冷静なだけでなく、アルスがどんな要求を突《つ》き付《つ》けてくるのか、とどこか楽しみにしているような節さえある。

アルスの嗅覚《きゅうかく》は、鋭《するど》く目の前の少年から、人格破綻《はたん》者の匂《にお》いをかぎ取っていた。改めて感じたことだが、多分彼《アイル》は、いろんな意味でまっとうな人間ではない。だが同時にアルスは、この分ならもはや一欠片《ひとかけら》の遠慮すら必要ないだろう、とも心の底で考えていた。

一方のアイルは……最強魔法師たるアルス・レーギンの次なる言葉を、ただじっと待っていた。人間の欲、心の底にある望みというものは、アイルに言わせれば、そうそう隠《かく》し通せるものではない。それはいかなる場所でも、ふとした瞬間《しゅんかん》についい、顔を覗かせてしまうものなのだ。だからアイルから見れば、ほんの些細《ささい》なやり取りからですら、相手の本質を見抜《みぬ》くことは、目の前の枝から果実をもぐほどに容易《たやす》いこと。

こういった場合、出される条件とは、その人物の「願い」に等しいのだ。

ウームリュイナ家は、金と権力にものを言わせるということにおいては、超一流《ちょういちりゅう》と言っていい。ただの貴族ならともかく、一般人《いっぱんじん》にとっての不可能を可能にすることもできるのが、元王族という立場である。

そんな家の生まれであるアイルは、これまで己に対し、様々な人間が願いを口にするのを聞いてきた。賭けの場で、謁見《えっけん》の場で、公式の場で、路上の道端《みちばた》で……。

ただ、こと【テンプラム】において、これまで彼の前で口に出されたのは、どれも聞くに堪えないつまらぬ願いばかりだった。金に女に権力、そんなものはアイルにとっては、もはや路傍《ろぼう》の塵芥《じんかい》に等しい。

そのいずれをも冷めた表情で聞き流してきた挙句、アイルは【テンプラム】に賭けられたそんな有象無象の願い全てを、到底叶《とうていかな》わぬ下衆《げす》な幻想と思い知らせ、文字通り粉々に打《う》ち砕《くだ》いてきた。

だが、今度は……目の前の最強たる魔法師は、これまでのどんな相手とも違《ちが》う。彼が何を言い出すのかは、文字通り予想もつかないが、だからこそ胸が躍《おど》ろうというもの。

（さて、彼は何を望む？　金か力か……？　いや、確か彼は古書や貴重な文献《ぶんけん》を好んでいたはずだから、その類かな？　もしかするとフィアのために何かを願うのかな。物欲は？　性欲は？　とにかくどんな答えだろうと、君が発する願いには本質が表れる。ただ……どんな願いでも、きっと僕《ぼく》を幻滅《げんめつ》させるには至らないだろうなぁ。やはり財も力もあるから望むとすれば女かな。とすればシセルニアなんかを欲《ほ》しがるのかな。あぁ、それも良いね。どうせ彼女《かのじょ》は邪魔《じゃま》になるからね。化け物同士よろしくやってくれると助かる）

もし、アルスが驚くほどに凡庸《ぼんよう》な願いを望んだとしても、それはそれで、アイルが彼の評価を下げることはない。それも答えの一つだと納得《なっとく》するだけのこと。

しかし、次に放たれた言葉に、思わずアイルは耳を疑った。頬を持ち上げて作るいつもの柔和《にゅうわ》な笑みが、一瞬《いっしゅん》崩《くず》れて無表情になってしまったほどに。

「……聞こえなかったか？　なら、もう一度言う。二度と俺の前に姿を見せるな。どこかで俺の名前を見聞きしたら、即座《そくざ》に手を引け。俺に関《かか》わる全てから、お前の名が挙がらないように気を付けろ。次にその薄気味《うすきみ》悪《わる》い顔を見せたら、わざわざ殺す、なんて優《やさ》しく警告してはやらんぞ」

「キ、キサマッ!?」

その怒声《どせい》は、アイルではなくその斜《なな》め後方――シルシラから発せられたものだ。が、素早《すばや》くアイルが機先を制し、彼女の動きを、上げた腕《うで》で遮《さえぎ》ってしまう。

なぜ、と言いたげに眉を顰《ひそ》めたシルシラを一瞥すらせず、アイルは心持ち目を丸くしつつ言った。本当にアルスの答えが予想の斜め上《うえ》だったのだろう、その表情は、シルシラさえ初めて見るものだ。

「いや……何というか……ふふ、これは総督も軍も手を焼くはずだ。君という人間は、老練なようでいて、根はとことん真っすぐなようだね。いや、ある意味で好悪《こうお》が分かりやすくていい。まるで触《ふ》れれば切る、と明言でもされたみたいだ。境界線、か。なるほど君のテリトリーを侵《おか》す者は、まさに即座に、白刃《しらは》の切先を喉元《のどもと》に突き付けられるのか」

その言いように嫌な予感とともにぞくりと肌《はだ》を粟立《あわだ》てたシルシラだったが、そんな彼女を他所《よそ》に、淡々《たんたん》としたアイルの声は、その実、どこか悦《よろこ》びに弾《はず》んでいるかのようだった。

そして——次の瞬間、彼女が予想していた通りの言葉が、アイルの口をついて出た。

「ますます君が欲しくなった」

「戯言《たわごと》に付き合うつもりはない。日時と場所を指定しろ」

にべもない言葉。だが、それでも終始アイルの表情は変わらない。まるでその表情しか浮《う》かべられないかのように、今度こそ、彼は笑みを絶やすことはなかった。

「これほど大きな勝負だ。日時と場所については、後ほど丁重《ていちょう》にご連絡《れんらく》差し上げるよ」

「分かった。他には？」

「そうだな。ひとまずは何も。ただ今更《いまさら》、【テンブラム】の話をフェーヴェル家に持ち帰ったら断られた、なんてのはナシにしてくれる？」

「いらん心配だ」

それだけ言い捨てて、すっと扉《とびら》へと歩を進めたアルスは、それを手ずから開けた。

「では、もう用はないな。お引き取りを」

「なっ⁉」

この無礼極《きわ》まりない態度に、またしても声を上げたのはシルシラだ。普段《ふだん》の彼女とは打って変わった素《す》っ頓狂《とんきょう》な声色《こわいろ》に、アイルは可笑《おか》しげに口元を歪める。

シルシラはなおも憤然《ふんぜん》としている様子だったが、主のアイルがこの調子なので、彼女としても引っ込まざるを得ない。

代わりにシルシラは顔を顰《しか》めると、一本に結《ゆ》った後《うし》ろ髪《がみ》が前に回るほどの勢いで、つんと顔を背《そむ》ける。その耳は、薄《う》っすらと赤みを帯びていた。

「気にしないでよ、シルシラ。そもそも急に押しかけたのはこっちなんだ。さて、次に君に会えるのが楽しみだ。何しろ賭け札の価値がとんでもないからね、まるで子供の頃《ころ》に戻《もど》ったみたいに、わくわくしているよ。僕は今、とても機嫌《きげん》が良い」

「………」

だが、これ以上言うことは何もないとばかり、アルスは仏頂面《ぶっちょうづら》のまま、扉の傍の壁面《へきめん》に寄《よ》り掛かった。首を出口に向けて小さく振《ふ》り、その仕草で暗に「帰れ」と促《うなが》す。

あの胸の悪くなる笑いを浮かべつつ、その脇《わき》を通り過ぎていく災《わざわ》いの一行。

「先に言っておくけど、ほんのちょっとした意地悪くらい、許しておくれよ？」

擦《す》れ違いざまにアイルは小声でそう言ったが、今度もアルスは無言。アルスの意識は、すでに別の存在に向けられている。

もちろん、怒《いか》りに燃えた目つきで睨《にら》みつけてくるシルシラではない。アルスが注意を向けているのは、そのすぐ後ろに立つオルネウスという男。これまでの一幕において、アルスがちらりとでも警戒《けいかい》したのは、実際のところ彼ただ一人だ。だが戦闘《せんとう》能力でいうならば、シルシラとて一流なのは確かである。アルスが放った殺気に対し、彼女が見せた反応は実に迅速《じんそく》だった。しかしオルネウスはというと……逆の意味で、アルスの印象に残ったのである。

ハッとした様子のシルシラと異なり、彼の反応は少しおざなりというか、鷹揚《おうよう》な態度が、どこか隠せていなかった。「殺気にすかさず身構える」にしては積極性に欠けた。

もっとも、アルスの殺気が本質的にはブラフであったことに、オルネウスがすぐさま気づいていたのかどうか。そこについては、アルスでさえ確信には至っていないのだが。

一先ずパタンと扉の閉まる音を聞きながら、アルスはそっと目を閉じる。

さっきはあくまでいつもと同じように振舞《ふるま》ったはずが、心の底では熱くなっていたような気がする。アイル達を先に行かせて部屋に残ったのは、もしかすると、その熱を冷ますためだったのかもしれない。

「何か言った方がいい？」

どこか疲《つか》れたようなアルスの態度に、彼女なりに気を遣《つか》ったらしく、リリシャがそう訊《たず》ねてくる。

「……役立たずめ」

「!? 今、なんて？」

淑女然《しゆくじよ》とした雰囲気《ふんいき》を半分崩して、リリシャは思わず頬を引き攣《つ》らせた。彼女も虚勢《きよせい》を張っていることは確かだ。

「肝心《かんじん》な時に、奴《やつ》の手に乗せられやがって。あれ以上、あいつの精神干渉《かんしよう》が続いていたら、やばかっただろうが」

「そ、それは私にも事情ってものが……！」

彼女が向けてきた怒りの視線を軽くいなすと、アルスは周囲を見回して、肩《かた》を竦《すく》めた。

「とりあえず理事長に対して、釈明《しやくめい》の余地ぐらいはあればいいが。いや、寧《むし》ろここの弁償《べんしよう》費用は、この惨状《さんじよう》を作ったあいつに負担させるべきだな」

「どうでしょうかね。ブラフとはいえ、あそこで彼らに一発カマしたのは、完全にアルス君の暴走でしょ」

「いや、ちょっと様子を見ただけなんだが」

「ん～、で、それを理事長に言うんですか？　結果を言ってあげましょうか」

「いや、別にいい」

あるいは砕け、あるいは転倒《てんとう》して床《ゆか》に散らばったままの調度品類と、完全に破壊《はかい》されて縁《ふち》だけが残ったガラステーブルの残骸《ざんがい》を一瞥しながら、アルスは短く言った。

リリシャはふぅ、と一息つくと、少し顔を曇《くも》らせて。

「ま、オチから言うと、完全にしてやられちゃったって感じかな」

「だから、半分は肝心な時に腰砕《こしくだ》けになったお前のせいだろ。お情けでフィア達には黙っといてやるが、何か家に後ろ暗いことがあるっていうなら、尻尾《しっぽ》ぐらいは隠しておけ」

「そうね、ここではさすがに言えないけれど、当たらずとも遠からず。とはいえ、あのウームリュイナを相手に隠しきれたとは思えないけど。それにさっきのは、最初に下手な挑《ちょう》発《はっ》をしたアルス君にも責任が……って、いや、やっぱりそうでもないかな？　ま、考えてみれば、あの場にいたのが誰《だれ》だったとしても、結局同じ結末になったかも」

「………………」

アルスからすれば決して一方的にやられた、と思いたくはないが、確かに結局、今回の交渉《こうしょう》は、こちらに有利とは言えないところに着地したような気もする。

「あなた、冴《さ》えない表情してる。いかにも余計なことに首突っ込んだって、今更ながら後《こう》悔《かい》してる顔ね」

「その通りかもな」

「でも、【テンブラム】に落ち着いただけまだマシだったかもよ。ウームリュイナが本気で軍と事を構えるのも辞さないんだったら、どうせあなたに出番が回ってくるでしょうから。そうなったらきっと、流血沙汰《ざた》は避けられないよ？　まあ、その時あなたがどうするのか、私には分からないけれど」

そんな不穏《ふおん》なことを言いつつ、リリシャは再び、顔を曇らせた。そうして彼女はそっと、傍《かたわ》らに立つアルファ最強の魔法師の表情を窺い見た。

アルスは壁にもたれかかったまま、その問いには黙《もく》して答えなかった。

第68章「渦中《かちゅう》にて影を掴む」

早朝の薄《うす》ら寒《さむ》さが、肌の上を撫《な》でるように通り過ぎていく。太陽はまだ、昇《のぼ》ってから間もない時刻。この季節、バベル防護壁《ぼうごへき》内の気温は平均十五度を基準に調整されるが、さすがに早朝ともなれば、防寒具くらいは欲しくなるところだ。

アルスは黒いコートを羽織ったまま、転移門へと足を踏《ふ》み入れた。その隣《となり》にはポシェットを下げたロキが、気合いの入った私服姿で立っている。ただ、二人とも黒を基調としたコーディネイトなので、どうにも不穏そうな空気を纏《まと》っていた。

二人の反対側では、同じく白いコートをまとった私服姿の赤毛の少女が、眉を寄せて、剣呑《けんのん》な目付きで壁にもたれかかっている。テスフィア・フェーヴェル——渦中の人物であるこの少女は、どうやら昨日はよく寝つけなかったらしく、目の下には小さな隈《くま》まで出来ている。親友のアリスも気づかわしげに彼女の横に立っているが、彼女はテスフィアを見送りに来ただけであり、訳あってフェーヴェル家を訪ねるメンバーには加わっていない。

なお面子《メンツ》について言うなら、この中には、当事者の一人であるはずのリリシャの姿もなかった。彼女は彼女で、あの時【テンブラム】の判定者の役割を買って出たことで、家とのすり合わせが必要になったらしく、連絡を入れての調整に掛かりっきりであるらしい。そもそも彼女に与《あた》えられたアルスの監視役《かんしやく》の仕事は、あくまで学院内に限定されていて、学外までは任務外のようだった。

「さっきからずっと不機嫌《ふきげん》なままですね、テスフィアさん」

眉間《みけん》に皺《しわ》を寄せているテスフィアに、ロキはあえて神経を逆撫《さかな》でするかのように、どこか、からかいがいがある相手を見つけた猫《ねこ》のように、嬉々《きき》とした表情で話を振る。

「そりゃあ、昨日の今日で、あんな話をされちゃあね」

昨晩テスフィアを呼び付けたアルスは、すぐにその場で、彼女の実家に一報を入れさせたのだ。ただその後、テスフィアの母・フローゼと話したのは、主にアルスである。無論、テスフィア単独での報告は事前に行われていたので話は多少早かったが、やはり【テンブラム】関連のことや交渉の結果については、アルス自身に説明責任がある、と判断してのことだ。

その後、液晶《えきしょう》通信の向こう側で、フローゼは黙って話を聞いていたが、万事《ばんじ》【テンブラム】で決着となった運びについては、特に異論を差《さ》し挟《はさ》むことはなかった。逆に「不出来な娘《むすめ》が迷惑《めいわく》をかけて済まない」という詫《わ》びの一つも出るあたり、元軍司令官たる女傑《じょけつ》の器、というところであろう。

ただ最終的な彼女の意向としては「申し訳ないが、更《さら》なる詳細報告とこの先の相談を兼《か》ねて、一度フェーヴェル家に来てほしい」という招待であった。

その結果、アルス達《たち》は朝からこうして、フェーヴェル家へと足を向けることになった。

テスフィアとしては、内心とても呑気《のんき》な帰省というわけにはいかないのだろう。

「はあ〜、ねえ、あんた達っていつも、服装は黒が決まりだったりするの？」

「アルス様に合わせた服を選んだだけですよ。言っておきますけど、私は、黒以外の服も持っていますから」

とりあえず、という感じで会話を繋《つな》ごうとしたテスフィアに、ロキは意外に思いながらも応じた。てっきり口も利《き》けなくなるほど参っているかと思ったが、この少女には、存外たくましいところがあるらしい。もっとも入学以来ずっとアルスと一緒《いっしょ》にいるだけで、期せずして彼女の精神的な耐久力《たいきゅうりょく》が上がっているだろうことは、容易に想像がつく。

「そう言うテスフィアさんも、なんだかいかめしい感じですね。精神的に武装してるというか」

「あーはいはい。今回の帰省が、実質的にお母様からのお呼び出しじゃなきゃ、もっとラフな服を選んだわよ。でも、やっぱり気が重いのよねぇ」

最後にガクッと肩を落としつつ、ぶつぶつとこぼすテスフィア。

「まあ、同情の余地がないわけじゃないですね。全《すべ》てはアルス様の暴挙のせいですし」

「それは違……いや」

隣からちくりと皮肉の針で突かれて、アルスは思わず反論しようとした口を、急いで閉じる。実のところ、この話題はすでに三回目だ。形勢は明らかにアルスに不利であり、今更何を言おうとも、ロキの鋭い舌鋒《ぜっぽう》にやりこめられてしまうのがオチである。

「結果的に、学院の応接室は半壊《はんかい》。穏便《おんびん》に済むどころか、アルス様が交渉向けの性格じゃないことが、改めて明らかになったわけですね」

「そうね。まあ、全ては途中《とちゅう》で、不甲斐《ふがい》ないことになった私が悪いんだけどさ」

さらに肩を落とすテスフィアを、珍《めずら》しくかばうかのように、ロキはアルスにちらりと視線を向けて。

「本当に、中途半端《ちゅうとはんぱ》な……どうせやるなら、最後までしっかりやり切ってくださいね。結果、後始末が二度手間になるんですから」

「はいはい……ん？」

ロキの言葉を冷静に咀嚼《そしゃく》すると、寧ろ半端な挑発でなく、行き着くところまでいってしまえ、と言っているように聞こえるが。「後始末」というのも、もしや相手を亡《な》き者《もの》とすることまでを指しているのだろうか。だとしたら、随分物騒《ずいぶんぶっそう》な話ではある。

「ちょっと、ロキ。それをやったら、ウチの立場がヤバくなるんだけど！」

果たしてアルスの推測通りの意味に取ったらしく、テスフィアが慌《あわ》てて割って入った。

「いえいえ、テスフィアさんとしても、いっそ先方が綺麗《きれい》にこの地上から消え去ってくれた方が、万事楽になるのでは？」

テスフィアはジト目になって、ロキへと反論する。

「あのね。本気でそれやったら、血を見る程度じゃ済まないわよ。それこそ、貴族全体を巻き込んだ全面戦争よ⁉」

「ですから、やるなら一族郎党《ろうとう》もろとも」

「なんでそう物騒《ぶっそう》なのよ、あんたら！」

「いや、俺は何も言っていないからな」

口を挟もうとしたアルスを片手で制して、テスフィアは己《おのれ》を落ち着かせるかのように、大きく深呼吸を一つして。

「はぁ～、もう終わったことだもんね。うだうだ言ってもしょうがないか」

「ですね。でも、それはともかくアルス様、朝一番で理事長から届いてましたよ——応接室の調度品一式の、分厚い請求書《せいきゅうしょ》が」

「……やっぱりこっちに来たか。もちろん、払《はら》うつもりだが」

この際、それがいかに法外な額であってもアルスはまとめて引き受ける覚悟《かくご》だ。寧ろロキのチクチクした精神攻撃《こうげき》が止《や》むのなら、一括《いっかつ》で支払ってもいいくらいである。

やがて、騒《さわ》がしいやりとりも一段落ついたと見て、これまで困り顔で傍観者《ぼうかんしゃ》に徹《てっ》していたアリスが、実のない話はここまでとばかり、強引に割って入る。

「ほらほら、ロキちゃん、アルだって頑張《がんば》ったんだから、もういいでしょ。そもそもアルが行かなかったら、代わりに私が乗り込んでいってたもん！」

「アリスぅ～、ありがとぉ～」

半泣き状態で心の友と熱い抱擁《ほうよう》を交わし、テスフィアはどうにも情けない声を出した。

「おい、あまりバタつくな。転移門とは言っても、転移盤上での座標特定は、集中していたほうが正確なんだ」

そう言ってアルスが強引に肩を引き寄せた。テスフィアは「ひゃっ」と奇声《きせい》を上げつつ、アリスから引《ひ》き剥《は》がされる。

「そんなんじゃ、今から先が思いやられるな」

アルスの盛大な溜め息と同時に、転移装置が微《かす》かな動作音を立て始め。

「それじゃ行ってらっしゃーい。頑張ってね、フィア。アル、ロキちゃん、よろしくね」

アリスは転移門の外から小さく手を振って、一行を見送る様子を見せた。

そもそもアリスもまた、自分もフェーヴェル家に付き添うと言ってきかなかったのだが、テスフィアがなんとか説得したのだ。彼女としては、親友の申し出はありがたかったが、アリスまで貴族のゴタゴタに巻き込みたくなかったのだろう。

それに、庶民《しょみん》の出かつ軍人でもない彼女では、【テンブラム】の諸々《もろもろ》にかかわるのは、荷が重いという部分もある。そんな諸々を考慮《こうりょ》した結果、彼女にはあえて残ってもらい、面々の急な不在について、学院への事情説明役を担《にな》ってもらうことになったのだ。

「じゃ、行ってくる。すぐに帰ってくるからね」

テスフィアの自信なさそうな声とともに一瞬で転移が完了《かんりょう》し、三人の姿が消える。

転移を何度か経由したところで、三人の固有座標が、防壁《ぼうへき》内でもっともバベルに近い富《ふ》裕層《ゆうそう》の住むエリアの転移門に固定され、安全バーが上がった。

アルスに続いてロキ、さらにテスフィアと、三人は門から出て、バベル最内層に降り立つ。人類の生存圏《けん》の中でも、ここは外界および防壁から最も遠く、安全性の高いエリアだ。それだけに貴族や金持ち、特殊《とくしゅ》な身分の者などが集まっている場所でもある。

三大貴族の一角たるフェーヴェル家の邸宅《ていたく》も、この地域にあるのだ。

テスフィアの話では、使いの者が来るらしいので、一行はそれまで待ち合わせ場所で待機することになった。

この後は、フェーヴェル家で直接の情報補足や【テンブラム】対策を考えることになるはずだった。ちなみに今、アルスはコートの下にAWR【宵霧《よいぎり》】を忍《しの》ばせており、ロキはロキで、私物が入ったポシェットとは別に、私服の下に複数本AWRを携行《けいこう》している。万が一のための備えだ。

不審者《ふしんしゃ》がいないことを確認《かくにん》した後、アルスはおもむろにテスフィアに声をかけた。

「ところで【テンブラム】のことは、お前は熟知してると思っていいんだよな？」

「えっ……その、概要《がいよう》程度じゃ……ダメ？」

恐る恐る訊《き》いてくるテスフィアに、アルスは半ば予想していた、とでもいうかのような冷ややかな視線を返した。

「ダメに決まっているだろうが」

「そんなこと言ったって、【テンブラム】なんて、本物を見たことはおろか、話すら数えるほどしか聞いたことがないんだから」

「なるほど。公《おおやけ》に行えるようなゲームじゃないってことだな。俺も文献を軽く流し読みした程度だが、一つ言えることは、俺が参加しようと勝敗を決定づける一打には成り得ないってことだ」

「えっ!!　いやいや、今更そんな心細いこと言わないでよ……？　それじゃ、なんでそんな条件を決めてきたの？」

「そこがギリギリの妥協点《だきょうてん》だと踏んだからだ。あのアイルとかいうお坊《ぼっ》ちゃんは、なかなか頭が回る。二重、三重に策を練っている感じだった。あそこでもっと話がこじれたら、多分やばいことになっていただろう。さすがに俺も空気を読まされた、というべきかな」

そもそもあの婚約《こんやく》証書が出てきた時点で、形勢は完全に不利だった。

「まあ、確《かく》かに大変だったとは思うけど」

「兎《と》にも角にも、まずは【テンブラム】だ。ざっと昔の資料に目を通した限りでは、一番メジャーなタイプはやはりチェス型。二勢力が各陣営《じんえい》の参加者を手駒《てごま》に見立てて試合を動かし、主《マスター》を倒《たお》されたら負けというのが基本らしい。そこだけ見れば、ルールはシンプルだが……あくまでもその点は昔の、という前置きがつく。現代風にアレンジくらい加わっているだろうからな」

さらに、古今で大きな違いがあるとすれば、魔法が使用可能な点だ。とはいえ基本的には一種の戦略ゲームではある。リリシャの反応から察すると奥《おく》は深そうな気もするが。

「問題は、テンブラムが主流だったのは一世紀近く前の話ってことだ。その後も裏では使われていた仲裁案《ちゅうさいあん》なんだろうが、実施《じっし》された事実は、公にはされていないようだな」

一世紀前……それは未《いま》だ魔物《まもの》が現れておらず、人類が複数の国家に分かれ、互《たが》いに争いを繰《く》り広《ひろ》げていた時期だ。流血沙汰も当たり前だった時代だけに、本来の【テンブラム】は、ただのゲームにとどまらない血なまぐさい側面があっただろうことは容易に予想できた。競技というよりも、代理戦争というのが近いのではないか。

そこに、ロキが不審げに割り込んでくる。

「魔法《まほう》技術が、飛躍的《ひやくてき》に進歩する前ということですか？」

「もちろん。そこが今回の厄介《やっかい》な所だ。恐らくは、白兵戦だけではなく魔法戦も重要になる。まあ、現在の【テンブラム】には、過去と異なっている部分も多いだろうから、それも確認しておかにゃならんだろう。ひとまず、個の力より、主《マスター》の戦略的な思考がモノをいうってことは間違《まちが》いない」

それを聞いたテスフィアは、一層蒼白《そうはく》となる顔で愕然《がくぜん》と冷《ひ》や汗《あせ》を流した。

「ま、待って！　その主《マスター》って、誰がやるの？」

「もちろん……」

愚問《ぐもん》だとばかり、アルスは目でテスフィアを指し示す。

「嘘《うそ》！　さっき言ったでしょ!?　私【テンブラム】なんてやったことはもちろん、ろくろく話を聞いたことすらないって」

「だろうな、その様子だと、白兵戦で複数を率いるための兵学なんかも怪《あや》しいだろ？」

「う、うん……」

「ま、人類の戦いがほぼ魔物《まもの》相手かつ、魔法全盛のこのご時世に、対人白兵戦の指揮技術なんて、習得しているほうが不自然なんだがな。だが、古式ゆかしい王家の血を引くウームリュイナならば……ひいてはあの小賢《こざか》しいお坊ちゃんなら、その珍しい例外であったとしても、全くおかしくないだろう」

「じゃ、じゃあ勝算は……ッ!!」

慌てふためくテスフィアの額に軽く手刀を見舞《みま》ってから、アルスは嘆息《たんそく》しながら言う。

「狼狽《うろた》えるな。ひとまず、あちらから開催《かいさい》予定日その他が通達されるまで、まだ余裕《よゆう》はある。だからお前は、【テンブラム】についてあらゆる文献をあさり、隅《すみ》から隅まで目を通しておけ。特に禁止事項《じこう》だけは必ずだ。反則負けなんて、笑えないからな」

「も、もちろん！　人生ってか、私の全てが懸《か》かってるんだから手なんか抜《ぬ》かないわ」

「やる気は出してもらわんとな。俺も出来る限り力を貸してやる。だが、俄仕込《にわかじこ》みのやり方で勝てるような相手じゃない。特に王道の戦法なんかじゃ、軽くあしらわれて終わりだろう」

「えっ！　それじゃ、どうすれば……」

テスフィアが喉《のど》から絞《しぼ》り出《だ》すような声を上げたその時。

アルス達の視界に、滑《すべ》り込むようにして入ってきた黒塗《くろぬ》りの魔動車《まどうしゃ》が、ちょうどアルスの前でぴたりと止まる。

扉が開き、降りてきたのは、フェーヴェル家に仕える老齢《ろうれい》の執事《しつじ》──セルバ・グリーヌスであった。

年齢《ねんれい》に見合わずしゃんと伸《の》びた背筋は、しなやかな木の幹を連想させる。染《し》み一つない白手袋《しろてぶくろ》や、完璧《かんぺき》に手入れされた革靴《かわぐつ》。何から何まで、完全無欠の老練執事そのものだ。

彼《かれ》は、アルスと手合わせをしたあの夜浮かべていたのと何一つ変わらない、柔和で落ち着いた表情で、一行を出迎《でむか》えた。

彼が胸に手を添《そ》え、深々と一礼したところで、アルスも応じるように頭を下げた。しかしテスフィアは、未だに不安に捉われており、気もそぞろな様子だ。久しぶりのセルバとの対面だというのに、その脚《あし》は竦んでしまったように動けずにいる。

いつもよりずいぶんと小さく見えるそんな彼女に、アルスは肩越《かたご》しに声だけを飛ばす。

「言ったろ、俺が手を貸してやるって。なにせ俺の人生まで懸かってるんだ、なんとしても勝つぞ」

「は、はい！」

思わず敬語で応じてしまったテスフィアは、アルスが苦笑する中、まるで鬼教官《おに》の前に立つ新兵のように、気持ち猫背《ねこぜ》になっていた背筋を改めてピンと伸ばし直すのだった。

◇◇◇

いくばくかの道のりと数時間を経て、現在アルス達がいるのは、フェーヴェル家の応接室である。ちなみにアルスは、これから現れるだろう当主・フローゼとは一度顔を合わせているし、執事のセルバとも手合わせまでした仲なので、特に緊張《きんちょう》はしていない。

ただ、魔動車で門を通ってから邸宅に着くまで五分もかかったのには少し驚《おどろ》いた。学院程ではないにしても、実に広大な敷地《しきち》である。中には、綺麗に整えられた庭園もいくつかあるようだ。舗装《ほそう》された通路以外の場所には、色とりどりの花や木々が整然と並び、地面は綺麗な緑の芝《しば》に覆《おお》われていた。

フェーヴェル家の屋敷《やしき》としては、本宅の近くには別邸《べってい》が二棟《とう》、さらに訓練場らしき建物が一棟。車庫だけでも、魔動車をたっぷり十台は収容できる広さだ。

まさにスケールが違い過ぎる。さすがにアルスは顔には出さなかったが、目を丸くしたロキに対しては、セルバが「さぞ、驚かれたことでしょう」と微笑《ほほえ》ましく言ったぐらいだ。

しかし、これでテスフィアが、さも深窓の令嬢然《れいじょう》とした性格に育たなかったのが、不思議にすら思える。それこそ、伝統ある貴族の家というのは表向きのことで、裏では違法《いほう》な行為《こうい》にでも手を染めて荒稼《あらかせ》ぎしているのでは、と勘《かん》ぐりたくなるくらいだった。

ひとまず、柔《やわ》らかすぎず硬《かた》すぎず、絶妙《ぜつみょう》な座《すわ》り心地《ごこち》のソファーに腰《こし》を沈《しず》め、アルスは目を細めて応接室を見回した。学院のそれとは違いすぎる豪華《ごうか》な調度品の数々に、見たこともない絵画や美術品の類。まるで、奇妙《きみょう》な世界に迷い込んでしまったかのようだ。

だが、当のテスフィアは、終始緊張した面持《おも》ちである。余人から見れば、これから実の母と娘が対面するのだとは、到底《とうてい》思えなかっただろう。

なおセルバは、全員に紅茶を用意した後、主人を迎《むか》えに部屋を出て行ったきりだ。

それからしばらく、ソファーセットの片側に腰を下ろしたアルス達三人の間に、妙《みょう》に重苦しい空気が流れた。

そんなムードを変えようとするかのように、ロキが紅茶のカップを手に取ると、テスフィアにも勧《すす》めたが、彼女は小さく片手を振っただけだった。

しかし、当然のことながらアルスはお構いなしに、それに口を付けた。この期《ご》に及《およ》んで何を今更、というところだが、テスフィアの態度も分かるような気がする。

一度は学院に留《とど》まることを認められたとはいえ、フローゼは厳格さで知られた女当主だ。かつて軍の司令官兼《けん》鬼教官であっただけでなく、家名を長年守り続けた女傑である。

以前のやりとりを知っているアルスだからこそ分かるのだが、たとえ娘だろうと、この家の親子関係は、一般的《いっぱんてき》なものとはかけ離《はな》れていると見て間違いない。

(とはいえ、冷え切っているというのとは違うんだろうな)

ふと、そんなことを思う。フローゼがテスフィアに対して、愛情の類を持っていないわけではない、ということは、アルスもすでに理解している。ただ、その表現というのがいかにも「貴族風」というか、独特なのだろう。

ただ、アルスとしてはこの家の親子関係にまで首を突っ込むつもりはさらさらなかった。そんな違和感《いわかん》は紅茶と一緒に流し込むことにする。

当然、フェーヴェル家としてもウームリュイナとこれ以上妙な関係を深めることは、避けたいと思っているはずだ。だからこそフローゼの考えがどうであれ、アルスとフローゼは、このテスフィアの問題について、根本的に協調関係を築けるはずだ。

アルスがテーブルに飲み終えた紅茶のカップを置くと同時――ドアから響《ひび》いたノックの音で、室内の空気が一気に張《は》り詰《つ》めた。

テスフィアの肩がビクッと跳《は》ね上《あ》がり、すっと室内に足を進めたセルバの手により、扉が静かに開かれた。それに続くのは、一人の女性。

「お母様、こ、この度《たび》はご判断を仰《あお》がず……私が勝手に」

弾《はじ》かれたように立ち上がったテスフィアは、震《ふる》えがちにそう発したかと思うと、そのまま深々と腰を折った。

が、フェーヴェル家当主、フローゼ・フェーヴェルは、微苦笑《びくしょう》を漏《も》らしただけだ。そのまま彼女は数歩近づくと、そっと娘の頭に手を乗せる。

「いいえ、これでも私は、安心しているのよ。あなたがウームリュイナの威光《いこう》と権力に屈《くっ》しなかったことに。ようやく、次期当主としての自覚が芽生えてきたのかしら。それにこの一件については、私にも責任があることだから。そもそも、今更あの縁談《えんだん》のことを引っ張り出してくるなんて、予想もしていなかったし」

ほっと安堵《あんど》した表情を浮かべるテスフィアの横で、アルスとロキは無作法ながら着席したまま目を伏《ふ》せる。アイルとの会談という大任を果たしてきたとはいえ、アルスは所詮《しょせん》、余所者《よそもの》である。彼が今回のフェーヴェル家の事情に首を突っ込んだことを、フローゼが歓《かん》迎《げい》していないことは十分考えられた。

しかし――。

「お久しぶりね、アルスさん。先にもお礼を申した通り、私は感謝しているのよ。何しろ、至らぬ娘の窮地《きゅうち》を助けてくださったのだもの」

拍子抜《ひょうしぬ》け、というよりは、以前のフローゼからは想像だにできないほど、穏和《おんわ》な声が返ってきた。

「……いえ、こちらこそ。余所者の俺《おれ》が引っ掻《か》き回《まわ》してしまったかもしれませんので」

ここでほっと肩の力を抜く程《ほど》、アルスは甘《あま》くはない。アルスは小さく頭を下げてそう口にしつつも、ちらりと走らせた視線の片隅《かたすみ》で、フローゼの様子を油断なく窺《うかが》い見た。

だが、彼女の微笑《びしょう》は、崩《くず》れる様子はない。してみると、言葉通り、本気で彼に感謝しているのだろう。

そうならば、この後すべきことは、おのずと決まってくる。

先に簡単な事情説明は済ませているので、残るアルスの役割は、【テンブラム】開催についての承諾《しょうだく》を得ることと、それについての情報収集および対策の案出である。特に歴史あるフェーヴェル家の当主たる彼女ならば、後者に関しての情報提供や助言の点では、大いに頼《たよ》りになるだろう。何しろそのご令嬢の方は、てんで役に立ちそうにないのだ。期待も寄せたくなるというもの。

アルスのそんな心中を知ってか知らずか、フローゼはドレスの裾《すそ》を手で優雅《ゆうが》に巻き込みながら、婉然《えんぜん》とした笑《え》みを崩さず、アルスの向かいに腰を降ろした。

「さて、本題に入る前に一つだけ確認したいのだけれど、アルスさん？」

「何でしょう」

「まず、あなたの〝順位〟については、もう隠《かく》すつもりもないのでしょ？」

パートナーであるロキの方をちらりと窺うまでもなく、アルスは軽く頷《うなず》く。さすがにフエーヴェル家当主が本腰《ほんごし》を入れて調査すれば、隠せるはずもない秘密だ。それに彼女の交友関係は、システィ理事長も含《ふく》めて、アルスに近い人物ばかりだ。今更問題にもならないだろう。

「最初から、俺としては特に隠したかったわけでもありませんから。今となっては、学院内でも隠しきれているとは言えませんしね。順位はともかく、俺が軍に関わっていることは、もう学内でも公然の秘密ということになってしまっているので」

「なるほどね。あのシスティが、娘の指導を頼《たの》んだというぐらいだものね」

フローゼとしても、実際は九割九分まで確信していたのだろうが、少しだけ胸の奥にもやもやしている部分があったのだろう。それが消えた今、その表情は、どこか晴れ晴れとしている。

「レティの言っていたことも気掛《きが》かりだったのだけど、これで、その理由も分かったわね。でも、それならそうと、アルス〝さん〟も、早く言ってくれれば良かったのに。なんだか随分《ずいぶん》、遠回りをしてしまったわ」

レティの名前が挙がった時点で、アルスはもはや、彼女《かのじょ》の前で隠し事《ごと》などほぼできないことを悟《さと》る。恐《おそ》らくフローゼは、アルスの身の上はもちろん、今に至るほとんどの事情を把握《はあく》しているだろう。多分今のやりとりは、単に最終確認を取っただけに過ぎない。敬称《けいしょう》が〝君〟から〝さん〟に変わったのもそれが理由だろう。何しろもはや、フローゼにとってアルスは「娘に変に関《かか》わっている不審《ふしん》人物」ではなく、アルファ国内最強の魔《ま》法《ほう》師であり、敬意を表してしかるべき客人なのだから。

「それは失礼しました。理事長からもしっかり言い含められていましたので」

それから、フローゼ、続いてセルバからも形式的な謝罪があり、アルスも軽く応じる。

ただこの時、アルスとフローゼの間では、決定的な認識《にんしき》のすれ違《ちが》いが起きていたことに、この場にいた誰もが気付いていなかった。

それはかつてレティがフローゼに言った言葉……『アル君は私のっすから』という、単なるその一言に起因している。

おや、と思いつつも、これまでフローゼには確信めいたものはなかった。だが、今は明確に違う。これまで、フローゼなりにさんざん娘にふさわしい相手を探しまわったつもりだったが、男性を見る目については、娘の方が確かだったようだ。

勘繰《かんぐ》りというよりも、これは直感に近い。ただ、ウームリュイナ家との問題勃発《ぼっぱつ》をテスフィアが伝えてきた時、第六感が動いたのだ。液晶モニター越《ご》しとはいえ、状況《じょうきょう》説明がてらアルスという存在について語る時の、娘の表情と微妙《びみょう》な雰囲気……。

多少なりとも驚いたとともに、まだまだ子供だと思っていた娘が、一人の女の表情を浮《う》かべていることに、安堵した自分がいたのも確か。

ただ正直、女友達でもあるレティに対して、気兼《きが》ねめいたものがなくもない。ただそこはやはり、フローゼはフェーヴェル家の当主。それはそれ、これはこれ、である。いわばこれは、名家の血を継《つ》ぐための戦いなのだから。

だからこそフローゼは、あえて貴族の品格など脱《ぬ》ぎ捨《す》て、単刀直入にその一言を投下する。全てが己にとって喜ばしい結果に繋がる、そんな運命のレールの上に乗ったことを疑いもせずに。

「それじゃあアルスさん、今後とも娘を〝よろしく〟ね」

「え、ええ、今更《いまさら》な感じはありますが。俺から願い出たことでもありますので」

アルスのこの一言がまた、微妙に曖昧《あいまい》で誤解を招くものであったのが、事態を余計にややこしくしたと言ってよい。

フローゼは、思わず手を打ち合わさんばかりにして、満面の喜色を浮かべ。

「まぁまぁ、アルスさんの方から……？　そうよね、こういう時に決定打になるのは、やっぱり野獣《やじゅう》のような血気と若さということかしら。ふむふむ、それでフィアのほうも、コロリと……」

笑みを含んでチラッと投げかけられた意味深な視線を受け、テスフィアは首を傾《かし》げる。

「はい？」

「ええ、本当に若いって、それだけで価値のあることよね」

独り言めいたフローゼの呟《つぶや》きに、アルスはどうにも剣呑な空気を感じ取る。

彼女はきっと、何か思い違いをしているに相違《そうい》ない。

「えっと、フローゼさん、本題に入る前に、何か誤解があるようですが」

「あら、随分と他人行儀《ぎょうぎ》ね。あなたの言う誤解というのは……もしかして〝既《すで》に〟ということでよいのかしら？」

「はあ？　……あ、そういうことですか。それなら確かにもう〝終えて〟います。大丈夫《だいじょうぶ》です、問題は解決して、その後の身体的な不調などもないかと」

それはもちろん、アイルによってテスフィアにかけられた妙な暗示の解除と「精神的治《ち》療《りょう》」のことだが、さすがに言葉足らずだったのは否《いな》めない。

フローゼは多少驚いた様子だったが、やがて一人合点《がてん》したように頷き、いかにも器《うつわ》の寛《かん》大《だい》さを感じさせる微笑を浮かべると。

「なるほど、ね。ええ、もちろん既成《きせい》事実がというなら、気にしなくて大丈夫よ。いえ、本来ならば問題にしなければいけないのでしょうけど、今時はもうなんというか、そういうことってイチイチ煩《うるさ》く言わないのが、当世風ですものね？」

急に上機嫌《じょうきげん》になったフローゼは、アルス達の怪訝《けげん》な顔にも気付かず、なおも一人で話し続ける様子だ。

何が既成事実だというのか、アルスからすれば意味不明であるが、どうにもこの流れには抗《こう》しがたい気がした。

結果的に、アルスがコホンと大きな空咳《からせき》をいくつか差し込むことで、なんとか彼女の話を押《お》しとどめることに成功したのだが、それにはかなりの時間を要した。

「少し待ってください。既成事実も何も、俺とフィアの間には何もありませんよ」

流れるように続くフローゼの一人語りの合間に、アルスがやっとそんな言葉を差し込めたのは、テーブルの上の紅茶がすっかり冷めてしまうほどの間、たっぷりフローゼの独壇《どくだん》場《じょう》が続いた後のこと。

は？　とでも言いたげにぽかんとした表情のフローゼの前で、アルスはここぞとばかりに、一際《ひときわ》意志を強くして捲《まく》し立《た》てた。

「全ては、アイル・フォン・ウームリュイナとの話し合いの途中に起きたことです。彼によって、フィアがある種の暗示にかけられたようだったので、俺はそれを解除しないといけなかったんですよ。なおその際に、邪魔《じゃま》な服は脱いでもらっただけです」

最後に余計な一言を付け加えてしまったという自覚は、アルスにはない。そもそも戦場で怪我《けが》の治療をする時に、男女の区別などするだろうか。アルスからすれば、そんな行為など、それこそ医者が患者《かんじゃ》を診察《しんさつ》するために裸《はだか》に剥《む》くのと何ら変わりはない。

それを聞いている間、ロキの表情の千変万化《せんぺんばんか》ぶりは見物《みもの》だった。話題の当人であるテスフィアは、黙《だま》ってソファに座ったまま、熟《う》れた苺《いちご》のように赤らんだ顔を俯《うつむ》けているばかり。

恥《は》ずかし過ぎて居たたまれないのか、弁解の一つも、その口からは出てこない。

「ああ～……我《わ》が娘ながら、なんて情けない」

遅《おく》ればせながら全てを理解した後、大げさに天を仰いで嘆息したフローゼに向け、執事のセルバは堪《こら》えきれず、整った口髭《くちひげ》を可笑《おか》しそうに震わせた。

「フォッフォッフォ、それも無理からぬことです。お嬢様《じょうさま》はまだまだそっち方面については『夢見る乙女《おとめ》』と申せましょうか、こと奥ゆかしさにかけては、フェーヴェルのご令嬢として、真にふさわしい資質をお持ちでいらっしゃればこそ」

「それじゃ困るのよ」

どうも話が長くなりそう——というか、このままではまたも、面倒《めんどう》なお家事情の内幕に巻き込まれそうだと感じたアルスは、さっさと短い謝罪で話を切り上げようとする。

「こちらも軽率《けいそつ》な行動ではありました。ただ、あの暗示術といい、油断がならない能力であることは疑いありませんね」

まさかとは思うが、貴族界の常識や慣習に疎《うと》すぎるアルスからすれば、あの程度のこと——少女の柔肌《やわはだ》を目《ま》の当《あ》たりにした——が、婚姻《こんいん》と同義に取られでもしたら迷惑極《めいわくきわ》まりない。それもあっての素早《すばや》い対応をしたつもりだったが、どうやら今のところ、そんな心配は無用だったようだ。

「いえいえ、気にしないでちょうだい。そもそも、あの家の、野心や危険さに気付けなかった私の不甲斐なさが、今回の事態を招いたようなものなのだし。寧《むし》ろあなたには、改めて感謝するわ。でも、やっぱりこれを機に、改めてフィアのこともどうか、ね？」

妙な話を蒸《む》し返《かえ》されそうな気配に、アルスは断固として首を横に振《ふ》った。

「ヴィザイスト卿《きょう》にも言ったことですが、俺にその意思はありません」

「ヴィザイストまで……。でも、1位として、それはそれでちょっと問題じゃないかしら？　総督《そうとく》も黙ってないんじゃないの？」

少々下世話な発想かもしれないが、この状況下において、人類の英雄《えいゆう》、世界最強の魔法師の血筋を残し、拡げていくことが、世界の未来にとって大事でないわけがない。子孫に力を受《う》け継がせるため、とかく血筋を重んじる伝統がある貴族ならばこそ、フローゼはためらいもなくそんな疑問を発した。

「いえ、これは総督とも話がついた上でのこと、と考えてもらって結構です。こちらにもいろいろと事情がありますので」

「ふぅん、事情、ねぇ……」

そこについて、フローゼ以上に気にしている者の一人が、アルスの隣に座る赤毛の少女だろう。チラチラとこちらを窺い見る視線には、好奇心《こうきしん》という以上に「もしかして、すでに決まった人でも?」という類の懸念《けねん》がこもっているかのようだ。

ただし彼女《テスフィア》自身、なぜそこまで気にしてしまうのか、ということになると、今一つその理由を自覚してはいなそうである。

いずれにせよ、アルスは己の内に潜《ひそ》む異能の力、その根源を解明するまでは……。そんな諦念《ていねん》にも似た気持ち——逃《に》げ道《みち》——がある。だからこそ、彼は再びきっぱりと断言した。

「それについて立ち入った内容を、この場で口にするつもりはありません。大げさでなく、文字通りトップシークレットなので」

フローゼは不承不承といった顔ながらも、肩《かた》を竦《すく》めていったん引き下がる様子だ。

「そお、分かったわ。でも、それは一生涯《いっしょうがい》ということなのかしら？　それともいずれは解消し得る、と？」

　この質問に対しては、アルスは端的《たんてき》に事実を述べることのみで応じた。

「どうでしょうかね。俺自身はいずれ解消するつもりでいますが、結果については、神のみぞ知ると言ったところでしょうか。いつになりそうかすら、今は断言できません」

「はぁ～、了解《りょうかい》したわ。その神様とやらが、いずれ気まぐれの一つぐらい起こしてくれるといいのだけれど」

「ご理解いただき、ありがとうございます。いずれにせよ、今の俺はまだ、その手のことは一切《いっさい》考えられないし、その気もありませんので」

　アルスはほんの一瞬《いっしゅん》のみ、暗い光をまとった視線を伏せてから、これでやっと本題に移れるとばかり、再び顔を上げた。

　そんなアルスの台詞《せりふ》に、どこか安堵したような表情を浮かべたテスフィア。それとは逆にロキの方は、よほど緊張を強《し》いられていたのか、その糸が切れるとともに、魂《たましい》までが抜けかけたような表情を見せる。だがそれも一瞬のことで、すぐにまた、いつもの冷静な表情を取《と》り戻《もど》していたが。

　それはそうと、ここまでの会話はほとんど前座の茶番劇のようなもの。

そう、アルスがわざわざ足を運んだ理由は、フェーヴェル家存続の危機にすら繋がる、例の一件に関してだったはずだ。なのに、その当主の態度はずいぶんと余裕がある。いっそ、あり過ぎるくらいに。

アルスは訝《いぶか》しげにフローゼに視線を向けたが、彼女は妙に含むところを感じさせる曖昧な笑顔《えがお》を保ったままだ。アルスでは、その心を読み解くまでには到底至れない。まあ、あわよくば娘《むすめ》と……という、見《み》え透《す》いた一つの魂胆《こんたん》を除いて、だが。

仕方ないので、アルスは自分から話題の方向を修正することにした。

「ひとまずは、【テンブラム】に話を戻しましょう。すでにご承知だとは思いますが、今回の勝負に賭《か》けられているものは……」

もちろん、フローゼはそれを知ったうえで、ほぼほぼ了承《りょうしょう》しているのだが、一応念のため、ということもある。それがテスフィアの婚約《こんやく》の破棄《はき》と、アルスの所属および指揮権であることを、アルスは改めて彼女の前で確認するかのように説明した。

それに対して、フローゼは大きく頷き返し。

「ええ、聞いているわ。ただし【テンブラム】が開催されることはないわ」

「何故《なぜ》でしょうか」

「フィアの婚姻はすでに解消済みだからよ。あそこの子弟《してい》が売った喧嘩《けんか》にしては杜撰《ずさん》なことね。どこにも正当性はないわ」

　ここでアルスが抱《いだ》いていた疑問が再浮上してくる。どうやらフローゼは婚姻破棄《こんいんはき》が成ったものとすでに確信しているらしい。しかし、現にアイルは定められた婚約の法的な有効性を、確たる証書で示していた。

（まず事実関係を確認しないとな）

　自分から言うのは億劫《おっくう》だが、この場には立ち会ったリリシャもいないので致《いた》し方《かた》ない。

「フローゼさん、アイルとフィアの婚約は破棄されていません。相手は証書の原本を提示してきましたから。リリシャ、立ち会ったリムフジェ家の子女も確認しています」

「――!!」

　微かな動揺《どうよう》を抑《おさ》え込んで、フローゼは、何とか怪訝な表情を浮かべるのみで済ませた。

「どういうことかしら、アルスさん。私は現に証書の破棄をもって婚約関係を解消したはずよ。私の目の前でその作業が行われたのだもの、証書はもう存在しないはず」

（なるほど、道理でフローゼさんにしては迂闊《うかつ》過ぎると思った）

　そう考えたアルスは続いてフローゼに対し、その証書の破棄が偽装《ぎそう》だったのでは、という疑問を投《な》げ掛《か》ける。

「……ありえることだわ。だとすれば、多分あの時ね。まったく汚《きたな》い手を！」

眦《まなじり》を吊《つ》り上げたフローゼは、まるで唾棄《だき》すべき悪事を目にしたかのように吐《は》き捨てた。

そもそも貴族などの重要な契約《けいやく》の締結《ていけつ》や破棄には、元老院の管轄《かんかつ》下にある行政機関が立ち会う規則だ。実際、以前の婚約破棄の時にもそれは同じだったのだが……。

「そう……長官が買収されていたんでしょうね」

苛立《いらだ》たしげにフローゼはそう発する。暗示を使ったのか裏金で口を噤《つぐ》ませたのかは知らないが、証書をすり替《か》える機会は一度しかない。破棄に際して、証書は一度長官の手元に行き、サインの塗《ぬ》り潰《つぶ》しが行われる。恐らくその時に、すり替えが行われたのだ。

「お母様、それでは⁉」

「ごめんなさい、フィア。これは私の不始末よ。もちろん、婚約破棄に変わりはありません。ウームリュイナなどに取り込まれる謂《いわ》れは無い」

「お母様、私にも少なからぬ非があります。ウームリュイナ家での記憶《きおく》があまりないの。だから、多分、その頃《ころ》には暗示をかけられていたのかもしれない。それにこの程度のこと、次期当主として容易に撥《は》ね除《の》けてみせます！」

テスフィアの心意気だけはなかなか立派だな、と思ったアルスだったが、そもそも今回の件には自分の人生も懸《か》かっている。彼女がやる気になってくれなければ、こちらも困ってしまうのだから混ぜ返している場合でもない。

頼りなさは残るが、テスフィアの次期当主としての表明に、フローゼも心を決めたようだ。

「分かったわ、とにかくこの勝負、負けられないことだけは確かね。フィア、一先《ひとま》ずは目先の脅威《きょうい》をなんとかしましょう。このままフェーヴェル家を、ウームリュイナの意のままにさせるなんて、あり得ないことよ」

「は、はい！」

「それにしても……まったく、ウームリュイナの小倅《こせがれ》も、やってくれるものね。今度ばかりは一線を踏《ふ》み越《こ》えたと言えるでしょうね」

フローゼは頭を振りつつ、皮肉げに呟いた。ただ彼女の中には、困惑《こんわく》とは別に、もう一つ異なる思惑《おもわく》がある。

考えてみれば、これは逆に、またとない好機でもあると言えはしまいか。

何しろアルファ、いや人類最強の魔法師が、あくまでこちらの家の事情で持ち上がった騒動《そうどう》に、あちらから巻き込まれにきてくれたのだ。

さすがに好き好んで、ということでもないだろうが、どういう経緯《けいい》からか、彼はこの問題の解決に、率先《そっせん》して手を貸してくれるつもりのようだ。となれば、いずれ来《きた》るべき決着の場で、娘と彼は、きっと二人手を携《たずさ》えて戦うことになるだろう。

互いの人生が懸かった一世一代の勝負、生み出される緊張感の中、共通の敵を掲《かか》げ目標に向けて努力することは、確実に絆《きずな》を強め、心の距離《きょり》を縮めるはず。

ならばきっと、至らぬこの娘にも、二重の意味で〝勝機〟は残されているはずだ。

親として先走りの誤解ではあったが、娘も正直、彼のことがやぶさかではないのは確かだろう。この二つの勝利を同時にものにすれば、危機どころかフェーヴェルの家名は上がり、未来もより盤石《ばんじゃく》となるではないか。

そして何より、フローゼが思い描《えが》く戦略の中には、一つの切り札がある。

貴族の鷹揚《おうよう》さではなく、やせ我慢《がまん》めいた余裕でもなく、全《すべ》て諦《あきら》めた末の達観でもない。

既に覚悟《かくご》は決まっていた、ただそれだけのこと。

それを使えば、ある意味で落ち目を招くことはあり得るだろうが、ギリギリのところで一番大事な家の存続という願いだけは、なんとか叶《かな》うだろう。

フローゼは今、そっと目を閉じて、屋敷の奥に仕舞《しま》われている一振《ひとふ》りの刀のことを思い浮かべる。

フェーヴェル家は、代々氷系統を得意とする魔法師を輩出《はいしゅつ》してきたが、伝統的にＡＷＲとして刀を扱《あつか》うことでも知られてきた。テスフィアのＡＷＲ【キクリ】のみならず、最新型のＡＷＲが続々と開発されている今も、こうして先祖伝来の宝刀を守り続けているのだ。

彼女が今思い浮かべているのは、それこそ始祖の代から受け継いでいる、家宝の中の家宝ともいうべき一振り。AWRとしてだけでなく、美術品としてもその価値は計り知れず、かつて好事家《こうずか》の間では、小さな領土一つに相当する、とまで言われていたという逸品《いっぴん》だ。実際、曾祖父《そうそふ》の代には、当時のウームリュイナ当主から譲《ゆず》ってくれ、という申し出があったが当然のように断った、という逸話《いつわ》まで聞いている。

万が一の時にはこの宝刀を取引の材料に……ということまで、フローゼは考慮《こうりょ》している。己《おのれ》の代でこれを失うことは、家名を落とすだけでなく、名家としてのフェーヴェルの歴史に、致命的《ちめいてき》な汚点《おてん》を残すことになるだろう。まさに、先祖達に顔向けができなくなる。だが、それでも、そんな強い想《おも》いが、フローゼにはあった。さらに、もしもそんな時が訪れたなら、全ての責を負い当主の座を降りることまで、彼女は決意していた。

一瞬暗い顔で目を伏せたフローゼは、次の瞬間《しゅんかん》にはそんな憂《うれ》いをきっぱりと振り捨て、顔を上げる。これから娘の、いや、フェーヴェル家に関わる者全ての未来を切り開くため、来るべき【テンブラム】へ向けて、策を練るために。

だが実のところ、さすがのフローゼとて【テンブラム】に関しては、見聞きしたことすら、片手で余るほどの回数でしかない。その点、不安が拭《ぬぐ》えないのも事実なのだ。が、この場にはなんといっても、頼もしき「老馬之智《ろうばのち》」を持つ者がいる。

そう、ここから先、きっと彼の存在は必要不可欠となるはずだ。

そんな当主の視線に応《こた》えるかのように、セルバは、にっこりと微笑し。

「もちろん、お嬢様のためとあらば、喜んでこの老骨に鞭打《むちう》ちましょうとも」

それから、しばらくはセルバの説明による独断場となった。彼の知識とフローゼの知る情報が交換《こうかん》され、重々しい伝統競技についての、基礎《きそ》やセオリーが示されていく。

一言も聞き漏らすまいと耳を傾《かたむ》けるテスフィアはもちろん、アルスも、ひとしきり集中してそれらを聞き取っていく。

「講義」が一段落したと見て取って、アルスはおもむろに口を開いた。

「それはそうと、この機会に一つ、フローゼさんにお聞きしたいことがありまして」

珍《めずら》しく相手の機嫌《きげん》を窺うかのような婉曲的《えんきょくてき》な言い方になったのは、彼なりに慣れない気を遣《つか》った結果である。

訝しむように一瞬目を細めた後、フローゼはあくまで温和な微笑を浮かべている。

「ええ、構わないわよ。もっとも、私に答えられるかは分からないけど」

「もちろん可能ならばで構いません。それとできれば内密にお話ししたいのですが」

アルスはちらりと、赤毛の少女とセルバに視線を走らせる。

「？」

小首をかしげるテスフィアを他所《よそ》に、具体的な内容とまではいかずとも、アルスの意向は察したらしいフローゼは、僅《わず》かに苦笑《くしょう》し、

「じゃ、後ほど私の書斎《しょさい》で話を聞きましょう。さすがにちょっと疲《つか》れたわね、一息入れましょうか」

と腰を浮かせる。だがその直後、テスフィアが遮《さえぎ》るような声を上げた。

「お母様、でも……！」

彼女としては、この機会にできるだけ【テンブラム】について、作戦立案や情報収集を行っておきたかったのだろう。いかにも不安げな視線を投げかけるテスフィアを安心させるために、フローゼはにっこりと笑い。

「フィア、気を抜けとは言わないけれど、こんな時、気を張りすぎるのも考えものよ。少なくとも【テンブラム】の基礎的《きそてき》な情報は、あなたたちにも、これである程度理解できたでしょう？　あとは各自、じっくり情報収集をしてから、次の段階に向けてまた作戦を練りましょう。それに長すぎる会議は非効率だし、まだウームリュイナから日程の通達がないのだから、時間だって十分にあるわ。セルバ、これから忙《いそが》しくなると思うけど、そちらも情報収集を、しっかりお願い」

「はい、フローゼ様。抜かりなく」

それからフローゼは、ふと思いついたように。

「そういえば【テンブラム】でのこちらの陣営《じんえい》の参加者について、なのだけれど……」

ちらりとアルスを見てくるあたり、何を言いたいのかは言わずもがな。

「もちろん、要請《ようせい》があれば参加します。でなければ、そもそも最初から関わろうとは思いません」

自嘲的《じちょうてき》なニュアンスがこもった多少ぶっきらぼうな言い方にはなってしまったが、これはまあ仕方ないところだろう。

一方、そんなフローゼとアルスのやりとりを見ていたロキが、ここですっと挙手をした。

一同の注目が集まったところで、彼女は切り出す。

「あの……できれば私も、お力になれないでしょうか」

この申し出に、テスフィアはもちろん、フローゼも驚いたように小さく声を上げた。

「まあ、ロキさんも？」

「はい、もちろんアルが必要と判断すれば、ですが。できるなら【テンブラム】自体にも、参加させていただければと」

そう言いつつロキはちらりとアルスを見るが、アルスは肩を竦めただけだった。さっきのセルバの講義中、当事者ではないはずのロキが、メモまで取らんばかりの態度で熱心に聞いていたのだから、アルスとしてもこれは、半ば予想できていたことだ。ならば、特に断る理由もないだろう。

思わぬ援軍《えんぐん》の登場に目を丸くするテスフィアを横目に、ロキは小さく咳払《せきばら》いしてから。

「まあ、テスフィアさんだけでは頼りないですから、アルの足を引っ張らないよう、私もサポートできれば。それに、貴族の伝統競技とあれば、きっと私も何かしら得るものがあると思いますし」

「ロ、ロキぃ～……！」

目を潤《うる》ませて、そのまま抱き着《つ》こうとせんばかりのテスフィアと、それを煩そうに追《お》い払《はら》う仕草を見せるロキを、いかにも微笑ましげな様子で眺《なが》めながら、フローゼは言う。

「そう、なら、是非《ぜひ》力を貸してちょうだい。いえ、寧ろ私から、改めてお願いしたいくらい。本当に心強いわ」

続いてアルスに含みのある視線を投げかけてくるあたり、どうせいずれ機会を見て、アルスだけでなく、ロキにも参加を促《うなが》すつもりだった可能性が高い。ロキのアルスへの忠誠心の強さなど、彼女にはとっくに把握していて然《しか》るべきなのだから、この食えない当主が、それを利用しないはずもなかっただろう。

内心で嘆息《たんそく》するアルスを他所に、フローゼは涼《すず》しい顔で言葉を続ける。

「本当、いいお友達に囲まれていて良かったわね、フィア。それじゃ、次はアルスさんとロキさんを、客室へお連れして。あなたのお部屋で、一緒《いっしょ》に寝《ね》てもらっても良いのだけど」

「え!? 他にもいっぱい部屋はあるんだから、わざわざ一緒じゃなくても……というか泊《と》まってくの？」

驚き慌《あわ》てつつ、そう尋《たず》ねてくる。当然、アルス達とて寝耳《ねみみ》に水《みず》だ。

昨日の通話ではそんな話など出なかったし、もちろん着替《きが》えも用意してきていない。そこにフローゼがぴしゃりと断言するように言葉を被《かぶ》せてくる。

「当主として、アルスさん達にろくなお礼もなしに、このまま帰すわけにはいきません。悪いけど貴族としてのもてなしと考えてくださいな、アルスさん、ロキさん。7カ国親善魔法大会の折に言いそびれたお礼の件もあります」

表向きはあくまで柔らかな物言いだが、言葉以上の圧を感じる。貴族間のトラブルに巻き込まれる、というのはこういった煩雑《はんざつ》な手続きも当然のごとく付いてくるものらしい。

そもそも断るにしても、アルスにはこれからフローゼに聞いておくべき「例の話」がある。どちらにせよ、切り出したタイミング的に他の選択肢《せんたくし》はないと考えていい。

「分かりました」

いいように丸め込まれてしまった感はあるが、幾《いく》ばくかの諦念とともにアルスはそう答えた。フローゼは、満面の笑みを浮かべて、傍《かたわ》らの老執事《しつじ》を振り返る。

「それは良かったわ。夕食が無駄《むだ》にならなくて済んだわね、セルバ」

「ええ、真に喜ばしいことです。シェフもテスフィアお嬢様が御学友《ごがくゆう》を連れてくるとあって、いつも以上に気合が入っているようでしたので」

セルバも相合を崩してにっこりと笑い、

「実は、お屋敷《やしき》の使用人一同、御二方《おふたかた》を歓待《かんたい》するために昨日から大忙《おおいそが》しだったのですよ」

と付け加える。

見事に息の合った主従のやりとりで、アルス達の宿泊《しゅくはく》は苦も無く既定《きてい》路線のスケジュールに組み込まれてしまったようだ。アルスの同意が取れたと見るや、フローゼはすかさずテスフィアに言う。

「フィア、お二人を部屋へ案内して差し上げて」

「……はい」

もはや決定事項《じこう》に反論する気力を失ったテスフィアは、短く頷くしかなかった。

「じゃあ、悪いけど付いてきて。案内するから」

テスフィアに続き部屋から出ようとする際、フローゼがふと、何気ない調子を装《よそお》ってアルスに尋ねた。

「アルスさん……今回の一件に、リムフジェが絡《から》んでいるというのは本当ね？」

一見平静な調子であるが、どうもフローゼには何か思うところがありそうだ。といって無視するわけにもいかない。

「リリシャのことですね」

「そう、あそこの末娘《すえむすめ》ね。やっぱり学院に編入してきたのね。正直、それも気掛かりの一つなのよ。フィアに聞いたわ、彼女も【テンブラム】に一枚噛《か》むんですってね」

アルスは例の応接室でアイル一派との会談の後、テスフィアに促して、家に連絡《れんらく》を入れさせている。その時に、テスフィアが話したのだろう。

「その通りです。そもそもこの一件の解決策について【テンブラム】で、という形で妥協《だきょう》できたのは、審判役《しんぱんやく》を買って出た彼女のおかげでもあります」

別に隠すつもりもなかったので、アルスは大人しく頷いた。

「あそこの家は、ちょっと普通《ふつう》の貴族と一線を画する部分があるのよ」

以前テスフィアが言っていたように、リムフジェには支族がいくつもあり、その中でも本家本元とされるのがフリュスエヴァン家だ。そこが周囲の貴族達に、微妙に煙《けむ》たがられているようなのは、テスフィアの言動からアルスとて察していた。だが、どんな理由があるのかまでは知りようもない。思い当たるのは、アイルがちらりと、リリシャに対して、家の後ろ暗そうな一面をほのめかす発言をしていたことぐらいか。

「そもそも、信用できるのかしら？　私としては、リムフジェをこの一件に関わらせるのは、かなりリスクがあると思っているのだけれど」

フローゼは難しい顔でそんなことを言う。きっと彼女はこの先、仮に【テンブラム】を上手《うま》く乗り切れた後のことまでも考えて、そう発言したのだろう。

恐らく家同士の確執《かくしつ》でもあるのか、とアルスは彼《かれ》なりに察した。

「確かにリリシャは、フィアとも微妙な関係性ですしね。ただ、そちらの事情は俺には関係ないことです。少なくとも俺自身が彼女によって助かっているところもあります。後、あいつはちょっと面白《おもしろ》いですよ」

「信用できる、とかではなくて、〝面白い〟の？」

「ええ、そもそもリリシャはベリック総督の命令の下《もと》、俺を監視《かんし》するため、学院にやってきた経緯があります。で、今回の一件には、フィアだけでなく俺の今後が懸かっているのはご存じでしょう？　ならば、総督および軍にとって不利益をもたらすような動きを彼女がするとは思えない。もっとも、総督が彼女の手綱《たづな》をしっかり握《にぎ》っている、という前提の上でですが」

「なるほど。信用しきれはしないまでも、ということね」

「彼女は【テンプラム】に際して、いろいろこちらに配慮《はいりょ》してくれたようですし、恐らく家とは関係なく、独断で審判役を願い出ています。なにせ、その後で家に承諾を取るべく、当主へと直談判《じかだんぱん》までしに行っているようですし」

実はさらに、アルスの判断の理由にはもう一つある。アイルがリリシャに対して行った、あの苛烈《かれつ》な精神攻撃《こうげき》である。仮に裏でリリシャとウームリュイナが繋《つな》がっていたなら、彼女に対して、あんな態度を取るメリットはないはずだ。あえてここで言うことではないと判断し、アルスとしては伏《ふ》せておくことにしたが。

フローゼは無言で顎《あご》に指を添《そ》え、考え込む仕草を見せた。

リリシャについてアルスが述べたことは、アルスの個人的な判断基準による部分が多い。間違《まち》いなく貴族の事情には疎いであろうアルスの判断を、どこまで信頼《しんらい》すべきか。

フェーヴェル家の利益のみに従ってリスクのことを考えれば、この一件に、他の家を介《かい》入《にゅう》させないほうが賢明《けんめい》なのは間違いない。

（それに、彼女個人の意図はどうあれ、実家たるリムフジェ自体がどう動くかは予想がつかない。ウームリュイナの影響力《えいきょうりょく》は、決して侮《あなど》れるものじゃないわ。それに今は、あの宮中についての〝噂話《うわさばなし》〟のこともあるのよね）

自然と表情が張《は》り詰めていたのか、セルバがそっと、紅茶のお代わりを注《つ》ぐことで、フローゼの凝《こ》り固《かた》まった思考を解きほぐしてくれた。

ふわりと立ち昇《のぼ》る湯気と匂《にお》い立つ香《かお》りにそっと目を細めたフローゼは、ティーカップを取ると、紅茶を小さく一口含んでから。

「決まってしまったことを今更変更《いまさらへんこう》は難しいわね。リリシャさんの件は了解したわ。そちらも通達を待つことにします」

落とし所、というより待つ以外の選択肢がないため、已《や》む無《な》くフローゼはこの問題を先送りにした。その後、しばらく雑談めいたものを交《か》わし。

「アルスさん、ではまた後でお呼びします」と、彼に微笑《ほほえ》みとともに伝えたのだった。

◇　◇　◇

テスフィア達が出ていった後、セルバとフローゼだけしかいない部屋は、急に閑散《かんさん》としてしまったように感じられた。

使用人や来客こそ多いものの、格式や家名を維持《いじ》することに終始し、先祖伝来の調度品や古い美術品にばかり囲まれた生活は、ときに当主のフローゼにとってすら、息苦しく感じられることがある。

思えば、外から吹《ふ》き込む新鮮《しんせん》な風は、常にテスフィアが引き連れてきてくれていたのかもしれない。

「フローゼ様、やはり気になられますか？　例の噂《うわさ》のことが」

テスフィアやアルスらには見せなかった神妙《しんみょう》な顔で、セルバが重々しく切り出す。

「ええ、嫌《いや》な噂ほど、最終的には噂じゃ済まなくなるのよね」

それから、胸中の憂いをまとめて吐き出《だ》すかのように、フローゼは溜《た》め息《いき》をついた。やっと娘が己の意志を表明し、アルスの支えがあったとはいえ、人生に関する一大事を独断で決めてきたばかりだというのに。おちおち紅茶を楽しむこともできないようだ。

「最近、宮殿《きゅうでん》が水面下で慌ただしくなってるのは、事実みたいだし」

「元首様が、本格的に動き出されるという兆候でしょうか」

「まさに〝魔女神《まじょしん》〟の襲来《しゅうらい》ね。私たちも下手を打つと巻き込まれるわよ」

アルファの元首・シセルニアはその若さと美貌《びぼう》、そして何より、鋭《するど》い知略を有することで知られている。だからこそ、ただ麗《うるわ》しく敬われるだけの存在ではいてくれず、ときに内外の問題に自ら首を突っ込んできては、好き放題にかき回してくれるのだ。彼女《かのじょ》は生まれだけでなく育ちについても何一つ恥じる部分がないだけに、いかなる貴族や富裕層《ふゆうそう》、有力者に対しても、物怖《ものお》じするということがない。

だから、フローゼはシセルニアを、大胆不敵《だいたんふてき》にして傲岸不遜《ごうがんふそん》な神話の〝魔女神〟に喩《たと》えるのだ。

「用心するにこしたことはありますまい。細々とはいえ、情報がこちらに流れてくること自体は、有難《ありがた》いのですが……」

「そうね、おそらく信用できる貴族にだけは、最低限の筋を通しているつもりなのでしょうね」

かといってその噂自体、あまり信用しすぎると足元を掬《すく》われかねないとも、フローゼは感じていた。ぶら下げられた餌《えさ》が擬似餌《ぎじえ》であるのかすら、判断が難しいのだ。

そもそも情報の出どころ自体が、かなり曖昧ではあった。宮殿内の関係者から、とか軍の上層部から、などともっともらしく言われてはいるが、セルバが裏取りに動いてすら、確証が得られない始末だ。

「普段《ふだん》なら一笑《いっしょう》に付して取り合わないところだけれど、何しろあなたが探《さぐ》ってすら、漏洩《ろうせつ》箇所《かしょ》が突《つ》き止《と》められないんですものね」

「はい、恐縮《きょうしゅく》ながら。この先にはもう〝元首様のお膝元《ひざもと》〟しかない、というところで、常に手掛《てが》かりの糸が消えてしまいますので。知り得る限りのルート全てを辿《たど》っても、同じ結果でした」

だからこそ、かえってフローゼは、この噂を完全に頭から追い払うことができなくなってしまったのだ。

「はぁ～、まったく悪いことは重なるものね」

今、彼女はまさに当主として資質が問われる判断に迫《せま》られていた。ここでこの大きな判断を誤れば、フェーヴェル家といえ、ひとたまりもないだろう。

ただ、軍部での不穏《ふおん》な動きは今に始まったことではない。その上層部には、ベリックも抑えきれずにいる胡散臭《うさんくさ》い上級貴族出身者や、多少は法を犯《おか》しても平然としているような輩《やから》も混ざっている。それでも元首が直接介入しなければならないような事態には程遠《ほどとお》い。

だとすれば、シセルニアが何のために動くのか？　すでにアルファは、7カ国でも魔法《まほう》大国と呼ばれるにふさわしい権勢を有している。中でも魔物《まもの》の討伐《とうばつ》実績や領土奪還《だつかん》面積については、まさに比肩《ひけん》するものがない、事実上の第一等国なのだ。

「フローゼ様、現時点では無数の可能性が考えられ、それら全てに対処するのは、ほぼ不可能です」

「分かってる。本来なら屋敷に引《ひ》き篭《こ》もって、嵐《あらし》の兆候が確実になるのを待ってから動くのが正しいんでしょうから。けれど、どうにもこの噂は嫌な気配を孕《はら》んでいるわね。噂は噂、まだ表面上は風がそよぐどころか、宮中じゃ何も起こってないっていうのに」

苦笑を堪えながら、そんな心中を吐露《とろ》する。

「ねぇ、セルバ」

「はい、フローゼ様」

「シセルニア様が動き出すきっかけがあったとして……その引き金を引いたのが、どこかの不遜《ふそん》な貴族である可能性は？」

「私の口からは申し上げにくいことでございますが、一番可能性は高いかと」

「そのことに、もしかして〝彼〟は、絡んでいないでしょうね」

「彼とはつまり、アルス様でしょうか。確かに誰《だれ》が相手だろうと、へりくだったり必要以上の配慮などするのは、およそ似つかわしくない方だとはお見受けしますが」

以前手合わせした関係で、セルバはその実力の一端《いったん》は、明確に感じ取ったつもりだ。本人の言動からしても、彼こそが、正体が秘匿《ひとく》されているアルファのシングル魔法師である可能性は、ほぼ１００％だと断言してもいい。

そんな彼が、なぜ今更《いまさら》学院になど通っているのかは不明だが、とにかく奇妙《きみよう》な縁《えん》で主家の娘・テスフィアを指導してくれているというのだ。感謝こそすれ、妙《みよう》な勘繰《かんぐ》りをするのは避《さ》けたい気持ちがある。

「大丈夫《だいじようぶ》よ。もしかして、と思っただけで、本気で彼が絡んでいるなんて、思ってないわよ。ただ彼、さっき妙なことを言ってたでしょ？」

　それを聞いて、セルバはフローゼの言いたいことを何とはなしに察した。

「なるほど、フローゼ様に何か、直々に訊《たず》ねたいとおっしゃっていたことですね」

「そう。彼は一体、私に何を聞きたいのかしらね」

「はてさて、さすがにこの老骨には、分かりかねます。存外、蓋《ふた》を開けてみたら拍子抜《ひょうしぬ》けされるかもですが、ただ、気になるのでしたら、疑問は早めに解消されるのが良いかと」

「そうね、後でなるべく早く、彼を呼びに行くことにしましょう」

　そう言ってフローゼは改めて、座《すわ》り心地《ごこち》の良いソファに、深々と腰《こし》を沈《しず》める。

「そもそも宮殿内が水面下で騒《さわ》がしいのって、考えてみたら、これまでもあったことなのよね。あの元首は切れ者すぎて、どうにも長くはじっとしていられない性質《たち》だから」

「フォッフォッフォ、いっそもう一度、探りを入れてみるのもありかと」

「虎《とら》の尾《お》を踏みに行くつもり？　いくらあなたでも、あの宮殿には忍《しの》び込めないわよ？　それこそ、この生存権内の誰もね。元首様のところにあの探知魔法師がいる限り、妙な動きは全て筒抜《つつぬ》けよ」

「おっと、そうでしたな、リンネ様とおっしゃいましたか……ですが私が申し上げたのは、久しぶりに宮中へ御機嫌伺《ごきげんうかが》いにでも行かれたら、という程度のことでして」

だが、そんなセルバの提案にも、フローゼの顔が晴れることはなかった。

「それはそれで、尾を踏むリスクがあることには、変わりなくない？」

「左様ですかな」

ただ、シセルニアが何をきっかけに、どのような動きをするにしても、軍の総督であるベリックとの関係に亀裂《きれつ》が入ったりすることはないだろう。少なくとも現状、ベリックとシセルニアの利害が一致《いっち》していることは確かだ。実際、ベリックを総督の座に据《す》えることを後押《あとお》ししたシセルニアの読みは、今のところ見事に的中していると言える。

「やっぱり、ひとまず静観したいところね。まずはあなたの言う通り、一段落したらさっさと、アルスさんの質問とやらを聞いてみましょう」

フローゼはスッとソファから立ち上がると、書斎へと赴《おもむ》くべく、豪奢《ごうしゃ》な応接室を後にしようとする。それからドアを出がけに、彼女はふと思いついたように振り向《む》いて。

「セルバ、ウームリュイナだけでなく、宮殿内部の情報もそれとなく集めてちょうだい。それこそ、どんな些細《ささい》な事でも」

「畏《かしこ》まりました」

いつものように深々と腰を折って、手練《てだ》れの老執事は、そのまま廊下《ろうか》を歩き去っていく女主人の背中を見送ったのだった。

◇◇◇

邸宅《ていたく》に入るまでに広大過ぎる庭を通った時は、大げさすぎる、とは思ったものの、正直、驚《おどろ》き自体はそこまででもなかった。

だが屋敷の中を改めて歩いてみると、文字通りそこは己の想像を絶する世界だった。

いくら自分に財力があろうとも、こんな大豪邸を建てたいなどとは、アルスは夢にも思わない。だからこそ、その衝撃《しょうげき》じみた体験は、新鮮そのものだった。

ひたすらに長い廊下を歩きつつも、アルスは物珍《ものめずら》しげにチラチラと視線を振《ふ》る。両脇《りょうわき》に立ち並ぶ扉《とびら》に次ぐ扉。この家には、一体いくつ部屋があるのだろうか。

そんな様子に、少し呆《あき》れたようにテスフィアが言う。

「そんな珍しくはないでしょ」

「いや、貴族の屋敷に上がり込むことなんて、ほとんどないしな。興味もなかった」

「はぁ？　でもまあ、今は使ってない部屋ばかりだからね。雇《やと》ってる人達には、本宅の隣《となり》の別邸《べってい》に住み込んでもらってるから。こっちに住んでるのは、それこそセルバと侍従長《じじゅうちょう》ぐらいかな？」

「勿体《もったい》ないですね」

これは、ロキの率直《そっちょく》な感想だ。

「そこそこの貴族の家は、どこも似たようなものよ。社交パーティーなんか開けば、部屋数は多いに越《こ》したことないしね」

「そういうものですか……」

「皮肉なのか、素直《すなお》に驚いてるのか、分かりづらいわね」

「いえいえ、今回のようなことがあると、正直貴族についてもう少し知っておく必要があるかと思っただけです」

「ふーん。まあ、私が分かる範囲《はんい》だったら答えるけど」

二人を先導しながらもどこか落ち着かない様子のテスフィアは、そう言う間にも、何度かアルスとロキの方を振り返《かえ》る。そのたびに、まるで彼女の内心を示すかのように、忙《せわ》しなく特徴的《とくちょうてき》なサイドポニーテールが揺《ゆ》れるのだった。

しばらくして、テスフィアの足がふと止まった。

「ここが、お前の部屋か。ちょうどいい、ちょっと寄らせろ。お前にも聞きたいことがあったからな」

「えっ！　そ、それはその、ちょっ、えーっと、違《ちが》うかな？」

まったく平静を装うのが下手な奴《やつ》だ、とアルスは内心で呟《つぶや》く。テスフィアの泳いだ目は、なんとか部屋に踏み込まれずに済ませたいという気持ちを、これ以上なく雄弁《ゆうべん》に語っていた。その理由はおそらく……。

「テスフィアさんの部屋が散らかっているのは知っていますから、今更ですよ」

「あっ」

ロキがすかさずノブに手を掛け、ためらいもなくそれを捻《ひね》った。ガチャッと妙に重い音がしたところで、アルスはロキを手で一瞬《いっしゅん》だけ制し。

「本当に嫌なら止《や》めるが」

「……ん～、んんんんんんん、ま、まあ、もう半年以上は使ってないから、少し整理《せいり》整頓《せいとん》がね？　ちょ、ちょっと待ってて！」

そう言うとテスフィアは、ロキとドアの間に器用に身体《からだ》を滑《すべ》り込ませて、半開きの隙間《すきま》に首を突っ込み、片目を瞑《つぶ》りつつ中を覗《のぞ》く。

それだけでは足りなかったのか、直後、ドアの隙間からもぞもぞとお尻《しり》を突き出し、テスフィアは身体をくねらせて、さらに部屋の奥《おく》まで、きっちりと覗き込んだ。やがて、その姿が妙に扇情的《せんじょうてき》になってしまっていたことにも気付かない様子で、隙間から頭を抜いたテスフィアは、ホッと安堵《あんど》の息を吐《は》きつつ。

「大丈夫、だけど……そもそも私の部屋で話す意味って、ある？」

「いいや、別にないんだが、ちょっとした好奇心《こうきしん》だ。ちなみに俺《おれ》は、たとえ床《ゆか》に下着が転がってようと気にしないぞ」

「私が気にするわ！　というか転がってないし！　さっきは流れで半年間放置とか言っちゃったけど、そんなわけないでしょ！」

いかにもデリカシーに欠けるアルスの物言いに、テスフィアは顔を赤くしつつ、真っ向から反論する。

しかし、そこに銀髪《ぎんぱつ》の少女が、アルスの視線からテスフィアの臀部《でんぶ》をさりげなく隠《かく》すように一歩ずれて、追撃《ついげき》する。

「私、ありえそうだと思うのですが」

「あんた達、私を何だと思ってるわけ？　そりゃ、少々その、整理整頓とかの面で女子力足りないのは認めるけど、さすがにそこまでじゃないわよ！」

「なら、別に構わんだろ」

「……そ、そうね」

割り切るためかコホンと空咳《からせき》を挟《はさ》むと、テスフィアは「はい」と渋々《しぶしぶ》、ドアを開けた。

中に踏み込んだアルスとロキは。

「ほう、さすがに貴族令嬢《れいじょう》の部屋だけあるな」

「なんだか、至《いた》れり尽《つ》くせりな感じですね」

二人の感想が、内容的にはほぼ完全に一致した。

中は広いだけでなく実に豪華《ごうか》で、様々な調度品の中でも、天蓋《てんがい》まで付いたクイーンサイズのベッドは、かなりの存在感を放っている。ただ部屋の広さゆえに、そのベッドすら室内のスペースを圧迫《あっぱく》しているという印象はない。以前、アリスとテスフィアの寮《りょう》部屋を見たことがあるが、ここは一人部屋でありながら、相部屋の三倍はあるだろうか。

換気《かんき》のためか、開けっ放しになっている屋内の別扉の先は、ウォークインクローゼットになっているようだ。中の服はドレス仕立てが多いようだが、私服も上品な雰囲気《ふんいき》のものが揃《そろ》っている。

「意外に綺麗《きれい》ですね」

ロキの呟きに、すかさずアルスが被せる。

「どうせ、侍従《じじゅう》がマメに掃除《そうじ》してるだけだろ」

「うっ……」

多分図星だったのだろう、テスフィアが小さく呻《うめ》いたが、それには構わず、アルスは改めて部屋を眺め渡《わた》した。

よく見ると、この部屋は豪華な調度品だけでなく、彼女がここで過ごしてきた歳月《さいげつ》を想像させるような小物で溢《あふ》れかえっている。いくら表向きは綺麗に整えられていようと、隠せないものはある。それらは、主《あるじ》のありのままの姿を、まざまざと伝えてくれていた。

小さい頃から使っているのだろう、やや古ぼけた本棚《ほんだな》と机。表面が少しへたった印象の羊毛のラグマット。小ぶりなソファー。棚《たな》やベッドの脇机の上に、大事そうに鎮座《ちんざ》している、いくつかのぬいぐるみ。

今なら、リリシャがアルスの研究室を物珍しそうに物色していた気持ちが分かる。

「これは……アリスか」

写真立てを手に取って、アルスは思わず頰を緩《ゆる》ませた。そこには今よりやや幼いテスフィアとアリスが、並んで写っていた。数年前のものだろう。アリスは今と変わらずおっとりしていて優《やさ》しげな表情だが、テスフィアはやはりちょっと小生意気そうなのが、いかにも可笑《おか》しい。

「アリスさん、可愛《かわい》いですね。……十二、三歳《さい》くらいの頃《ころ》でしょうか」

アルスの隣から顔を覗かせたロキが、目を輝《かがや》かせながらそう言った。アルスと同じく、ロキもずっと軍で育ってきた過去がある。だから、こんな写真どころか、形に残る思い出などは皆無《かいむ》だ。アルスの研究室へと居を移した時も、私物はバッグ一つで事足りてしまったほどだ。その小さなバッグに入るだけのものが、全て。これまで十数年生きてきて——ただ、それだけしかないのだ。

でもこの部屋は、己には持つことすら叶わなかったそんな物で、溢れ返っている。いっそ眩《まぶ》しいほどに。

「何それ、可愛いって、アリスだけなの？」

そんなロキの感傷を断《た》ち切《き》ったのは、わざとらしい膨《ふく》れっ面《つら》の赤毛の少女だった。

「ええ、私としても少し癪《しゃく》でありますが、テスフィアさんも、昔は可愛かったのですね」

「え、そぉ〜？　ん？　今の私じゃダメってこと？」

自然と二人の視線は、残ったアルスの方に向けられるが——アルスとしては、やや無難な返事をするしかない。

「まあ、アリスもフィアも両方、可愛いといえば可愛いんじゃないか。特にフィアは、眉《み》間《けん》の皺《しわ》もないしな」

「今も無いわよ！」

「いや、ここに来る途中《とちゅう》は、ひどかっただろ」

そう言い捨てて、改めてアルスは二人の写真を見直す。それから真顔になって、ふと思った。自分にも、こんな時期があっただろうか、と……だがそんな疑問は、即座《そくざ》に否定できてしまう。

いや、無かった。この頃にはもう、魔物を殺すことはおろか、裏の仕事にまで手を染め始めていたはずだ。

ひとまず記憶《きおく》を探った結果、アルスには、少なくとも自分にはそんな思い出めいたものが一切《いっさい》ないことだけは、容易に確認《かくにん》することができた。まるでモノクローム写真のように、当時の記憶からは、あらゆる感情の色が失われている。

「……楽しそうだ」

思わず吐露してしまったアルスの言葉。その心の内で彼が何を思っているのか、ロキは今や痛いくらいに理解できた。だが、すでにアルスの過去を知っているからこそ、返せる言葉がある。だからロキは……そっと微笑《びしょう》して、彼の心に寄りそうかのような言葉を、あえて選んだ。

「本当、楽しそうですね、アルス様」

一瞬のみ二人の間に流れる、親密かつ穏《おだ》やかな空気。だがそこに、訝《いぶか》しげな赤毛の少女の一言が割って入る。

「ちょっと、二人して何よ？　変よ、あんたら」

「お前にだけは言われたくない」

アルスはそう言うと、さっさと写真立てを元の場所に戻《もど》し、テスフィアのベッドの端《はし》に座る。スプリングか何かの素材でも入っているのか、ベッドからは軽く反発する感触《かんしょく》が返ってきた。もちろん、座り心地には全く文句はない。

「平然と私のベッドに座らないでよ。第一、コートも脱《ぬ》いでないし」

「自分で掃除もしていないのに、細かいことを言うな。それに、他に座る場所もろくにないだろ。ひとまず俺がここに座ったのは、話しやすさを優先したからだ」

「もういいわよ。で、話って何なのよ。あっ、その前に……」

改めてソファに座り直すと、背筋をピンと伸《の》ばしたテスフィアは、頬を少しだけ赤らめつつ、もじもじと切り出した。

「えっとね……こ、今回の一件、本当にありがとう。私一人じゃ、多分大変なことになってた。ううん、絶対対処するのは無理だったと思うの。それに、わざわざ家にまで来てくれたし……。アル、貴族なんて全然好きじゃないでしょ？　だから……ごめんね」

人差し指で髪《かみ》を弄《いじ》りながら、ややぎこちない笑顔《えがお》を作ってみせたテスフィアに、アルスとロキはつまらなそうな顔を並べる。

「感謝なのか謝罪なのかはっきりしない奴だな」

アルスの台詞《せりふ》を、ロキが引き継《つ》ぐ。

「はい。謝《あやま》るんじゃなく、嘘《うそ》でも『死ぬ気で頑張《がんば》る』って言えば良いんです。その方がまだ揶揄《からか》い甲斐《がい》があるってものです」

「あ、うん……うん？」

頷《うなず》いたテスフィアがその頭を横に倒《たお》したところで、ロキは口元を少し意地悪く歪《ゆが》めた。

「それとテスフィアさん、言っておきますけど、アルス様が無償《むしょう》で手を貸すとでも思ってるんですか？」

「おい！」

不謹慎《ふきんしん》なことを平然と言い出すロキを、アルスは制止するように咎《とが》める。

「確かに巻き込まれた感はあるが、どうせ相手は、いずれ俺も取り込むつもりで、全《すべ》てを画策済みだったんだ。どっちにしたって、結果はそう変わらなかったさ」

下手をすると、テスフィアの一件はただの口実で、アイルにとって、最終的にはアルスを手に入れることが目的だった、という推論さえ成り立つ。いずれにせよ、あの話し合いの場で最善と思われる手を打つことができたのは、やはりリリシャの存在が大きい。

「まあ、そういうわけだから、今更《いまさら》俺のことはいい。それより、後でリリシャ《あいつ》に、礼の一つぐらいは言っておけよ」

「あ、それはお断りします！」

さっと見えない壁《かべ》でも作るかのように手を前へ突き出し、断固拒否《きよひ》の意志を全身で示すテスフィア。思わず呆れてしまうが、その態度には、多分に私情とか私怨《しえん》が含《ふく》まれている様子だ。ある意味で、幼いとさえ言える。すると、自分でもその点は自覚しているのか、テスフィアは少々決まり悪げに付け足した。

「うそうそ、ちゃんとお礼ぐらいは言うつもりよ。……でも先にまずは、リリシャを決闘《けっとう》で叩《たた》きのめしてからだけど」

「うわ～……」

早速《さっそく》テスフィアが発揮した狭量《きょうりょう》ぶりに、ロキは思わず白い目で彼女を見た。

「何よ、ロキ。ちょっと仕返しするくらい、別にいいじゃない！　それにもうお礼は一度言ったもん。それよりよ、話ってその事情に関係あるの？」

羞恥心《しゅうちしん》を露《あら》わにしたテスフィアは、さっさと話題を変えた。どうにもリリシャに対しては、素直になれないらしい。ライバルとはいわないまでも、同じ貴族かつ同年齢《ねんれい》であることも、意地の張り合いという意味でマイナスに働いているのだろう。どうにもアルスにもロキにも理解できない感情だ。

しかし、二人の関係性など、この場では根本的にはどうでもいいことだと、アルスはさっさと割り切る。

「じゃあ一先《ひとま》ず、嫌なことを聞くことになるが、いいか？」

「えっ……う、うん、必要ならね？」

「分かった。まずお前の父君について、ちゃんと聞いておきたいんだが」

「！　……もう亡《な》くなってる。私が物心つく前にね」

恐《おそ》らくテスフィアがまだ幼く、記憶もあやふやな時期だったのだろう。意外にすんなりと答えが返ってくる。それは、半ばアルスが予想した通りでもあったのだが。

「そうか。やっぱり、魔法師だったのか？」

「そうね。お母様からはそう聞いてるわ。外界で亡くなったって。でも、詳細《しょうさい》は私もあまり知らないのよ。ただ、魔法師って言っても順位はさほど高くなかったみたい。フェーヴェル家の正統後継者《こうけいしゃ》はお母様だから、お父様は婿養子《むこようし》のはず」

「ふむ。お父上の魔法系統は？」

「え～っと、確か風、だったかな。氷系統じゃなかったはずよ」

「なるほど、な」

当主が男系である必要はないが、フェーヴェル家の上に立つ者は、代々の秘伝たる継承《けいしょう》魔法、その中でも最上級クラスの一つを会得《えとく》することが大切な条件であるらしい。そして父親が早くに亡くなったこともあり、フローゼにはテスフィアの他に直系の子供はいなかった。つまり、幸いにもテスフィアの適性が氷系統で、後継者としての資質があったからこそ、フローゼは彼女を鍛《きた》え上《あ》げた。さらに以前、ひと悶着《もんちゃく》あったにせよ、テスフィアの学院残留を認めたことには、テスフィアが己《おのれ》の資質をきちんと示したことのほか、そういった事情もあったのだろう。

「では、お父上に、氷系統を使える兄弟や内弟子《うちでし》のような存在がいた可能性は？　それも、かなり優秀《ゆうしゅう》な使い手に限定しての話だが」

「ううん、別にそんな話は聞いたことがないわね。でも何よ、その妙に意味深な雰囲気……？　お父様のことが、何か重要なの？」

「いや、すまんが確証がないからな。はっきりしたことは言えないんだ」

「そう、まあ、いいけど」

そんなやりとりを交わしながらも、アルスは内心で、考えうる複数の推測から、一つの可能性を消した。アルスが考えているのは、バナリスで遭遇《そうぐう》した、謎《なぞ》めいた〝雪の男〟のことである。あの赤髪の魔法師が使っていた、環境《かんきよう》変化型の広域魔法……そして、彼がテスフィアのためにアルスが考案した【氷界氷凍刃《ゼペル》】に一部似た魔法構成を用いていたこと。

【ゼペル】はアルスが手を加えたものであるが、フェーヴェル家の継承魔法の一つは、この【ゼペル】に類似《るいじ》したものだと予想される。具体的には【アイシクル・ソード】の発展形とも言える魔法がそれだ。つまり〝雪の男〟がテスフィアの父本人か、何らかの理由で彼と関係のある者では、と考えたのだが、その推測は強引《ごういん》すぎたらしい。テスフィアの父は風系統だということだし、仮に接近した者がいたとしても、さすがに【アイシクル・ソード】の〝その先〟を会得するには、俄《にわ》か仕込《じこ》みの技《わざ》ではどうしようもないはずだからだ。

だがあの男が、やはり氷系統の相当な使い手であったことは疑いの余地はない。それこそ、環境変化型の広域魔法をあのレベルで使いこなすには、膨大《ぼうだい》な魔力《まりょく》消費を強《し》いられたはずだが、彼はあの魔法を使ってなお、平然とロキ達《たち》を窮地《きゅうち》に追い込み、アルスと戦うための力すら、まだ残していた。

改めて思い返しても、即殺の判断は正しかっただろう。

血なまぐさい記憶を手繰《たぐ》り、アルスの目が剣呑《けんのん》な光を帯びたのを察したのか、ロキがそっと隣に座って、殺伐《さつばつ》とした空気を和《やわ》らげるかのように、別の質問を発した。

「ところで、そういうのも貴族ならではなんですか？　テスフィアさん」

「そういうのって？」

「ですから、お父様は婿養子だったと言っていたでしょう？　その、つまり、親の系統を引き継げるように、血統？　……に、特別な配慮をすると言いますか」

「？」

こういう話題になると妙に察しの悪いところがあるテスフィアは、小首を傾《かし》げるばかりだ。ロキにとってもまた、はっきりと言葉にするのは憚《はばか》られたのだろう。何とか別の表現で、と考えているようだが、話題が男女のデリケートな部分に触《ふ》れると、考えこめばこむほど、だんだんとその顔が赤くなっていく。アルスはそれを見かねて、代わりにはっきりと口にした。

「要は、代々の系統を途絶《とだ》えさせないための結婚《けっこん》、つまり系統を引き継がせるための子作りをするのが、ってことだ」

「なっ⁉」

途端《とたん》にテスフィアが身体を震《ふる》わせ、ポニーテールが逆立つように揺れる。

陸に上がった魚のように、ただパクパクと口を開閉させているテスフィアの様子を鋭く見て取って、アルスは彼女に代わって、推測含みの意見を述べた。

「ま、つまりは場合によってってところか？　想像だが、フェーヴェル家は主に剣術《けんじゅつ》、刀術を磨《みが》き抜いて、それを魔法の技と融合《ゆうごう》させることを目指してきたんだろう。継承魔法の【アイシクル・ソード】の形態を見れば分かる」

だからこそ、当主には氷系統の資質が必須《ひっす》になる。そして、歴代当主にはさらに、その伝統と秘伝を守っていくことが求められるのだ。

「ただ、当主に魔法の適性を強く求めること自体が、面倒《めんどう》なしがらみや軋轢《あつれき》を生む原因にもなる。どうにも古臭《ふるくさ》い気もするがな、時代遅《おく》れというか」

「……その言い方、ちょっと気になるんだけど⁉」

冷徹《れいてつ》に切り捨てたアルスに、テスフィアが口を尖《とが》らせつつ、苦言を呈《てい》した。アルスが古いと評したその家風こそは、テスフィアが自分の根っこで誇《ほこ》りとしている部分と、切っても切り離《はな》せないものだ。また、当主となった母親の苦労を、彼女なりに汲《く》んでいるところがあるからこそ、捨て置けないのだろう。

「いちいち気にするな、面倒臭《めんどうくさ》い。そもそも貴族の何から何まで嫌《きら》いなわけじゃない。少なくとも俺は、フェーヴェル家に対しては、かなり好意的に接しているつもりだぞ。至らぬご令嬢のお世話も含めてな」

「そ、それはもちろん、分かってるけど！」

義理と感情の板挟《いたばさ》みになり、うぅ〜、と小さく唸《うな》るテスフィア。アルスはちょっと頭を掻《か》いて、仕方なしに、という感じで続けた。

「分かった分かった。お嬢様《じょうさま》のお気《き》に召《め》さないなら訂正《ていせい》する。確かに、優秀な魔法師を輩《はい》出《しゅつ》するという点に限っては、合理的と言えるのは事実だ」

魔力量などと違い、系統は後天的なもので、心身の発達とともに幼い時期に決まることが多い。そのため、いわゆる血統、遺伝的要素も完全には無視できないのだ。光と闇《やみ》系統が該当《がいとう》する二極属性《エレメント》のみは例外であるが、通常の系統は、多くが親と同じか、それと親和性が高いものとなる傾向《けいこう》が強いことが、統計的に分かっている。

学説的には成長過程での経験が、魔力情報として体内の器《うつわ》とでも呼べるもの――魔力遺伝子――に蓄積《ちくせき》されることが、その要因だとされている。

「や、やっぱりそうよね！　伝統や血筋が大事っていうのは、一理あるもの」

テスフィアは我《わ》が意を得たり、とばかりに大きく頷いたが、すぐに少し目を伏せて。

「でも、確かにアルが言うような弊害《へいがい》もあるとは思う。継承魔法の会得が当主に課せられるだけあってフェーヴェル家は、特に血筋を守るのが大変だもの。お母様だって、かなり苦労されたはずよ。最上位の継承魔法って、相当に習得が難しい、はず……だとは思うんだけど……」

尻すぼみに語尾《ごび》が弱くなってしまったのは、問題の〝最上位の継承魔法群〟について、テスフィア自身、フローゼから詳細を何も聞かされていないからだ。世間的には、フェーヴェル家のお家芸といえば【アイシクル・ソード】なのだろうが、実際の秘伝は、その先にあるだろうことは、何となくテスフィアも察している。【アイシクル・ソード】自体も継承魔法の一つかつ高位魔法ではあるが、それほど重い扱《あつか》いではないし、何よりテスフィアがもう習得済みなのだから、この程度で当主を継ぐ資格に値《あたい》するとは思えない。

「【ゼペル】は、俺が開発した魔法だしな。ただ、多分その延長線上か、似た発想のものだとは思うんだが」

「う～ん……あの通り、お母様は厳しい人だから、聞いてもはいそうですか、と教えてくれるわけはないし」

みるみるうちに、テスフィアの眉間に、深い皺が刻まれていく。それを見かねてロキが声をかける。

「テスフィアさん、あまり言いたくはないのですが、あなたは今は、【テンブラム】に注力された方がいいと思いますよ。アルス様が参加するので、万が一はないと思いますが。もちろん、私もお手伝いしますし」

「う、うん。分かってはいるんだけど……」

「二つの物事を同時に追うと、不安にもなるし、どうしても気持ちが揺らぎやすくなります。そもそもあなたは、並行して何かを考えるのに向いていません。だから、何よりまず、やるべきことは一つに決めること。それをきっちりやり遂《と》げることです！」

キッパリと断言するロキに、テスフィアは伏《ふ》し目《め》がちだった視線を上げ、難しげだった顔をほころばせて笑った。

「ありがとう、ロキ。分かった、私らしく、でやってみるね」

「その意気かと！」

顔を見合わせて、互《たが》いに頷く二人。こうして見ると、最初の頃と比べて、二人の距離《きょり》はだいぶ縮まってきたのだろう。

テスフィアがロキの逆鱗《げきりん》に触れることも、だいぶ減ってきた気がするし、ロキもまた、さっきのように、随分《ずいぶん》テスフィアの性格を理解しつつある。

それは同時に、以前はアルス以外の人間など文字通り眼中になかったロキの中で、変化が起きているということ。本当の変化というものは、やはり自分自身ではなかなか気付けないのだと、アルスはまた一つ学ぶ。

「意気投合するのは良いが、俺としちゃ、当面の関心事は【テンブラム】だけじゃない。いわば、本命も別にあるんでな。ま、とりあえず継承魔法やお前のお父上については、これくらいでいいだろう。そろそろ、俺達《おれたち》の部屋に案内してくれ」

「うん」

テスフィアが頷き、彼女の部屋での会話はいったんこれで終了《しゅうりょう》となった。

その後、少し邸宅内を歩いた後、案内された客室は、まるで上等のホテルのように、完全に整えられていた。来客があるということで、きっと事前に使用人達に指示が出ていたのだろう。テスフィアは、アルス達にざっと部屋についての説明をする。

「鍵《かぎ》は内鍵式、ここにはベッドは一つしかないけど、もう一つ奥に別の部屋があるから、ロキはそこで、ね」

「そういえば、アリスも以前、泊《と》まりに来たりしたんだろ。その時はどうしてたんだ」

「どうしてたって、アリスはいつも、私の部屋で一緒《いっしょ》に寝《ね》てたけど……」

「そうなのか。なら女同士、ロキもたまには、同じ扱いをしてやってくれ」

「アルス様ッ!?　いえ、私はいつもと同じくアルス様のお部屋で構いませんので、お構いなく」

　当然のような顔をしてそう言ったロキに、テスフィアが目を丸くした。

「えっ！　そうなの!?　も、もしかしてベッドも同じとかじゃ……」

　驚いたように口に手を当てて、ちらちらとこちらを窺《うかが》ってくるテスフィア。

「おい、誤解を招くようなことを言うな！　大丈夫《だいじょうぶ》だ、研究室には、ちゃんと別々の個室というか、仕切りがあるんだからな。というか知ってるよな」

「そ、そうだったわね。ちなみにここでも、当然男女の別は守ってもらいますからね」

　腕《うで》を組んで、照《て》れ隠しのようにわざとらしくウインクをして見せるテスフィア。

「で、さっきのあたしの部屋で寝る話だけど、もちろんロキならいいわよ。同性同士なんだし、こういう時でもない限り、じっくり話す機会もないしね」

「あ、いえ、私はそんな機会、全くこれっぽっちも望んでいないので」

素気無《すげな》く拒絶《きょぜつ》したロキだったが、テスフィアにはまるで聞こえなかったかのようだ。

「はいは〜い、じゃあロキは私の部屋ね」

「あ、ちょっと、アルス様」

「そうだフィア。些細な疑問なんだが、フェーヴェル家が歴史ある貴族なら、遠縁《とおえん》、親類とかはいるのか？」

「ん？　そりゃいるわよ。誕生パーティーなんてよく知らない親戚《しんせき》が挨拶《あいさつ》に来るもの。その中には貴族じゃない人も多いけど一応一族ってことになるかな。でも、普段《ふだん》からの交流ってことになると、ほとんどないわよ？」

「いや、ちょっと聞いてみただけだ」

引きずられながら連れていかれるロキにはあえて触れず、アルスは黙《だま》って見送った。テスフィアの言う通り、この際、二人がさらに親睦《しんぼく》を深めてくれれば、と思ってのことだ。

女友達（?）と夜にゆっくりと語り合うなどという体験は、ロキにとっては初めてだろう。アリスとテスフィアの仲の良さは別格だが、ロキにもそんな少女らしい「普通《ふつう》」があってもいいはずだ。親心とは違うのだろうが、アルスは一人、なにやら善行を施《ほどこ》したのにも似た気分で、得心したように頷く。

　そんな彼《かれ》に、「また後でね」とテスフィアが背中越しに声を飛ばしてきた。


　改めて室内を見渡《みわた》した後、アルスはコートをラックにかけて、ひとまずベッドに仰向《あおむ》けに寝そべった。頭と身体を休めるうち、しばらくして、ノックの音が響《ひび》いた。

　尋《たず》ねたいことがある、と先に言ったのはアルスなのだから、これは半ば予想できたこと。それだけに、特に驚きはしない。

　ドアを開けると、そこにいたのは使用人やメイドではなく、執事《しつじ》のセルバだった。

「アルス様、お話の準備が整いました。こちらへ」

「分かりました」

　互いに何を言う必要もなく、応答は端的《たんてき》にそれだけで済む。

　それから二人はしばらく、靴音《くつおと》を響かせて、屋敷内《やしきない》を進んでいった。

　フローゼの書斎《しょさい》につくまで、一体いくつ部屋を通り過ぎただろうか。

　さすが当主の書斎だけに、その一室には、どこかモダンだがくつろげる雰囲気があった。落ち着いた木目調の壁と木の家具類は統一感があり、部屋全体がシックなカラーでまとまっていて、あらゆるものが、決して存在を主張しすぎない。

どこか懐《なつ》かしい羊皮紙やインクの匂《にお》いと混じって、ふと、花の香《かお》りがアルスの鼻孔《びこう》をくすぐる……それも強すぎず、ほんのりと微《かす》かに香る程度で、実にわきまえたものだ。

「どうぞ、アルスさん。お座りになって」

待っていた部屋の主・フローゼ・フェーヴェルその人に勧《すす》められ、アルスは椅子《いす》に掛《か》ける。その椅子も、柔《やわ》らかすぎず固すぎない、絶妙《ぜつみょう》の座り心地。やはり大貴族の家柄《いえがら》だけに、ベリックの執務室《しつむしつ》などとは違い、随分味わい深い部屋だ。

つい先ほど紅茶を頂いたばかりなので、セルバには目線で飲み物は不要と断っておく。

「……気になる?」

ややあって、フローゼから唐突《とうとつ》に切り出された言葉に、アルスは迷いなく「ええ」と答えた。その直前、アルスがそっと視線を留《と》めていたもの。

それは、壁に架《か》けられた一振《ひとふ》りの刀である。鞘《さや》に収まっているものの、その拵《こしら》えや纏《まと》っている雰囲気で、何らかのいわくある名刀であろうことは、容易に理解できる。

「AWRですか?」

アルスの率直な問いに、フローゼは隠すこともなく応じる。

「そうでもあるし、そうでないとも言えるわ。まだ未完成なの、AWRというにはね」

「そうですか、銘《めい》はあるんですか」

「……」

「秘密ですか、俄然《がぜん》興味が湧《わ》いてきます。触れても？」

「それも勘弁《かんべん》して頂戴《ちょうだい》。家宝の中の家宝なのよ」

「そうですか、残念です」

アルスは浮《う》かせかけた腰《こし》を下ろす。そんな様子に、フローゼは、ふふ、と小さく笑い。

「フィアの手に渡ったら、いくでも触《さわ》ってもらって構わないわよ」

それは、テスフィアとアルスが「気の置けない仲」になっていることをほのめかした、やや意味深な言葉ではある。だがアルスは、そんなフローゼの真意を悟《さと》っているのかいないのか、「それはそうと」と、気のない様子で、別の方向に話の舵《かじ》を切った。

「いつも、フィアが使っているものに似ていますね」

「そうね、あの刀も家宝の一つ。元はここに揃って並んでいたもので、フェーヴェル家が何代にも渡って引《ひ》き継いできた刀よ」

「なるほど……」

それを聞くと、AWRについては一家言あるアルスとしては、ちょっとした疑問が湧いてくる。本来AWRというものは、それが刀の形であろうと別の形状であろうと、初めからＡＷＲとして作られる。だからこそ普通の武器とは違い、素材には最初から、いわゆる本来の刀に適した玉鋼などでなく、魔力良導体が使われる。

もちろん通常の材質でも魔法式《まほう》を刻むことなどは問題なくできるが、結果的に素材が不適なら、魔法の発現にも不具合が生じることが多いためだ。

だがその点、アルスの目前にある一振りは、随分奇妙《ずいぶんきみよう》な成り立ちであるようだ。フローゼの物言いだと、どうも最初は普通に武器としての「刀」を目指して鍛えられ、後付け的にＡＷＲとしての役割を与《あた》えられたかのようだった。しかし、未完成というのでは、結果的に刀としてもＡＷＲとしても中途半端《ちゆうとはんぱ》な代物《しろもの》。せっかくの家宝の価値を、台無しにしてしまっているということに他《ほか》ならない。

「代々……というからには、複数人で同じＡＷＲを？」

基本的にＡＷＲは、高性能になるほど専用品としての性質を強めるもので、いわば使用者たる魔法師にとって、最適なようにカスタマイズされていくものだ。

それは、使用者個人のパーソナルデータともいうべき魔力が、魔力情報を伴《ともな》って何度もＡＷＲ本体に通うことで、素材全体が「馴染《なじ》んで」いくからである。

つまり、普通は使い回せば回すほど、その性能は低下し、本体を通る魔力の流れには乱れが生じていくものなのだ。だとすれば、歴代当主が使ってきたという目前の刀は、それこそ家宝ではあるのだろうが、実用性の点では、ほぼ無価値ではないか。

「もしかして、何か特別な性質か、機構でも？」

アルスが持ち前のAWRへの好奇心を発露《はつろ》し、重ねてそう問うた途端、まるで制止するかのような声が、傍《かたわ》らに控《ひか》えていたセルバの口から発せられた。

「アルス様……」

それはあくまで柔らかく自然な声音《こわね》だったが、その奥には確かに、ほとんどのことに物怖《ものお》じしないアルスをもドキリとさせるような、重々しい響きが含まれていた。やはりただ者ではないな、と改めて感じながらも、アルスは一応、謝罪の言葉を口にする。

「失礼しました、深入りでしたね」

フローゼは寛大《かんだい》な笑《え》みを浮かべながら、アルスへと言葉を返す。

「いえ、別に良いのよ。そうね、何か特別なやり方をしたわけじゃないわ。フィアが持っているあれは、確かに名刀であるけれど、あの子が持ち主になった段階で、初めて魔法式を刻んだということよ」

「では、それまでは……」

「そう、家宝とはいえ普通の刀。刻んだのも基礎《きそ》術式だけで、あえて完成させないままにしてあったのよ。あの刀は、【詭懼人《キクリ》】というのだけれど……私も先代も、最初はあれを使っていたの。ちゃんとした自分のＡＷＲを持つ前に、慣らしとして、ね。それがしきたりだったから」

テスフィアのＡＷＲの名前は、アルスとしても初耳である。それはまるで、どこか人名のような響きを持っていた。

「ふむ」

アルスはしばし、黙り込んだ。これまで貴族など歯牙《しが》にもかけてこなかったアルスだったが、このフェーヴェル家を訪《おとず》れてみて、改めて感じたことがある。

それは屋敷《やしき》そのものにまで表れている、家自体が積み重ねてきた年月の重み。いわば歴史的な風格とでもいうべきものだ。

この書斎がどこか懐かしく、くつろいだ雰囲気をもたらしてくれるように、長く存在し続けてきたものには、もしかすると、それだけで何かしらの価値や意味を見出《みいだ》してもいいのかもしれない――そんな感覚。

だからといって別に貴族全体に対しての考えを改めたり、老害じみた高慢《こうまん》さや偏狭《へんきょう》さを許容するつもりはないが、一般人《いっぱんじん》がそれなりに彼らを尊重し、畏《おそ》れ入《い》ることの理由が、何となく分かる気がしたのだ。

フローゼは、そんなアルスの沈黙《ちんもく》をどう取ったのか、不意に笑みを浮かべ、胸襟《きょうきん》を開いたかのように、こんなことを言い出した。

「そうね、アルスさん。あなただから、思い切って教えるわ。フィアも知っていることだけど、フェーヴェル家には〝当主〟とは別に〝後継者〟というものが存在するの。前者は単に家督《かとく》を継ぐ者、後者は技を継ぐ者を指すわ」

フローゼはまるでアルスへと、貴族のしきたりを一から教えるかのように、丁寧《ていねい》に説明を始めた。

「家督を継ぐのは血筋を重視された者。そして技を継ぐのが後継者、「秘継者《エルトラーデ》」と呼ばれているわ。あなたの言うように古い伝統ね。フェーヴェルの名を継ぐ上で、本来ならば、血筋だけでなく技量的にも、継承魔法を習得した秘継者《エルトラーデ》であることが望ましいの。いや、それは同時に悲願とでも言うべきかしら」

どこか残念そうな儚《はかな》い笑みを浮かべつつ、フローゼは語る。

そんな様子から、アルスは不審げに。

「……？　フィアから聞いている話だと、フローゼさんは当然、その両方を兼《か》ねているのかと」

「厳密には違《ちが》うわ。さっきも言ったけれど、フェーヴェル家の〝秘継者〟の資質は、当主とは別のものなの。私は秘継者ではないから、正統な意味では、完全な後継者ではないという事になるわね。正直、私の代で秘継者に拘《こだわ》るのはやめるつもりだったのだけれど」

だからこそテスフィアには当主として、早々に家督を継ぐ準備を進めさせようと考えたのだろう。娘《むすめ》にその才覚はないと早計にも判断を下して。

テスフィアが氷系統でなければ、初めから次期当主としての英才教育を施していたのかもしれない──魔法師としてではなく。

フローゼは徐《おもむろ》に机上《きじょう》の紙を一枚裏返し、説明するかのようにペンを走らせていった。

「強力な継承魔法の中でも、最終段階の【完成形継承魔法】と言えるものを持つ系譜《けいふ》は、二つあるわ。【アイシクル・ソード】はその系譜のうちの一つで、いずれその先を習得していくための初期段階の魔法ね」

そして使用者は、その習得段階を追うことで、完成形に必要な技術を身につけていく。【アイシクル・ソード】然《しか》り、もう一つの継承《けいしょう》魔法然り……これらの初期魔法はいずれも、使用者の技を、完成形に導いていくための足掛《あしが》かりというニュアンスが強いらしい。

「では、本当の意味での正統後継者は、その【完成形継承魔法】の習得者、つまり秘継者《エルトラーデ》だと」

「…………」

アルスがその一言を発した瞬間《しゅんかん》、室内に重い空気が満ちた。フローゼが気分を害したというわけではない。寧《むし》ろ、アルスが質問の裏に込めたニュアンスが、聡明《そうめい》な彼女《かのじょ》にははっきりと伝わったため、いわば、フェーヴェルに伝わる秘密の核心《かくしん》を突《つ》いたからだ。

今度はフローゼが一拍《ぱく》分の間を空け、細い息を吐《つ》いてから、真正面からアルスを見据《みす》える。

「貴方《あなた》は、どこまで気付いているの？」

「……フィアの【アイシクル・ソード】の構成式を弄《いじ》った時点で、なんとなくは。なるほど、【ゼペル】はやはり、良いところまで行っていたってことですね？　実際のところ、あれは【アイシクル・ソード】を見て作ったので」

「!?　……まったく、身が竦《すく》むわ。貴方ほどの魔法師を、私は知らないわ。戦闘《せんとう》能力だけでなく、魔法の構造を解析《かいせき》して、その先を創造するなんて羨《うらや》ましい限りね。フィアにもぜひ、その才能でいろいろとご教授いただきたいわ」

「俺《おれ》は、自分の〝想像〟の方にこそ興味がありますが」

巧《たく》みに娘へと話題を逸《そ》らそうとしたフローゼを逃《に》がすまいとするかのように、アルスは鋭《するど》く言葉を発した。観念したのか、フローゼは苦笑《くしょう》すると。

「……ええ、そうよ。貴方がフィアに教えてくれたあの魔法、【ゼペル】が指し示した道は、確かに正解に通じている。具体的には【アイシクル・ソード】が昇華《しょうか》し、次に至るべき道筋をしっかりと辿《たど》り、組み込まれていると感じたわ。それだけでなく、よりあの子の戦闘スタイルに役立つよう、改良されていたわね」

「では、やはり術者との相対的位置座標の要素が鍵ですね」

アルスは満足げに頷いた。奇《く》しくも胸がすく思いだ。

「そうね。ただもう一つ。フィアには言わないでほしいのだけれど、残念ながら私は、指揮官としてならともかく、魔法師としてはそこまでの才能はなくてね。正直、現役《げんえき》当時でも、あそこまで高度な座標調整を必要とする魔法は扱えなかったと思うわ。それがさっき『私には〝後継者〟の資質はない』と言った理由よ。それにしても、肉体の動きと座標の移動をそのままリンクさせるなんて、凄《すご》い荒技《あらわざ》ね」

「フィアだからこそのアプローチですよ。魔法とは別に、独自に刀を振《ふ》り込んで身につけたらしい、剣術の基礎が役に立っている部分があります」

「そうね。何よりも真っすぐに努力できること、それこそが、あの子の一番秀《ひい》でた才なのかもしれない」

加えて、あの魔法【ゼペル】を7カ国親善魔法大会で目の当《ま》たりにしてしまったがために、フローゼは一旦《いったん》引いて、魔法師として一流を目指す娘の道行きを、そっと見守ることにしたのだ。その道は「秘継者《エルトラーデ》」に続くと知っていたから。

ただ、それでも【ゼペル】の開発においては、アルスの知識と技量に負うところが大きい。その意味で、フローゼが「アルスほどの魔法師を知らない」と言ったのは、紛《まぎ》れもなく事実。しかもその力を、いくら自分が指導しているとはいえ、たかが少女一人のために惜《お》しみもなく使ってしまうなど、いっそ才能の無駄遣《むだづか》いとさえ言えるほどの出鱈目《でたらめ》さだ。いったいこの少年は、どれほどの可能性と力を、その身に秘《ひ》めているのか。

呆《あき》れ気味《ぎみ》に苦笑するフローゼに対し、アルスは改まった調子で、ある頼《たの》みを口にする。

「それと、一つ許可をいただきたいのですが。フィアに、新たな魔法を教えることについてです」

貴族がその子女に魔法を教える時には、大抵《たいてい》その家なりのやり方、流儀《りゅうぎ》というものがある。【ゼペル】の時は正直そこまで気にもしていなかったが、今回はわざわざその当主と対面しているのだから、ちゃんと確認《かくにん》しておこう、とアルスは考えたのだ。例の継承魔法のことといい、貴族の格式や在り様について、多少なりとも考えるようになったあたり、フェーヴェル家を訪れたのは、案外無駄足《むだあし》ではなかったのかもしれない。

「それは……でも、良いのかしら？」

さすがに即答《そくとう》できなかったのだろう。フローゼの問いは、アルスではなく、傍らに控えるセルバに向けられた。老執事は、愉快《ゆかい》そうに笑って、主《あるじ》の問いかけに答える。

「いやはや、参りましたな。私としましては、ここはアルス様にお任せしてもいいのでは、と愚考致《ぐこういた》します。まさに凡百《ぼんぴゃく》の想像では、及《およ》びもつかない器量かと。それこそ、ウームリユイナの小倅《こせがれ》など歯牙にもかけておられないご様子なのも、頷けるというもの」

晴れ晴れとした様子のセルバに、フローゼは小さく首肯《しゅこう》して、改めてアルスの方に向き直った。

「本来なら、子女の魔法習得も含め、家のことは、身内だけで完結させるのがしきたりだし、あの子が自分で切り開かなくてはいけない道なのかもしれないけど。この一件には、アルスさんの将来のことも懸《か》かっている。それならお願いするしかないと思うわ、本当に申し訳ないお話ではあるのだけれど。まったく、これで三大貴族の当主だというのだから、我がことながら不甲斐《ふがい》ないわ」

フェーヴェル家の当主はそう言って、深々と頭を下げた。言葉だけではない、元軍人であるからこそ、フローゼは理解している。本来ならば、新しい魔法の開発は、複数人のプロジェクトによって、かなりの開発期間を要するようなスケールのものなのだ。それが強力で有用なものなら尚更《なおさら》である。

しかし、アルスは実際のところ、己の手間についてなど、さほど気にはしていない。どちらかというと、彼の心配事は、それとはまったく別にあった。

「いえ、頭を下げてもらうには及びません。別にゼロからオリジナルの魔法を作ろう、というわけではありませんので。ただ、このことで、最上位の継承魔法のどれかについて、フィアにヒントくらいは与えてしまうかもしれません。それは大丈夫ですか？」

アルスが思《おも》い描《えが》いている新たな魔法とは、【ゼペル】同様、【アイシクル・ソード】をベースに、彼なりのアレンジを加えた形である。

ただ、テスフィアはあれで妙《みょう》にカンが良いところがあるし、才能や資質に恵《めぐ》まれているのは事実だ。しかもフェーヴェル家の一人娘《ひとりむすめ》だけに、己の家が得意とする魔法の構築理論や基礎、発想といった部分について、彼女に思わぬ気づきを与えてしまいかねない。

そこをも考慮《こうりょ》しているからこそ、アルスはわざわざ許可を求めたのだが。

「もちろん、構わないわ。すでにフィアは第二段階までなら、継承魔法の一つを会得したようなものよ。私から邪魔《じゃま》をするつもりは全くないわ」

「なら、良かった」

アルスとしては、やっと肩《かた》の荷が下りた思いだ。まずは背もたれに身体《からだ》を預け、一息つきたいところだが、続いて切り返してきたフローゼの言葉が、やや弛緩《しかん》したそんなアルスの表情を、再び生真面目《きまじめ》なものへと変える。

「フィアの件はともかくとして、いったんさっきの話に戻《もど》らせてもらうわね。さて、あなたは、いったいフェーヴェル家のどこまでを知りたいのかしら。あなたの内にある疑問は、すでに身内でも明かせない領域にまで立ち入っている。もちろんアルスさん、あなたがフェーヴェルの姓《せい》を名乗ってもいいと言うなら、全てを教えるのもやぶさかではないけれど」

最後の台詞《せりふ》とともに、フローゼの薄紅《うすべに》色の唇《くちびる》が微かに持ち上がる。今度は、アルスが逃《のが》れきれない陥穽《かんせい》に追い込まれる番……と思いきや。

「結構です」

と、アルスはきっぱり。その申し出を拒否《きょひ》する。

「少し前に申し上げた通り、俺にはその手のことなど、今はまったく考えられない。それに、継承魔法の奥義《おうぎ》に釣《つ》られるような浅薄《せんぱく》な人間がフェーヴェル家のお嬢《じょう》さんに相応《ふさわ》しいとは思えませんので。そもそも、フィアは俺にとっては、あくまでただの指導対象。それこそ、一生徒のようなものですよ」

アルスのにべもない返事に、フローゼは小さく肩を竦めた。

「その答えをあの子が聞いたら、それはそれで……という気もするけれど。まあいいわ、以前セルバからもちらりと報告で聞いていたけど、本当にその通りね。あなたはそこについては、どうにも朴念仁《ぼくねんじん》というか、融通《ゆうずう》が利《き》かないみたい」

「その侮辱的《ぶじょくてき》な言葉は聞かなかったことにします。何度か聞いたフレーズなので」

澄《す》ました顔で言うアルスに、フローゼははぁ、とこれみよがしに溜《た》め息《いき》をついて。

「まあ、私も女親の未練がましく口にしてみただけよ、忘れて頂戴。ただ家のことなんて置いて、あの子が一人の女性として望むなら、私にはまったく異議はないわ。そのことは覚えておいてね」

真剣《しんけん》な目を向けられたが、アルスはたった一言「分かりました」とだけ応じた。

「では、そういうことで。あと念押《ねんお》しですが、万が一、俺がフィアに教える魔法が、最上位の完成形継承魔法そのものか、それにほぼ類似するものだった場合の用心は、したほうがいいですか？」

この問いには、フローゼはただ可笑《おか》しそうに一笑《いっしょう》して。

「だって、フェーヴェル家の継承魔法よ？　複数ある内の一つにしても、さすがのあなたとはいえ偶然《ぐうぜん》の再現はもちろん、それを上回る魔法を編み出すことも無理だと思うけど」

「確信されている口ぶりですね。そう言われると、どうも挑戦《ちょうせん》してみたくなる性質《たち》でして」

「ふふ、怖《こわ》いわね。でも、フィアが最上位の継承魔法を習得できると判断すれば、もちろんいずれは会得させるつもりです。そこまでに大きく躓《つまず》かなければ、ですけどね」

そんなフローゼの様子を見ながら、アルスは内心で思う。

（まだ、娘の可能性を信じ切ってはいないということか。さすがにかつての名指揮官にし

て鬼《おに》教官というべきか。徹底《てってい》して慎重《しんちょう》というか、寧ろ冷徹ともいえるスタンスだな）

実際、フローゼとテスフィアの間には、一時期大きな溝《みぞ》があったのは事実だ。そして、テスフィアがフローゼに見限られたと感じていた理由。フローゼがテスフィアの資質の限界を決めつけ、学院を去らせようと考えていたその訳。

それこそが、フローゼが以前、システィの――シングル魔法師と呼ばれる怪物《かいぶつ》の戦いを目撃《もくげき》したこと。結果、彼女は彼我《ひが》の懸絶《けんぜつ》した力の差を悟った、いや、悟らされてしまったのだ。以来、フローゼは確定的にテスフィアの魔法師生命を見限った。それは合理的かつ冷静な判断だったとともに、フローゼの世界の見渡し方を決定づけたと言えるのだろう。

そんな彼女だからこそ、たとえ血を分けた娘であろうとも、資質に関して、冷静に距離を置いた判断ができるのかもしれない。

逆にいえば、そのフェーヴェルの継承魔法群《けいしょうまほう》というものが、魔法としていかに高い頂にあるか、それを極《きわ》める上でどれほど高い資質を求められるのか。それが、どうやらアルスには理解できてきたようだった。

（しかし、そこまでの代物というなら、いっそ今の基準なら極致級《きょくち》魔法だと言われてもおかしくはないな。俄然興味が出てきたが、どうしたものか）

フェーヴェルの姓を名乗る云々《うんぬん》の話題は何とか躱《かわ》せたが、改めて、どうしても気になることができてしまったのは否《いな》めない。

そもそも、アルスがフェーヴェル家を訪れた理由だが、【テンブラム】についてのあれこれだけではなく、本命はまさに此処《ここ》にあると言って良い。

つまりは、バナリスで遭遇《そうぐう》した〝雪の男〟についての手がかりを得ること、もっと言うなれば、あの男が使った環境《かんきょう》変化型の高位魔法についてである。

そこについてはベリックから「貴族の秘匿《ひとく》された魔法」という可能性がすでに示唆《しさ》されている。そしてフェーヴェルは、氷系統の使い手を輩出することで知られた名家なのだ。

この二要素を検討するに、面倒さを差し引いても、わざわざアルスが苦手な貴族のテリトリーに足を運ぶ価値は、十分にあったといえるだろう。

すでにテスフィアには探《さぐ》りを入れたが、さほど有益な情報は得られなかった。ならば、その「当主」ならどうか。

大抵のことはどうでもいいが、AWRや未知の魔法知識に関してならば、非常に貪欲《どんよく》かつ積極性を発揮できるのが、アルスという人間だ。

己《おのれ》が知り得なかった未知の魔法。それが何か独自の構築によるものなのか、膨大な魔力によって為《な》しえたものなのか、それとも根源的な資質や才能、はたまた【失われた文字《ロストスペル》】などが関係しているのか。

それこそ、考えれば考えるほど、胸が躍《おど》ろうというもの。フェーヴェル家に直接の繋《つな》がりがあるかどうかはともかく、当主から秘密の情報を引き出すことは、大きな手掛《てが》かりになるに違いない。

（さて、次はどう攻《せ》めたものか）

相手は腹の中を探らせないことでは右に出る者がない、大貴族の当主だ。迂遠《うえん》なやり方ではこの城門は開かないだろうが、かといって下手に切り出して、またもや婿入《むこい》り云々めいた話題を持ち出されては、藪蛇《やぶへび》もいいところ。

少し考えた後、アルスはフローゼに向け、これまでの流れを一旦押《いったんお》しとどめるかのようにこう切り出す。

「いや、どうも話が少し脱線《だっせん》しすぎたようです。フィアに新魔法を教える許可をいただいたところで、継承魔法云々《けいしょうまほううんぬん》のことは一旦置いておきましょう。まず、俺がこの屋敷に来る気になった理由について、話させてください。それはウームリュイナや【テンブラム】とは、また別の出来事が発端《ほったん》でして……。実は、少し先にあった俺の〝任務〟に関連したことです」

アルスが取ったのは、ある意味で、いわば正攻法《せいこうほう》である。

いっそ、バナリス奪還《だっかん》作戦への参加から雪の男との遭遇に至るまでの過程を話し、その上で、フローゼに役立ちそうな情報を教えてもらおうというのだ。本来は軍の機密に相当するはずだが、彼女は元軍人だ。であればこそ、あえてアルスがそれを話したことの重みも分かるだろうし、秘密の保持という意味でも、信頼《しんらい》できるはず。

果たしてフローゼは、早速《さっそく》アルスの意味深な切り出しに反応して。

「あら、そうだったの。セルバには、外してもらったほうがいいかしら？」

「いえ、結構です。どうせなら、歴戦の猛者《もさ》であるセルバさんにも、同席して判断してもらいたいですから」

アルスの意を汲み、フローゼがセルバにアイコンタクトで待機を命じたところで、アルスは口火を切る。

「先頃《さきごろ》、バナリス奪還作戦が成功しました。耳が早いフローゼさんなら、もうご存じでしょう」

「もちろんよ。レティが改めて指揮を執《と》ったとか、彼女も、ずいぶんあの場所にご執心《しゅうしん》だったものね。これで外界へ討《う》って出る足掛かりがまた一つ、増えたというわけね。ベリック総督《そうとく》も、喜んでいるでしょう」

そこで、小さく頷《うなず》きつつ、ちらりとアルスが意味深な視線を送る。予想通り、ただそれだけでフローゼは全《すべ》てを察したようだった。

「ああ、なるほど。あの場に、アルスさんもいたのね？」

それは疑問ではなく、まるで得心したような独り言だった。アルスとしては、同意することはあえてせず、そのまま言葉を続ける。

「まあ、そこはご想像にお任せします。ですが、さすがのフローゼさんも、これは知らないのでは？　実はバナリスで、敵対〝勢力〟との交戦があったという事実です」

「〝勢力〟ということは魔物《まもの》じゃなくて……ひょっとすると人間、ということかしら？」

さすがに頭脳明晰《めいせき》なフローゼは、アルスの端的な言葉だけで、即座《そくざ》に真実を言い当ててくる。話が早くて助かる、と思いながらも、アルスはごく簡素に付け加えた。

「強い相手でした。そして不可解な相手でもありました。もちろん、すぐ排除しましたが」

フローゼの目元が険しくなる。かつて大隊クラスの指揮を任されていただけあって、彼女はすぐさま事の重大さ、異常さを理解したのだ。

「それが、他国の魔法師である可能性は……ないわね」

アルスの態度から見て、相手を殺害したというのが、過失の類ではあり得ないと、すぐに悟ったのだろう。そんな彼女に、アルスは頷きながら、情報を付け足す。

「明確な敵対行為《こうい》がありましたので。即刻《そっこく》首を刎《は》ねたのですが、その後、遺体は行方《ゆくえ》不明になりました。この物言いですが、ぼかしているわけではなく、文字通りだと取ってください。つまり、消えた」

「……それで、アルスさんは何が聞きたいのかしら」

フローゼの口調は硬《かた》い。逆にこちらが問《と》い詰《つ》められている気分だが、アルスは淀《よど》みなく答えていく。

「相手の意図は、恐《おそ》らくバナリス攻略《こうりゃく》の妨害《ぼうがい》。主犯は一人でしたが、状況《じょうきょう》から見て他国の魔法師でないことはもちろん、アルファ関係者でもなく、軍も何者かの特定には至っていません。手掛かりとなるのは、その相手が使った魔法のみです。シングルである俺も知らない、未知の魔法です」

ここから先にはベリックから他言しないよう釘《くぎ》を刺《さ》されている情報も含《ふく》まれているが、この際やむを得まい。

「総督にも掛《あ》け合い、独自に調べたのですが、禁忌《きんき》指定魔法にもそれらしいものはなく、それで、貴族の継承魔法という線を探ってみようかと」

「で、フェーヴェル家の継承魔法に白羽の矢が立ったのは？」

「使われたのが、氷系統だったという事実と……俺の直感ですかね」

「直感とは意外ね」

「奇遇《きぐう》というべきか、俺には貴族の知り合いが少ないものでして」

「でもそれだけじゃ、さすがに私も、秘伝の継承魔法の中から思い当たるものの特徴《とくちょう》を話すことはできないわ。勘違《かんちが》いしないでね、私もできることなら協力したいと思っているのよ。今回の一件以外にも、あなたには何かとお世話になっているのだから」

フローゼの言葉には、それが政治的な駆《か》け引きなどではない証拠《しょうこ》に、明らかな誠意と真摯《しんし》さがこもっていた。なのでアルスもそれを汲《く》み取《と》って、丁寧に言葉を返しておく。

「いえ、そちらの事情も分かりますから。ただ、フローゼさんなら、何か有益な情報を、お持ちかと思います。それを何とか、断片的《だんぺんてき》にでもお聞きできれば、と思いまして」

「…………」

アルスの要望に、指を唇に当てて考え込んだ様子を見せるフローゼ。そんな彼女に対し、傍らから意外な人物――セルバが、一言申《もう》し添《そ》えてきた。

「フローゼ様、差し出がましいようですが、私からもお願い致《いた》します。恐らく、フローゼ様がいまだに関《かか》わられている、軍とも無関係ではないご様子」

丁寧なお辞儀《じぎ》の形で、セルバは頭を下げた。一見するとセルバがアルスの肩を持ち、援《えん》護射撃《ごしゃげき》をしてくれたように見える。しかし、実態は違うのだろう。

アルスからするとこの一言は、いわば予《あらかじ》め決められた筋書きに沿った必要な手順として、事前に用意されていたかに感じられた。

実際、フローゼはセルバに向け「あなたにしては珍《めずら》しいわね」と呟《つぶや》いた後、一考する様子を垣間見《かいまみ》せたが、そこには微妙《びみょう》に——感じられるか感じられないか、というぎりぎりのところで——何かしらの予定調和めいた雰囲気《ふんいき》が漂《ただよ》っていた。

そんなアルスの推測が当たっていたかどうかはともかく——ややあって、フローゼはこう切り出した。

「では、アルスさん、こういうのはどうかしら。その正体不明の敵がバナリスで使ったという魔法だけど、あなたがそれを、当家の継承魔法だと推測する根拠《こんきょ》は何？　単に氷系統だったというだけでは不十分だわ。直感、とも言っていたけれど、もう少しくらい何かあるわよね？　いったんそれを、この場で全て話してもらえないかしら。そして、こちらから何をお話しするかは、私がその上で判断します」

彼女としては、譲歩《じょうほ》のつもりなのだろう。

（さすがに食えないな。こちらから洗いざらい、情報を引き出すつもりか）

すでにベリックに口止めされた範囲《はんい》を踏《ふ》み越《こ》えている以上、アルスとしても、少しは考えざるを得ないところだ。腹芸では相手に軍配が上がるだろう。果たして、彼女と取引すべきなのかどうか。

まったく、こういった貴族の思わせぶりなやりとりには、どうも慣れない。こういう場面にこそ、リリシャがいてくれればと思わなくもないが、良い様に使い続ければその内、大きなしっぺ返しを受けそうだ。

「はぁ、分かりました」

結局アルスが取ったのは、下手に駆け引きして相手の土俵に乗せられるよりも、あえて率直《そっちょく》さによって公正な対価によるやりとりを求める、という不甲斐ない対抗《たいこう》手段だった。

それからアルスはフローゼに向け、可能な限り、詳細《しょうさい》な状況説明を行った。

まず相手の容姿、性別、身長や年齢《ねんれい》など、自らが確認した情報を並べる。さらに彼《か》の死体が消えた、という奇妙《きみょう》な状況について、現在考えうる可能性なども。

それは、実は仲間がいた、というものから、少々非現実的かもしれないが、心理的トリックや擬死《ぎし》という特殊《とくしゅ》な手段を用いた、というものまで。

アルスは思いつく限りを語ってみせたが、肝心《かんじん》の証拠が何も得られていない以上、いずれも推論の枠《わく》を出ない。なお、結局そこについては、フローゼはおろか、セルバでも有力な考えを示すことはできなかったので、一先《ひとま》ず話題は〝雪の男〟が使った魔法について、というところに戻ってきた。

「問題となる魔法の他に、謎《なぞ》の男が使っていた魔法が、もう一つ……具体的には、氷剣《ひょうけん》を空中で自在に操《あやつ》るというものでした。その造形が、フィアの作る【アイシクル・ソード】

に似ていたように感じまして。また、座標を身体の動きから出力させていた、という意味では【ゼペル】に類似《るいじ》するともいえます。このあたりが、フェーヴェル家との繋がりを連想した理由ですかね」

「なるほどね。でも、やっぱり一番大きいのは、バナリス一帯を雪景色に変えたっていう、環境変化型の魔法よね」

「はい。しかもその雪には、俺がにらんだ限り、かなり特殊な性質があるようでした。つまり、他の魔法をある程度阻害《そがい》したり、それが使われたことを、地面を覆《おお》う雪を通して感知できたり、といったような性質ですね」

　そこまでを包《つつ》み隠《かく》さず語ったアルスだったが、あえてまだ、一つだけ伏《ふ》せていることがある。それは、あの男が、魔物と連携《れんけい》していたのではないか、という疑いがあることだ。天敵同士であるはずの人間と魔物が、協調して一緒《いっしょ》に作戦行動を取る。そんなことが実際に可能なものかどうか。そこについては、さすがにここで軽々しく話すようなことではないと判断した。

「…………」

　険しい顔で考え込んだフローゼは、たっぷり一分間ほども沈黙していた。やがて、ようやく彼女は口を開き。

「分かりました、詳細な情報をありがとう。そうね、これは本当にここだけの話にしてほしいのだけれど。アルスさん、あなたには特別にお話しするわ。確かに、お聞きしたものに類似する継承魔法を、フェーヴェル家は保有しています」

「！　……それは、どんなものですか？」

アルスはやや眉《まゆ》を動かし、フローゼの顔色を窺《うかが》うかのような視線を投げかける。

「その前に、約束して頂戴。決して口外はしないと。もちろん、フィアにも」

「分かりました、そこはお互《たが》い様《さま》ですから。こちらもいろいろ、軍の機密に触《ふ》れるようなことまで、喋《しゃべ》ってしまいましたからね」

フローゼは無言で頷き、改めて口を開く。

「正確には、先々代当主が習得した魔法、名前は、【桎梏の凍半《ガーブ・シープ》】」

(!?　それは確かこの前、禁忌指定魔法のリストで見た名か。魔法名しか記載《きさい》されていなかったにしても、妙だな)

【アイシクル・ソード】レベルならいざしらず、最上位の継承魔法は門外不出。ベリックも、その手の魔法は、魔法大典には収録されないと言っていたはずだ。

「おかしいですね、その名を持つ魔法なら、先にお話ししたリストで一度確認しましたが。なぜ、大典に掲載《けいさい》されているんですか？　しかも、よりによって禁忌《きんき》魔法《まほう》として」

「そう、普通《ふつう》なら、継承魔法はその魔法式や概要《がいよう》はおろか、通称《つうしよう》名すらも開示せず、他家に対しての優位を保つのが貴族の習わしだわ。でも、裏返せば……何かの見返りに、あえて魔法大典へ、何かしらの情報を提供することもあるのよ」

フローゼは、あえて含みのある言い方をした。

「そうなのですね。さすがに貴族社会の裏事情ともなると、俺には理解しかねますが」

「まあ、そうでしょうね。フェーヴェル家の地位や力は、総督や元首クラスとの駆け引きや取引によって成立しているところもありますから。ただ、実を言うと【桎梏の凍羊《ガーブ・シープ》】を習得し得た人物はただ一人なの。そして、これほどの魔法を習得したにも拘《かかわ》らず、彼《かれ》はそれだけでは、〝秘継者〟としては認められなかった」

「…………」

「その習得方法か、支払《しはら》う代償《だいしよう》か、強力過ぎる効果か……今は、そのどこかに問題があった、とだけ言っておくわ。とにかく【ガーブ・シープ】は、探知魔法としての性質を持ちつつも、さらに〝その先〟を秘めた魔法なの。それこそ、極めることができれば、間接的に百人、千人の大部隊を壊滅《かいめつ》させることもできる、と記録には記されているわ」

「構成式が気になりますね。もう一度大典の禁忌指定魔法のページを見ても良いのですが、如何《いかん》せん魔法式までは載《の》っていませんでした」

「でしょうね。アルスさん、多分もう禁忌指定魔法の項目《こうもく》から、【ガーブ・シープ】の名前は消えているはずよ。そういう取り引きだったはずだから」

眉間《みけん》に皺《しわ》を寄せるアルスは、最優先でフローゼの言葉を読み解く。消えているとは、【ガブ・シープ】が禁忌指定魔法欄《まほうらん》——魔法大典——からという意味だろう。おそらくベリックとの約定。ならば、何故《なぜ》アルスが見た先日だけは、情報が記載されていたのか。それも魔法名だけという不自然な形で。

（ベリックに嵌《は》められたな。【ガーブ・シープ】だけで俺がフェーヴェル家に行き着くと読んでいたのか。いや、穿《うが》ち過ぎか。これで本当に魔法大典から【ガーブ・シープ】が消えていたら確定だな）

どこか全てがベリックに誘導《ゆうどう》されたようで、薄寒《うすさむ》さすら感じたアルスであったが。

「さて、この続きを話すには、また別の取引をさせてもらいたいところだけど？」

「そうですか。いや、それなら俺としてはこのへんで。どうもありがとうございます」

アルスはひとまず礼を言って、肩を竦める。

「続きを聞いてしまったら、それこそ引き返せなくなりそうなので」

正直アルスとしては、この食えない当主に、あまり大きな借りを作りたくなかった。

特にさっきの婿入り云々の話など、いったん引き下がったように見せてはいるが、いったいどこで再度攻勢《こうせい》をかけてくるか分からない。何しろ彼女は、妙に執念深《しゅうねんぶか》そうというか、一度心に決めたことは、何としてもやり遂《と》げてしまいそうな、芯《しん》の強さを感じさせるところがある。さすがにかつての三巨頭《きょとう》の一人だけあり、彼女がそういった手練手管にかけては、あのシスティにも劣《おと》らない器量の持ち主であろうことは、容易に想像できたからだ。

まあ、実際にはそれ以外にも一つ、別に大きな理由があるのだが。

「あら、そう？」

どこか残念そうに呟くフローゼの様子に苦笑しつつ、アルスは腰《こし》を浮《う》かせ、椅子《いす》から立ち上がる。同時に音もなく動いたセルバが、あくまで優雅《ゆうが》な手つきでドアを開き、アルスを送り出す準備を整える。

「セルバさんも、助かりました。いろいろ有益な情報でした」

「いえいえ、こちらこそ。何しろアルス様には、度々《たびたび》お嬢様《じょうさま》を助けていただいておりますので、どうか、これくらいはさせて下さいませ」

改めて深々とお辞儀をした白髪《はくはつ》の老執事《しつじ》に向け、アルスは軽く会釈《えしゃく》を返す。

「今日は楽しかったわ。またゆっくりとお話ししましょう、アルスさん」

「……は、い」

背中から届いたフローゼの声に小さく生返事だけを返し、アルスはそそくさと当主の書《しょ》斎《さい》を出た。

(やれやれ、だな。あれ以上あの場にいたら、ポケットからうっかり、どんな情報を抜《ぬ》き取られていたか分からん)

正直、再びどっと疲《つか》れてしまった気がする。妙に足音を反響《はんきよう》させる磨《みが》き抜かれた廊下《ろうか》を歩きながら、アルスはそっと首を揉《も》んでみる。

「だてに女手一つで家を守ってきたわけじゃないな。まさに女傑《じよけつ》、というところか」

人を圧倒《あつとう》する器と頭の切れに加えて、かつて鬼教官と言われた厳格さ。そんな女性を母に持ってしまったテスフィアには、まったく同情するしかない。テスフィアが、母についてては常にプレッシャーめいたものを感じる理由が、分かる気がした。

(ただ、今のフィア《あいつ》が、あの強烈《きようれつ》な女傑の跡《あと》を継《つ》げるかというと、まったくそんな気はしないな。それこそ、三日で家が傾《かたむ》きそうだ)

アルスは、ロキの鋭い舌鋒《ぜつぽう》に慌《あわ》てふためくいつものテスフィアの顔を思い浮かべ、思わずふっと口元をほころばせた。

「さて、戻ったら、さすがに少し休むか」

用意された客屋へとつながる、長い長い廊下。そこをとぼとぼと歩くアルスの背は、気持ち猫背《ねこぜ》になってしまっていた。

第69章　「深夜の血宴《けつえん》」

部屋で一休みした後には、フェーヴェル家の夕食会が待っていた。

見たこともない長大なテーブルに、ずらりと並ぶ手の込んだ料理の数々。想像していたような、静寂《せいじゃく》の中の食事ではなく、意外にも夕食は、使用人達《たち》も交えてのビュッフェ形式だった。

ややくどくどしい料理長からの皿の解説などはあるが、テスフィアの話からイメージしていたような格式の高さは感じない。その辺りは、先方からの気遣《きづか》いもあるのだろう。ただ、そもそもアルスに紳士淑女《しんししゅくじょ》の完璧《かんぺき》なテーブルマナーを求められても、応《こた》えられるはずもないが。

料理もメインの肉料理から色とりどりの野菜・果物に至るまで、実に豪勢《ごうせい》なものばかり。飲み物も、高級な天然水からジュース、ワインに果実酒の類《たぐい》、紅茶といったところまで、一通り揃《そろ》っていた。

軽い会話なども交《か》わされ、一先ず和気藹々《わきあいあい》とした雰囲気の中で、食事会は終わった。

それから案内を受けたアルスは、無駄《むだ》に広い大浴場に向かい、残っていた疲れを癒《いや》す。浴場からは、広大な夜の庭園が見渡《みわた》せる。ほうっと息を吐き、湯船の中に身体を沈《しず》めていると、ついつい時間を忘れてしまう。それだけで夜がどんどん更《ふ》けていくようだ。

ちなみにロキは、というと、アルスより先に入浴を終えた後、待ち構えていたテスフィアにガシッと腕《うで》を掴《つか》まれ、いずこへともなく——というか、テスフィアの寝室《しんしつ》へなのだろうが、強引《ごういん》に連行されていった。

満面の笑《え》みを浮かべたテスフィアは、「まだまだ夜は長いわよ」などとつやつやした笑《え》顔《がお》でのたまっていたが、ロキとしてはたまったものではなかっただろう。

「アルス様あぁぁぁ」と尾《お》を引いて遠ざかっていくロキの悲痛な叫《さけ》びに、アルスはあえて目を伏せ耳を閉ざし、無言を貫《つらぬ》いた。

夜のテスフィアの寝室。そこにはきっと、色とりどりの花畑のように、年頃《としごろ》の少女二人による会話の花が咲《さ》くことだろう。胸焼けしそうな甘ったるい香《かお》りすらも充満《じゅうまん》しているに違《ちが》いない。もちろん、アルスの勝手な理想通りに事が運んだ場合に限り、だが。

(これも〝女子としての普通〟を知るのに必要な代償だ。踏ん張《ば》りどころだぞ、ロキ)

心の中で声援《せいえん》だけは送っておく。そして何より、今はテスフィアの気を紛《まぎ》らわせるのも、大事なことだというもっともらしい？　理由もある。

「あれはあれで、気にし過ぎるところがあるからな」

まったく、あの赤毛の少女ときたら、五分ごとにくるくると忙《いそが》しく表情や心情が変わるのだから、ポジティブなのか、ネガティブなのか分からない。いわば、その両極端《りょうきょくたん》を合わせ持っているというのが、一番近いのかもしれなかった。

（どちらにせよ、母親にはまるで似ていないよな。お父上の血ということなのか）

そんなことを思いながら、風呂《ふろ》上がりに部屋に戻ったアルスだが、かといって特段やることもない。暇《ひま》をつぶせそうな手持ちの品は、ポケットに忍《しの》ばせた本と、念のために持参しているAWRだけ。とはいっても、【宵霧《よいぎり》】は先にも手入れしたばかりだ。

そもそもAWRなど、フェーヴェル家を訪《おとず》れる程度なら本来不要なものだが、以前にセルバと手合わせすることになった記憶《きおく》と、先の会談でウームリュイナ家が見せた、底知れぬ不気味さと物騒《ぶっそう》な一面が、アルスを用心深くさせていた。まさかとは思うが、あちらの気が変わって闇討《やみう》ちなどに遭《あ》ってもつまらないし、用心に越《こ》したことはないだろう。

カーテンの裏や部屋の周囲を一応チェックしてから、ベッドに横になると、アルスはこの家について少し思考を巡《めぐ》らせてみた。

「貴族の中でも、フェーヴェル家の刀術へのこだわりは少し突出《とっしゅつ》している。もしや貴族の家は皆《みな》、一芸みたいなものを持ってるのか？　いや、少なくともヴィザイスト卿《きょう》からは、そんな話を聞いたことはないか」

ヴィザイスト・ソカレントは諜報《ちょうほう》部隊を率いる名のある魔法師だ。一方で、一代で築き上げた貴族の地位にはこだわりがない様子で、必要とあらばいつ手放してもかまわないと、普段《ふだん》から豪語《ごうご》している男でもあった。

そういう意味では、ヴィザイストの言動やソカレントの家風を、一般《いっぱん》貴族の基準にするわけにはいかないだろう。

とにかく、フェーヴェル家が、魔法だけでなく刀術に代表される武芸をも重んじているのは確かだ。

(侍従《じじゅう》の中にも、戦闘《せんとう》要員が紛《まぎ》れてたしな)

これは例の夕食会の中で確信したことだ。巧妙《こうみょう》に偽装《ぎそう》されてはいたが、所作や仕草の端々《はしばし》からは、隠しようもない気配が漂っていた。それに、ただの使用人にしては、目付きが鋭《するど》すぎる者が何人かいた。ただ、テスフィアの側仕えらしいメイドは、ほぼ全員が戦闘要員ではないらしかった。寧《むし》ろ、テスフィアの彼女《かのじょ》らへの態度を見ていると、年の近い友達や姉とでもいった雰囲気があり、それはそれで面白《おもしろ》い一面でもあった。

(それはともかく、戦闘要員のほうは皆、相当鍛《きた》えこまれているようだった。それも、魔物相手ではなく対人特化だろうな)

仕込んだのは、恐らくセルバだろう。

他《ほか》にも継承魔法や例の〝後継者《こうけいしゃ》〟についてなど、今やアルスにも、フェーヴェル家というものがなんとなく理解できつつあった。これまで貴族というものを毛嫌《けぎら》いしてきたアルスだが、こうしていざ懐《ふところ》に入ってみると、相手もそこは人間。協力関係を築いたり互いに情報交換《こうかん》をしたりと、言ってみれば「利用価値」は十分あるのだろう。

ともかくそれだけでも、フェーヴェル家に来て、収穫《しゅうかく》はあったと思える。

特に、情報面では。

具体的には、〝雪の男〟の正体についてだ。詳細は変わらず不明なままだったが、一つだけ、アルスには明確な手応《てごた》えがあった。

その容姿と、纏《まと》っていた魔力《まりょく》から受けた独特の印象について説明した時、フローゼが動揺《どうよう》したのを、アルスは目ざとく感じ取っていた。押《お》しも押されもせぬ三大貴族の当主が隠しきれなかったのだから、内心、衝撃《しょうげき》はかなり大きなものだったに違いない。

だがフローゼ自身、すぐにそうと悟《さと》って、直ちに平静さを装《よそお》っていたことから、アルスはかえって事の大きさを察した。だからこそ、あえてそこには深入りせず、継承魔法のざっとした概要だけを聞いたところで引き下がったのだ。

（しかし、あの反応は……。単に驚《おどろ》いた、というより自分の知ることと俺《おれ》の報告がもたら

した事実の矛盾《むじゅん》に動揺した、というようにも感じたが）

ただ、これ以上詮索《せんさく》したところで、今はあまり発展性がないようにも感じる。アルスとしては、フェーヴェル家の継承魔法について、多少なりとも知ることができた、という事実の方がより大きい。

これまでアルスは、複数のロストスペルを解読するなどして、様々な魔法を考案してきた。然《しか》るべき機関に報告し魔法大典に収録されたものも多いが、実はアルス自身、己のみの秘中としている魔法を、かなりの数保有しているのだ。

そんな彼にとって、未《いま》だ全貌《ぜんぼう》は明かされないフェーヴェルの継承魔法とフローゼのあの態度は、まるで挑戦状《ちょうせんじょう》を叩《たた》きつけられたようなものだ。

どうにも研究者としての好奇心《こうきしん》が疼《うず》くし、できることなら、その高い頂に挑《いど》んでみたくなる。そう、これからテスフィアに授《さず》ける新たな魔法が、フェーヴェルの継承魔法と肩を並べる。いや、寧ろ——それを超《こ》える。そう想像するだけで、胸が躍る。

アルスが推測する限り、恐らく継承魔法群のいくつかは、実は同じ魔法の延長線上に並び立っている。

つまりは【アイシクル・ソード】は、ただの入り口に過ぎない。その先に至るためのヒントは、魔法構成の中に隠されているはずだ。

果たして、何が鍵《かぎ》になるのか。あれこれと想像するのは、実に楽しいことだった。それこそ、ここにメモ用紙とペンがあれば、朝までだろうと考えていられるほどだ。

いや、実際にアルスとしては、ちょっとばかり考えごとをしていただけのはずが、ふと壁《かべ》の大時計を見ると、すでにその針は日付をまたいでいた。

「静か過ぎるのも考えものだな」

人の家に来てまで、魔法研究のことを考えていれば世話はない。というか、寧ろ病的と言えるのではないだろうか。

さすがにそろそろ眠《ねむ》りにつくべきだろうと、アルスは全ての思考を停止し、灯《あか》りを消してからベッドの上で目を瞑《つぶ》る。

……それから、どれくらいの時間が経《た》っただろうか。暗闇《くらやみ》の中でアルスは、パチリと目を覚ました。時計をさっと確認《かくにん》したが、あれから一時間も経っていない。

外界ならば唐突《とうとつ》な出来事や魔物の出現に睡眠《すいみん》を阻害されることなどしょっちゅうだが、内地でもこの調子では、気が滅入《めい》ってしまう。

視線を窓の外へと飛ばし、その原因と、さほど距離《きょり》が離《はな》れていないことを確認する。

（誰《だれ》だか知らんが、魔力を隠そうともしていないな。こんな夜更《よふ》けに、妙《みょう》な来客もあった

もんだ)

どうすべきか、と一瞬《いっしゅん》考えるが、なにしろ人の家では、好き勝手するわけにもいかない。一応【視野】を広げて、周囲一帯の状況を感知しようと試みる。これはアルス独自の力で通常の探知魔法とは違うため、まず感づかれることはないはずだが、相手が特に魔力操作に長《た》けた者なら、それも万全《ばんぜん》ではない。それを考慮《こうりょ》してアルスは探る範囲を極力最小限とし、まずはフェーヴェル家の敷地《しきち》を「見渡す」程度に留《とど》めた。

(！　さすがに不意の来客対応にも抜かりはないな)

家の中からすでに数人が異変を察知して飛び出していくのを、アルスは脳内に描《えが》き出《だ》された立体地図にも似た、独特の感覚映像で把握《はあく》する。

後はフェーヴェル家の者に任せるべきなのだろうが、一度目を覚まされてしまった以上、もはや二度寝《にどね》する気分でもなかった。

仕方ないので、夜風に当たるついでとばかり、ちょっとばかり見物を決め込むことにする。あくまで見るだけのつもりなので、愛用のＡＷＲ【宵霧】は残し、素早《すばや》くコートだけを羽織ると、アルスは窓から無音で飛び出した。

◇　◇　◇

機械のスイッチがシステマチックに切《き》り替《か》わるように、フェーヴェル家の屋《や》敷内《しきない》は静かに臨戦態勢へと移行する。屋敷の使用人達は、今やメイド服のまま侍従長《じじゅうちょう》の指示に従い、不審《ふしん》な侵入者《しんにゅうしゃ》へ向けて対応を開始した。

とはいっても、未だ敵とは限らないため、まずは対人戦闘に特化した二人が装備をメイド服の下に隠し、あくまでも表向きは客人として出迎《でむか》える形だ。

夜中の訪問者が現れたのは、屋敷の巨大《きょだい》な正門の近くだった。やがて彼女らが到着《とうちゃく》した現場では、屋敷まで続く舗《ほ》装《そう》された道路の脇《わき》に街灯が灯り、しっかりと周囲を照らしてくれていた。

「こんな夜更けに、当家に何用でございましょう?」

闇《やみ》に覆われた鉄の門が落とす影《かげ》の傍《かたわ》らに立つ、その人物。不審者《ふしんしゃ》に向けられた彼女らの第一声は、一応は、客人を迎えるのに最適な落ち着きと柔和《にゅうわ》さで告げられた。

だが次の瞬間《しゅんかん》……二人は揃って絶句する。

灯りが相手の周囲にしか及《およ》んでいなかったので、最初は気付かなかったのだが、あろうことか、十メートルを超える巨大な門がひしゃげ、破られていたのだ。まるで、巨体《きょたい》の猛《もう》獣《じゅう》が力任せに暴れたような有様。

「！」

もはや、この時点でこの客人に対して礼を尽《つ》くす必要性はなくなったと言えよう。さらに相手は、見るからにフェーヴェル家の敷居を跨《また》ぐには相応《ふさわ》しくない装いでもあった。襤褸《ぼろ》布をすっぽりと頭から羽織り、完全に顔を隠しているのだから。

メイド達は、そっと互いにアイコンタクトを取る。

「すでに夜も更けております。ご当主様はお休みになられておりますので、また日を改めていただけますでしょうか」

そう淀みなく発するが早いか、彼女らは服の下に隠した武器に手を添え、そっと戦闘態勢を固めた。

優雅な仕草に秘《ひ》めた殺気めいたものが漏《も》れたのか、一瞬のみ相手が反応し、ようやくその顔がちらりと襤褸布から覗《のぞ》く。

彼女らが見たところ、不審者は男性、それも五十代後半くらい。無造作にもつれた髪《かみ》、灰色に乾《かわ》いてところどころひび割れた肌《はだ》が、いかにも怪《あや》しく、不気味な雰囲気を醸《かも》し出している。

「お聞き入れいただけないのであれば、それ相応の対応をさせていただきますが」

メイドの片方が、油断なくそう警告を発した。つり目がちな彼女の双眸《そうぼう》には、それでも全く動じない相手に対して、不審と苛立《いらだ》ちの色が浮かんでいる。

次の瞬間、男は襤褸布を翻《ひるがえ》し、腰を落とした。

細い腕がするりと伸《の》び、その先に鈍《にぶ》い光が煌《きら》めく。

「用はじきに済む。そして、それで終わりだ」

嗄《か》れた声は深い恨《うら》みめいた感情を秘め、乾いた眼《め》が二人のメイドを見据《みす》える。

咄嗟《とっさ》に彼女らが腰の後ろから抜いたのは、短剣《たんけん》であった。そこに彫《ほ》られた魔法式が瞬時《しゅんじ》に瞬《またた》き、応戦の構えが整う。

しかし、前傾《ぜんけい》姿勢になった男は彼女らに仕掛《しか》ける間すら与《あた》えず、滑《すべ》るような足運びで、素早く二人の間に潜《もぐ》り込んだ。

「「っ!?」」

視界の片隅《かたすみ》に飛び込んだ男の死んだような目が、片方のメイドを射抜《いぬ》いた。侍女達《じじょたち》が臨戦態勢を取っていたにも拘《かか》わらず、予兆すら感じさせなかった男の動きは、完全に意表を突《つ》き、先制のタイミングを外すことに成功していた。

いわば防衛本能が命ずるまま、彼女らは反射的に短剣を振《ふ》る。一瞬遅《いっしゅんおく》れはしたが、あちらから間合いへ入り込んできた男を、期せずして挟撃《きょうげき》できると二人は共に感じ……同時に失態に気付いた。

（振らされた……！）

死闘《しとう》の予感の中、本能と身体の命じるままに動いたことで生まれる、致命的《ちめいてき》な誤作動。

相手が望むように、自らの動きを誘導されたのだ。

それはメイド服を振り乱《みだ》しての、最短で最速の斬撃《ざんげき》のはず。なのに……。

「くっ」「うっ」

激しい電流が駆け抜けたような腕の痛みに、二人の顔が引《ひ》き攣《つ》る。

男を斬《き》りつけたはずの、手首から先の力が一気に抜けていき……周囲に二つの手首から吹《ふ》き出した血が舞《ま》った。

ほぼ同時に短剣を取り落とした二人だったが、それには目もくれず、すぐさま揃って蹴《け》りを放つことで、男への反撃《はんげき》を試みる。仕えて僅《わず》か数年ではあるが、フェーヴェル家の戦闘要員として鍛え上《あ》げられている二人は、阿吽《あうん》の呼吸で、それを行った。

が、頭部を狙《ねら》った前後からの蹴り込みも二人の足は虚《むな》しく空を切り、その代わりに軸足《じくあし》を払《はら》われる。身体が大地から離《はな》れ、次第《しだい》に空中に浮き上がっていく。

二人の細い首がそれぞれ男によって掴まれ、軽々と持ち上げられる。呼吸することさえ許されず、ぎりぎりと音を立て、血管が浮き上がった喉《のど》が絞《し》め上げられていった。

「あっ、がっ!!」

メイド達は男の腕を掴み引き剥《は》がそうとするが、手の甲《こう》を引っ掻《か》くのがやっとだ。いくら引っ掻こうとも締め上げる手から力が抜けることはなかった。

もがきながら擦《かす》れていく視界で、二人は男の指の間に、銀色の爪《つめ》のような暗器が輝《かがや》いているのを見た。さっきはそれで、手首を掻き切られたらしい。

若い女性とはいえ人間二人の身体を持ち上げながら、男は平然とした様子で呟いた。

「……鈍《なま》ったようだ。後数ミリは深く切ったはずなのだが。もう少し腕慣らししておくべきだったか」

そんな自省めいた言葉を口にしながらも、男の口元には、歪《ゆが》んだ笑みが浮かんでいる。

「そういえば、女は随分《ずいぶん》と抱《だ》いていないな。見れば年頃、ちょうど良い若さだ。好みとは違うが……あぁ、俺も随分歳《ずいぶんとし》を取ってしまったらしい、馬齢《ばれい》を重ねたという奴《やつ》だな。せめて穴蔵《あなぐら》の中で失った時間の分、楽しませてもらうとしよう」

だが、息も絶え絶えのメイド達には、そんな男の下卑《げび》た声すら届かない。あと少しでも男の腕に力が入るか時が過ぎれば、二人とも失神するか絶命してしまうだろう。

だが、男は口《くち》の端《は》には思惑《おもわく》通り、といった笑みが浮かび、そっと手を緩《ゆる》める。

やがて振り返《かえ》った男の背後に、ぬらりと影のように、音もなく立った人物。

「すみませんが、その二人を解放してあげてください」

柔《やわ》らかな声で発したのは、セルバ・グリーヌスであった。街灯の淡《あわ》い光の中に浮かび上がる、仕立ての良い燕尾服《えんびふく》。今日も白い手袋《てぶくろ》を着け、磨き抜かれた靴《くつ》に皺ひとつないシャツという装いは、この場にはかえって場違《ばちが》いなまでに完璧な、執事としての立ち姿。

「貴様を待っていた、グリーヌス。どれほど待《ま》ち焦《こ》がれたか。何度も叶《かな》わないと諦《あきら》めかけた望みが、こうして……」

男は投げ捨てるようにメイド達を解放すると、どこか子供じみた無邪気《むじゃき》な笑みを、老いた顔に浮かべる。

「目の前に！」

そんな彼に対し、セルバは静かな声で応じる。

「歳《とし》を取りましたね。ヴェクター」

「確かに。だが、お前も随分老いた」

そんなやりとりの間に、セルバの目配《め くば》せとともに、メイド達は咳き込みながらも手首を押さえて後退していく。ヴェクターはもはや彼女らを気にも留めず、ただセルバを見つめる。我知らず、というように、彼は満面の笑みを浮かべていた。

「暗い独房《どくぼう》で何十年も……。お前をいつか殺せたら、獄中《ごくちゅう》生活の思い出もそう悪くないものに変わる、ずっとそう思って生きてきたのだ」

「ヴェクター、私はあなたが、もうこの世にいないものと思っていましたよ。あなたはしくじり易《やす》い性格ですからね」

「!!　なら何故、あの時俺達《おれたち》を裏切った！　お前があそこで仕事をまっとうしていれば……。あの後、【アフェルカ】がどうなったか知っているのか!?」

一気に怒《いか》りを爆発《ばくはつ》させたヴェクターと呼ばれた男に、セルバは表情一つ変えず。

「勿論《もちろん》です。離反《りはん》者を出した【アフェルカ】は人員補充《ほじゅう》もままならず、内紛《ないふん》のゴタゴタも重なって実質的に崩壊《ほうかい》。紆余曲折《うよきょくせつ》の末、組織自体は何とか存続できたものの、その実態はすっかり変質し、とある一族が率いることになったと。まあ、体の良いお払い箱《ばこ》ですね」

「それもこれも、グリーヌス！　お前が裏切ったせいだ。いいや、いいや！　貴様が抜けてからというもの……」

思い出すたびに酷《ひど》い頭痛でもするかのように、ヴェクターの皺だらけの顔が歪む。きっと彼にとっては、人生の悲惨《ひさん》な転落劇を地で行くような体験だったのだろう。

「殺ししか知らない俺が、【アフェルカ】という居場所を失った！　これまで殺ししかしてこなかったこの俺が！　それから俺の人生は、狂《くる》ってしまった」

黙《だま》ったままのセルバの前で、ヴェクターは力の限り筋張った手に力をこめて指を開き、何かを鉤爪《かぎづめ》で引き裂《さ》こうとするかのように、空中でわななかせる。

それはセルバの知る彼の癖《くせ》だ。昔から変わらない、心底からの怒りを示す独特の動き。

「あの時、いっそ……！　なぜ俺を、殺さなかった⁉」

「…………」

怒りの向こうに、どこか懇願《こんがん》するかのような哀《かな》しみの光を湛《たた》えながら、ヴェクターはセルバを詰《なじ》る。

かつて、もうずいぶんと昔。今以上に貴族間の抗争《こうそう》が激化した、血なまぐさい内乱の時代。政治の中枢《ちゅうすう》がほぼ無法地帯となり、元首でさえ手に負えない混乱の嵐《あらし》が、この国を襲《おそ》った。そんな中で、セルバは粛清《しゅくせい》部隊【アフェルカ】を束ねていたのだ。正確には、もう一人いた女性と二人で〝率いて〟いた。

が、セルバは結果として【アフェルカ】を裏切った。

「あの時……お前に一体何があった？　なんでその血塗《ちぬ》られた手で、ガキ一人殺すのを躊躇《ちゅうちょ》した？　そもそもお前との接点など何もなかったはずだ！　フェーヴェル家との接点などっ‼　答えろ、自分で親を殺しておいて何故みすみすその子供を生かしたっ⁉」

その方がよほど残酷《ざんこく》だと告発するかのように、ヴェクターは声を荒《あら》げた。セルバは黙ってその罵声《ばせい》を受け止め、しかし、何も語らなかった。代わりに。

「……ヴェクター、あなたは捕《つか》まったのですね」

「ああ、七十人目を殺した辺りでな。皮肉なことに【アフェルカ】の手で、俺は捕縛《ほばく》された。あの女は、ただ哀《あわ》れみの目で俺を見下ろしてたな」

ヴェクターは、遠い目をして、呟《つぶや》くようにぶつぶつと言う。

「もういい、多分あんたが俺を殺さなかった時から、全《すべ》てがおかしくなったんだよ、セルバさん」

ヴェクターの記憶は今、いったい何処《どこ》をさ迷っているのか。

数十年前のように、同じ部隊で仕事をしていた頃《ころ》のように、彼の乾いた瞳《ひとみ》の中に、一つ下の後輩《こうはい》隊員として、かつてのセルバへの憧憬《しょうけい》めいた色が戻《もど》っている。

セルバは目を伏せて、心中で深い深い息を漏らした。

死んだと思っていたヴェクターが、消し去れない過去の影が、生きて目の前にいる。そして恐《おそ》らく、彼はどこかから脱獄《だつごく》してきたのだ。

さらに、彼の言葉が真実ならば、収監《しゅうかん》されるまでに七十人あまりを……それも元とはいえ【アフェルカ】の一員だった者が殺しの罪を犯《おか》したなら、刑期《けいき》はきっと、人の寿命《じゅみょう》をゆうに上回る長さになるはず。

「分かりました。ではあの時の続きをしましょう。もう往時ほどの余裕《よゆう》はありませんが」

セルバが静かに発した言葉に、ふと正気に戻ったらしいヴェクターが答える。

「当然だ、俺はその為《ため》にここに来た。準備不足はお互い様だろう。こっちはもうボロボロなんだ」

悲痛混じりのその調子に、セルバは哀れみとともに一片《いっぺん》の後悔《こうかい》を抱《いだ》いた。やはりあの時、ひと思いに終わらせてやるべきだったのだ——この男を、狂いかけた一個の人生を。

振り返れば、そこにあるのは泥《どろ》と血にまみれた記憶ばかり。ただ、未だに僅かな後悔すら抱いていないことも、一つだけ。

それこそは、今、立っている此処《ここ》へと繋《つな》がる選択《せんたく》。【アフェルカ】を捨て、このフェーヴェル家に、文字通り心身全てを捧《ささ》げると決めたことだ。

「言葉遣《ことばづか》いまですっかり変わったな、セルバ」

憎々《にくにく》しげに、そう吐《は》き捨《す》てるヴェクター。その言葉には、お前だけがのうのうと、という声にならない弾劾《だんがい》が込められている。

「勿論、執事ですから。フェーヴェル家に仕える者としては当然です」

セルバは、その積年の念を感じ取りながらも、あえてきっぱりと言い切った。

【アフェルカ】は裏切りを許さない。鉄の掟《おきて》だ。裏切り者はメンバーの手によって必ず粛清される。だが、組織を率いていた当人がその禁を犯したのだから世話はない。

だが、そのおかげで幼い少女だけは守れた。この手を同胞《どうほう》の血で汚《けが》そうと、あの時、一瞬のみ仰《あお》ぎ見《み》た〝救い〟こそは、人生の光の全てだった。まだあどけなさを残していた彼女は、今や誇《ほこ》り高《たか》き貴族の当主で、一人の母親だ。

そして、その一人《ひとり》娘《むすめ》もまた……あの時出会った幼き少女と瓜二《うりふた》つで、強く気高い。

「おい、俺を見ろ、グリーヌス。俺は貴様を殺す。そしてきっかけを作ったフェーヴェル家の人間全てを殺す。これで、俺は……俺達は、あの頃に戻れる」

「残念ながらヴェクター、それはできない。あなたに力がないと言うのではありません。ただこの世には、死人には決して成し得ないことがある。ただ、それだけです」

セルバは直立したまま腕を後ろに組み、あらゆる殺意と戦闘の気配を隠す。暗殺部隊の流儀《りゅうぎ》とでも言うべきか、あくまで静かに、ただ粛々《しゅくしゅく》と命を奪《うば》うために。名誉《めいよ》や派手さなどいらない。

暗殺者の極意《ごくい》は、獲物《えもの》を狩《か》る術《すべ》ではなく、魂《たましい》の息づきすら潜《ひそ》める身体と、いっそ壊《こわ》れていると形容できるほど静かな精神にこそ宿る。

呼吸のテンポすら、相手に悟らせてはならないのだ。

「そうか。でもお前の得物なら知っている。それにもはやお前は老いて、俺は鈍った」

そう言い捨てるや、襤褸布を頭から払い、ヴェクターは全速でセルバへと躍《おど》りかかる。

真正面から突っ込んでくるかつての仲間を前に、セルバは微動《びどう》だにせず、後ろ手のみで、静かに編んだ魔力鋼糸を巧《たく》みに操《あやつ》った。

迫《せま》りくる彼と己《おのれ》のちょうど中間に、網目状《あみめじょう》にそれを展開。一度でも触れれば、魔力鋼糸は獲物の皮膚《ひふ》に、水が浸《し》み込むようにすんなり食い込んでいくだろう。

だが、それを予想していたように、ヴェクターは展開された鋼《はがね》の網《あみ》に向け、開いた掌《てのひら》を高速で振り抜く。

仕込み爪——その取り回し易さを利して、彼は叩きつけるように鋼糸を引っ張った。普通に鋭利《えいり》さだけで断《た》ち切るのは難しいながらも、AWRでの瞬間的《しゅんかんてき》な衝撃により、一瞬でいわば魔力的な張力限界にさえ達せさせてやれば、さすがの鋼糸も構造が保《も》たない。

「良いAWRです」

セルバの展開した網が全て断ち切られ、ヴェクターがついに懐に飛び込むかに思えた直後。ヴェクターは、あえてその足に急ブレーキを掛《か》けて制動を行う。

ここぞという場面でのフェイント——この瞬間をずっと獄中で、何度も何度もシミュレーションするように、思《おも》い浮かべてきたのだ。

果たして、迎撃《げいげき》を躱《かわ》されたセルバが、次に狙ってきたのは足。機動力を殺す、教科書通りの動きだ。

繰《く》り出された鋼糸が真《ま》っ直《す》ぐ、ヴェクターの足目掛《めが》けて伸びてくる。魔力鋼糸は伸びたそれ自体の鋭利さが最大の武器と思われがちだが、実は糸の先端《せんたん》も、研《と》ぎ澄《す》ました針のように鋭いのだ。それは強度を備えた糸自体を、魔力で形成しているからこそできる芸当。

だが魔力鋼糸の本質的な性質として、鋭さはあるが、押し込み貫く力はさほどでもない。糸の端《はし》から力を伝える時に、多少なりとも生まれる撓《たわ》みによる力の逓減《ていげん》は必然。

それを知るヴェクターは、流れるように足を上げ、糸の先端を蹴りつける。彼の靴の裏には魔力良導体の鉱板が仕込まれている。注ぐ魔力量次第で、鋼糸ごときなら簡単に弾《はじ》ける代物《しろもの》だ。

何より彼はセルバの戦闘スタイルを熟知しているからこそ、彼との戦闘で生まれ得るあらゆる可能性を織り込んでこの場に立っている。無限にも思える獄中生活の中、ありとあらゆるパターンを想定し対応手段を考え尽くした上で、今ここに在るのだ。しかし……。

「ッ!!」

まるで鉄球を蹴りつけたような衝撃《しょうげき》が、ヴェクターの足の芯に響《ひび》く。

予想を遥《はる》かに上回る硬度に、彼の顔が引き攣った直後、セルバの手元で鋼糸が波打つ。

たちまちその先端が鞭《むち》のようにしなり、今度は絡《から》みつくかのように、一瞬のうちに輪を作って、ヴェクターの手首を捉《とら》えんと這《は》った。

そうと気付き、彼《かれ》は即座《そくざ》に手を引き戻し、仕込み爪で再び鋼糸を断ち切る。

「はぁはぁ……」

ほんの僅か遅《おく》れていれば、きっと手首が宙に飛んでいた。致命的な状況《じょうきょう》は逃《のが》れたが、それでも鋼糸に触《ふ》れてしまったがために、ヴェクターの腕には螺旋状《らせんじょう》に血が滲《にじ》んでいた。

さすがに戦い慣れている。かつての【アフェルカ】の指導者は、この年齢《ねんれい》になってなお、戦いを忘れ、ただ老いていくことを許していなかったのだ。

それが哀しくも嬉《うれ》しくもあり、ヴェクターの顔が、泣き笑いにも似た複雑な表情に歪《ゆが》む。

一方の自分は、もう老体と呼ぶべき身体。とうに若々しい生気など失われてしまった。何十年という牢獄《ろうごく》暮らしの果てにあったのは、ただただ己の老いを思い知らされる絶望のみ。その心の痛みは、あの地獄《じごく》めいた供給刑《けい》よりも、遥かに鋭く激しいものだった。

ヴェクターは、己の限界を知りながらも、残った魔力を出し尽くす勢いで放出する。

魔法《まほう》を構成するのではない。そもそもかつての【アフェルカ】は暗殺部隊。派手な魔法技術は不要であり、求められるのは、どんな相手も静かに、速《すみ》やかに殺せる魔力操作技術のみだ。ちょっとした旧式の魔法程度なら扱《あつか》えないわけではないが、ヴェクターは前々から、セルバ相手に再戦の時を迎えることができたなら、そんな手は自ら封《ふう》じることを、心に決めていた。

やがて、彼の身体の周りに噴出《ふんしゅつ》する魔力は徐々《じょじょ》に何らかの形を成しつつ、その肩《かた》に集まっていく。続いて淡く発光すると、それはまるで液体のように流動し、手の先へと伝わっていった。間もなく……手首から先が、薄《う》っすらと濡《ぬ》れたように魔力によって覆《おお》われた。

彼の指先から、特異な性質を持つと思《おぼ》しき魔力が、まるで流水のように滴《したた》る。

「昔を思い出しますね、ヴェクター。あなたは高慢《こうまん》ゆえに精進《しょうじん》を怠《おこた》りがちだったが、その魔力変質の技からは、たゆまぬ努力と鍛錬《たんれん》の成果が窺《うかが》える」

「無論だ。だが、貴様はもはや、次を見る機会もないだろう！」

「私も残念です、ヴェクター。そして……申し訳ありません」

刹那《せつな》、ヴェクターの魔力が宿った右腕《みぎうで》に、気配もなく何かが――いずこからともなく迫った鋼糸が絡みつくや、今度は対応する間もなく、あっさりと腕が落ちる。

「があああぁぁあああ………馬鹿《ばか》なッ！」

噴《ふ》き出《で》る血を少しでも抑《おさ》えるために、咄嗟にヴェクターは脇を締めつつ、赤黒い腕の切断面を、驚愕《きょうがく》の面持《おもも》ちで見つめる。

「なぜだ！　ど、どうやった……？　この糸は、どこから⁉」

動揺の色を浮《う》かべ、垂れ落ちる血痕《けっこん》を石畳《いしだたみ》の上に残しつつ、ヴェクターは死《し》に物狂《ものぐる》いでセルバと距離を取る。

徐々に迫りくる敗北と死。それを明確に感じ取り、彼は何とかこの場を一時離脱《りだつ》すべく、必死で走り出した。

そして――。

今度は前のめりに、顔面から地に向けて無様に転倒《てんとう》する。足が縺《もつ》れた、と思い……再び地を踏《ふ》みしめ、身体を支えようとするも、足裏全体の感覚が無い。

見ると、地面にはまき散らされたような血の跡が続いていた。血走った目で振り返ると、血痕を逆に辿《たど》った数メートル程《ほど》後ろに、何か赤黒い塊《かたまり》が落ちていた。それが、己の右ふくらはぎから下の――切り落とされた足首だと悟るやいなや。

「グリーヌスうううぅぅぅっっ!!」

ヴェクターは顔を歪めて叫んだ。痛みのためではない。それは、憤怒《ふんぬ》と絶望ゆえの叫びだった。

「何をしたっ！　な、何をぉぉぉっ！」

残された左腕《ひだりうで》と左足で這いずり、血の溝《みぞ》を作り醜《みにく》い芋虫《いもむし》のように蠢くヴェクターを、セルバはあくまで平静に見据える。そこにはもはや同情はおろか、いかなる感情の色をも乗っていない。かつてと同じ、至高の暗殺者の顔。

「ヴェクター、初めからあなたは何もできなかったのです。この敷地に足を踏み入《い》れた時点で、あなたはもう死人も同然」

「……わ、罠《わな》か⁉」

先のメイド達のようにフェーヴェル家にも戦闘要員はいるが、他の大貴族と比べると、戦力的に見劣《みおと》りするのは確かだ。ただ、それを補って余りある武器——魔力鋼糸を使った罠を、セルバは敷地全体に仕込んでいた。

「み、視《み》えていた糸は、囮《おとり》だったか……」

その呻《うめ》きに対して、あくまで冷たいセルバの表情からは一切《いっさい》の返答めいたものはないが、もはやヴェクターは確信していた。

糸の太さを自在に変化させ、一部だけを見せ、一部は徹底的《てっていてき》に隠《かく》す。そう、かつてから魔力鋼糸の形成を得意としていたセルバならば、その程度は造作もないことのはず。

実際のところ、その推察は、ほぼ当たっている。もっともそれが可能なのは、卓越《たくえつ》した技術に加え、セルバが誰よりも、この敷地と庭を知り尽くしているからこそだ。

しかし、そもそも普段からそんな罠を張《は》り巡らしていては、誰も庭を歩けなくなってしまう。なのでセルバは、特殊《とくしゅ》な手袋と同じギミックを、街灯や庭木の梢《こずえ》に仕込んでいる。いざとなれば、己の魔力を通してそこから魔力鋼糸を引き出し、四方八方に音もなく伸ばしていくことで、庭全体が蜘蛛《くも》の巣のような罠場と化すのだ。

「………」

街灯の薄明《うすあ》かりの下、まるで蝋人形《ろうにんぎょう》のような醒《さ》めた表情で、地を這うヴェクターを見下ろすセルバ。

「まだだ、まだ……！」

左腕を突っ張《ぱ》り、折りたたんだ片足で強引に身体を支え起こす。それからヴェクターは足をバネのように使い、崩《くず》れ落《お》ちようとする身体の勢いすらも利して、残った腕を大きく振り被《かぶ》った。

もはや届くはずもない、あまりに遠すぎる彼我《ひが》の距離。だが諦めることはできない、捨てることはできない。何より暗殺者として最後に残された、ただ一つの切り札《プライド》。

気力を振り絞《しぼ》り、仕込み爪を射出しようとしたヴェクターだったが、今度はその左腕が宙を飛び、セルバの前に力なく転がった。

もはや万策尽《ばんさくつ》きた。ヴェクターは、片足のみでまるで胡坐《あぐら》をかくように座《すわ》り込む。

「あの口煩《くちうるさ》いクソ婆《ばば》ぁに、よろしく伝えといてくれ」

「ええ……」

一呼吸置いて、ちょうど目の高さに、まるで弓のように張っている糸を、セルバの指が軽く弾く。ピンッと糸に振動《しんどう》が伝わると、たちまち解き放たれた無数の魔力鋼糸が、ヴェクターの周囲を高速で駆《か》け抜《ぬ》けた。

「セ、ルバ、さん……」

最後に一瞬だけ、微笑《びしょう》を浮かべた皺《しわ》だらけの顔が見えた。その頬に伝わっていたのは、きっと赤い血ではなく……。

セルバは無言で背中を向けた後、それを――かつて一人の男だった肉体が、血を撒《ま》き散《ち》らしつつ、骨と肉の積み木のように崩れていく音を、つややかな黒い燕尾服の背中越しに、僅かに目を細めて聞いた。

きっと最後は、一人の暗殺者として死にたかったのだろう。セルバには何故《なぜ》か、そう思えてならなかった。今際《いまわ》の際《きわ》に発された呼び声は、かつてと同じ、どこか懐《なつ》かしい声音《こわね》を湛えていた。

どこかに、魂の一片の救いはあったのだろうか。いや、結局はそれが、人を殺《あや》める生業《なりわい》に手を染めた人間の末路。きっと呪《のろ》われた定めなのだろう、当然の報《むく》いだ。

「何一つ……覆《くつがえ》らないのですね」

諦念《ていねん》のこもった言葉は、冴《さ》え冴《ざ》えと蒼《あお》い月だけが輝く虚空《こくう》へと、そっと消えていった。

「思えば随分と永く、生き延びてきてしまったものです。もう十分なのでしょうね、きっと。後はもう、最後にお嬢様《じょうさま》の成長を見届けて、と切に願うばかり」

セルバにとって〝お嬢様〟とは、世界でただ二人のみ。

娘《むすめ》の方は、かつて瓜二つであったその母と同じように成長すると思っていたが、なかなかどうして、母親とは少し異なる道を選ぼうとしているようだ。

それはそれで楽しみな未来ではある。フェーヴェル家にこの身を捧げて、真に捧げ尽くすことが出来たのなら、自分はどのような果て方でも受け入れよう。どうせ真っ当な死に様など、最初《はな》から願うべくもないのだから。

「さて、このことをお嬢様にお伝えしなければ……いけないのですがね」

独り言のように呟きつつも、それを阻《はば》むかもしれない何かの気配を察し、セルバは無残に破壊《はかい》された門扉《もんぴ》の外へと、そっと目を向けた。

◇　◇　◇

さて、どうしたものか。

セルバの戦いを、物陰《ものかげ》から見るともなしに傍観《ぼうかん》していたアルスは、かえって出ていくタイミングを失ってしまった。

一応、彼の実力は、以前に手合わせした時に、ある程度まで見切ったつもりでいたが、どうも自分の目は、だいぶ曇《くも》っていたようだった。

(だが、殺しの雰囲気《ふんいき》は前にもあった)

だからこそ、あの時セルバはアルスを〝同族〟だと、鋭《するど》く感じ取っていたに違《ちが》いない。

表面的にだけ捉えるなら、それはその通りだ。ただ実際は、同じどころか、年季の差というものを、あまりに完璧《かんぺき》な仕事ぶりと同時に見せつけられたというだけ。

(有効範囲《はんい》は……三メートルから三十メートル。その中なら、並みの相手ならまず敵なしだな)

加えて今の戦闘《せんとう》に、事前準備の差はほとんどなかったと言ってよい。どういう経緯《けいい》か知らないが、相手はセルバの手の内をほぼ熟知している節があった。ただそれでも、力の差は明白。さらに張り巡《めぐ》らされた罠という戦術面でも、セルバの読み勝ちと言える。

囮とはいえ、素人目《しろうとめ》ならぎりぎり捉えられるかどうかの絶妙《ぜつみょう》な太さの魔力《まりょく》鋼糸を使い、相手を陥穽《かんせい》へと誘《さそ》ったのだ。

そもそも魔力鋼糸は切れ味の調整だけではなく、その太さも自由自在であるという事実は、先の手合わせの時、セルバがアルスには見せなかった手札《カード》である。

(つまり、手の内を全く見せていなかったわけか)

アルスとしては、相手が魔力操作技術に長けていればいるほど、生半可な分析《ぶんせき》はかえって危険であるということを、今更《いまさら》ながら学ばされた気分だ。先の手合わせでは、アルスが魔力に関して鋭敏《えいびん》な感覚を有していたからこそ、対応できたが、やはり実力を出し切っていなかったのなら、内心で独り決めした優劣《ゆうれつ》など無意味だろう。

そもそも魔力鋼糸以外の、魔法の引き出しに関しては未知数。フェーヴェル家の執事《しつじ》は、地力からして別格だったわけだ。

(仮にこの敷地というあちらの土俵で、本気で敵に回したら……殺《や》れるか?)

セルバの殺し方を見たからだろうか。そんな物騒《ぶっそう》な考えがつい浮かんでしまう。そういえば、かつてはアルスもまた、凶悪《きょうあく》犯罪者を抹殺《まっさつ》する任務は、いくつもこなしていたものだ。最近はめっきりそんな機会もなかったが。

ただ、その時は一切の感情を捨て去り、機械の如《ごと》く標的を殺す。殺すことだけを考えて、ただ殺す。それ以外を考える余地を自ら奪って、如何《いか》なる手段を行使しようと任務遂行《すいこう》のために容赦《ようしゃ》なく殺《あや》める。

(俺《おれ》もあんなだったのか)

ひたすらに無機質な白い紙にも似て、無感情で無表情だったかつての自分。

あの老執事は、すでに完成している。殺しと日常を両立させている。二つの物事にもはや隙間《すきま》はなく、一欠片《ひとかけら》の迷いが入り込む余地すらない。その精神はもはや守るべきものを唯一《ゆいいつ》絶対に限定していて、それ以外の全てを考慮しない。迷いがない分、中間もない――

殺すべきを生かしはしないのだ。

「おっと」

妙な興奮があった。物騒な武者震《むしゃぶる》いとともに、全身が疼《うず》く。呼応するかのように魔力がゾワッと内側から膨《ふく》れ上がったのを慌《あわ》てて諌《いさ》めた。これでは感情で生きている、テスフィアと同じではないか。

それはともかく、セルバとさっきの男は、どうも互いに顔見知りのようだった。その辺に興味がないわけではないが、アルスは所詮《しょせん》部外者。無粋《ぶすい》な質問はしない。

ただ、訓練を積んだメイド二人が軽くあしらわれたことからも、男が相当な手練《てだ》れだったのは確実だ。それがセルバには触れられすらしなかったのだから、驚《おどろ》かざるを得ない。

（ウームリュイナの側近二人も相当やるようだったし、貴族の家はどこもこうなのか）

私兵を持つことは、古くから続く貴族の特権だ。正規軍がきちんと存在するアルファでそれが許されていることは、アルスとしてははなはだ疑問ではあったのだが、やはり必要な制度ではあったのかもしれない。

現に、人を殺すことにまったく躊躇しない輩《やから》が、平然と夜中に扉《とびら》をノックしてくるのだ。

それこそ、必要どころか必須《ひっす》と言えるのかもしれなかった。

（この家の執事は、大変だな。実務というか、戦闘面でもあれくらいの腕《うで》がないと務まら

ないわけか)

そんな感想めいたものを抱くが、それはともかく。

さすがにセルバもアルスの存在には気付いているはずだ。やはり覚悟《かくご》を決めて、そろそろ姿を現したほうがいいだろう。うっかりあの侵入者の仲間だと思われてもつまらない。

(どうせバレるなら手を貸した方が良かったか。ただ、うかつに出ると、まだあの罠が張り巡らされている、ということはさすがにないな……ん？　まだ何人かいるな)

例の〝視野〟が奏功して、アルスがそれに気付いたのは、セルバより少し早かった。

それは、あの侵入者と同類の、闇に生きる者の気配。新手なのだろうか。

やがて、木立の間からすっと人影《ひとかげ》が伸び、街灯の明かりを微《かす》かに浴びながら、その闇に潜む者達《たち》を代表するかのように、男が一人だけ姿を現す。

燻《くす》んだ金髪《きんぱつ》は短く整えられたオールバック。本来目立つはずだが、どういう手管か、周囲に溶《と》け込むかのように、男の存在感は上手《うま》く消されている。背は高く、吊《つ》り目はいかにも獰猛《どうもう》。好戦的な証《あかし》に、重心がほんの少しだけ前のめりなのが分かる。その隙《すき》の無い視線は、アルスを真っ向から捉えてきた。

咄嗟の判断で、アルスは隠れ場所《ばしょ》から一足飛びに跳躍《ちょうやく》、セルバの傍《かたわ》らに降り立つ。

「物陰から失礼しました。一部始終、見届けさせてもらいましたよ」

やはりアルスの存在を悟《さと》っていたのだろう、セルバは事もなげに会釈《えしやく》を返してくる。

「恐縮《きようしゆく》です。お客様がお休みのところ、起こしてしまいましたかな」

「いえ、大分勉強させていただきました。ですので、少しばかり手を貸しましょうか」

身体を動かすにはちょうど良い相手と見て、アルスは一気に魔力を制御《せいぎよ》する手綱《たづな》を緩める。AWRは持っていないが、別に派手な魔法を使うつもりはなかった。単に、先程《さきほど》の〝死合い〟に触発《しよくはつ》されたとも言える。

濃密《のうみつ》な魔力を漏らして、アルスはいつにも増して〝やる気〟でいた。

だが、機先を制するように、街灯の光と庭の闇が作る薄暗《うすくら》がりの中から、金髪の男が声をかけてくる。

「へっ、シングル魔法師がいたか、そういきり立つな。アンタを殺《や》りに来たんじゃねぇ。用があったのは、そこの……〝肉片《にくへん》〟だからな」

見た目通り、粗暴《そぼう》な口ぶり。いかにも軽口めいているが、彼が自分の地位を知っているらしいという事実は、アルスを幾分《いくぶん》か冷静にさせた。しかし口ぶりからすると、どうもさっきの男に加勢するどころか、寧《むし》ろその逆、制止するか捕《と》らえるかするために、追ってきたのだろうか。

「どの道、言うことを聞かなきゃ殺すつもりだったが、それじゃ首すら持って帰れねぇな。

派手に邪魔《じゃま》してくれたな、セルバ・グリーヌス」

男は舌打ちせんばかりにそう言うや、街灯の光の中に、ぬっと全身を現した。変わらず粗野《そや》な口調だが、こうして改めて見ると、服装にはちょっとした品格のようなものが感じられる。全体にどこか、何かの隊服めいた統一感があるフォーマルな格好だ。しかしその口調や身にまとう雰囲気は、街にたむろする愚連隊《ぐれんたい》のようで、どうにもちぐはぐな印象。

アルスもセルバも、この奇妙《きみょう》な男の所作を、じっと注視する。

「狼藉者《ろうぜきもの》がお屋敷《やしき》の敷居《しきい》を跨いだため、対処したに過ぎません。それとも、あなたが到《とう》着《ちゃく》して彼を捕縛するのを、大人しく待っていたほうが良かったと？」

ひしゃげた鉄の大扉にこれ見よがしに視線を送り、静かに言うセルバ。金髪の男は皮肉っぽく唇《くちびる》をゆがめたが、この場ではセルバに理がある。

「いや、結果的には手間が省けた。死んでくれたなら、それはそれで都合がいい」

その乱暴な物言いに、セルバはスッと目を細める。どうやら男は、純粋《じゅんすい》に正義を執行《しっこう》する側の人間――例えば脱獄したヴェクターを追ってきたようだが、治安部隊の手の者などではないらしい。

「ご期待に添《そ》えず失礼を。何ぶん当家の格式上、外部の者をみだりに踏み入れさせるわけにはまいりませんので。そしてあなたは……どうやら当家のお客様としては、相応《ふさわ》しくないようです」

「ふん、分かってないようだな、セルバ・グリーヌス。いや、かつての【アフェルカ】の血刃と言ったほうがいいか？　お前がまだ息をしていられるのは、相談役の恩情があったからこそだ。残された僅かな時間を数えろ、そして掟を忘れるな。近い内に指令は下る。今度こそ本当の抹殺任務を帯びて、俺様が再びあんたの前に現れるぜ」

ポケットから手を抜き出《だ》し、男は親指を自分に向けて、勇ましげにそう主張する。

「と、言いたいところだが、順序があったんだっけか。チッ、まあ、とにかくすぐ会うことになるのは確かだろうな」

（わざわざ殺害予告のつもりか）

ならばここで逆に殺してしまっても文句は言われまい。が、アルスの前にセルバの手が割り込む。アルスにこれ以上関《かか》わらせるつもりはないとの、明確な意思表示。

「それまで、少し辛抱《しんぼう》しな。あばよ」

直後、身勝手にそう言い捨てた男の姿は、たちまち見えなくなる。まるで木立の闇《やみ》に溶け込んだかのようにその姿は失われ、やがて気配さえも綺麗《きれい》に掻《か》き消《き》えた。

拍子抜《ひょうしぬ》けというか、寧ろつまらなさげな顔をしたアルスだったが、セルバのほうは、終始無言だった。どうやら深く考え込んでいるらしい。

「セルバさん、あまり首は突っ込みたくないんですが、何か心当たりが？」

「……ええ、そうですね。私の方こそ、お客様にお見苦しいところを。誠《まこと》に申し訳ございません」

深々と頭を下げるセルバに、寧ろアルスのほうが恐縮してしまったほど。

やがて、そんな二人の背後に、放たれた猟犬《りょうけん》の如く駆けつけてきた三人のメイド達が、ぴたりと並び立った。事情が屋敷に伝わり、急ぎ準備を整えてやってきた援軍《えんぐん》というところだろう。先頭の一人が、アルスに一礼しつつ口を開く。

「セルバ様、ただいま馳《は》せ参《さん》じました。賊《ぞく》は……いえ、お手を煩《わずら》わせました」

最後の台詞《せりふ》は、敷石《しきいし》の向こうに広がる、凄惨《せいさん》な〝処理現場〟をちらりと見てのもの。

「構いませんよ、シトへイマ侍従長《じじゅうちょう》」

最初に口を開いたこの女性はともかく、残る二人のメイドは、どうにも不気味な印象だ。スラムの薬物中毒者のようにどんよりと曇った瞳。そして服装こそは他《ほか》のメイド達と同じだが、愛想《あいそ》など最初から備わっていないように、アルスに対しても、表情を変えようとすらしない。

「ヘスト、エイト、そこを片して頂戴《ちょうだい》」

「畏《かしこ》まりました、侍従長」

全く同時に、同じ返答が闇の中に響く。

アルスが見たところ、ヴェクターという男にあしらわれた最初の二人は、実力だけならば三桁《けたま》魔法《ほう》師に匹敵《ひってき》するだろう。だが恐らく、今返事をした奇妙な彼女《かのじょ》らの実力は、二桁魔法師程度か……いや、厳密には比較《ひかく》できない、とアルスは自らその推測を否定した。

彼女達は、およそ魔法師めいた印象は見受けられない。寧ろ、殺しの技術の方が明らかに高いようだったからだ。単純に、対人特化の戦力と言える。

そして、シトヘイマと呼ばれた侍従長はといえば……アルスにすら、その潜在的《せんざいてき》な力について悟らせてはくれなかった。少なくとも、印象の不気味さに釣《つ》り合《あ》う猛者《もさ》ぶりを感じられるヘスト、エイトと違い、彼女からは、特に強者《つわもの》の片鱗《へんりん》は感じられない。ただ、散らばった肉片やまき散らされた血の跡《あと》を見ても、文字通り眉《まゆ》一つ動かしていないことからして、それなりに場数を踏んだ手練れなのは間違《まちが》いないだろう。

そんなアルスの無遠慮《ぶえんりょ》な視線に気付いたのか、改めて彼女は、こちらへ向き直ると。

「アルス様、御夕食《ごゆうしょく》の際に挨拶《あいさつ》できず申し訳ございません。フィアお嬢様の御学友《ごがくゆう》とお聞きしておりますが、どうもお見苦しいところを」

年頃《としごろ》は四十代くらいだろうか。温和そうで親しみやすさのある声色《こわいろ》と表情。ヘアスタイルはシンプルで、前髪《まえがみ》のみは左右に分け、残りはネットを使って後頭部で一つに纏《まと》めている。さり気ないホワイトブリムも、全身のイメージを上手く纏めていた。飾《かざ》り気《け》がないだけに、少し冷たい印象もある。メイドというより、ハウスキーパーといった風体《ふうてい》。

（改めて見ると、こちらも強そうだな。彼女の部下二人だけでも、魔法戦ならともかく、殺し合いならそこらの魔法師に引けを取らないだろ。しかしいかにフェーヴェル家とはいえ、別に戦争をするわけじゃないだろう。なのに、これほどの猛者を集めているとは）

実は、それについては完全にセルバの判断である。他家と比べても従事する人員は比較《ひかく》的《てき》少ないのだが、アルスがそんな事情を知るはずもなかったのだ。

ひとまず、そんな疑問を心中に抱くアルスを他所《よそ》に、セルバは侍従長へと「後は任せましたよ」と一言命じると、ふとアルスの顔を見て。

「さぞや、不思議に思われたことでしょう」

主語を省いているが、セルバが何に対して言っているのかを察することはできる。今、まさにアルスが考えたことについてだ。

「高貴な血といえど、清廉潔白《せいれんけっぱく》ではいられないのが人の世の常。この世界もまた、単純な正義を貫《つらぬ》く者が評価され、上に行ける世界とは言い難《がた》いのです。何より、常に正義を曲げないことが、いつでも正しいとは限りません。フェーヴェル家にもそれなりに敵もおりますので」

「仰《おっしゃ》りたいことは分かります。ですが、この環境下《かんきょうか》で、フィアがよく……」

あんな風に育ちましたね、という一言。それをアルスは、あえて曖昧《あいまい》に濁《にご》したが、セルバはしっかりアルスの言葉の意味を汲《く》み取《と》ったようだ。

「お嬢様には、あくまでご存じないままでいてもらっております。ですので、彼女達にも極力、お嬢様との接触《せっしょく》は避《さ》けるように、と」

それで、夕食会に彼女達は現れなかったのだ。思えばテスフィアの周りにいたのは、ごく普通《ふつう》のメイド達ばかり。それもそうだろう、シトヘイマ侍従長はともかく、ヘスト、エイトなどは一見するだけで、テスフィアでなくても隠しようもない闇の匂《にお》いを感じ取ってしまうだろうから。これも、フェーヴェル家の裏の顔と言ったところだろうか。

「なので、できればアルス様が見聞きしたことは、これからもお嬢様にはご内密にお願い致《いた》します。今でこそメイドとして雇《やと》っておりますが、元々は人に言えないような生き方をしてきた者ばかりでして。フローゼ様のお情け深さに付け込み、私が引き入れたのです」

セルバは、あの二人を憐《あわ》れむかのような笑《え》みを浮かべ、そう言った。

「必要な人材なのであれば、寧ろ英断では」

「……そうですね。彼女達は一生懸命《いっしょうけんめい》ですよ。常に陰《かげ》ながらフェーヴェル家のことを見守ってくれております。おっと、アルス様は別のことが知りたいのでしたね」

アルスが首肯《しゅこう》すると、セルバは、淡々《たんたん》とした口調で語り出した。

「あまり人様に言える話でもないのですが、先ほどの男は昔の〝同僚《どうりょう》〟です。まさに、因果応報というやつですな」

つまり、殺しを生業としていた時の仲間……アルスは正しくそう解釈《かいしゃく》する。彼とセルバの間には、そうでなくてもどこか、言葉抜きで相通じるところがある。お互い闇に生きたことがあり、裏の顔を持つ者同士、ということなのだろうか。

「ここに来た狙《ねら》いは」

「私です。過去の因縁《いんねん》といったところでしょうか。そう、まずはここから話さなければなりませんね。一部始終をご覧になっていたのならご存じだと思いますが、名前はヴェクター、かつて【アフェルカ】の一員でした」

「【アフェルカ】……」

記憶《きおく》を掘《ほ》り起《お》こすように、アルスは呟く。それは先日、アイルとの会談の場で、彼が口にした単語だ。確かリリシャとの繋がりを示唆《しさ》していたはず。

「【アフェルカ】とは、かつて貴族間抗争《こうそう》が激化した時代にあった私兵部隊です。その役割は主に、要人暗殺や裏の仕事全般《ぜんぱん》。成り立ちでいえば、最初はとある貴族の家により養成された戦闘集団だった、というのが正しいでしょう」

セルバが珍《めずら》しく言《い》い淀《よど》む気配を、アルスは感じた。その過去は、彼にとって苦い記憶であり、封印《ふういん》しておきたい恥《は》ずべき経歴、とでもいうかのようだった。だからこそテスフィアには知られたくない、そんな思いが彼の態度に滲んでいる。

「いずれにせよ、脅威《きょうい》となる他家を武力で潰《つぶ》していくという蛮行《ばんこう》に出たのですから、時の権力者に目をつけられたのも至極《しごく》道理。そこでただの私兵部隊だった【アフェルカ】は元首様の手によって、【元首直属執行部隊】へと再編されました」

結果、国内の貴族の抗争は、元首の介入《かいにゅう》により急速に鎮静化《ちんせいか》されていった。ただ、それはあくまで表向きのこと……その意に染まぬものは、【アフェルカ】という刃《やいば》を手に入れた元首により徹底的に排除《はいじょ》・粛清《しゅくせい》された、というのが事実なのだという。

そのため、今も存続している貴族の家は、ほぼ例外なくその元首による制圧期を生き延びた家とも言えるらしい。もっとも、当時の粛清の基準は今一つ不明瞭《ふめいりょう》であり、元首に対しての対抗《たいこう》勢力という以外にも、様々な理由で【アフェルカ】が動くことがあったという。

「もちろん有力な貴族ならば、丸ごと潰してしまうことは難しく、刃をちらつかせての巧みな交渉《こうしょう》によって、力を削《けず》り取るという措置《そち》が取られたようです。一族を根絶やしにされた家の例などは、その際に良い見せしめになったことでしょう」

本来、政治的な話にはさほど興味はないアルスだったが、今現在、貴族間の問題に巻き込まれている以上、神妙《しんみょう》な顔でセルバの話に聞き入る他ない。

「その代償《だいしょう》として、貴族はより狡猾《こうかつ》に、より巧妙《こうみょう》に、互いの喉元《のどもと》を狙い合うようになったわけです。表立っての抗争は鳴りを潜めましたが、水面下では、各家がそれぞれに自衛手段を講じており、フェーヴェル家も例外ではない形です。また、【アフェルカ】はまだ残っていますが、紆《う》余曲折《よきょくせつ》の末に組織としては大きく変質しました。結果、現在の元首様は、もう昔のように各家に武力介入するだけの力が失われてしまっているのです」

感慨深《かんがいぶか》そうにそう吐露《とろ》するセルバだが、一応元首たるシセルニアも、彼女専属の護衛部隊を持っている。だがアルスが知る限り、その面子《メンツ》の中に、名が知れた強者となると確かに皆無《かいむ》だった。リンネなどは例外なのだろう。本来彼女の専門は探知分野なのだから。それは結局、アルファが国体として、持てる戦力を軍部に集中した結果なのだろう。

もしかするとシセルニアが必要以上にアルスに絡んでくるのは、そういった己の立場の弱さをも考えてのことかも知れない。要は軍人としてではなく、リンネのような頼《たよ》れる警護担当として、ということだ。

（こう見えてなかなかの人気者ということだな、俺は）

胸中でそんな戯言《たわごと》を呟《つぶや》きつつ、アルスはさらなるセルバの話に耳を傾《かたむ》ける。

セルバの話では、現在も【アフェルカ】は存続しているらしい。具体的には、国内に巣食う不穏《ふおん》分子の捕縛《ほばく》から抹殺までを実行する力があるようだ。しかしながらセルバもまた、その点についての確信は、つい先ほど得られたと言わんばかりの様子だった。

「【アフェルカ】だけではなく、もう一つ……実は私を狙ってきたヴェクターは、どうも最近まで、どこかの監獄《かんごく》に収監《しゅうかん》されていたようなのです。彼のやつれようもそれを裏付けていたと思います。なのにここに現れたというのは、恐《おそ》らく……」

「脱獄《だつごく》、ですかね」

「はい、はっきりとそう確信しました」

「となると、〝どこから〟というのが問題になりますが」

犯罪者を収監しておく刑務所《けいむしょ》は、アルスが思い当たるだけでも国内にいくつかある。世間を震撼《しんかん》させるような大事件も、最近はたびたび起こっていると言える。

そもそも内地の平和は、あくまで魔物《まもの》が跋扈《ばっこ》する外界に比べると、というだけであり、普通の犯罪のみならず、過去には凶悪《きょうあく》な魔法犯罪者により、百人規模の死者を出すテロめいた事件まで起きた事例があるくらいだ。

「国内では……少なくともまだ、俺の耳には入っていませんね」

「はい。私も、後で調べてみようとは思っておりますが」

そこで、セルバとアルスの目が合った。互いに通じ合う部分が多いだけに、相手が考えていることは、おおよそ読み取れる。

（もしや、それが国内じゃないとすれば……）

まことしやかに存在が囁《ささや》かれている場所。秘密のベールに覆われた、人類7カ国全《すべ》ての暗部にしてパンドラの箱。

（あり得ることだ、とは思っていたが。外界に存在するという特殊刑務所《とくしゅけいむしょ》か。ただ、俺もそのへんに詳《くわ》しくはないからなぁ）

凶悪魔法犯罪者、特にクラマの面々のように、各国が手を焼くほどの魔法犯罪者達を捕縛した場合、問題となるのはその収監場所だ。彼らを国内に置いていては、常に危険がつきまとう。解放や奪還《だっかん》を企《くわだ》てる仲間達による襲撃《しゅうげき》の他、万が一、獄中《ごくちゅう》で自由を手にして暴れ始めた場合、破壊的威力《はかいてきいりょく》を持つ魔法が躊躇《ちゅうちょ》なく使用されるリスクがあるからだ。

アルスは首筋を撫《な》でながら、やや渋面《じゅうめん》を作りつつセルバに言った。

「なんとも……雲行きが怪《あや》しくなってきましたね」

「申し訳ございません、アルス様。このようなことに巻き込んでしまい」

「いいえ。【テンブラム】の件と同じく、戦闘の見学も、元はこちらの勝手でしたことですから。そういえば最後に現れた、あの金髪の男ですが」

「……少なくとも、軍の関係者ではありますまい」

「ええ、さすがに軍育ちなら、あそこまで躾《しつけ》が悪くないですから」

アルスの皮肉に、セルバは少し頬を緩《ゆる》めて応じた。

「フフッ、そうですね。ですが、あの男もまた強き者。引《ひ》き際《ぎわ》を見誤らず……口よりも目は多くを語るものです」

「なるほど」

ここは素直《すなお》に相槌《あいづち》を打っておく。アルスが尋《たず》ねたかったのは、もちろん金髪の男とセルバとの関係だ。あの男は、セルバ・グリーヌスという名に、かつての二つ名らしきものまで知っていたようだったのだから。さらに彼の口から出た、謎《なぞ》めいた「相談役」なる人物のこともある。

だが、ここについては、セルバはどうにも口が堅《かた》いようだった。まるではぐらかすかのように、曖昧な物言いが返ってくるのみ。

「アルス様にはご迷惑《めいわく》をお掛《か》け致しません。そもそもこれは、フェーヴェル家の敷地内《しきちない》で起きたこと、ここより先は我々にお任せください」

至極丁寧《しごくていねい》ではあるが、これは実質的に、これ以上は話せない、もしくは話したくないと言っているのと同義、とアルスは解釈し身を引く。

「分かりました。セルバさんにそう言われてしまっては、しゃしゃり出るわけにもいきませんね」

アルスにしては譲《ゆず》っているのは、セルバに対して、それとなく信頼《しんらい》感を抱《いだ》いているからでもある。拳《こぶし》で語り合ったなどと妄言《もうげん》を吐《は》くつもりはないが。互いに、同じ裏の世界で生きてきただけに先達として、敬意のようなものを払《はら》ったに過ぎない。

そして何よりも、セルバは、テスフィアが選んだ険しい道を後押《あとお》ししてくれる存在だ。利害が一致《いっち》するという意味でも、根本的な部分では、フローゼよりも信用できる人物だ。

当人のセルバは、アルスに少し先んじて、腰《こし》の後ろで手を組みつつ、黙《だま》って屋敷へと歩き続けていたが——ふと、メトロノームのように正確だったその歩調が乱れた。すかさず注意を向けたアルスに、聞こえるか聞こえないかの静かな声で、彼《かれ》は呟いた。

「アルス様、これから少し、老人の独り言に付き合っていただけますかな」

あくまでごく自然に切り出された、そんな台詞。

まるで孫に昔話でも聞かせる老人のような穏和《おんわ》な雰囲気を身に纏ったまま、セルバは少し歩を緩め。

「昼間、仰っていたフェーヴェル家の継承魔法《けいしょうまほう》についてです」

「——!!」

これは、さすがにアルスも予想できなかった切り出しだ。まさか、フェーヴェル家の秘密を徹底《てってい》して守るべき立場である老執事本人の口から、そんな言葉が出ようとは。疑いなく、当主の意向に背《そむ》きかねない話題。それを十二分に理解しているからこそ、セルバは前置きとして「独り言」と表現したのだろう。

そしてセルバは、再びゆっくりと歩きだしながら、前方の屋敷に目を向ける。

「貴方様《あなたさま》だから、お話ししておこうかと」

「独り言……だったのでは？」

「ふふっ、そうでしたね。ただ先に言っておきますが、フローゼ様は何一つ嘘《うそ》は仰っていません」

そこについてはアルスも異論はない。彼女も大貴族の当主だけに、貴重な情報を提供する上で、まるで駆け引きなしとはいかなかったのだろうが、最低限の誠意は感じ取っていたためだ。

そして、セルバがこれから主《あるじ》の意思すら踏み越《こ》えてアルスに伝えようとする内容は、何よりもきっと、テスフィアのため。アルスはそう正確に理解し、黙ってセルバの続く言葉に耳を傾けた。

「確かにフェーヴェル家には、一族独自の継承魔法が、いくつか存在します。そしてそれらは、フェーヴェル家の血筋に子々孫々まで受《う》け継《つ》がれていくはずでした。先行きは明るかった、と聞いております。ですが、血が薄《うす》まったせいなのか別の要因か、先代のフェーヴェル家の家系においては、上位の継承魔法を扱《あつか》えそうな資質を持つ者は、たった二名になってしまったのです」

顔にいくぶん陰を落として、セルバは淡々と事実を語る。まるで主家の歴史を語《かた》り継ぐべく、己《おのれ》以外にもそれを知る者がいてほしい、と願うかのように。

「フローゼ様も、もちろん血のにじむような努力をされました。ですが、継承魔法については、口《く》伝《でん》はおろか、それを発現させるほんの最初の過程を見ることすら許されませんので、全てが独学になりました。しかしどれほど時間が経《た》っても進歩は見られず、ついにフローゼ様は、己の魔《ま》法《ほう》師としての資質に見切りをつけ、軍で指揮官を務めるようになられたのです」

セルバはここでそっと目を閉じて、一つ大きく息を吸ってから、その先を続けた。

「フローゼ様は、夫君を亡《な》くされてから、ずっと家を守ることを優先されてこられた。それだけに取り憑《つ》かれていた、と申し上げても過言ではないでしょう。そんな方が、すっかり身も心もすり減らした挙句、継承魔法の探求を断念された。その心痛は、まことに想像を絶するほど……それこそ、私程度には計り知れないものであったはずです」

ですが、と続けながら、セルバは眦《まなじり》を上げて微笑《ほほえ》む。

「テスフィアお嬢様の存在がフローゼ様を支えてくださった。当時のお嬢様は本当に小さく、何かあっただけでも私の足にしがみ付いてくるような、素直で幼い女の子でした。そんなお嬢様が、母親たるフローゼ様を誇《ほこ》りに思い、幼いなりにその苦境を察して、どんなことをしてもいいからお助けしたいと……。そう、私におっしゃった。あの真《ま》っ直《す》ぐな目は、今も忘れられません」

「……今も、たいして変わらない気がしますよ。成長していないというか」

「ふふ、そうかもしれません。でも、それがお嬢様の、得難《えがた》い美徳の一つなのですよ」

この場合、親馬鹿《おやばか》というのは当てはまらないが、まあ、そういうことにしておくとして、アルスはあえて異論を差《さ》し挟《はさ》まなかった。

「新たに守るべきもの……お嬢様の存在にようやく目を向けられたフローゼ様は、すぐに軍からの退役《たいえき》を申し出ました。ただ、関わっている部隊やプロジェクトが多すぎ、役職上の責任もあって、実質的には様々な障害があったと聞きます。ですがフローゼ様は、一度決めたことは、何としても曲げられないご気性《きしょう》。その全てに対応した上で、きっぱりと総《そう》督《とく》に、退役の申請《しんせい》を突《つ》きつけられたようです」

当時の総督というと、ベリックの先代だろうか。もしかするとベリック本人だった可能性もあるが、話の腰を折るまいと、アルスは黙ってセルバに先を促《うなが》す。

「そこで、最後の取引が行われました。軍に退役を認めてもらうため、フローゼ様は、道半ばまで把握《はあく》されていた、とある継承魔法の魔法式を差し出しました」

「話が見えてきましたね。それが【桎梏の凍羊《ガーブ・シープ》】というわけですか」

「はい。しかし総督の計らいで、魔法大典には魔法名すら載せないことになった、と聞いております。今も詳細《しょうさい》を記した大典の領域には、総督のみがアクセスできるとか」

「なるほど。【ガーブ・シープ】が大典に載っていた経緯については把握しました。予想ですが、あのページにわざわざ名前だけが在ったのは、俺に見せるために総督が謀《はか》ったことでしょう。フローゼさんはお気付きのようでしたし。後は、バナリスで俺達《おれたち》が遭遇《そうぐう》した〝雪の男〟との繋《つな》がりですね」

「それについては確かなことは分かりません。ただ現在フェーヴェル家が所有している継承魔法の内、最終形の一つは【ガーブ・シープ】ということで間違いございません。魔法《まほう》系譜《けいふ》は【アイシクル・ソード】とは別になりますが」

「構成式さえ分かれば、何かしらの手がかりになりそうですが」

「これ以上は申し上げられませんが、いずれにせよ、魔法式までとなると、最終継承魔法に挑《いど》む資格ある者以外に、知ることは困難かと」

アルスは、しばし沈黙《ちんもく》した。フェーヴェルの二つの継承魔法と、その一つたる【ガーブ・

シープ】に限りなく近いと目される魔法を操《あやつ》っていた〝雪の男〟。

渦巻《うずま》く疑問とまだおぼろげな推測が、アルスの脳内で絡《から》み合いつつ複雑な模様を描《えが》き続けている。

「セルバさん、一つ確認《かくにん》ですが」

「なんでしょう」

「雪の男について、フローゼさんは、〝何を〟ご存じなんでしょうか」

「それは、フローゼ様のみが知ること。私からは、なんとも申し上げられません。ただ、アルス様からのお話ですと、外見だけなら似通っている方が一名。もう、お亡くなりになっておられますが」

「！　フェーヴェルの関係者ですか？　その人物が、実は生きている可能性は？」

「それはありえません。継承魔法の一つ【ガーブ・シープ】を会得《えとく》した先々代のご当主は、お亡くなりになって久しいのです。外界で命を落とされたと伺《うかが》っております」

「……フローゼさんの、お祖父《じい》様、ですか」

強力な魔法を所有していれば、貴族といえど外界に駆《か》り出されることもあるだろう。寧ろ貴族だからこそ、という考え方もある。フローゼやシスティもおそらく今も緊急《きんきゅう》招集が掛かれば、貴族としての責務から前線に出ざるを得ないだろうから。アルスはちらりと老執事を窺《うかが》い見たが、表情からは、それ以上のことは読み取れなかった。しかし、一先《ひとま》ずは礼を述べておかなければなるまい。

「ありがとうございます。そこまで聞ければ十分です。おぼろげながら、相手の姿が見えてきました。厳密には、その〝能力〟について、ですけど」

ただ現状ではまだ、結論を出すのは早いだろう。アルスはいったん、そこについては保留することにした。ともかくセルバのおかげで、大きな収穫《しゅうかく》があったのは事実だ。

（次は、いよいよ【ガーブ・シープ】の魔法式も気になるところだ。大典に名のみが記された経緯に総督が関わっている以上、そこにもう一歩迫《せま》るには、またベリックとの交渉が必要になりそうだな）

そんなことを考えているアルスに、ふとセルバが言った。

「それと、もう一つ。これは、テスフィアお嬢様《じょうさま》にも関わることなのですが」

（ん？　こっちが本命か）

セルバの立ち位置を考えれば、テスフィアが大事なのは当然と言えば当然ではある。つまりアルスに貴重な情報が提供されたのは、この前振《まえふ》りでもあったということだ。さて、どんな話題が出てくるのかと、多少は身構えたくもなるところだが……。

「これからお話しするのは、フローゼ様しかご存じないこと。その旨《むね》、どうぞご理解ください」

無言で頷《うなず》くが、どうにも嫌《いや》な予感がする。

「先程、最終形の魔法が分かっているものとして、【ガーブ・シープ】の他に、【アイシクル・ソード】の名前を挙げましたね。ただ実は、継承魔法たるその完成形については、フローゼ様はご存じないのです」

「それは……フローゼさんが一度は探求を諦《あきら》めたというのですから、そういうことなのですよね」

「いえ、魔法式までは、突き止《と》めておいでです」

「どういうことですか？　魔法式まで分かっていて、完成形を把握していないとは」

「つまりは、魔法式の一部が解読できないのです。具体的には【ロストスペル】が絡んでおりまして。ただ、フェーヴェル家の秘継者《エルトラーデ》にして正統後継者《こうけいしゃ》が、かつてその完成形を己のものとしていたことだけは、疑いない事実です。だからこそフローゼ様は、必要な段階を踏《ふ》むことで習得できるものと、決め込んでおられるようなのですが」

「興味深いですね。ただ俺に言わせてもらえば、【ロストスペル】についてのみは、通常と全く違《ちが》ったアプローチや発想が必要になる可能性はありますよ」

こうなれば、俄然《がぜん》アルスの好奇心《こうきしん》が疼きだす。根掘《ねほ》り葉掘《はほ》り、それこそ日が昇《のぼ》るまででも質問責めにしたいところだ。

私的な好奇心は別としても、継承魔法が不明となると、些《いささ》かおかしな点もある。

「ただ、そうであるにも拘《かかわ》らず、フィアには思わせぶりな態度を取っているというのは解せませんが」

「何ぶん、当主としての威厳《いげん》や親子関係のため、こればかりはどんな難解な問題よりも分からぬことでございましょう。それにフローゼ様が、テスフィア様に再び期待をかけられるようになったのは事実です。ご自身が追求しておられた【アイシクル・ソード】に連なる完成形継承魔法……その習得という偉業《いぎょう》を、お嬢様が成《な》し遂《と》げられるのではと」

その一端《いったん》が、テスフィアが【氷界氷凍刃《ゼペル》】習得で示した可能性にあるだろうことは、アルスも先に思い至っている。そもそもぎくしゃくしていた母娘《ははこ》の距離《きょり》感が縮まった最大の要因――示した力――は【氷界氷凍刃《ゼペル》】なのだから。アルス本人が大きく絡んでいるだけに、良く知っているつもりではあった。しかし、それでも疑問は残る。

「でも、事は【ロストスペル】までが絡んでいるのでしょう？　さすがにフィア本人に期待するには、荷が重過ぎるかと」

「そこで、アルス様にお願いがございます」

セルバはそう言うと同時、一際真剣《ひときわしんけん》な眼差《まなざ》しをアルスに向けた。

「これには、多分に私情が入っておりますが、お嬢様にはぜひ、アルス様が考案された魔法をもって、正統後継者たる資質を示していただきたいと」

「いや、それは……だって、フェーヴェル家には定められた継承魔法がちゃんとあるのでは？　全てはそれを習得できるかどうかで判断する、というのが正統な習わしのはずだと、俺でも分かりますよ」

「左様。お嬢様もフローゼ様も、それを望んでおられます。ですが、どうにもおかしいというか、違和感《いわかん》がございます。その魔法が生み出されたのは、どう古く見積もっても、せいぜい数十年前。確かに完成され、使った者がいるのは疑いないというのに、当時より遥《はる》かに魔法研究が発展した現在でも、解読できないとは」

「なるほど。同感ですね」

「先にフローゼ様が、フェーヴェルの継承魔法群は、アルス様にも再現はおろか、超越《ちょうえつ》することもできないだろうとおっしゃいましたね。もちろん、【アイシクル・ソード】の系譜《けいふ》に連なる最高位継承魔法も、そのうちの一つ。そして、フローゼ様があぁ言った理由こそ……これがいわゆる〝完全なる魔法〟に近い、と言われているためなのです」

セルバの口から驚くべき単語が出たことで、アルスは再び押《お》し黙った。完全なる魔法……それが意味するところはつまり、「魔物が扱う魔法」と同義。

人間では到達《とうたつ》するのが不可能な領域のはず。ただ、それを生み出したフェーヴェル家の者が人間である以上、その矛盾《むじゅん》は解消できる、ということなのだろうか。

だが、少なくとも状況《じょうきょう》はアルスの知識と頭脳をもってしても、まったく予断を許さない。

だからこそ、ここでは慎重《しんちょう》に言葉を選ぶ必要があった。

「分かりました、とは言えません。ですが、努力はしましょう。フィアに教えるための新たな魔法が、かつてのフェーヴェルの継承魔法に匹敵する……いや、それ以上のものになるように」

「ありがとうございます。私としてはいっそ、そんな得体のしれぬ継承魔法の習得を目指して心身をすり減らす道など、お嬢様には打ち捨ててもらってもいいとさえ思うのです。アルス様のご協力により別の形で資質を示すことで、フェーヴェルの継承魔法に、新たなページを加え、偉大《いだい》な足跡を記す。または古い格式を捨て、秘継者ならずともフェーヴェルを継ぐものとして新たな在り方を示す。お嬢様にはきっと、そういう道も残されているはずなのです。【テンブラム】の件といい、アルス様には本当にご厄介《やっかい》をおかけしますが」

「構いませんよ。どうも押し付《つ》けられた感じがあるとはいえ、教えてもらった情報の価値は分かるつもりですしね」

実際のところ、アルスが聞きたかった情報以上に、おまけがついてきた。いや、寧ろおまけのほうが、価値が高かったとさえ言える。

「お役に立てて何よりでございます」

セルバはそう言うとアルスに向かい、今日もう何度目かの、深々としたお辞儀《じぎ》の姿勢を取った。

その後、アルスが部屋に戻《もど》ったのは、もうじき朝日が昇ろうとする頃《ころ》だった。

白み始めた夜空を窓越《まどご》しに見て、まるで昇ってくるまばゆい光に追い立てられるように、ベッドへと倒《たお》れ込む。インプットされた情報が多すぎて、まずは頭を休めないことには、話にならなそうだった。だというのに、未《いま》だ冷めない熱を持った頭脳は、勝手に情報の分《ぶん》析《せき》を始めようとする。

いっこうに訪《おとず》れない睡魔《すいま》に寝《ね》返《がえ》りを打ち、天井《てんじょう》を見上げた拍子《ひょうし》に、ここが他人の家なのだと、改めて実感させられる。軍で培《つちか》ったどこでも眠《ねむ》れるスキルを、今こそ活用する時なのだろう。

やがてようやく湧《わ》きおこった眠気《ねむけ》と同時に欠伸《あくび》が出るに任せ、ベッドの上でもぞもぞと身体《からだ》を丸めようとして、アルスはふと気付いた。

(そういえば、珍しく今日はロキがいなかったな)

次にアルスが目覚めると、時刻はすでに昼頃《ひるごろ》だった。いつもなら、さすがに寝坊《ねぼう》と言えなくもない時間だ。

寝覚《ねざ》めは実によかった。奥《おく》の別室にロキが戻っていないことをちらりと確認してから、スムーズに身支度《みじたく》を整える。

客室を出た途端《とたん》、ちょうど一人のメイドがこちらに歩いてくる姿が見えた。そして廊下《ろうか》の反対側には、示し合わせたようにテスフィアが現れる。

「もうお昼よ？　昨晩は随分《ずいぶん》よく眠れたみたいね」

「まあな、ベッドの具合が良すぎたからな」

ちょっとした皮肉だが、昨晩の一幕は、テスフィアには伝えられていないらしい。確信はないが、彼らの手際《てぎわ》なら、きっと血にまみれた現場に加え、歪《ゆが》んだ門扉《もんぴ》までも綺麗に元通りにされている気がする。

「おはようございます。お嬢様、アルスさん」

若いメイドはテスフィアへと軽い会釈《えしやく》をした後、アルスへとにこやかな笑顔《えがお》を向けた。

彼女が手にした籠《かご》の中に持っているのは、綺麗に畳《たた》まれた服一式だった。

「どうぞ、お着替《きが》えをご用意いたしました」

元気にそう言って、アルスの手の中に、ポンと籠の中身を渡《わた》してくれる。

「あ、ああ……」

そう言われて気付いたことに、アルスは部屋に用意されていた寝巻《ねまき》ではなく、昨日の服のままだった。しかも一連の騒動《そうどう》のあとそのまま眠り込んだため、今は皺《しわ》だらけである。

「ご苦労様、ミナシャ」

テスフィアが、笑顔でそう声をかける。

「では私はこれで失礼いたします。あ、そうでした、お嬢様、アルスさん、この後のご予定ですが……」

ミナシャと呼ばれたメイドは、晴れやかな笑顔で指を一本立てて言う。気さくで明るい気質なのは、すぐに分かった。昨晩のヘスト、エイトなどとは大違《おおちが》いの溌剌《はつらつ》とした声で、流れるようにスケジュールを説明してくれる。

「……というわけですので、もろもろの御支度《おしたく》はお早めに。食事はすぐに何か温かいものをご用意いたしますから、この後は食堂へ向かってください。この際ですから、ご昼食も一緒《いっしょ》にいたしましょうね」

ミナシャは手慣れた様子で全てを言い終えると、呆気《あっけ》にとられるアルスを置いて、踵《かかと》を軸《じく》にくるりと反転した。

「ではでは」と最後に会釈一つを残し、いかにも調子良さそうに、鼻歌交じりに歩き去っていった。

「ハァ～、この家の使用人は、おかしなのばっかだな」

「ちょっと、聞き捨てならないわよ、それ」

テスフィアが抗議《こうぎ》の視線を向けてくるが、侍従長はともかく、ヘスト、エイトなど戦闘《せんとう》要員のメイドは、基本的に彼女とは接点がないようなのだから、説明しても埒《らち》が明かないだろう。

「知らぬが仏、とはこのことだな」

「何よ、それ？　もういいから、さっさと着替《きが》えてきて」

「どうせなら、お前も入るか？」

「着替えを見せたいって趣味《しゅみ》なら、良いわよ、乗ってあげても」

「ほう」

以前なら顔を真っ赤にして部屋へアルスを押し込むくらいはしたに違いないが、実家にいる余裕《よゆう》のせいか、これまでにはない切り返しだ。耐性《たいせい》がついてきたのか、もはやアルスの着替え程度では動じなくなったのかもしれない。

ただ、彼女としてはこちらの予想を裏切ったつもりなのだろうが。

「ついでに話したいこともあったからな、じゃあ付き合ってもらおうか」

部屋に戻りかけながら、シャツのボタンを外す素振《そぶ》りを見せると。

「え、ちょっと、まさか本気⁉」

「見慣れてるだろ」

「んなわけないでしょ‼」

今度はしっかりと頬と耳たぶが、羞恥《しゅうち》の色に染まっている。

テスフィアは動揺《どうよう》を隠《かく》そうとするかのように、わざとらしく頬を膨《ふく》らませ、両腕《りょううで》まで組んで見せた。

そんな時――。

「随分な純情ぶりですね。でもアル、気を付けてくださいね。脳内は結構な変態ですよ、そこの女は」

「あ、ロキ。やっと起きたんだ。意外と寝起《ねお》きが悪いのね？」

「余計なお世話です」

テスフィアの部屋がある方向からやってきたロキだが、髪《かみ》はやや乱れ、その目はどんより曇《くも》っている。かなり寝不足《ねぶそく》で、ご機嫌《きげん》ななめなようだ。

「そう言うテスフィアさんは、よく眠れたようですね。さぞかし良い夢が見られたのでしようねぇ……」

その声は、どこか恨《うら》み言《ごと》めいていて、亡霊《ぼうれい》の呪詛《じゅそ》でもあるかのようだった。

濁った瞳《ひとみ》で首をカクッと傾ける仕草からも、まるで恐怖《きょうふ》映画めいた迫力《はくりょく》を感じる。

「……さて、さっさと着替えてくるとするか」

軽い怖気《おぞけ》に追い立てられるように、アルスはさっさと部屋に戻り、着替えてから出直すことにした。

ミナシャが用意してくれた服は、シルクの上質なシャツとストレートパンツ。黒一色の装いだが、アルスの好みを汲んでくれたのだろう。もちろん、いずれも品質が良いのは言うまでもなかった。

部屋を出てテスフィアに先導されるアルスに、ロキがそっと寄《よ》り添《そ》って小声で言った。

「昨晩……何があったのですか?」

「ああ、やっぱロキも気付いていたのか」

昨夜、結局ロキは姿を現さなかったので、てっきり熟睡《じゅくすい》しているのかとも思ったが、やはりしっかりと察知はしていたようだ。

「当然です!　ですが……」

胸を張ったロキは、すぐさま憤懣《ふんまん》やるかたない、という表情で、ちらりと上機嫌《じょうきげん》に先を歩く、赤毛の少女の方を見やった。

◇　◇　◇

昨晩、テスフィアの一方的ガールズトーク（？）に付き合わされたロキが、精神的に疲《ひ》労困憊《ろうこんぱい》して眠り込んだ直後。

アルスに少し遅《おく》れて妙《みょう》な気配を察したロキは、当然のごとく、すぐに起き上がろうとした、のだが。

「――!!　えっ⁉」

誰《だれ》かが、自分をしっかりと腕《うで》で抱《だ》きかかえている。はっと気付くと、テスフィアのだらしない寝顔《ねがお》がすぐ近くにあった。

「この！」

振りほどこうともがくが、今度はなぜか彼女《かのじょ》の両脚《りょうあし》が、ロキの身体をロックするかのように太腿《ふともも》あたりを挟み込んできた。

そうこうする内に、アルスが窓から飛び出していく気配。

焦《あせ》ったロキが、慌《あわ》てれば慌てるほど、まるで得体のしれない食虫植物のように、テスフィアの腕と足による拘束《こうそく》が強まる。

「ちょ、テスフィアさんっ！」

「ん、んん～～～……」

さらに、逃《のが》れきれなくなったロキに、テスフィアが顔を近づけてくる。

「！」

あわや唇《くちびる》が触《ふ》れそうになったところで、首が痛くなるほど思い切り顔を逸《そ》らして、なんとかロキはその強襲《きょうしゅう》を躱《かわ》した。

「はぁはぁ……それ以上やったら、本気で殴《なぐ》りますよ？」

直後、テスフィアがむにゃむにゃと何事かを呟くと、ロキを抱いたまま寝返りを打って、位置が反転する。

(これで抜《ぬ》け出《だ》せるかも……えっ)

気付くと、自分の上の寝巻がずれ、胸元《むなもと》近くまで捲《まく》れていた。テスフィアも同様で、こちらは、臍《へそ》とお腹《なか》を露《あら》わにしている。

「あっ……！」

動揺したロキの隙《すき》をつくように、テスフィアがすりすりと頬擦《ほおず》りしてくる。さらにぐいぐいと身体を密着させ……触れ合《あ》った肌《はだ》からは、直接テスフィアの体温が伝わってくる。

心なし、テスフィアの頬が赤くなっているが、だらしなく緩んだ口元を見ると、さぞかし楽しい夢を見ているのだろう。

いや、はしたない夢、なのかもしれないが。

次第《しだい》にテスフィアの腕から力が弱まっていく気配に、ロキがほっとしたのも束《つか》の間《ま》。さっと彼女の腕が一度ロキの身体から離《はな》れたかと思うと、達人技《たつじんわざ》じみた速さで、それが再び動く。たちまち細くしなやかな腕が、ロキのパジャマの下に、スッと差し込まれた。

「あひゃっ⁉」

足は変わらず拘束されていて、身動きができない。腕で撥《は》ね除《の》けようと試みたが、テスフィアはそんな抵抗《ていこう》を抑《おさ》え込むように、残った片腕《かたうで》を巻き付く蔓《つる》のように動かし、器用にロキの小柄《こがら》な身体をホールドしてしまった。

幸い手を差し込まれたのは背中側だったが、安堵《あんど》できたのも一瞬《いっしゅん》のこと。まるで子猫《こねこ》を愛《め》でるように、その手がそっとロキの背中を愛撫《あいぶ》していく。

「……っ！」

「あへ？　へへっ、あったかい……」

続いて、ロキの太腿に絡み付いたテスフィアの足が、上下に気持ち悪く蠢《うごめ》いた。かと思うと、ちょうどつま先に引っかかった布……こともあろうに、寝巻《ねま》きのズボンをずり下ろし始める。

「そこは許しません!! あ、ちょっとぉ……!」

下着が露わになっていくのに気付き、ロキは慌てて、一層の力を込めてもがく。するとようやくテスフィアの動きが止まり、ロキは完全に窮地《きゅうち》を脱《だつ》したとはいえないまでも、なんとか一息つくことができた。

(それにしても、フィアさん……結構胸があるのが、またムカつきますね)

拘束力《こうそくりょく》はやや弱くなったとはいえ、密着しているせいで、テスフィアの双丘《そうきゅう》の膨らみが直《じか》にロキに伝わってくる。いつの間に育ったのか、結構着やせするタイプだったのか。

横に向けた視線を少しずらすと、しっかりと妬《ねた》ましき谷間までが築かれていた。少し汗《あせ》ばんでいるのが、同性ながらも妙に艶《なまめ》かしい。浮《う》いた血管の桜色と肌の乳白色が健康的な色艶《いろつや》と合わさって、まるで薄闇《うすやみ》と月明かりの中に、浮かび上《あ》がっているかのようだ。

「………」

押し黙ったままのロキの頬がヒクつく。ちらりとテスフィアの横顔を眺《なが》めると、小さい顔と整った造作、口さえ開かなければ、彼女は誰がどう見ても貴族令嬢《れいじょう》にふさわしい美人だ。それに、改めて彼女の胸まで目を落とせば、そこもしっかりと膨らみかけているとあらば……。

「まったく油断も隙も無い、はっ！　ということは、アリスさんやフェリネラさんはもっと!?」

まさに、爆弾《ばくだん》級に仕上がってしまっているのではないか。

一瞬、邪《よこしま》な想像をしたロキだったが、今はそんな場合ではないことを思い出す。

(今のうちに……)

そろそろと身体を動かし、この状況から抜け出そうとしたロキだったが、同時、まるでわざとやっているかのように、テスフィアが素早《すば》く反応した。その気配を感じ取るや、彼女はさらなる力で、ほとんど締《し》め付けんばかりにロキを抱き寄せる。

「――!!」

かえって身体をより密着させる形になってしまい……そして次の瞬間《しゅんかん》。

耳に感じた妙な感覚とともに、自分が何をされているのかを悟《さと》った時、ロキの顔が、みるみる紅《くれない》に染め上げられていく。

「はむっ♪」

寝《ね》ぼけ顔のまま愛らしい擬《ぎ》音《おん》を口ずさみ、テスフィアがロキの耳たぶを甘噛《あまが》みした。

「う、うう〜っ……」

ロキがたまらず暴れようとするたび、テスフィアの腕と足がぎゅうぎゅうと身体を締め付け、それを抑え込む。

結局そのまま、ロキの悪戦苦闘《あくせんくとう》は続き。

朝方になって、テスフィアが甘《あま》ったるい声で「アル……」と口にしたことに、反射的に出たロキの一発でついにテスフィアの力が緩み、ようやくロキは解放されたのだった。

……ちなみに、派手にゴチンとやられたにも拘らず、腕を離しただけでついにテスフィアが目覚めることはなかった。

◇◇◇

「……というわけです。あの色情魔《しきじょうま》が邪魔《じゃま》してくれましたので、アルス様の下《もと》へ行くことができませんでした」

ふんっとロキが鼻息を荒《あら》げた直後、テスフィアが耳ざとくそれを聞きつけて、足を止めて戻ってきた。

「誰が色情魔よ！　私が寝てる間に何があったのか知らないけど、変なことしてないでしょうね！」

「人の悪口を、中途半端《ちゅうとはんぱ》に聞きつけないでください！　そもそも、変なことをしたのはあなたです!!」

やいのやいのと言い争う少女達の姦《かしま》しい声は、耐《た》え難《がた》い騒音《そうおん》となりアルスの頭に響《ひび》く。

「先に行ってるぞ」

アルスは虚《むな》しい戦いにさっさと見切りをつけ、遅《おそ》い朝食兼《けん》昼食を取るべく、一人で食堂があるとおぼしき方向へと歩きだした。

そんなアルスの様子を見て、ロキが捨《す》て台詞《ぜりふ》を残してその背中を追う。

「はいはい、どうぞ勝手に言っててください。とにかくもう二度と、テスフィアさんとは一緒に寝ませんので！」

ロキはすぐにアルスに追いつき、隣《となり》に並んで。

「で、さっきの続きですが……どんなことが？」

と改めて問う。

「ああ、庭のほうでちょっとした騒動がな。今は言えんが」

ちらりとテスフィアのほうを見たことで、ロキもおおよその事情は察したらしい。

そんな中、「なになにー？」と、当人だけは呑気《のんき》な顔を向けてくる。

別にあの事件自体は口止めされているわけではないが、セルバの口からテスフィアに知らされていない、というのは、つまりそういうことなのだろう。

確か以前にもセルバは、彼女には裏の世界の事情など知らずにいてほしい、というようなことを言っていたはずだ。

（何とも甘い。本来なら、隠しきることのほうが難しいはずだが）

そもそも、フェーヴェル家の未来の当主ともなれば、いつまでも世間知らずでいることなど、許されるはずもない。課外授業での魔物《まもの》との接触《せっしょく》やグドマの事件などで、テスフィアもいろいろと感じるところはあったはずだが、いずれ否《いや》が応《おう》でも、世界に在る光だけでなく、影《かげ》の部分をも深く知らなければならないはずだ。

とはいえ、そこまでアルスが口出しするというなら、確かにフェーヴェル家の姓《せい》を名乗るくらいの覚悟《かくご》はいるのかもしれない。

「はぁー、セルバさんも苦労してるな」

「え、なんで、そこでセルバが出てくるのよ？」

「つまるとこ、お前がもっとしっかりしろって話だ」

「わ、分かってるわよ……！」

アルスに言い込められ、テスフィアはジト目になって、不服そうに唇を尖《とが》らせる。

その綺麗《きれい》な赤い髪を束ねた頭へ、ポンとアルスは掌《てのひら》を乗せる。

「ただ、強いだけじゃダメなんだ。本当の高みに上るにはな」

だがテスフィアは、その掌を両手で押さえると、アルスを力強く見返してきた。

「要は、自分が強くなるだけじゃなくって、もっと広くいろんなことを知らなきゃいけないってことでしょ！」

少し目を丸くしたアルスは、やがてふっと口元を緩《ゆる》める。

「そうだな」と僅《わず》かに目を伏《ふ》せ、小さく呟《つぶや》いた。

もしかすると、さっきテスフィアに告げた言葉は、どこかで自分自身へ向けられたものなのかもしれなかった。

それから、アルスは再び顔を上げる。

「とにかく、ウームリュイナと【テンブラム】の一件なんざ、所詮《しょせん》はただの通過点だ。これぐらい平然と乗《の》り越えるぞ」

「了解《りょうかい》!!」

溌剌《はつらつ》とした返事と同時、テスフィアは茶目《ちゃめ》っ気《け》たっぷりに笑い、大げさに敬礼までしてみせる。

ハァ～、と誰かの溜《た》め息《いき》がアルスの隣から聞こえた気がしたが、まあ、元気があるのは良《い》いことだ、とばかり、あえてスルーを決め込むアルスだった。少なくとも、不毛な争いがまた始まるよりは、よほどマシなのだろうから。

その後、食堂で食事を取った一行は、セルバから再び【テンブラム】についてのレクチャーを受けた後、何故《なぜ》か、広大な屋敷内《やしきない》を見て回るという「フェーヴェル家見学ツアー」めいたイベントに参加することになった。

どうもアルスを引き留めたいだけにも思えるが、今更《いまさら》文句を言っても仕方ないと、アルスは大人しく連れまわされるまま、成り行きに身を任せた。

その間、アルス達を案内してくれたのはテスフィアとお供のメイドが数人。いずれも普《ふ》通《つう》のメイド達だったが、屋敷《やしき》の要所要所で、使用人に身をやつした戦闘要員らしき者を見かけることになったのは、昨晩の一幕があった以上、仕方のないことだろう。

さらに、フェーヴェル家が所持するＡＷＲの保管庫やちょっとした工房《こうぼう》にまで通されてしまったのが運の尽《つ》き。

もはや見学程度では済まず、なぜかフェーヴェル家お抱《かか》えの技工士と一緒に、ＡＷＲに刻む魔法式の工夫《くふう》について論議したり、貴重なＡＷＲに関する情報交換《こうかん》と、かなりの時間をそこで過ごすことになってしまった。

すっかりフェーヴェル家および技工士達の技術力向上のダシに使われてしまった感もあ

るが、現場ならではの手応《てごた》えや発見もあり、結果として、古い宝物庫や庭の見物などよりよほど有意義な時間を過ごすことになったのだから、アルスからも文句は言えなかった。

結局、アルス達がフェーヴェル邸《てい》からの帰途《きと》に就《つ》いたのは、夕食を取った後のこと。

そんなこんなですっかり陽《ひ》も落ちきり、辺りは街灯なしでは歩けないほどの夜闇に包まれていた。ただ、女子寮《じょしりょう》には事前に連絡《れんらく》を入れているため、門限を大幅《おおはば》に過ぎていようと特別急ぐ必要はない。

【テンブラム】に向けた訓練も兼《か》ねて、テスフィアはそのまま残るかと思いきや、フローゼから呼び出すまでは学院にいろ、とのお達しがあった。そのため帰りも人数は変わらず三人である。

「随分暗くなっちゃった、ね……ごめん」

身内のせいで引っ張りまわしちゃって、という意味もあるのだろう。テスフィアが珍《めずら》しくしおらしく謝罪した。

「そのことなら気にするな。お前の母君が俺《おれ》の順位を知ったと分かった時点で、覚悟していたことだ」

「それは、そうなんだけど、理事長にも口止めされてたし」

気落ちした彼女の様子に同調するかのように、心なしかサイドポニーの赤髪まで、くたりと下がっているかのようだ。

「今更、というものですよ。アルス様の順位に関しては所詮、フローゼさんが本腰《ほんごし》を入れて調査すれば、すぐ分かってしまう程度のものなのです。もちろん、大貴族の当主で軍部にも伝手《つて》がある彼女ならでは、然程《さほど》難しいものではないのかもしれません。いっそ総督を説《と》き伏せて、国内外に大規模に喧伝《けんでん》してしまうのも、手かもしれませんね。それとは知らず、アルス様にちょっかいを出してくる輩《やから》も、かなり減るでしょうから」

「ロキ、それ、フォローになってるのかどうか、よく分からないんだけど」

そんなことを言《い》い交《か》わしながらも、一行は無事転移門を抜け、まずは内地の中層へと降り立った。この調子では、学院への到着《とうちゃく》は、かなり遅い時間帯になってしまうだろう。次の転移門へと急ぐ中、アルスはふと振り返《かえ》って、闇の中に目を凝《こ》らす。

何も見えはしなかったが……さっきから感じていた、妙な気配だけは消えている。

（ようやく離れたか）

木立や物陰《ものかげ》から誰かに見張られている感覚が、フェーヴェル家を出てから、しばらく付きまとっていたのだ。転移門から転移門への移送中はもちろんなくなるが、そこを出るとすぐ、新たな気配が貼《は》りつくように追いかけてくる。

もちろん監視者《かんし》は交代しているのだとは思うが、一人なのか複数なのかすら悟らせない、絶妙《ぜつみょう》な距離感が保たれている。ただ、アルスが感じた限り、なんとなくではあるが、二人であるような気がする。だとしたら、たかだか監視程度に、随分念入りな話だ。

確信はなかったし、最初は気のせいかとも思ったが、今ようやく気配が完全に消えたことで、かえって自分の感覚は正しかったことが証明できた。

「どうかなさいましたか、アルス様」

「ロキは気付いたか？」

「何のことです？」

「いや、ならいい」と、アルスはそのまま歩き続けた。

（しかし、何者だ。今の状況だと、ウームリュイナの手の者か？　クラマの一味や、他《ほか》にも俺個人に恨みを持っている奴《やつ》、という線もあるが。いや、どうも何かを見落としているような気がする）

収まらない胸騒《むなさわ》ぎが、思考速度を速めていく。

そんな彼《かれ》の横で、何も知らないテスフィアが、何気なく転移門の転移先を学院へと設定する。たちまちアルス達の周囲に、魔力光《まりょく》が満ちていった。

学院に到着しても、結局アルスの足取りは重いままだった。

「アルス様、本当にどうなさったのです？　先程《さきほど》、何か尋《たず》ねようとされたのと関係が？」

ロキがそんなアルスの様子を見かね、声を掛《か》けてくる。

「あるようなないような、だな。実は、フェーヴェル家を出た時から、監視されてるような気配はあったんだが」

「!!　それじゃあ、今もッ!?」

アルスは、慌てて探知魔法《まほう》を発動させようとしたロキを制して。

「いや、それは大丈夫《だいじょうぶ》だ。途中《とちゅう》で監視の目は離れたし、万が一があっても、逆にこちらが気付いたと悟らせない方が有利かもしれん。だが、一体誰が……どうも引っかかる」

「……もしや、昨夜の騒動と関係あるのでしょうか」

ロキには屋敷の見学中、テスフィアが些末《さまつ》な用事で二人から離れた隙に、あの事件のあらましは話してあった。

「それが、どうも分からん。ウームリュイナ家が、何か仕掛《しか》けようとしている可能性もあるが」

「あり得ますね、あの家のことですから、何をしてくるやら」

小声で会話する二人に、テスフィアが訝《いぶか》しげに声を掛けてきた。

「何、二人でこそこそ話してるのよ？」

その途端、ロキは、はっとアルスの顔を見て。

「もしかすると、監視はアルス様が対象ではないのかも。【テンプラム】の主《マスター》、鍵《かぎ》になる人物は……」

「……う〜ん、あいつを？　可能性は低い気もするが」

「でも、万が一、ということも」

顔を見合わせる二人の向こうで、当のテスフィアは、きょとんとした様子で小首を傾《かし》げるのだった。

◇　◇　◇

「えっ！　ウソッ！　昨日、家でそんなことがあったの⁉」

今から女子寮に帰っても今更な時間だ、ということで、アルスはテスフィアをしばし引き留め、一部始終を話した。

帰り道の監視者のことだけでなく、いっそ、ということで昨晩の襲撃《しゅうげき》事件のこともだ。あえて彼女には伏せていたセルバらの配慮《はいりょ》を考えると、多少申し訳ない気もしたが、テスフィアが何かに巻き込まれる可能性がある以上、やむを得ない、と判断してのこと。

もちろん、セルバから聞いた継承魔法云々《けいしょうまほううんぬん》のことは伏せてあるが、それ以外の情報をあえて共有したのだ。

「で、アルは現場に……？」

「もちろん、気付かないわけがないだろ」

「私は、テスフィアさんのせいで」

「うっ！　と、ともかくよ！」

とテスフィアは罪悪感と己《おのれ》の未熟への気まずさを押《お》し留《とど》め、強引《ごういん》に話題の転換《てんかん》を図《はか》る。

「でも、セルバが？　正直、すぐには信じられない。誰かにそこまで恨まれるなんて……。腕が立つのは、知ってたけど」

少なからずショックを受けているらしいテスフィアに、ロキが寄りそうようにしてその顔を覗《のぞ》き込む。

「テスフィアさんの中のセルバさんのイメージとは、印象が違《ちが》うのでしょうか？」

「う、うん。セルバはずっと家に仕えていてくれる、忠実で信頼《しんらい》できる執事《しつじ》だし、私にもとても良くしてくれてるもの。執事っていうよりも、家族みたいなものよ」

「なあ、フィア。ちなみに【アフェルカ】については、どれくらい聞いてる？」

「うーん。セルバが前にいた部隊としか。直接聞いたわけじゃないし、セルバもあまり触れられたくないみたいだったから、私からは突っ込んで聞いたことないわ。それにしても、過去、そんなに凄《すご》い暗殺部隊にいたなんて。でも、それならあの腕前《うでまえ》は、説明つくかも」

最初は驚《おどろ》きこそすれ、テスフィアも一人の貴族令嬢。過去、貴族抗争《こうそう》が激化した時代のことも、多少は聞き知っているのだろう。また、これで聡《さと》いところもあるのがテスフィアだ、セルバが隠したがっていることや、密《ひそ》かに従事している戦闘メイドのことも彼女は薄々《うすうす》、察していたようだ。

「アルス様、昨晩の襲撃者《しゅうげきしゃ》は、その【アフェルカ】のメンバーだった、ということなのですよね？」

「ああ、セルバさんには心当たりがあるようだった。かつての仲間らしい。で、もう一人、遅れてやってきた金髪《きんぱつ》の男も、妙なことを言っていた。相談役、とかまたやってくる、とか何とか……」

「ですが、それと謎《なぞ》の監視者は、関連があるのかないのかわかりませんね」

「まさかとは思うけど、ウームリュイナの指示とかで、私が狙《ねら》われてる可能性もある？一人になった隙に、とか。今夜は女子寮に帰らないほうがいいかな？」

「さすがにウームリュイナも、そこまでは阿呆揃《あほうぞろ》いじゃないだろ。勝ち目があると踏《ふ》んで吹《ふ》っ掛けた勝負で、率先《そっせん》して不正を働く意味がない。【テンブラム】に大将不在じゃ、開《かい》催《さい》自体が不可能だろ。真剣《しんけん》勝負ならばこそ、不戦勝の概念《がいねん》があるとも思えんし」

三人がそれぞれに考え込む表情を浮かべた途端、背後で、何者かの気配がした。

はっとした様子でロキとテスフィアが振《ふ》り返り、アルスが問題の人物に、ちらりと視線を向ける。

「あらあら、いつの間に戻っていたの？　それにしても、こんな時間に学院の生徒が集まって密談なんて、感心しないわね」

「……理事長自ら、夜回りですか。職務熱心なことだ」

〝魔女《まじょ》〟こと、第2魔法学院理事長のシスティは、微《かす》かに表情を崩《くず》して、そっと笑う。彼女ほど夜の影を背負うのが似合う者もそういない。

「ええ、まあ。理事長の私も一応教育者なのだし、不良生徒から目を離さずに教育的指導をすることだって、責務といえば責務よね」

その口ぶりに、もしかすると先程感じた監視者は彼女なのではという疑念が、ちらりとアルスの頭をよぎる。

（目を離さずに、か。確かにどうも、登場タイミングが良すぎる気もするな……いや、さすがに考えすぎか？）

「あら、随分妙《ずいぶんみょう》な目で私を見るのね、アルス君。もしかして、学院を離れてる間、寂《さび》しかったの？　いいわよ、ちょっとくらいなら、甘えさせてあげても？」

システィはわざとらしく片目を瞑《つぶ》り、両腕を胸の下に当てると、艶《つや》っぽく微笑《ほほえ》んで豊かな双丘を押《お》し上げてみせた。

「…………」

そんな年甲斐《としがい》もない悪ふざけに、いつもなら冷たい視線を送るところだが、アルスはそのままじっと、システィの顔を見つめる。

「えっ!!　ちょっと何よ！　本当に何なのよ」

もちろん軽い冗談《じょうだん》のつもりだったのだろう。予想外に真剣なアルスの態度に、システィはかえって狼狽《ろうばい》した様子で、ぎこちない笑いを浮かべつつ頬を掻《か》いた。

この様子だと、さすがに彼女が監視者ということはなさそうだが、一応。

「ハァ〜、分かりました。じゃあ、一つだけ。理事長、俺らのことを〝視《み》て〟ました？」

「え？　ああ、ちょうど何か、集まっているのが見えたものだから」

「……やっぱり、違いましたか」

「ですね」「みたいね」

とロキにテスフィアも頷《うなず》き、一人蚊帳《かや》の外に置かれた形のシスティは、急に唇を尖らせて不機嫌《ふきげん》を訴《うった》えた。

「何よ、何なのよ⁉　失礼しちゃうわね！　あのね、アルス君？　もう少しこちらの苦労を汲《く》んでくれてもいいんじゃないの？　この夜回りだって、最近物騒《ぶっそう》な事件が多いから、生徒の皆《みな》の身を思ってのことなんだから！」

「はあ、それは大変ですね」

アルスのつれない返事は、彼女を宥《なだ》めるどころか、逆効果だったらしい。

「そもそも、今回の急な欠席をスルーしてあげたり、君にはかなり協力的よね、私？　こちらが自分の身を削《けず》る思いだってこと、ちゃんと分かってる？　分からないなら、ロキさんやテスフィアさんも含《ふく》めて、じっくり教えてあげても良いのよ、理事長室で！」

すると今度はアルスではなくテスフィアが飛び上がり、慌ててシスティに謝罪する。

「す、すみません。今、ちょうど実家から帰ってきたところで、す、すぐに寮《りょう》に帰りますから！」

生徒にとって尊敬の対象である元シングル魔法師を目の前に、大目玉を食《く》らうことだけは避《さ》けたいらしい。そこに、ロキが呆《あき》れ顔《がお》で割って入る。

「テスフィアさん、今はそういう話をしてるんじゃないと思いますよ。ですよね、理事長？　まあ、少し落ち着いてください。後でちゃんと説明しますから」

そう言われてようやくシスティは、未《いま》だ不機嫌そうに頬を膨らませながらも、なんとか冷静になったようだった。

「そう？　ならいいけど。でもその前に、一体何があって、私が妙な覗き魔みたいに、疑われたのかしらね？」

この質問には、流れでロキが答えた。

「アルス様は、フェーヴェル家からの帰宅中、ずっと何者かに監視されていたようなのです。一体何者が、と話し合っていたところに、タイミング良く理事長が現れてしまった、というわけです」

「へぇ　そんなことがねー。でも、ロキさんでも探知できなかったの？」

ロキは少し情けなさそうに、かぶりを振る。

「はい。アルス様に言われるまで、気付けませんでした」

「俺が、探知魔法を使うなと止めました。寧《むし》ろ、こちらが察知していることを悟らせないほうがいいかとも思いまして。まあ、訪問先のフェーヴェル家でも物騒なことがあったばかりで、少し警戒《けいかい》していたところでしたので」

少し乱暴なアルスの締めくくりではあったが、システィは苦笑《くしょう》しながらも、一応理解してくれたようだ。

「とりあえず、そちらの事情は分かりました。でも、物騒なことっていうのは、いただけ

ないわね。怪我《けが》がなかっただけ良かったけど、ちょーっと詳《くわ》しく聞きたいところね。そう
そう、ついでにちょっとアルス君に別の話もあるから、良いかしら？」

御免《ごめん》なさいねと一言、ロキとテスフィアに断りを入れつつも、その表情には、有無《うむ》を言わせぬ圧力があった。

ロキもテスフィアも一度アルスの顔を窺《うかが》ったものの、アルス本人が頷いたため「部屋に、先に戻《もど》っている」と言い残し、研究室の方へと去っていく。

アルスとシスティだけが、夜の構内に取り残された形だ。

「それにしても、改まって理事長直々のお話とは何でしょうか」

「少し歩きましょうか」

なんとはなしに、という感じで、システィは研究棟《とう》とは逆の方向に歩き出し、アルスも無言で続いた。

数分ほど歩いたところで、システィは手近のベンチに、スカートを巻き込まないようにしつつ腰《こし》を落ち着けた。アルスには隣のスペースを、それとなく勧《すす》めてから。

「ねえ、アルス君。私はね、ここの学院の生徒に関しては、皆等しく我《わ》が子《こ》のように大切に思っているわ。この学舎からいずれ巣立っていく雛《ひな》ですもの。ただし、いくら大事な生徒でも、学院全体に害をなす者なら、話は別よ」

同時に浮かんだ薄《うす》い笑《え》みが、彼女の言葉に、ことさら冷徹《れいてつ》な印象を付け加える。

さすがにここで混ぜっ返すほど、アルスも無神経ではない。ただ理事長の真意を察するために、耳を傾《かたむ》け、静けさの中に意識を溶《と》け込ませる。

「要領を得ませんが、それは……俺のことですか」

システィは、それには直接答えず、代わりに微笑《びしょう》して。

「そうね、確かにあなたも、大概《たいがい》問題児よね。でも単にそれだけなら、過去にはレティっていう問題児もいたわよ。本当に、散々手を焼かされたものよ」

そう言いつつ、どこか懐《なつ》かしむように目尻《めじり》を下げる。

となると学院に害をなす生徒とは、いったい誰のことなのか。

「そうね、ここから先は、あなたを一生徒ではなく、学院の――私の味方と思って話すわ」

「さらりと言い直しましたね。で、俺が味方、ですか。なら、敵は？」

システィは、ここで少し溜めを作り、重々しく。

「そう……強《し》いて言えば、総督《そうとく》かしらね」

「――本気で言ってます？」

「ええ、もちろん」

と澄《す》ました顔でシスティは返答する。

「アルス君は多分知らないでしょうね。でも、やっぱり今回の騒動《そうどう》の中心はあなたよ。今現在も、ベリックの賭《か》け、悪巧《わるだく》みに巻き込まれているのだから」

システィは、皮肉げに断言した。

「そうですか？　確かに総督がいろいろ裏で手を回すのは、いつものことですが。でも、今一つ話が見えませんね。ウームリュイナの一件は、さすがに総督でも、コントロールできる範疇《はんちゅう》じゃないのでは？」

「誰が、ウームリュイナのことだって言ったの？　確かにそれもトラブルでしょうけど、別に私が言いたい〝本線〟じゃないわよ。一応これでも、いろいろ調べてきたんだから。本当にまずい事態は……そうね、もう動き出しているかもしれない」

システィは、真剣な顔でそう言うと、いったん言葉を切る。

「なんだか、外で気軽にする話じゃなさそうですけど。では改めて、理事長、あなたはいったい、何を懸念《けねん》しているんです？」

「【アフェルカ】よ。ここまで言えば、分かるでしょ」

「…………」

いつもの癖《くせ》で無意識に平静を装《よそお》い、アルスはシスティをじっと見つめた。その名を聞くのは、ここ数日でもう何度目だろうか。

セルバの話では、かつてとは体質が違う組織に生まれ変わっているらしいが。それはつまり、かつての暗殺部隊が、今も疑いなく存続しているということと同意。アルスは、【アフェルカ】と元首との関わりの話をも思い出す。それはかつてほど太くはないながらも、未だ断《た》ち切《き》れていない糸なのかもしれない。

だとすれば理事長にも、然《しか》るべきところから圧が掛かった可能性がある。この学院は、軍と深い関わりがあるだけでなく、魔法師を育成する場である以上、アルファという国家そのものとの結びつきもかなり強いのだから。

目に鋭《するど》い光を浮かべたアルスの予想とは異なり、システィはふと、問いかけるように。

「ねえ、アルス君。少し妙な質問だけど、リリシャさんは……リリシャ・ロン・ド・リムフジェ・フリュスエヴァンは、あなたにとって、有益な人物かしら。さっきも言ったけれど、理事長である以上、私は生徒の保護に責任がある。でも、それも彼女が、一線を越《こ》えるまでの話よ。もし学院に害をなす存在とあれば、誰であれ容赦《ようしゃ》はしない」

「彼女は、あくまで俺の監視のために派遣《はけん》されただけですよ。ロキが俺のパートナーになった以上、彼女の後釜《あとがま》というか、軍部での体裁《ていさい》上だと思っていますが」

「表向きは、ね」

曖昧《あいまい》な口ぶりだ。どうにも今一つ、システィの意図が読めない。なぜここでリリシャの名前が挙がったのか？　だが、どうも薄《う》っすらと分かりかけてきた気がする。真実は半ば、アルスの想像通りなのかもしれなかった。ここでそれを確かめるためにも、あえてアルスは、鍵を握《にぎ》るシスティに、直球な質問を投げかけた。

「では、裏向きで言うなら？」

「リリシャさん……彼女は、【アフェルカ】の一員よ。軍に引き入れたのは、【アフェルカ】の実質的な統率者《とうそつしゃ》であるフリュスエヴァン家の暴走に対し、あわよくば彼女を手綱《たづな》役にしたい、というベリックの賭け」

リリシャの言う裏の家業が【アフェルカ】であることは、アルスもウームリュイナとの会談で薄々察していた。彼女《かのじょ》がその一員であることも想定の範囲内《はんいない》だ。

「でも、それはあまり有効に機能していない。あなたがどこまで知ってるか知らないけど、現在の【アフェルカ】は、元首の管理下にあった時期とも違い、ほとんど独立した組織よ。粛清《しゆくせい》部隊としての牙《きば》だけは持ったまま。野放しの血に飢《う》えた獣《けもの》みたいなものね、今やその粛清対象は、現在の統率者が、ごく恣意的《しいてき》に判断している」

「それこそ軍や貴族が黙《だま》っていないでしょ」

アルスの僅かな驚きは、すぐさま自らの記憶《きおく》を思い起こすことで鎮静化《ちんせいか》される。

リリシャやテスフィアが以前に言っていたことだ。リムフジェ家に関する、貴族としては少し異質な在り方のこと。そして、フリュスエヴァンはその中でも別格だ、と。

さらに言えば、フェーヴェルに現れた男も恐《おそ》らく【アフェルカ】の一員だったのだろう。それも、かつて、ではなく現在の。目的自体は襲撃犯の捕縛《ほばく》か抹殺《まっさつ》。これだけを切り取ってみれば暴走しているとまでは言えない気もするが。

「さあ、それはどうかしら？　彼らは今や、それなりに力のある勢力なのよ。ただ、少なくとも現在のアルファにとって、【アフェルカ】はかなりの危険因子よ。もしリリシャさんが、軍の……つまり将来の混乱を憂《うれ》い、未然にそれをコントロールしようとするベリックの意向よりも、家の意向を優先するようなら」

（……なるほど）

思わず眉《まゆ》をひそめたアルスを、目を鋭く細めてシスティが見つめてくる。まるで、性急に答えを求めてくるかのように。

（リリシャが危険人物だと、理事長が判断したら……何が変わる？）

そう、それは、アルスだけでなく、テスフィアの人生にも関わる要素だ。リリシャが学院から除外された場合、来《きた》るべき【テンブラム】において、フェーヴェル家とウームリュイナ家の力関係に影響《えいきょう》を及《およ》ぼす可能性があるのだから。

つまりは今、リリシャとの繋《つな》がりを断ち切るのは、アルスにとってあまり利益はないかもしれない。だが、彼女が学院から放逐《ほうちく》されたところで、あの約束は生きたままのはず。ウームリュイナの、アイルの前で買って出た【テンブラム】の審判役《しんぱんやく》は、恐らく貴族のルールとやらに照らしても、それなりの大役に近いはず。だとすれば、個人的な事情で降りることはできまい。それに、アルスの力をもってすれば、脅迫《きょうはく》めいたことまではやりたくないが、必要とあらば約束を違《たが》えさせないよう迫《せま》ることも可能だろう。

アルスは頭脳をフル回転させて、この場での〝正解〟を考える。リリシャが果たして、自分に有益な存在かどうか。この微妙《びみょう》な質問に、どう答えるべきなのか。

その間、僅かコンマ数秒。アルスが紡《つむ》ぎ出した返事は。

「答えは、どちらでもない、ですかね」

「……？」

少々毒気を抜《ぬ》かれたようなシスティに向け、アルスはさらに言葉を重ねる。

「正直、どうでもいいんです。監視したいならいくらでもすれば良い。しないなら、それはそれで構いません」

「合理的な判断ね。理事長にあるまじき台詞《せりふ》だけど、情に流されてくれなくて助かるわ」

感情を全《すべ》て削《そ》ぎ落《お》としたシスティの顔には、暗がりに溶け込むような冷たさがあった。

「何をするんです」

「何もしないわ。何もしないことが選択《せんたく》ね。フェーヴェル家で起こったことというのは【アフェルカ】絡《がら》みなんでしょ」

「どこでそれを？」

あのフェーヴェル家がそうそう情報を漏らすとは思えなかった。ならば、彼女はどこでそれを知り得たのか。またも帰宅の道中、アルス達《たち》を監視していた容疑者として、理事長が再浮上するが。

「もう少し、誤魔化《ごまか》すのが上手になると良いわね。今の貴方《あなた》は、ちょっと分かり易《やす》いわよ。私はいちいちあなたを監視なんてしないし、蛇《じゃ》の道は蛇《へび》っていう言葉通り、私にもそれなりの伝手《つて》はあるの。とにかくあなたは、リリシャさんに手を貸すつもりはないのね？　正しい選択だと思うわ」

システィの口車に乗せられかけているかのように、アルスに一瞬動揺《いっしゅんどうよう》が走る。軍人としての思考回路ならば、捨て置くことを選ぶ。これまでがそうであったように。

利用すればとは言うが、利用しなくてもこれまでと変わらないというだけだ。

アルスはあえて、冷静を装う。

「彼女がどうなろうと無駄《むだ》な労力は払《はら》いたくありませんね。理事長もそうでしょ」

「もう、払わされている気がするけどなぁ～」

惚《とぼ》けた口ぶりだが、それは最低限必要な労力だと彼女も理解しているだろう。先の【学園祭】でのイリイス乱入の際も、犯罪者組織クラマの幹部である彼女の情報を伏せる形で、協力してもらったのだ。万が一イリイスに関する過去の情報が流出すれば、ベリックの地位が確実に揺《ゆ》らぐためだ。その先に何が起こるかなど、かつて軍にいた彼女なら容易に察せられるだろう。

「でもなんで俺の考えを聞いたんです？　回答如何《いかん》によっては理事長が手を貸してくれるということでしょうか」

「さすがにないわ。貸さない、と言うか貸せない。でも、どの情報をあなたに与《あた》えるかの選択は可能よ」

「まだあるんですか。いえ、教えていただかなくても総督か誰《だれ》かに聞けば……」

するとニンマリと人の悪い笑みがシスティの顔に浮《う》かぶ。

「つまり、それも総督の思《おも》う壺《つぼ》だと？」

「………」

言わずとも知れたことだと、無言の返事が雄弁《ゆうべん》に語っていた。

システィは指を二本立ててピースサインを作り、少しおどけた表情で、それをクイックイッと曲げた。

「もしかして、〝二つとも〟救いたい？　総督に連絡したら、その可能性が潰《つい》えるわよ。言ったでしょ、総督の賭けだって。万事《ばんじ》が上手《うま》くいくはずがないから、賭けなの。でも、あのベリックがリスクヘッジを考えないわけがない。だから結果がどうなっても、ある程度はベリックの想定内だし、痛手も最低限。でもあなたにとっては違うかもしれない。そういうことよ」

あくまでもベリック一人を悪者にしておくかのような言い回しは、〝もう一人〟、ベリックとは別の視点からこの計画に加担している人物に、何かあった時に目をつけられないためだ。機嫌《きげん》を損《そこ》ねるのがベリック一人なら、過去の貸しを精算する程度で済むだろう。

少々甘《あま》めの皮算用をしつつ、システィの打算が、アルスに対するこの行動を取らせた。

「念を押しているように聞こえるんですが……覆《くつがえ》せ、と。リリシャに手を貸せと理事長は言うんですか」

「そうは言わないわ。学院外のことまでは責任持てないからね。あなたなら分かるでしょ、ベリックはすでにあなたを巻き込んでいるんだから。きっとここが一つの分岐《ぶんき》になるんじゃないかしら」

分岐とは、つまるところ選択だ。

買《か》い被《かぶ》り過ぎだと言いたいが、ベリックならばやりかねない。

「それも含めて、リリシャを俺の監視役《かんしやく》にしたと言いたいんですね」

システィの口元が弧《こ》を描《えが》き、アルスはそれを肯定《こうてい》のサインと判断する。

アルスを監視する上でリリシャが抜擢《ばってき》されたのは、同年代だったことが最大の要因ではなかったようだ。いや、寧ろ年齢《ねんれい》の類似《るいじ》は偶然《ぐうぜん》なのかもしれない。ただ、その偶然にすら乗っかる形で、全ての計画が進行したのではないだろうか。

仮にそうであっても、ましてやベリックの筋書き通りだったとしても、アルスは自らの言《げん》を撤回《てっかい》することはない。今だけでも諸々《もろもろ》に手《て》一杯《いっぱい》で、かつウームリュイナ家とも一問着《ひともんちゃく》あったばかりだ。さしものアルスであろうと、これ以上は荷が勝ち過ぎる。

自分に関《かか》わることだけならば、降りかかる火の粉を払うために動くこともあるが、「それ以外」の些末な案件にまで、わざわざ手を出すことない。それは、最低限心に定めているルールだ。

それで、よかったはずだ――これまでは。ただ、心に引いた境界線とも呼ぶべきそのルールを、どうやら図らずも自ら突《つ》き崩すことになりそうだった。

(なし崩し的に、というやつか……ちっ)

アルスは心中で舌打ちをした。そもそも、テスフィアに助勢した時点で綻《ほころ》びが生じていたのだ。適当な言い訳や、理屈《りくつ》をつけることはできても、結局のところ矛盾《むじゅん》……ちぐはぐだった。穴から水が漏《も》れれば、いずれは崩れる堤防《ていぼう》。最初から、どこかに脆《もろ》さがある防塁《ぼうるい》だったのだろう。

「どうするの？　手遅《ておく》れになる前に首を突っ込む？　それも想定内だと思うけど」

「はぁ～、何度も言いますが、知ったことではありません。一応聞きますが、手遅れになるとは？」

アルスはシスティの顔色を窺いつつ、改めて確認《かくにん》するかのように問う。

「そうね、もう選択するのも遅《おそ》いかもしれないから、教えても良いわね」

勿体《もったい》ぶりながら、システィはさり気なくアルスから視線を切る。もはや、熟慮《じゅくりょ》の上の手の込んだ誘導《ゆうどう》など不要。罠《わな》にかかりかけた獲物《えもの》を決定的なトリガーへと踏み込ませる、最後の一押《ひとお》しを与えるだけだった。

だからこそ、歯切れの悪い言葉を使う必要もないだろう。文字通り人類最強の魔法師でありながら、学院に来てまだ日の浅い目の前の少年は、こんな些細《ささい》なことで内心悶々《もんもん》としてしまう。経験が無いから、人との関わりが表面的で浅いがゆえに。

だから、システィがしっかりと教え導いてやらなければならないのかもしれない。

何よりも、システィ自身が彼に選ばせたい選択は一つしかなかった。先程世話焼きの師《し》匠《しょう》から、聞かされたばかりの情報。それを、包《つつ》み隠《かく》さず全て明かすことにした。

「リリシャさん、今は寮にいないわよ。〝家のお仕事の都合〟でね。彼女は【アフェルカ】の一員で、多分フェーヴェル家に向かったわ。ここまで言えばあなたにも分かるでしょ。その上で考えなさい。他の誰でもないあなたにしかできないことなのだから。リリシャさんがフェーヴェル家と衝突《しょうとつ》すれば……結果は分かるわよね？」

これを聞いたアルスの瞳《ひとみ》から感情と呼べる光が消えた。

それをシスティはどうとも解釈《かいしゃく》せず、見返す。彼がどのように判断しても尊重するつもりで全てを明かしたのだ。そしてアルスがどう答えるかも、彼女には大凡《おおよそ》見当がついていた。願わくば裏切ってくれることを望んでもいた。

「俺になんの得が？　どこまで行っても俺に不利益を生じさせられる者はいない。ウームリュイナの一件も、最終的には全員始末すればいいだけだ」

抑揚《よくよう》のない声音《こわね》に、システィは肩《かた》を落とす。そうだ、彼の自由を侵《おか》せる者はいない。彼は誰の庇護《ひご》も受けず、自由に世界を渡《わた》り歩《ある》けるのだから。今はただ俗世《ぞくせ》に捕《と》らわれた凡百《ぼんぴやく》の者達の悲喜こもごもに「付き合ってくれている」だけなのだ。

せめてここでの生活で何かしらの変化が生じてくれていれば……しかし、そんな期待は水泡《すいほう》に帰した。確かに変化はあったのだろうが、根底を見誤っていたのだ。ベリックもシスティも、彼の底に沈《しず》む根深い闇を、本当のところで理解できていなかったのだろう。

「そうね」

システィはそう返すので精一杯《せいいっぱい》であった。彼女の落胆《らくたん》は色濃《いろこ》い。選択を迫っておいて、望まぬ選択をアルスがしたからといって、それを間違《まちが》いだと断ずることは誰にもできない。責めることなどできはしないのだ。

だからこその〝願わくば〟なのだから。

「話は終わりですか？」

「えぇ、でも最後に良いかしら？」

「………」

「本音を言うと、私はリリシャさんを助けられないかと考えていたの。もちろん、フェーヴェル家への義理も果たしたいわ。でも、それができるのはアルス君だけ。でも、もっと別に大事なことがあるわ……そうね、お題目を抜きにして、あなたはそれで良いのかしら？もう二度と大事なものを奪《うば》わせないと誓《ちか》ったんじゃなかったの？　大侵攻での悲劇を、また繰《く》り返すのかしら？」

システィは、恐れることなく史上最強の生徒へと向き合う。かつて、彼の頭に手を乗せた──あの頃《ころ》と同じように。あれから随分《ずいぶん》と大人になってしまったけれど、まだなんとかその頭に手を乗せられるほどには、彼の身体《からだ》は少年のものだ。

「あなたも俺に全てを救えと、そう言うんですか」

「いいえ。でもほら、手が届く距離《きょり》よ。あなたの手は、きっと彼女にも届くはずよ。それに、あなたはあの子達の師匠なんだから、こういう時、カッコいい背中の一つでも教え子達に見せるのが、役柄《やくがら》にふさわしい仕事じゃない？」

「別に……師匠だなどと表立って名乗ったことは一度もありませんが」

冷たく答えるアルスの瞳を、システィは、ただ黙って真っすぐに見据《みす》える。広大な学院の敷地《しきち》をも覆《おお》い尽《つ》くす、先行き一つ見えぬ闇《やみ》の帳《とばり》の中で……二つの瞳が宿す光が、静かにぶつかりあった。

第70章「欠陥品の烙印《らくいん》」

室内に差し込む中途半端《ちゅうとはんぱ》な明かりは、かえって彼女の気を沈ませていくようだった。その日の夕暮れは、まるで世界の終わりを告げるかのような赤暗色。それこそ一秒ごとに、どんよりとした闇が、忍《しの》び寄《よ》ってくるのが分かる。

彼女は暗い部屋の中を、まるで不法侵入者《しんにゅうしゃ》のような足運びで、静かに歩く。

疑いない自室でありながらも、時折、ここが誰の部屋かが分からなくなる。何度歩いても踏み慣れない床《ゆか》に、いつまで経《た》ってもしっくり馴染《なじ》んでこないインテリア。全て自分の要望で、好きなように配置したはずなのに。……そんな手配全てを終えた直後に、ふと気付いたのだ。

ここはいったい、誰の部屋なのだろうか、と。

実家の自室とここには、あまりにも埋《う》めがたい乖離《かいり》があった。家具や調度品は、全て自分であつらえたというのに。

そんな物悲しい感傷に浸《ひた》りながら、リリシャは改めて、学院生活のためにわざわざ与えられた寮の一人部屋を見回す。

気持ちの沈み込みを、これほど意識したことはなかった。特に同世代の少年少女で賑《にぎ》やかな学院に来てからは、外部からの刺激《しげき》による感情の振れ幅《はば》がどうしても大きくなり、にわかには気持ちを〝家業〟へと切り替《か》えるのが難しい。

無言で箪笥《たんす》の底板を外し、隠してあったものを取り出すと、それをバッグに詰《つ》め込んだ。それは、今彼女が仮初《かりそめ》に纏《まと》っている、学院の制服とは似ても似つかない。彼女の家業、裏の姿を覆い、隠し包むための衣装である。

彼女は今日、今から実家に帰省する。だが、しばらくはまだ、身にまとう学院の制服と一緒《いっしょ》に、ただの一生徒でいられるはずだった。

寮を出てから、道中すれ違った友人達にひとしきり愛想《あいそ》を振り撒《ま》いてから、リリシャはふと思う。

「さっきの子……名前、何だっけ？」

今のリリシャには、それを思い出すことさえ億劫《おっくう》だった。

ま、いっか、と小さく呟《つぶや》き、転移門に足を踏み入《い》れる。

そのまま中層へと移動したリリシャは、転移門を出て、誰かに尾行《びこう》されていないか確認するため、そっと周囲を見渡《みわた》した。

そこは中層といっても、大都市ベリーツァなどとは違い、ともすれば田舎扱《いなかあつか》いされるエリアだ。木造の古家《ふるや》なども散見され、古き良き時代の名残《なご》りすら感じさせる。緑豊かな景色の中に民家や集合住宅が並んでいるが、時折瀟洒《しょうしゃ》な店なども見受けられるあたり、時代に取り残された場所とそうでない場所が、モザイクのように入り組んでいる印象だ。

やがてリリシャは、一軒《けん》の建物の前に立ち、目立たないよう、そっとドアを潜《くぐ》る。入り口から少し奥《おく》に、飾《かざ》り気《け》一つない受付がある。ぽっかりと開いた受付口には、互《たが》いの顔が見えないようにするための仕切りが設けられていた。

そこでのやりとりは、何泊《はく》するかの確認と支払《しはら》いだけというごくシンプルなもの。

ここでは、なるべく足がつかないように、何事も現金での支払いが求められる。リリシャは慣れた手つきで、硬貨《こうか》を数枚卓《たく》の上に乗せる。合計三万デルド。

それを、仕切り板の向こうから伸《の》びてきた手が無言で掴《つか》むと、代わりに部屋の鍵《かぎ》が投《な》げ渡される。口止め料は一定額と相場が決まっている。宿代に追加するのは、それ以上でもそれ以下でもいけない。僅《わず》かでもずれた金額を差し出せば、暗黙《あんもく》の了解《りょうかい》を違《たが》えることになる。そうなれば、この宿では泊《と》まることはおろか、一時的に滞在《たいざい》することすら許されないのだ。

そんな古宿の一室のドアを開け、リリシャはそっと室内に足を踏み入れた。軋《きし》む床に、使い古された家具。ベッドのシーツもお世辞にも上等とは言えなかった。よほどのことでもなければ、好き好んでここに泊まろうとする者はいないはずだ。

料金も内装やサービスに比してかなり割高で、地元の住人に聞いても、決して良い評判は耳に入ってこないだろう。

そんな安宿であろうと、世の一部の人間にはちゃんと存在意義がある。何しろここは従業員に金さえちゃんと握らせれば、密室内で何が起ころうとも、おおよそ目を瞑ってくれるのだ。それだけで、裏の世界に生きる人間には、貴重な場所だと言えるだろう。

さらに場所柄《ばしょがら》、ここの亭主《ていしゅ》はちょっとした裏の情報通としても知られ、【アフェルカ】にとっても貴重な情報源となっている。

古ぼけた寝台《しんだい》にバッグを放《ほう》り出《だ》すと、そこから持ってきた衣装を取り出す。制服を脱《ぬ》ぎ捨《す》てつつ、リリシャは心中で呟く。

（ここも、そろそろ潮時かな。だいぶこの界隈《かいわい》では、知られてきちゃったみたいだし。そういえばさっきのあれも、多分、同業者かな）

ふと、先程《さきほど》の光景を思い出して、服を着替《きが》えようとするリリシャの手が止まった。

リリシャが支払いを済ませた直後、ちょうど入ってきた五人組。ほとんどが今にも悪臭《あくしゅう》が匂《にお》ってきそうなほど見すぼらしい恰好《かっこう》だったが、そんな一団がリリシャの目を惹《ひ》いたのには理由がある。男達の中に、強烈《きょうれつ》な存在感のある人物が一人……具体的には男四人の中に、女性が一人だけ混じっていたのだ。

彼女だけは、ほぼ別格とも呼べる雰囲気《ふんいき》を身にまとっていた。妙《みょう》になまめかしい衣装に、成熟した女性の色香《いろか》を漂《ただよ》わせる豊麗《ほうれい》な肉体。場末の宿で生業《なりわい》を営む売春婦にしてはあまりにも風格がある。例えるなら、荒《あら》くれ男どもの中の女王といった存在感。

さらに、彼女の異色さに加え、破れた袖《そで》から見える男達の腕《うで》には、古傷や入れ墨《ずみ》っぽいものが見られた。いかつい男達の面貌《めんぼう》とそれらが相まって、リリシャの不審感は一層掻き立《た》てられた。

一体何者なのか。それを知る術《すべ》はないが、彼女と彼《かれ》らが、少なくとも自分と同じ、裏世界の住人であることは確かだ。

（あまり考えないようにしよう）

あの女性とすれ違《ちが》った際に感じた香水《こうすい》の匂いを消そうとするように、リリシャはそそくさと手を動かし、完全に着替え終える。

全身を漆黒《しっこく》の肌着《はだぎ》で覆い、さらに、魔力阻害用《まりょくそがい》の対魔法繊維《まほうせんい》で編まれた外套《がいとう》に身を包む。顔も下半分を覆面《ふくめん》で隠し、裾《すそ》の中や袖の中に、それぞれ暗器を隠し持《も》った。

最後に、ＡＷＲにも用いられる魔力良導体繊維《せんい》を織り込んだ、特殊《とくしゅ》な手袋《てぶくろ》を装着する。

全身黒尽《ず》くめの姿――紛《まぎ》れもない〝仕事用〟のスタイルとなったリリシャは、手始めに、あらかじめ定められた場所へと、通信装置越《ご》しの一報を送った。

（任務開始《ミッション》）

誰に見られることもなく窓から地面へ降り立った彼女は、そのまま人影《ひとかげ》のない寂しい裏町を、凄《すさ》まじい速度で駆《か》け抜けていった。

リリシャが目標地点に到着《とうちゃく》した頃には、任務をこなすにはちょうど良いくらいの闇が周囲を覆っていた。全身が真っ黒であることで視認《しにん》され難《にく》いのに加え、魔力阻害用の対魔法繊維の上着は、魔力による探知もある程度防いでくれる。

通常の任務ならばそこまで気を遣《つか》う必要もないのだろうが、今回のように相手が手練《てだ》れともなると、万全《ばんぜん》を尽くさないわけにはいかない。

これは、決して失敗の許されない任務である。そのプレッシャーから、リリシャの呼吸は先ほどから乱れがちになっていた。

じんわりと掌《てのひら》が汗《あせ》ばんでいるのが、自分でも分かる。

標的がいるであろう、広大な庭の果てに佇《たたず》む邸宅《ていたく》。それを特殊な遠望装置で確認しつつ、リリシャは独りごちた。

（……随分、警戒が厳重ね）

すでに、屋敷《やしき》周辺にいるメイドの姿を数人認めている。彼女らがただの使用人ではないことは、所作や視線の動きから明らかだ。

（でも、抜け道《みち》は見つけた）

庭や邸宅近くのあちらこちらに張《は》り巡《めぐ》らされた魔力鋼糸を、リリシャは目ざとく見つけていた。

それらはわざと侵入者を誘《さそ》うように、警備が薄い箇所《かしょ》にこそ重点的に張られている。空中の他《ほか》、さらに緩《ゆる》めた魔力鋼糸が地面に流されており、それは二段構えのトラップのようだ。宙に張られた罠を警戒するあまり、地面への注意を怠《おこた》れば、たちまち足元の糸を踏《ふ》み、別のトラップが作動する仕組みなのだろう。

（普通《ふつう》なら気付けないんでしょうが……私なら！）

そう、ことリリシャに限ってはこんな罠などまるで意味を為《な》さない。リリシャは不敵な笑みを浮かべ、庭の向こうの巨大《きょだい》な邸宅に向け、そっと滑《すべ》るように身体を動かし始めた。

……それから数分後。警備の網《あみ》を掻い潜《くぐ》り、手慣れた動きで、リリシャは屋敷の内部へと侵入《しんにゅう》することに成功していた。魔力鋼糸の罠はともかく、警備の穴を突くには、それで

も予想外に時間を浪費《ろうひ》してしまっていた。

どうにも気が急《せ》くが、今回だけは必ず成功させなければならない、と己《おのれ》に何度も言い聞かせることで、リリシャはどうにか緊張《きんちょう》の糸を保った。そう、これ以上、兄を失望させるわけにはいかないのだ。


庭から屋敷の建物の片隅《かたすみ》に移動し、壁《かべ》に張りつくようにして闇に溶け込みながら、リリシャはそっと息を殺す。できれば事前準備は完璧《かんぺき》にしておきたかったが、予想より急な指令にあまり時間が取れなかった。ならば、多少の無理を承知で忍び込む他に道はなかった。いささか強引《ごういん》であろうと、結果的に標的を殺すことができればそれで良い。

ただ、誤算があるとすれば。

(以前聞いた情報だと、フェーヴェル家の守りはもっと薄かったはず。貴族社会だと、有名な話だったのに)

意外にも、今日は屋敷の中までが物々しいようだ。リリシャは裏口に繋がる扉《とびら》の横に張り付き、中からの声に聞き耳を立てる。予想通り、ここは従者や使用人の待機場所らしく、休憩《きゅうけい》中のメイドの声が聞こえてくる。声色《こわいろ》からすると、二人いるようだった。

「じゃ、私はそろそろ上がるわね」

声と同時に扉が開き、室内の明かりがさっと漏れ出《で》た。現れたメイドが扉に鍵を掛《か》けようと後ろを向くと同時、リリシャは即座《そくざ》に背後に回り込み首を絞《し》め上《あ》げる。

心の中でカウントし、ちょうどゼロを数えたタイミングでメイドが失神し、身体ごと崩《くず》れ落ちる。倒《たお》れる背中を支えるようにして抱《だ》きかかえ、そのまま彼女の身体を、茂《しげ》みの中へと押《お》し込んだ。

そのまま、細心の注意を払って扉を開き、ちょうど一人分の隙間《すきま》から室内へ侵入。もう一人のメイドは鳩尾《みぞおち》に膝《ひざ》を食い込ませ、物音一つ立てさせずに制圧。この二人がただのメイドだったから良かったものの、もし庭で見張りに立っていたようなメイドに扮《ふん》した戦闘《せんとう》要員であれば、命を奪わずに対応するには、さらに手間がかかったことだろう。

（まずは、標的を見つけないことには始まらない）

外から観察した限りでは、標的は屋敷内《やしきない》にいるはず。事前に手に入れた最低限の情報も、それを疑いなく示唆《しさ》していた。

次いでリリシャは、待機部屋から素早《すばや》く本邸内《ほんていない》に入り込み、屋敷のあちこちに落ちる影《かげ》や闇を探しては、それを縫《ぬ》うようにして移動していく。幼少期から叩《たた》き込まれた隠密《おんみつ》技能は、側《そば》を通る者がいても、相手が常人である限り気配すら悟《さと》らせないはずだった。

魔法《まほう》による隠蔽《いんぺい》その他の細工は、近年、要人宅や重要施設《しせつ》においては、すでに対策されている場合も多い。だからこそ、暗殺業においては、かえって昔ながらの体術や武器、さらに最新鋭《さいしんえい》の対魔力装備が有効になる。腕のいい暗殺者は、魔法で察知されにくい高水準の魔力操作技術や並外れた運動能力を駆使《くし》し、最新装備をも併用《へいよう》して探知網《たんちもう》をすり抜ける。

その後、アナログの戦闘術や武装で、標的を討《う》ち果《は》たすのだ。

人を殺《あや》めるにはペン一本を頸動脈《けいどうみゃく》に差し込むだけでいい、と言われたかつて同様に、この時代でも、暗殺に派手な魔法はいらない。

階段を一足飛びに駆け上がり、通路を目立たずに覗《のぞ》き込むべく、壁面《へきめん》にへばりつき、ギリギリ目だけを覗かせて、先を窺《うかが》う。

視線の奥、通路を横切っていたメイドが、一瞬《いっしゅん》、ふと足を止める。

何か、妙な気配にでも気付かれたかどうか……だがそんなことは問題ではない。ここまで来たら、いざという時は実行あるのみ。覚悟《かくご》という意味でリリシャに動揺《どうよう》はなかった。

(もし気付かれたのなら……やるしかない。でも、もう少し様子を——)

だが、そのメイドが足を止めたのはほんの一瞬で、すぐにその姿は通路の奥へと消える。

リリシャが安堵《あんど》した直後。

今度はリリシャの真正面の扉が開き、中から食器の乗ったカートを引いた、四十代とおぼしき女性が出て来た。その女性はこれまで見たようなメイドの服装ではなく、ハウスキーパーを連想させる長い黒ドレスに白いエプロン、髪《かみ》はホワイトブリムで纏められている。いわば、オーソドックスな侍女スタイルと言えるだろうか。

「あら、そうだったわ。奥様《おくさま》に……」

何かうっかりしていたのか、そんな声を漏らすと、女性は一階へと声を掛けて、誰かを呼びつけようとする。が、すぐには返事が聞こえてこず、彼女は仕方なく、というようにカートを翻《ひるがえ》した。

だがその仕草は、どこか妙に芝居めいていはしなかったか。

(気付かれた⁉　いや……)

リリシャは油断なく女性の所作を観察するが、その裏付けは取れなかった。改めて見てもその動作に特に違和感《いわかん》はなく、リリシャもまた、己の潜入術《せんにゅう》に多少の自信はある。少なくとも、間違いなく姿までは見られていないはずだ。魔法による探知も、特殊外套《とくしゅがいとう》のおかげでほぼ心配はない。

ひとまず挟《はさ》まれた格好となったが、問題はない、と判断したリリシャは、すでに潜《ひそ》む場所を変え、カーテンの掛かった窓の裏側に移動していた。

そんな状況《じょうきょう》で……。

「良いところにいたわ、ヘスト」

例のホワイトブリムの女性が、先ほど一瞬足を止めたメイドへと、新たに声を掛けた。姿が消えたと思ったが、奥で何か作業をしていたらしい。ホワイトブリムの女性は、カートを押してメイドのところまで移動しながら、何か頼《たの》んでいる。

「奥様に今日のご報告をしなくてはならないので、代わりにこのカートを戻《もど》してもらっていいかしら」

「畏《かしこ》まりました、侍従長《じじゅうちょう》」

よろしく頼みますよ、という言葉とともに、侍従長から、ヘストというらしい若いメイドへとカートが引《ひ》き渡される。途端《とたん》、カートがガタリと揺れ、食器のぶつかる激しい音が廊下《ろうか》に響《ひび》き割った。

「あらあら、割らないように気を付けて」

と侍従長の手がヘストの片腕《かたうで》に添《そ》えられる。ヘストは少し不気味に口を曲げ、笑顔《えがお》には程遠《ほどとお》い表情で「はい……」とごく短く返事をした。

恐らくその技量は、メイドとしては二流以下。不愛想さからいっても、あまりメイド向きとは言えまい。まだ若いようだし、駆け出しなのだろうか。

そんな感想を抱いたリリシャを他所《よそ》に、侍従長とヘストはまるで交差するようにすれ違う。侍従長と呼ばれた女性は、リリシャが進もうとしていた方向へ。カートを引いたヘストの方は、侍従長が先程まで向かっていた方向へと、それぞれ進んでいく。

リリシャは後ろにも最大限の注意を払いつつ、無音で侍従長の後から忍んでいく。

彼女はさっき「奥様に報告がある」と口にした。つまり今、彼女はフェーヴェル家当主のところに向かっているはず。

ならばきっと、その先に……〝標的〟がいる。

目標への最短距離を辿《たど》る思わぬ好機を得て、リリシャは思わず、逸《はや》る気持ちを抑《おさ》えた。


この任務は、彼女の汚名《おめい》返上のために与えられたものだ。

それは、そもそも彼女の失策に起因する。具体的には【アフェルカ】の一員でありながら、独断で他家の事情に関与《かんよ》してしまったこと。【テンブラム】で、リリシャが審判役を買って出てしまったことに対してだ。

たとえ限りなく中立的な立場であったとしても、ウームリュイナとフェーヴェルのいざこざにリムフジェが関与《かんよ》するのは、相応のリスクが生じる。それを当主の判断も仰《あお》がず独断で決めてしまったことが、報告で問題視されたのだ。

結果的にリリシャは、兄から酷《ひど》い叱責《しっせき》を受けた。それこそ深い落胆の声と、彼女を身内の恥《はじ》にして役立たずと断じる、無関心の声とともに。

「身《み》の程《ほど》を弁《わきま》えろ」との言葉が、今も脳裏《のうり》にこびりついて離《はな》れない。

確かに……思えば【アフェルカ】の一員として、リムフジェおよびフリュスエヴァンに名を連ねる者として、軽率《けいそつ》過ぎる言動だった。

当然、兄を通して現当主である父に、話は伝わっているだろう。

だが、先のアイルとの会談におけるリリシャの言動は、根本的に、ウームリュイナの暴挙と国内の混乱を未然に防ぐためのもの。

それは当然、リムフジェ家としても看過できないはず。だからこそ、折衷案《せっちゅうあん》として【テンブラム】の審判役にして仲介役《ちゅうかいやく》を引き受けたことは、問題にはならないはずだった。

が、兄より下されたのは、叱責と同時に、汚名《おめい》を晴らすための新たな任務。今回の大失策は、最大限の情状酌量《じょうじょうしゃくりょう》を加えた上で、この〝暗殺任務〟遂行《すいこう》をもって不問とする。それが、兄を通じて伝えられた、当主たる父の意向だった。

恥は血ですすぐというのが、古くから受《う》け継《つ》がれた【アフェルカ】の掟《おきて》なのだから。

リリシャにとって、【アフェルカ】の仕事はこれが初めてではない。が、単独での任務となると、実はほぼ経験がなかった。

しかしながら、手応《てごた》えはこれまでになく順調と言える。

フェーヴェル家の広大な屋敷の中、物陰《ものかげ》に身を潜めつつ、侍従長の背を追っていたリリシャは、ついに彼女《かのじょ》がとある部屋の前で足を止めるのを見た。恭《うやうや》しく一礼して、その姿が室内へと消える

（あそこが、フローゼ・フェーヴェルの書斎《しょさい》ね）

脱兎《だっと》の如《ごと》き勢いでリリシャは部屋に近づき、そっと様子を窺う。暗殺というものは、刃《やいば》を突き立てるその時が来るまで、決して対象に気付かれてはならない。そのセオリーを維《い》持《じ》しつつ、リリシャは手袋の指先に魔力を込める。

ようやく出番が来た得意武器――魔力鋼糸を伸ばし、リリシャはまず、身体を扉のすぐ上に広がる、天井《てんじょう》の梁《はり》へと引き上げた。

程なくして再び扉が開き、今度は室内から退出する、老齢《ろうれい》の男が姿を見せる。雪のような白髪《はくはつ》に、深い皺《しわ》の刻まれた顔。おそらく、彼こそがフェーヴェル家の執事《しつじ》だろう。

腰《こし》のあたりで後ろ手を組んだ老執事は、まるで杭《くい》でも入っているかのように背筋をピンと張り、老体に似合わぬしっかりした足取りで廊下を歩いていく。

彼の背中を見送り、即時《そくじ》任務に取《と》り掛かるべく、リリシャは天井から音も無く降り立つと、両手の間から魔力鋼糸を標的へと伸ばし、一足飛びに襲《おそ》いかかる。終わるのは一瞬、背後から首へと魔力鋼糸を回すだけの簡単な作業の、はずだった。

直後、執事は短く言葉を発した。

「ヘスト」

リリシャの横あい、隣《となり》の部屋の扉が唐突《とうとつ》に突き破《やぶ》られ、スカートを翻した人物が飛び出した。まるで魔動車が突っ込んだかのような衝撃《しょうげき》を伴《ともな》って、ドアの破片《はへん》が宙を舞《ま》う。ほぼ同時、その女性、ヘストと呼ばれていたメイドが繰り出した鋭《するど》い蹴《け》りが、空気を引き裂《さ》いて唸《うな》りを上げた。

木片《もくへん》が飛《と》び交《か》う間隙《かんげき》を縫いつつ、凄まじい速度が乗った回《まわ》し蹴《げ》りがリリシャを襲う。

咄嗟《とっさ》に腕を立てて防御《ぼうぎょ》したが、このタイミングでは防ぎ切れるものではない。まるで鉄《てっ》塊《かい》を受け止めたような重みと骨の軋みを感じながら、リリシャの身体は軽々と吹《ふ》き飛び、二階反対側の窓を突き破ると、地上へと落ちていった。

「くっ⁉」

降り注ぐガラス片《へん》を辛《かろ》うじて防ぎながら、すぐさま糸を張ると、壁面を貫通《かんつう》させて杭とし、落下の勢いを殺す。不完全な体勢からの強引な動きにより、腕の筋を痛めそうだったが、背中からもろに地面に叩きつけられるよりはましだ。

なんとか体勢だけでも立て直し、着地の衝撃に備えようとしたが……。

思わず空を仰いだ視界の中、頭上に煌々《こうこう》と照《て》り映《は》える月の中から、黒い姿が急落下してくる。

当主と少しでも距離を取らせるため、初めから外に弾《はじ》き出す算段だったのだと、遅《おく》ればせながらリリシャは気付かされる。

落下してきたのは女性――彼女もまた、スカートを風にたなびかせている。それだけではなく、宙に美しい弓弦《ゆづる》を引くが如く、彼女のしなやかな足は、頭上に高く掲《かか》げられていた。

立て続けの攻撃《こうげき》――その踵落《かかと》としは落下の勢いと相まって、リリシャの交差させた腕だけでは、到底《とうてい》防ぎ切ることはできなかった。

直後、身体のちょうど真下へ意識を回し、リリシャは背中に来るだろう衝撃に備える。

果たして、己の肉体が石畳《いしだたみ》に叩きつけられる鈍《にぶ》い音をその耳が聞いたと同時、頭がしびれるような激痛が全身を走《はし》り抜《ぬ》ける。すぐに、反動で身体が僅かにバウンドする。

衝撃に耐《た》え切れず、血をゴボッと吐《は》き出したリリシャは、か細い息の中、更《さら》なる追撃《ついげき》を逃《のが》れるべく、まるで手負いの豹《ひょう》のように、真横に跳躍《ちょうやく》した。

なんとか身体を起こすも……目の前には、先程手痛い踵落としを見舞《みま》ってくれた、新手のメイドが突っ立っていた。

月明かりの下、その僅かな光すら微塵《みじん》も宿していないように見える、どんよりと曇《くも》った瞳。引き結ばれた唇《くちびる》には艶《つや》の欠片《かけら》もなく、メイドとしての愛嬌《あいきょう》など皆無《かいむ》。

(最悪だ……痛ッ⁉)

多分、肋《あばら》に罅《ひび》でも入ったのだろう。完全に折れたわけではなさそうなのが幸いだが、この状態のままでは逃《に》げ切《き》れない。まずは目前の敵を倒し、突破口《とっぱこう》を開かなければ……。

そう考えながら、よろよろと揺《ゆ》らぐ足に力を込めるべく、リリシャはぐっと唇を噛《か》む。

たちまち、血なまぐさい鉄の臭《にお》いが口内に満ちてくる。

口を覆う黒覆面を指で一瞬だけずらし、プッと溜《た》まり血を吐き出した。それを無表情に油断なく見つめる、正面のメイドに向かい。

「そのメイド服……全然似合ってないね」

精一杯の虚勢《きょせい》は、相手の完全なノーリアクションによって殺され、空《むな》しく庭の夜気の中に消えていった。

ふと、頭上から窓が開く音。見上げると、破れた窓枠《まどわく》を取り外しがてらなのだろう、そこから最初に横合いから奇襲《きしゅう》を食《く》らわせたメイド、ヘストが顔を出した。それから彼女は音もなく窓から飛び出すと、スカートをひるがえしながら着地する。

(一対一なら、最悪なんとかなったかもなのに……二人)

己を落ち着かせるべく、リリシャはまず、覆面で口を覆いなおす。それから激しくなる胸の鼓動《こどう》と全身の痛みを気力で押さえ込みつつ、可能な限り冷静に、敵戦力を分析《ぶんせき》した。

少なくとも、外で確認した警備要員などとは一線を画する実力だろう。この二人からは、ヤバイ気配がプンプンと漂ってきている。

それでも、と決心を固めて、リリシャは手袋をさらに深く嵌《は》め直す。

「……ほぅ、それがあなたのＡＷＲですか」

「――――!!」

リリシャはすぐさま背後を振《ふ》り返《かえ》る。そこには先程まで二階の廊下にいた白髪の老執事が、興味深そうに口髭《くちひげ》に手を当てつつ、長い月影《つきかげ》を背にして立っていた。

（……！　いつの間に）

これで、三対一。迂闊《うかつ》な自分を呪《のろ》いたい気分だ。せめてもと、リリシャは半身になって、挟撃《きょうげき》に対応できるポジションを取る。

だが意外なことに、その老執事の姿を認めた途端、二人のメイドは背筋を伸ばして、戦闘体勢を解いた。そんな二人に彼は軽く頷《うなず》き、「ヘスト、エイト、ご苦労様でした」と声を掛けてから、改めてリリシャの方に視線を向け。

「なるほど、私の罠を切り抜けられるわけです。同じ魔力鋼糸使いだったとは、どうも考えが甘《あま》かったようでしたかね」

不敵な微笑《びしょう》とともに、あくまで柔和《にゅうわ》な老執事の眼《め》が、リリシャの真っ黒な装《よそお》いを下から上まで、きっちりと視界に収める。

「なるほど。その隠し武器の量と種類……やはり、ですか。標的は私ですね」

リリシャの背筋が、ぞくりと冷たくなった。

（看破された、一目で……！）

そう、当主たる父が伝えてきた今回の暗殺目標は……フェーヴェル家の執事、セルバ・グリーヌス。今更《いまさら》とも思える指令に違和感を覚えたリリシャだったが、そもそも任務に疑問を差《さ》し挟むことなど、許されるはずもなかった。

「ヘスト、エイト、あなた達《たち》はシトへイマ侍従長の指示に従い、持ち場に戻ってください。陽動の可能性もありますので、ここは、私だけで十分です」

二人のメイドの無感情な視線が、リリシャを通《とお》り越《こ》してセルバに向く。

が、セルバは小さく微笑《ほほえ》むと「取り逃しはしませんよ」と安心させるかのように応じた。

「あなた達の直属の上長たるシトへイマには、私から言っておきますので」

「「畏まりました」」

と、あくまで抑揚のない声音での返答が、ぴたりと揃《そろ》う。

「それと……後で誰《だれ》かを寄越《よこ》して、掃除《そうじ》道具を持ってきてください。せっかく丹精《たんせい》込めた冬薔薇《ばら》の色が、汚《よご》れてしまっては何ですから」

コクンと頷いたヘストとエイトは、続いて人形のようなお辞儀《じぎ》をして、それきり音もなく去っていった。

（ターゲットを炙《あぶ》り出すために、嵌められたってことね。でも、これはこれで好都合）

リリシャは己の表情が、覆面で隠れていたことに感謝する。退路を切り開けるかどうかは分からないが「絶望的」ではなくなった。少なくとも任務達成という意味においては、標的が向こうから御膳立《おぜんだ》てしてくれたのだから、申し分ない。

たとえ、無事に帰還《きかん》することが敵《かな》わなくても……標的を始末さえできれば、名誉《めいよ》だけは十分回復できる。

今度は用心深く屋敷を背負うように移動し、リリシャは任務の最終標的、セルバ・グリーヌスへと向き直った。

「さて、当家への不法侵入及《しんにゆうおよ》び器物破損、使用人の殺害未遂《みすい》、もはやどう取り繕《つくろ》おうとも、ただでは済まされません。個人的な事情がらみとはいえ、先のヴェクターといい、私への報復としては少しばかりやり方が杜撰《ずさん》でしたね」

ピクリとリリシャの眉根《まゆね》が跳《は》ね上がる。「報復」と表現したからには、彼がこちらの正体までも掴んでいることは明らか。

セルバ・グリーヌスは過去【アフェルカ】を裏切り、かつての仲間に手をかけた。

ならばその罪は、死をもって贖《あがな》わせなければならない。

裏切りや離反《りはん》、あらゆる禍根《かこん》を断《た》ち切る刃たることが、【アフェルカ】に求められた在り方なのだ。

「ヴェクターってのが誰か知らないけど、あなたの血塗《ちぬ》られた過去は、絶対に消せない。なら、こんな日が来ることは分かっていたはずね」

思わずそう発したリリシャは、胸がムカつきそうな澄《す》まし顔《がお》の老執事に、覚悟を問う。

世捨て人となり、ひっそり隠《かく》れ潜むならいざ知らず、こうして貴族に雇《やと》われているという能天気さが、裏の世界に生きる者として、腹立たしかった。

一度でも【アフェルカ】で血を浴びた者に、自由は存在しない。元首が【アフェルカ】を危険視し、再編した際に残した約定の一つだ。

故《ゆえ》に離反者は始末する。そこに例外はない。

どうして彼がここまで見過ごされてきたのかは分からないが、大方フェーヴェル家が裏工作をしたのだろうとリリシャは推測していた。ヴェクターというのも、大方彼がどこかの仕事で恨《うら》みを買った相手なのだろう。

なおも後ろ手を組んだ姿勢を崩さない相手に対して、リリシャは両手を重ねるように胸の前で交差させる。

やがて流れるような軌道《きどう》でそれを動かすと、指先から空中に極細《ごくぼそ》の魔力鋼糸が伸びる。

「できれば情報を引き出してからが望ましいのですが……あなたがヴェクターを知らないということで、大方事情は察しました。そうなれば、この庭で刃傷沙汰《にんじょうざた》を繰り広《ひろ》げようとしただけで罪科は十分……よろしい」

そう言い終えるや、セルバは片方の四指をクイッと曲げる。

冬薔薇の芳香《ほうこう》とともに、濃厚《のうこう》に匂い立つ殺しの香《かお》り。息遣《いきづか》いさえも相手に悟られない極《きわ》まった技術が、ただ漂っていただけの夜気を、鮮烈《せんれつ》な殺気の異臭《いしゅう》へと変える。

行き着く果てが、どちらかの死であること。もはや覆《くつがえ》らないであろう結末の予兆が、リリシャの全身に、新たな血の匂いとともに戦慄《せんりつ》を走らせる。

余裕《よゆう》を見せる老人に、リリシャは瞳の中を、カチリと切り替える。フィルターが下りたように、何も感情を映させない無機質なガラス板に。ここから先の殺しに必要なのは、無《む》慈悲《じひ》なまでの無容赦《ようしゃ》。

如何《いか》にして相手の命の糸を断ち切るか。考えるべきは、ただそれだけ。

瞬時《しゅんじ》に腰を下ろすと、リリシャは両手を勢いよく後方へと引く。

次の瞬間《しゅんかん》、後ろ手で操《あやつ》られるまま、地表を引き裂き背後へと走った魔力鋼糸は、リリシャの背後の壁面を切り刻んで、蜘蛛《くも》の巣状に亀裂《きれつ》を走らせた。

直後、その壁面が積み木を崩すように崩落《ほうらく》。瓦礫《がれき》となったそれらが、壁下ではなくリリシャの前方に立つセルバへと方向を変え、一斉《いっせい》に飛来する。

その不自然な動きを見れば、魔力鋼糸で操作されているのは明らかだ。その証拠《しょうこ》に、弾丸《だんがん》のように飛び来る瓦礫が、微《かす》かに銀色の糸を引いている。微かに月光を反射するその痕跡《こんせき》を、セルバの鋭い目は確かに捉《とら》えていた。魔力鋼糸の切れ味だけでなく、それが貫《つらぬ》く先に結ばれた重量物をも利用した攻め手《せ》。スピードから見て、瓦礫だけでも直撃《ちょくげき》すれば骨折は免《まぬが》れない。

が、セルバは微動《びどう》だにしなかった。迫《せま》り来る瓦礫の嵐《あらし》がまさに目前に到達《とうたつ》してから、ようやくその指先が動き出す。

すると、飛来した瓦礫は一つ残らず、セルバの眼前で静止。文字通り、空中にピタリと貼《は》り付《つ》けられたように動きを止めた。

リリシャが操作する糸と、セルバが操作する糸。熟達度の点で、両者にはあまりに懸絶《けんぜつ》した差がある。

セルバはそれらの瓦礫群全《すべ》てに糸を巻き付け、瞬時に張ることで空中に固定した。そして僅かな滞空《たいくう》時間の後、瓦礫は無数の断片《だんぺん》へ、さらにはより細かな粒《つぶ》へと微塵《みじん》斬《ぎ》りにされ、バラバラと地面へと落下した。

「――‼」

リリシャはそれを見るや、瓦礫を縛《しば》っていた無数の糸を解くと、両手を激しく揺らしながら糸を周囲に舞わせた。舞踊のような華麗な動きと同時に、指先からさらに糸を伸ばし続ける。月の光の下、微かに確認できる魔力鋼糸の煌《きら》めきが、闇を彩る。

ただ、いくら糸を自分の周囲に伸ばしたところで、それだけならば意味などなさない。

それでも、指の数だけ――己に操れる最大数の糸を駆使して、リリシャは可能な限り糸を伸ばす。

「ほう」

感心したように小さく唸ったセルバは、これから何が起こるのか、とでもいった風に興味深げな表情を浮《う》かべ、目を細める。

彼の周囲に張り巡らされた糸が揺蕩《たゆた》う中、リリシャは糸の先まで力が伝わるように大きく腕を振るう。たちまち大きく糸がうねったかと思うと、バウンドするように全ての糸が宙に舞った。続いてリリシャは束ねた糸をさらにいくつも交差させ、複雑な形に編み上げていく。目にも留まらぬ速さのリリシャの腕の動きに、一切淀《よど》みはなかった。そして――

不意にその動きが止まった。

「操糸法《そうしほう》【結晶破壊《エムヘイドス》】」

いつの間にか、リリシャの眼前には正八面体の結晶形が鎮座していた。無数の糸で編まれたそれは、月光を反射して銀の輝きを放っている。

「ふむ……お遊びとしては見事です」

なるほど、なかなか趣向《しゅこう》の凝《こ》った技だ、とばかりにセルバは嘲《あざけ》るような称賛を送った。

「——ッ！　その余裕、いつまで続くかし、ら！」

糸結晶の天辺を足場に、リリシャは空高く飛び上がる。それに同調するかのように、結晶体自身も、グンと勢いよく上昇していく。それはすぐリリシャを追い抜き、彼女の位置より遥《はる》か上にまで到達。直後、結晶体は、彼女の腕を振り下ろす動作に従い、セルバ目掛けて高速落下する。

「線の動きでは無理でも、物体は防げないでしょ！」

魔力鋼糸は、本来なら切断に特化した暗器。だからこそ、これは予想外の一手になり得る。

「何とも手先だけは器用……ですが、それでは人《ひと》っ子《こ》一人殺せませんよ」

頭上を見上げこそすれ、セルバの表情に変化はない。その攻撃に対して、彼は回避《かいひ》するでもなく、防ぐでもなく、手首を軽くスナップさせた。そう、単純に糸を何かの形に編んだからといって、自分に対して、その程度の攻撃が通用するはずもないのだ、という風に。

だが……リリシャは、ニタリとマスクの下で笑みを濃くした。

（掛《か》かった！）

無論、ただ小手先の技を披露《ひろう》したわけではない。この攻撃は、彼女なりの意図があってのもの。

そして、セルバのごく無造作な対応こそが、彼女が優勢に立った、という確実な証左になる。だからリリシャは、巨大な結晶体――【エムヘイドス】が落ち切る手前で、指先の糸を絶った。

直後、内部で張られた糸が一気に弾け、結晶体が崩壊する。内部でたわんでいた全ての糸が解放され、一斉に四散した。地面を割り木肌を削り、鋭利な糸の乱舞が周囲一帯を襲う。

セルバのみならず、他一切《ほかいっさい》をも巻き添えにする大技だ。降り注ぐ糸は鞭のようにしなり、猛威の爪痕を残すだろう。被害はおそらく、フェーヴェル邸が半壊するほどの規模にのぼるはず……。

そう、リリシャが確信した刹那《せつな》。耳をつんざくような嫌《いや》な音が響く。背の高い木は綺麗《きれい》に頭頂部を細切れにされ、鉄製の街灯は、切断面から朱色《しゆいろ》の火花を散らして電灯部分だけが刻まれる。灯《あか》りの部分から漏《も》れ出した擬似魔力《ぎじまりょく》によって、闇《やみ》に覆《おお》われた周囲一面に、パチパチと弾ける魔力光が瞬《またた》いた。

「――――!」

絶句するリリシャ。眼下に目を凝らせば、いつの間に張られたのか、フェーヴェル邸の屋根ほどの高さに、広範囲に亘《わた》って蜘蛛の巣状の糸が張り巡らされているのが見て取れた。それは、即席の防護ネットとでも呼ぶべきものだ。

(あれを全て防いだ⁉　そんなッ!)

リリシャが空中に飛び上がった後に、咄嗟《とっさ》に次の展開を読み、少し手首を動かしただけでこれほどの数の糸を張り巡らせたのだろうか……だとすれば、セルバの技量はリリシャの想像を絶する高みにまで届いている。さらに、これは単に防御のためだけの一手ではない。同時にカミソリの鋭さをも持つ糸の網は、落下するリリシャを捕らえ、切り刻もうとする罠でもあったのだ。

かろうじて空中で体勢を変え、何とか糸の防御網をすり抜けて着地したリリシャは、諸々の攻撃で受けたダメージによる胸部の痛みに苦悶《くもん》する。

「――――ッ!!」

そんなリリシャの隙をついて、側面からセルバが放った鋼糸の鞭打《べんだ》が襲った。

即座に魔力鋼糸を編んで、それを防ぐ。だが、あまりに激しく打ち付けるその勢いに耐え切れず、魔力鋼糸で編んだ障壁《しょうへき》の一部が弾《はじ》け飛ぶ。

(なんて威力！　それに初動がない)

そう、リリシャが扱《あつか》う魔力鋼糸は指や手首の振りで勢いを付けたり、腕を大きく振り被《かぶ》ったりなど、とかく大きなアクションを必要とする。

魔力鋼糸と言っても、糸としての性質がある以上、その基本操作は全て手や指先に依存《いそん》するはずなのだ。なのに……。

キッと睨《にら》みつけたリリシャの視線をセルバは涼《すず》しい顔で受け流し、彼はまたも後ろ手を組む姿勢を取る。

(手元の動きを隠蔽してる！　でもそれだけじゃない、今のは多分、魔力鋼糸を何重にも編んで、太いロープのような鞭を……！)

普通の鉄糸であろうとも、勢いを付ければ、皮膚《ひふ》を切り裂くことは可能だ。それが魔力鋼糸となれば、それこそ肌《はだ》を舐《な》めただけでも、パックリと皮膚を割るくらいは朝飯前。ただし、それはあくまで鋭さに依存する。例えば相手が厚い鎧《よろい》を着込んでもいれば、その威力は半減程度ではないほど弱まる。要は、質量をほぼ持たない糸である以上、その性質は打撃《だげき》に向かないのだ。なのにきっと、太いロープをさらに撚《よ》り集めたような形で繰《く》り出されるだろう次の一撃《いちげき》は、ほとんど鉄槌《てっつい》のような衝撃と破壊力《はかいりょく》を有しているに違いない。

（ふざけんな、じじい）

胸中で悪態を吐《つ》き、リリシャは全神経から発せられる本能的警鐘《けいしょう》を無視する。続いて奥《おく》歯《ば》を強く、強く噛みしめた。

「なんと脆《もろ》い。暗殺者も深刻な人材不足なのでしょうか、いや、もしや私が見くびられたということですかね。だとしたら情けないやら、口惜《くちお》しいやら……ですが当家のためを思えば、差し向けられた刺客《しかく》がこの程度の脅威《きょうい》であったことを、まずは喜ぶべきなのかもしれません」

嘆息《たんそく》交じりのセルバの愚弄《ぐろう》に、リリシャはたちまち、こめかみに青筋が走るほどの怒《いか》りを露《あら》わにした。

「このっ！」

怒りのままに反撃《はんげき》しようとするが、その感情と手元の乱れをセルバは見逃《みのが》さない。伸《の》ばした糸がいなされ、体勢を崩したリリシャの右斜《なな》め上《うえ》の木立がざわめくと同時、梢《こずえ》の上から何かが振り落《お》とされる。それは、撚り集められた鋼糸による、まさに巨大なハンマーのような質量をもった攻撃だ。

はっとしたリリシャはそれを、網目状《あみめじょう》に編んだ魔力鋼糸の盾《たて》で防ごうとした。だが……

重く轟《とどろ》いた衝撃音《しょうげきおん》とともに、たった一打で、リリシャの魔力鋼糸による硬化状態が、その構成ごと弾け飛ぶ。

その後のフォローもまた、素早い。セルバの鋼糸はすぐに硬化を解かれると、そのままするすると頭上の茂みの中へと引き返していく。

（まずいっ！）

本能が出した危険のサインに応じる間もなく、すぐさま第二撃が襲い来た。今度は四方八方から、頑丈《がんじょう》なワイヤーと化した魔力鋼糸の鞭打が、次々とリリシャに襲いかかる。

高速で腕を振り、指先から伸びる魔力鋼糸を操作する。先ほどよりも頑丈な防御網《ぼうぎょもう》を構築、それを周囲に球形状に展開するリリシャ。

なんとかそれらは、持ちこたえることができたが、明確な劣勢《れっせい》は、覆しようもない。一つ受ければ、防御網の一部が爆《は》ぜ、それを即座に補強しなければならず、防戦一方の八方塞《ふさ》がり。それでもなんとか、リリシャは苦しい息の下、油断なく相手の隙《すき》を窺う。

それから数秒もしないうちに、立て続けに鞭打の襲撃《しゅうげき》が訪《おとず》れる。

いつしか、リリシャは自分を守るように鋼糸の殻《から》を作り、まるで最後の繭《まゆ》のように、それを何重にも重ねがけしていった。

「ハァ、ハァ、ハァ……くっ」

乱れる呼吸を落ち着かせるため、一度ゴクリと喉《のど》を鳴らした。魔力鋼糸は、形成にこそ、造形センスや強度などいくつも越えなければならないハードルがあるが、それもリリシャからすれば、日頃《ひごろ》の鍛錬《たんれん》の延長線上に過ぎない。

問題は持久力。それを操れる状態を持続させることこそが、最も困難なのだ。

しかし、ここまで頑丈に防塁《ぼうるい》を編めば、そう簡単には破られないはずだ。せめて、もう少し体力と精神力が回復する時間を稼《かせ》ぎたい、そんな思いを胸に、リリシャは繭の僅《わず》かな隙間から、標的の姿を捉える。

（こんなのもう、暗殺じゃない）

隠れ潜むことなど完全に忘れた、ただの殺し合いだ。しかも戦況《せんきょう》は圧倒的《あっとうてき》に不利。

しかし殺し合いだからこそまだ残されている可能性がある。それは真っ向勝負ゆえの逆転性。死力をぶつければこそ、相手にとっても一瞬の気の緩みが命取りになるのだから。

ひたすらに、ただ相手を斃《たお》す一策だけを求めて、必死に思考を巡らせるリリシャ。ふとその耳に、聞き慣れない音が飛び込んでくる。

ワイヤーのきしみに似た、耳障《みみざわ》りな騒音《そうおん》……リリシャが即座に覚えたのは「こじ開けられる」という感覚だった。

見ると、複雑に絡《から》み合《あ》った繭の障壁はいつの間にか形を歪《いびつ》に歪《ゆが》めていた。僅かな隙間にセルバの糸が差し込まれ、あろうことか防御網を構築しているリリシャの糸を数本絡め取っていく。まるで掬《すく》うように数本の糸が引っかけられ、急速に捩《ねじ》れることで、糸が引っ張り出される。それが同時に何本もリリシャの殼を襲う。あちこちで綻《ほころ》びが生じた結果、防御網は、もはや繭というには不自然な形状にまで変化させられてしまっていた。

（こ、こんなこと……！）

たちまち、色濃《いろこ》い恐怖《きょうふ》の感情が、胸中に溢《あふ》れ出てくる。

（これじゃ、いずれ維持できなくなる！）

表面的に付けられた傷や破れならば、まだ繕ったり修復もできるだろう。だが、繭を構成する主要な軸《じく》糸を引き出され、強度の差で断たれていくのでは、繭自体が崩壊《ほうかい》するのも、時間の問題だ。

リリシャは指から伸びる糸を全力で操り、何とか引き留めようとする。しかし、その目の前で、卵殻《らんかく》に侵入する触手《しょくしゅ》のように蠢《うごめ》くセルバの魔力鋼糸が、一気に増えた。

それは、堤防《ていぼう》から浸《し》み込む水が勢いに任せて穴を拡大していくのに似て、もはやリリシャには押しとどめようもない数だ。

それこそ、指の数だけでは足りない。前も後ろも、足元も頭上も……繭の防御網を死守するための糸の形成作業と魔力の消費量は、わずかな間に爆発的《ばくはつてき》に拡大。

リリシャの心身にかかる莫大《ばくだい》な負荷《ふか》は、すぐに身体的な変調として現れる。

指先の感覚が薄《うす》れ、血流が止まって青白くなる。肩《かた》が今にも抜けそうに重くなり、全身の骨が、見えない重量物でも支えているかのように、ぎしぎしと音を立てた。このまま糸を維持していれば、それこそ指がへし折れてしまいそうだった。

「うぐ……」

歯を食いしばって持ちこたえようとするが、ふとリリシャの左腕《ひだりうで》に激痛が走る。麻酔《ますい》無しで手術用のメスを差し込まれたような鋭い痛み。同時に左手の力が抜けて、その手で編み支えていた繭の一部が、崩壊していく。

「ッ⁉」

見れば、手首から皮膚を突《つ》き破って潜《もぐ》り込んだ細い糸が、異形の線虫のように、皮膚のすぐ下を蠢いていた。考えるより早く、リリシャは全ての魔力鋼糸を解き、右手の指先に小さな魔力刀を形成。それを自分の腕《うで》の中を泳ぐ糸の先端《せんたん》へと突き刺《さ》す。

そしてすぐさま、魔力で覆った指を突っ込み、先端を摘《つま》み上げると、一気に引っ張る。肘《ひじ》から手首までを一気に裂いて、体内に入り込んだ糸を排出《はいしゅつ》する。溢れる血と走る激痛に、歯を割れんばかりに噛み締めた。

「ああっ、ぐっ………」

全身には脂汗《あぶらあせ》が吹き出《だ》し、だらりと垂れた左腕は、たちまち真っ赤な血潮で濡《ぬ》れていく。すぐに二《に》の腕の辺りを魔力鋼糸で止血するが、尋常《じんじょう》ならざる痛みを堪《こら》えるうち、目の端《はし》に我知らず涙《なみだ》が溜まり始めた。止血を終えると、肉の裂け目をすぐに魔力鋼糸で縫合《ほうごう》。血の流れは弱まったが、それですり減った精神力まで回復するわけではなかった。

魔力鋼糸に戦術としてこんな使い道があるなど、リリシャは考えもしなかった。先程彼女《さきほどかのじょ》が取った傷の処置も、咄嗟に相手の戦術的発想を逆転させ、縫合糸《ほうごうし》として応用したに過ぎない。

そもそもあの糸は、体内のどこを目指していたのか……考えただけでもおぞましい。とにかく、すぐに処置をしておいて正解だったと思う。

……妙《みょう》に服が重い。汗《あせ》を吸った服の重さ程度など、普段《ふだん》ならば気になることもなかったはずだが。

（魔力鋼糸の練度に差があり過ぎる。逃げる……？　でも何処《どこ》へ？）

折れようとする心の隙間《すきま》に入り込んだ、一瞬の弱気の風。

だが、崩《くず》されようとする繭の中は、己《おのれ》で作り上げてしまった脆い檻《おり》も同じ。もはや脱出《だっしゅつ》経路を見つけることなど不可能だ。

意識が朦朧《もうろう》としてくる中、己の状態を確認《かくにん》。肋は数本イカれ、左手は裂傷《れっしょう》のため反応が鈍い。繊細《せんさい》な操作を要求する魔力鋼糸をこれ以上動かすことは難しいだろう。それでも……やはり、後退することはできない。リリシャは改めて、己を奮い立たせるかのように、唇を強く噛みしめた。

(逃げることを一瞬でも考えた、私が？)

血の筋が流れ落ちるリリシャの口端が持ち上がり、不敵な笑《え》みが強引《ごういん》に形作られる。勝てる勝てないならいざ知らず——殺すか殺されるかならば、己が退く必要などない。

残った右手を振り、勇ましく糸を操ると、リリシャは目障《めざわ》りな近場の木々を切り倒《たお》す。

「おや、心が決まったようですね。でも、最初《はな》からあなたでは勝てませんよ。できることは、これまで殺してきた者達への懺悔《ざんげ》ぐらいでしょうか。ですが、その様子からすると、まだせいぜい数人といったところでは？　なら、手に掛《か》けた者達の顔を思《おも》い浮かべるのも、さして苦労はないでしょうね」

練度の差は魔力鋼糸の扱いのみならず、暗殺者としての経歴《キャリア》においても同様。全てを見《み》透《す》かされたように、経験の浅さを指摘《してき》される。

「この程度で、もう私を殺《や》ったつもりなんて、おめでたいのね。同じ道でも、さぞかし平和な時代のぬるい闇の中を生きてきたのね」

「フフッ、そんな風に皮肉られるなど、いつぶりでしょうか。片腹痛いというべきでしょうね。そんな一端《いっぱし》の台詞《せりふ》は、せめて仕留めた標的の数すら分からなくなってから、仰《おっしゃ》っていただきたいものです。自慢《じまん》すべきことではありませんがね」

リリシャの精一杯《せいいっぱい》の強がりを軽く受け流し、セルバは指を口元へと持っていき、嘴《くちばし》の黄色い若き暗殺者を嗜《たしな》める。

対するリリシャは、両手にそれぞれ五指五本の魔力鋼糸を揺らす。左手は実質使い物にならないので、ほとんどフェイク、虚仮脅《こけおど》しだ。

だが、暗殺者ならば誰でも、任務が失敗した挙句に追《お》い詰《つ》められる事態など、常に想定していて然《しか》るべき。だからこそ、万が一の時の奥《おく》の手《て》は常に用意してあるものだ。

リリシャは握《にぎ》り込んだ手の中に、小さな結晶《けっしょう》を忍《しの》ばせていた。糸と併用《へいよう》して何かしらの小物《どうぐ》を使うことは、未熟だと自覚している己の技術を補うべく用意したもの。

なのに……。

セルバは依然《いぜん》として変わらぬ立ち姿なのに、その背後には、蜘蛛の糸の如く、無数の魔力鋼糸が揺蕩《たゆた》っている。その光景は、リリシャの心胆《しんたん》をぞっと寒からしめた。

己が操れる魔力鋼糸は十本。だがどんな達人でも、ちょうど指の数であるそれが、物理的限界のはずだ。なのに、殺しの現役《げんえき》を退いて久しいはずのこの老人は、ざっと見ただけでも数十本もの糸を同時に操っている。

まるで力を誇示《こじ》するかのように。決して埋《う》められない彼我《ひが》の力量差を、明確に可視化された気分——。

「だから、不愉快なのよッ!!」

リリシャは左手の指を微かに動かしつつ、本命の右手を大きく振りかぶる。

先程壁面《さきほどへきめん》が崩れてできた瓦礫の山から、特大サイズのそれを糸で釣《つ》り上《あ》げ、セルバ目掛《めが》けて投擲《とうてき》する。

大人の上半身が隠れるサイズの瓦礫だったが、それはリリシャの予想通り、たちまち無数に切断されバラバラと崩れ落ちる。

あらゆる暗殺は、一瞬《いっしゅん》の隙をついて為《な》される。そして単なる殺しなら、さらに早く、刹那の瞬間で勝負が決まる。

リリシャが瓦礫の陰《かげ》に忍ばせた、最後の力を振り絞《しぼ》って繰り出した左手の糸。文字通り血のにじむような操作により、五本を的確に隠蔽《いんぺい》済みだ。

相手がどれほど魔力鋼糸を巧《たく》みに操れようが、先に身体の急所に届かせれば、それでお終《しま》いだ。首を切断するのに必要なのは、糸の本数ではないのだから。

だから、全てを見破られている前提で、事を進めていく。

小さく崩れた瓦礫の破片には、それぞれまだ糸が、しっかりと結《ゆ》わえ付けられている。

リリシャはこれが最後と、全精神を集中して指を動かし、瓦礫をしっかり五つぶん、空中から撥《は》ね上げるように、弾丸の速度でセルバの顔面目掛けて弾く。

全て察し済みとばかり、セルバはすっと半歩下がり、余裕を持って全弾《だん》を回避する。

リリシャはそこでさらにクイッと手首をひるがえし、今度は空中に舞っていた礫《つぶて》を、セルバの頭上から、その脳天目掛けて急落下させた。

しかしそれも……セルバは軽々と回避。地面の石畳を虚《むな》しく打った礫は粉々に弾け、なおも残って露出《ろしゅつ》した魔力鋼糸を、セルバは靴底《くつぞこ》でぎりっと踏《ふ》みつけた。

「――!!」

靴越《くつご》しとはいえ、岩をも切断する魔力鋼糸を踏みつけるなど正気の沙汰《さた》ではないが、その理由は明白。

リリシャは胸中で舌を打つ。

セルバの靴底の革片《かわへん》は、完璧《かんぺき》なまでの魔力操作により、鋼板をも凌《しの》ぐ強度を与《あた》えられていた。そうでなければ今頃彼《いまごろかれ》の足は、靴底から真っすぐ縦に割《さ》けていたはずだ。

「この程度とは　まことに嘆《なげ》かわしい……」

セルバが、リリシャとの技量の差を明確に把握《はあく》しているからこその選択《せんたく》。だが、単に余裕を見せつけるためだけのその行動は、致命的《ちめいてき》な侮《あなど》りでもある。

（殺《と》った）

卑《いや》しい笑みが、リリシャの口端に浮かぶ。

糸を無理やりに操り、巨大《きょだい》な瓦礫を投擲させたリリシャの右手。その内三本の指は真逆に反《そ》ってへし折れてしまっているが、残った二指は、まだ生きている。それを使って魔力鋼糸を忍ばせ、掌《てのひら》から結晶を離す。するすると糸を伝って、結晶が見えない坂道を転がるように、糸を踏みつけたセルバの足元へと滑《すべ》っていく。

のめり込むように倒れながら、リリシャは嘲《わら》った。後は一定距離《きょり》まで結晶が近づけば良い。そこから先は、込められた魔力が炸裂《さくれつ》するだけ——。

直後、無数の結晶片《けっしょうへん》がセルバの身体を貫くことになるだろう。爆風《ばくふう》は無差別に周囲を巻き込むが、一定距離を保てば威力は半減する。

相手を確実に死に至らしめ、なおかつ己が生き残れるその距離を測り、後は待つだけ。

コンマ一秒が永遠にも思え、リリシャが滑りゆく〝奥《おく》の手《て》〟を見つめるその先で——。

「は？」

頓狂《とんきょう》な声が、リリシャの喉から漏れる。それは、この場に確実にいないはずの人物を、そこに認めたからだ。

まるで瞬間移動でもしてきたかのように、自分とセルバの中間地点に突如《とつじょ》姿を現したその人物は、まるで石ころでもあるかのように、無造作に結晶を握り込んだ。

黒いコートにインナーも黒、闇に溶《と》け込むような出《い》で立《た》ちながら、身にまとう魔力は、その姿を薄《う》っすらと月明かりに照り映えさせていて……。

（アルス⁉）

リリシャの全身を動揺《どうよう》が走りぬける。彼《かれ》の行動はちゃんと把握していたつもりだ。彼が確実にフェーヴェル家を出て、学院がある階層《エリア》に到着《とうちゃく》したことも、彼に付いていた【アフェルカ】の監視《かんし》者から報告で聞いている。念のため時間までずらして、暗殺任務に赴《おもむ》いたのだから。

仮に何かの拍子《ひょうし》で戻《もど》ってくるにしても、到着までの時間内に、全てが片付いている予定だった。そもそもアルスは、自分がこうしてセルバ暗殺に動いていることを、知りようがないはず……。

ふとアルスと目が合い、リリシャは己《おの》が瞳に映る動揺を隠す。そもそも正体に気付かれないための覆面《ふくめん》だが、今はそれはそれで不味《まず》い。現在のアルスにとっては、リリシャは素《す》性《じょう》の知れないただの暗殺者に過ぎない。彼がもし全力で危険分子の排除《はいじょ》に動けば、それこそ指先一つ動かす間もなく消し炭にされるか、最悪この世に肉片《にくへん》すらも残らないという未来すら垣間見《かいまみ》える。

（最悪、だ……）

もはや吐き気《け》すら込み上げてくるようだった。最初は全て順調だったはずなのに、何故《なぜ》こうなってしまったのか。自分は何をしても上手《うま》くいかない、そんな呪われた運命に生まれついているのだろうか。

そんな風に歯噛《はが》みするリリシャの前で、アルスは半身になり、ちょうど両腕《りょううで》を真横に突き出した姿勢を取っている。

片手はリリシャが仕掛《しか》けた魔力結晶《まりょくけっしょう》を掴《つか》み取《と》り、もう片方の腕は、ちょうど身体《からだ》とコートの陰になっていて判然としなかった。

いずれせによ、残された手立ては、もはやあの結晶を起動させるしかない。ただ、今のアルスとの距離で仕掛けが炸裂すれば、アルスはもちろん、リリシャもただでは済まないはず。それこそ、命を落とす可能性も否《いな》めない。

リリシャの額を、冷《ひ》や汗が流れ落ちる。意を決して、微かにその指が動こうとした刹那――アルスはまるで彼女《かのじょ》の意図を見通したように、こちらに掌を開いて見せた。

（ッ……！）

今や、その結晶はアルスの魔力によって、完全にコーティングされていた。同時にリリシャの指先と連動しているはずの起動装置……そのトリガーの魔力的感覚が、完璧なまでに消失している。これでは結晶の起動のみならず、あらゆる遠隔《えんかく》操作が不可能だ。

リリシャは一旦《いったん》右手の糸を断ち、指先から新たに魔力鋼糸を生成して、残った二指でそれをアルス目掛けて振り抜いた。命懸《いのちが》けの潜入《せんにゅう》計画も不退転の決意も、全てを踏み躙《にじ》られた怒りのままに。

狙《ねら》い通りアルスの腕に絡みついた魔力鋼糸を、腕を飛ばしても構わない勢いで引くも、何故か彼の腕は、びくともしなかった。生身であれば腕《うで》程度、肉を断つ感触《かんしょく》など感じるまでもなく、容易に引きちぎれるはずだというのに。

「……!?」

焦《あせ》りとともにさらなる力を込めた時、微かにリリシャの首筋が、何かに触《ふ》れた感触。

次の瞬間、彼女の視野の中で、アルスが動いた。水晶《すいしょう》を握っていたのと反対の腕でAWRを引《ひ》き抜き、流れるような動作で、リリシャの首に向けて投擲する。

超高速《ちょうこうそく》で飛来する刃《やいば》を、躱《かわ》すすべはない。

避《さ》けがたい死の予感に、リリシャが思わず目を閉じたその瞬間。プツッと高い音が鳴り、リリシャは己の首のほんのすぐ近くで何かが絶ち切られた振動《しんどう》を、その皮膚で感じた。

それが、いつの間にか巻き付いていたセルバの魔力鋼糸だと気付いた時には、首の皮がギリギリのところで薄く切り裂《さ》かれ、うっすらと血が滲《にじ》み始めていた。

一体いつから……？　そんな無意味な疑問が、ぐるぐると彼女の頭の中に渦巻《うずま》く。だが、そんなことはもはや、考えるだけ無意味。気付けなかった、すでに術中に嵌《はま》っていた、という事実こそが全て。

二重三重、さらにはそれをも超《こ》える数の策と罠《わな》を張《は》り巡《めぐ》らせて。それでもまだ、足元にすら及《およ》んでいなかった。

セルバの操る魔力鋼糸で編まれた絶命の輪。それはすでにとっくにリリシャの首に掛けられており、感触すら伝えられず、あえて止め置かれていたのだ。後は、彼女に手の内全てを吐《は》き出させてから、ほんの僅か……指一本分ほどの力を伝えて締め括るだけ。

だとすればリリシャの命は、最初から完全にセルバの手の内にあったのだろう。

リリシャは、愕然《がくぜん》とした表情を浮かべて項垂《うなだ》れ、魔力鋼糸を解いた。

もはや抵抗《ていこう》はしまい。勝てる勝てないという以前に、自分はこの戦場において、生殺与奪をめぐる駆《か》け引きの舞台《ぶたい》にすら上がっていなかったのだから。

それ以上抵抗の意思がないことを示すために、リリシャは手袋《てぶくろ》を脱《ぬ》ぎ捨《す》てると、空の両手を掲《かか》げて見せた——顔を隠す布はそのままに。

暗殺者のそんな動きを油断なく確認しつつ、アルスは口を開いた。

「セルバさん、申し訳ないが、そちらの事情に首を突っ込ませてもらいます。どうやら、俺《おれ》にも関係があるらしい。ちょっとした〝借り〟もあるので」

最後の台詞を心持ち意味深に告げて、アルスは背後のセルバに声だけを飛ばした。

アルスの行動は、どちらの味方をするつもりもない、と告げるものだった。

水晶の炸裂を封《ふう》じセルバを助けたかと思えば、暗殺者を仕留めるための機《いと》を絶ってしまったのだから。

ただ、セルバはその行動に対し怒るでも咎《とが》めるでもなく、あくまでもにこやかに、静かに戦闘《せんとう》態勢を解いた。

「左様ですか。であるならば、事情を聞いた方が良さそうですな」

「こちらの都合ですみません」

「構いませんよ、アルス様のお頼《たの》みとあれば。ただ……私の一存というわけにも」

セルバが言わんとしていることはアルスにも分かる。この場にはしっかりと〝もう一人〟の関与《かんよ》を示す、魔力の気配が感じ取れるのだから。

遠くから見守っているだけなのか、何か仕込んであるのか、とにかく、万が一に備えての仕掛けは万端《ばんたん》らしい。

そもそも屋敷《やしき》の壁面《へきめん》が崩れ、メイド達が戦闘態勢に入っている以上、これだけの騒動《そうどう》に気付けないはずはないのだ。姿こそ見せていないが、夜気にまぎれて感じられる確かな冷気は、アルスの感覚が疑いなく正しいと伝えてくる。

しかし、セルバの台詞の直後、まるでその人物がアルスの主張を認めたかのように、その冷気がすっと消えていった。

ならば、裁断と許可は下りた、ということだろう。

「さっさと行け」

アルスは無感情に満身創痍《まんしんそうい》の暗殺者へと告げた。

相手の双眸《そうぼう》に動揺が走るが、すぐに言葉の意味を理解してアルスの視線と交わり、次の瞬間、その身体が動いた。途端《とたん》、いつの間にか集まっていたらしい戦闘要員のメイド達が、逃《に》がすまいと囲もうとするが……。

それをセルバは手で制した。

これでもはや、暗殺者の逃亡《とうぼう》を阻《はば》む者は誰もいない。未熟な暗殺者は振《ふ》り返《かえ》りもせず、そのまま広大な邸宅《ていたく》周囲を押《お》し包む闇へと姿を消した。

完全にその気配が消えたのを確認したアルスは、ようやく肩の荷が下りた気分だった。つくづく損な役回りだ。

ただ、結果的に自分が間に合ったことについては、一先《ひとま》ず胸を撫《な》で下《お》ろしておいてもいいだろう。本来辿《たど》るべき転移門《サークルポート》のいくつかすらも全速力でショートカットして、この短時間で引き返してきた甲斐《かい》があったというもの。

(下手に首を突っ込んだくせに、いざという場に間に合わないほど間抜《まぬ》けなことはないからな。あと少し遅《おそ》かったら、あいつはセルバさんに殺されていただろう)

あの暗殺者は――リリシャで間違《まちが》いない。最初の疑念は、魔力鋼糸を用いていた時点で、確信に変わった。彼女は学院でアイルと相対した時に、従者への牽制《けんせい》として魔力で形成した糸を用いていたのだから。

(理事長の言った通りの状況《じょうきょう》だな。しかも【アフェルカ】の一員とくれば、こっちは良い迷惑《めいわく》だ。確かにベリックが関与しているんだろうが、よくもぬけぬけと黙《だま》って俺のところへ寄越《よこ》してくれたもんだ)

彼女を軍に引き入れたベリックが、リリシャの背後関係に気付いていないわけはない。つまりは、それも承知の上での謀略《ぼうりゃく》めいた一幕だったということだ。ベリックの思惑《おもわく》は分からないが、どうせお得意の、政治上の駆け引きだろう。

リリシャの属するリムフジェ家もしくはフリュスエヴァンに貸しを作りたいのか、あるいは、何かと厄介《やっかい》な組織らしい【アフェルカ】に、ちょっとした手綱《たづな》を付けたい、という意図かもしれない。

思えば、不自然な点はいくつかあった。

そもそもベリックの許可で、禁忌魔法《きんきまほう》を閲覧《えつらん》した時……本来載《の》せてはならないはずのフェーヴェル家継承魔法《けいしょうまほう》が魔法大典の中に記載《きさい》されていたのだから。【ガーブ・シープ】の一件については、もはやベリックの関与は確定的であった。

（まったく、しょうもない小細工を弄《ろう》してくれる。どちらにせよ、こうなったら、後でベリックと徹底的《てってい てき》に取引だ。洗いざらい、白状させるか）

内心でそう決意した直後、ふと、再び戻ってきた〝冷気〟を首筋に感じる。

振り返って、屋敷の二階部分を見上げると……崩壊しかけた二階部分に、人影《ひとかげ》がある。

それこそは、ケープを羽織ったフローゼ・フェーヴェルの姿。

そうと悟《さと》った途端、アルスはどっと気が滅入《めい》ってしまった。

何せフローゼは、セルバと示し合わせて誘《さそ》い込んだ暗殺者という獲物《えもの》を、まさに仕留める寸前まで来ていたのだから。いわば念入りに種を撒《ま》いて育てた実りが、あとは刈《か》り取るだけ、という時点で全て無に帰したようなもの。

アルスは、仕方ないと全てを観念して【宵霧《よいぎり》】を鞘《さや》に納めた。

そして、心なしか、事情説明のために彼を手招きして微笑《びしょう》を浮かべるフローゼの下《もと》へと、重い足を引き摺《ず》っていくのだった。

◇　◇　◇

深い暗がりの中で、リリシャはただ、震《ふる》えていた。

何とかアルスによって助けられたものの、彼女はもう、潜伏拠点《せんぷくきょてん》としていた宿へは戻らなかった。今は、とある地下室に身を隠《かく》している。

任務の失敗。

ただその事実のみが、心を押しつぶさんばかりに重くのしかかる。己の不甲斐《ふがい》なさに噛《か》みしめた唇《くちびる》からは、気付くと血が滲んでいた。

アルスが現れたことは、任務失敗の直接的な原因ではない。寧《むし》ろ、彼には命を救われた形だ――取り返しのつかない落伍者《らくごしゃ》の烙印《らくいん》と引き換《か》えに。

いや、と頭を振る。

恐らくアルスがいようといまいと、自分はセルバには勝てなかっただろう。

なら、アルスには感謝すべきかというと、やはりそれも違《ちが》う。別に自分が頼んだわけではないのだ。そう、アルスの介入《かいにゅう》によって得た一番の幸運は、単にセルバを殺せる機会を、なんとかもう一度得られるかもしれないという事実だろう。

今度はもっと、さらに入念に調べ、備え、謀《はか》り、確実に仕留める。

だからこそ、今はアルスへの感謝の念はない。リリシャにとって、兄から与えられた任務を最終的に果たすことこそが、何より優先すべきことだったからだ。

だが……〝次〟は本当に与えられるのだろうか。

そう思えば、今は兄にも合わせる顔がなかった。

またも期待を裏切ってしまったことが怖《こわ》く、リムフジェの一員として、それに応《こた》えられなかった己が、ひたすらに惨《みじ》めだったのだ。


リムフジェ家は支族五家で成り立っているが、本家本元はかつて【アフェルカ】を率いる大任を元首より与えられた、フリュスエヴァンとなっている。

一概《いちがい》に五家とはいっても、同じ敷地《しきち》内《ない》に支族全《すべ》てが集まっているわけではない。富裕《ふゆう》者層や貴族層の牙城《がじょう》ともいえる最内部や、それにほど近い中層を中心に、アルファ各地に支族の屋敷が散らばっているのだ。

なお、フリュスエヴァンの本拠地《ほんきょち》は、最内部でも比較的《ひかくてき》貴族の邸宅が少ない、やや辺鄙《へんぴ》な場所にある。

その館《やかた》は、外観こそ華《はな》やかで豪奢《ごうしゃ》だが、一度足を踏み入《い》れると、貴族の屋敷独特の煌《きら》びやかな雰囲気《ふんいき》などは、完全に鳴りを潜《ひそ》めてしまう。

過度な装飾《そうしょく》などは最低限しか置かず、調度品も機能性のみを重視したもので、主《あるじ》の趣向や好みを反映した部分は、ほぼ見受けられないからだ。

訪問者は、まるでモデルハウスでも見学しているかのように、全てが無難で、無味無乾燥な印象を受けることだろう。

全ては、フリュスエヴァンがリムフジェに連なる一族として、貴族として最低限の外面だけを保つためだけの装《よそお》いなのだ。

ただ、その目論見《もくろみ》はおおよそ成功しており、現在も、フリュスエヴァンが【アフェルカ】の任務を裏家業としていることは、ごく一部の高級貴族や元首のみしか知らない事実となっている。希代の暗殺組織は、元首による吸収と再編成後も、こうして貴族家としての体《てい》裁《さい》を隠れ蓑《みの》に、なんとか血に塗《まみ》れた牙《きば》を隠し、闇の中で生き永らえているのだった。

そんなフリュスエヴァン家の離《はな》れ。正確には、その床下《ゆかした》にある隠された地下室。

帰還《きかん》したばかりのリリシャは、まずそこで、折れた指を治療《ちりょう》した。いや、治療というよりも、自力で強引に骨を接《つ》いだのだ。ハンカチを咥《くわ》えて激痛とうめき声を噛み殺《ころ》し、腫《は》れ上がった指に添《そ》え木《ぎ》を当てて固定する。

ただ一人で応急処置を終えると、背後に誰《だれ》かの気配が立つ……【アフェルカ】のメンバーがリリシャを迎《むか》えにやってきた。ノックもなく気配を消しているため、それはまるで、背中に影《かげ》が寄《よ》り添ったようなものであった。

リリシャはちらりと後ろを一瞥《いちべつ》すると、着替《きが》えも済ませずに、おもむろに立ち上がる。

これから彼女は当主のもとに出頭し、考えるだけで顔が青白くなる、任務失敗の報告を済ませなければならないのだった。


室内の明かりは、暖炉《だんろ》の火によるものだけだった。薪《まき》の爆《は》ぜる音が、不気味なほど静まり返った室内に、何度か響《ひび》く。

沈黙《ちんもく》を保ったまま、ずらりと居並ぶ【アフェルカ】隊員達《たち》。

隊列の前に引き出されたかのように、跪《ひざまず》かされているリリシャの姿があった。彼女の目前には、ベールや奇妙《きみよう》な面で顔を隠した【アフェルカ】の重鎮達《じゆうちんたち》が数名。そしてその中心、一際《ひときわ》大きな椅子《いす》に座《すわ》っているのは……隠棲《いんせい》気味の当主に代わり、現在【アフェルカ】を事実上統率《とうそつ》しているともいえる、兄の姿だった。フリュスエヴァンはその成り立ち上、当主よりも【アフェルカ】の頭目にこそ実権が与えられる。当主とは貴族の仮面を被らせて椅子に座らせておく、お飾《かざ》り程度の人形という趣《おもむき》すらある。故《ゆえ》にこの場には当主ではなく、実質的な最高意思決定者として、兄が同席しているのだ。その権力はリムフジェ五家を束ねる絶大なものであった。

「あぁ、そうか。やはりまた、何一つ果たせなかったか。そのうえ、標的に手傷を負わせることすらできず、おめおめ逃げ戻ってくるとは。愚妹《ぐまい》を通《とお》り越《こ》して、いっそ哀《あわ》れだな」

項垂れていたリリシャは、そんな兄の言葉の中にある違和感《いわかん》にふと気付いて、ハッと顔を上げた。

そう……その言い方は、まるで最初から任務が失敗すると分かっていたようではないか。寧ろ、失敗することこそを期待していた、という雰囲気さえ感じ取れる。

「何だ、何か言いたいことでもあるのか？　負け犬のお前が、今更《いまさら》何を問おうと？」

だが、兄の冷たい嘲笑めいた一言が、そんなリリシャの微《かす》かな疑問をあっという間に握りつぶし、その表情を絶望の色のみに染め上げた。

「お兄様……っ、次は必ずッ」

床《ゆか》に額を打ちつける勢いで、リリシャは平伏《へいふく》した。元より、深く考えての言葉ではない。それは脊髄《せきずい》反射的に口をついて出ただけの、これから罰《ばつ》されようとする哀れな弱者が上げる、負け犬の悲鳴にも近いもの。

兄の期待に添《そ》えなかった時、ずっとそうしてきたように、リリシャは今、不出来な妹に今一度だけチャンスをください、と全身で懇願《こんがん》していた。

「くどいな」

しかし、いかにも抑揚《よくよう》の乏《とぼ》しい冷淡《れいたん》な兄の声は、いつものように期待はおろか、兄妹《きょうだい》としての情の片鱗《へんりん》すら、リリシャに感じさせてはくれなかった。

「お、お兄様……‼」

「もう、その言葉を口に出すな。欠陥品《けつかんひん》など妹だとは思わない。いや……考えてみれば元から一度として、お前をそう考えたことなどなかったか」

もはや嘲笑するでもなく、ふと己を振り返り、当然のように吐露《とろ》された兄の台詞。

思わず言葉を失《な》くしたが、それでもなんとか顔を上げて、リリシャはひたすらに懇願を続けた。彼女にはそれしかできず、同時に「ごめんなさい、ごめんなさい……！」と哀れな自動人形のように、繰《く》り返し謝罪し続ける。

「最後だと言ったはずだが」

「も、申し訳ございません、ですから次、つ、次こそは……」

「何故、死ななかった」

「……え？」

リリシャの兄、レイリーは椅子のひじ掛けにもたれながら、路傍《ろぼう》の石でも見るような目で、彼女を見下ろした。

「お前がセルバ・グリーヌスに殺されていれば、多少因果を曲げる必要はあるにせよ、我らに大義くらいは生まれた。リリシャ、お前は何故生きている」

じっとリリシャを見下ろす目は、まるで不思議な物でも見るようだった。それこそ、死んでいるはずの人間が息をしていることを、訝《いぶか》しむかのように。

同時に、リリシャは己の喉がもはや嗄《か》れ果ててしまったことを悟り、愕然と項垂れる。もう、声を絞り出すことさえできなかった。もう、己には死ぬことしか価値は残されていないのだ。瞳《ひとみ》から感情の色さえ消え……リリシャの魂《たましい》は今、絶望の中、あてのない地獄《じごく》の底を彷徨《さまよ》っていた。

初めから、一片《いっぺん》も期待など掛けられていなかったのだ。ならば、一体自分はこれまで何を求めてこの家で生きてきたのか。それすら、もう分からなくなってしまった。

そして、ふと気付く。

兄からの期待の言葉、妹のことを褒《ほ》める言葉など、別に具体的な形にして聞きたいわけではなかった。

自分は、要《い》らない存在になりたくなかったのだ。

このフリュスエヴァンで生きていくために、役割が……ただ、この場所に縋《すが》るための支柱が欲《ほ》しかった。

もはや、涙すら出てこない。極度の絶望は悲しみの感情さえも麻痺《まひ》させ、リリシャはただただ、己の非才と不出来さを呪《のろ》った。

「やはり、問題は母親の血の悪さか」

その言葉は、リリシャ本人に非を求めるのではなく、母親へと責任の矛先《ほこさき》を向けたもの。ただ、彼にあくまで悪意はないのだろう。その証拠《しょうこ》に、単に学者が何かの実験結果を分析《ぶんせき》しているだけであるかのように、その口ぶりは淡々《たんたん》としている。

「そういえば……ジルもそうだったか」

リリシャには、二人の兄がいる。

目の前のレイリーは、実質的には次男だ。長男はジルという名だが、彼は現在、フリュスエヴァン家を追放されていた。その理由は至極《しごく》単純――「使えない」から。分家にも劣《おと》る出来損《できそこ》ないだから。

そして、ジル、レイリー、リリシャの三兄妹は、父は同じリムフジェ当主だが、母親が違う。具体的には、ジルとリリシャは正妻の子ではない。レイリーのみが、正妻を母親に持っているのだ。

物心ついた頃《ころ》から、異母兄弟としてフリュスエヴァンで育てられていた三人だが、中でもレイリーの才能は、圧倒的《あっとうてき》に秀《ひい》でていた。

正妻に据《す》えられるだけに才能豊かな母親の血を引いているため、と誰もが陰で噂《うわさ》していたのを、リリシャは知っている。

レイリーには年少期からすでに【アフェルカ】を率いるだけの器《うつわ》があったが、長兄《ちょうけい》であるにも拘らずジルはそうではなかった。戦闘はおろか、【アフェルカ】の任務に必要なあらゆる才能に恵《めぐ》まれず、父に常に叱責《しっせき》されていたことを、リリシャはよく覚えている。

「リリシャ、お前は、軍にいるジルのことをどう思っていた？」

兄に唐突《とうとつ》に、そう問われ。

「え……？」

リリシャは、驚《おどろ》いたように顔を上げた。

「奴《やつ》は、幼いお前が信じさせられていたように、お役目を放棄《ほうき》して家から逃げたのではない。度重《たびかさ》なる失態の末、フリュスエヴァン家を追放されたのだ……俺の進言でな」

「では、ジルお兄様は……！」

「そう、全ては奴の非力さゆえだ。本家に生まれておきながら、末席にさえ数えられることはなかったんだからな。この家から出た恥《は》ずべき欠陥品を押し付《つ》けるには、あそこはうってつけだ。軍ならば多少の使い道もあるだろうからな」

「……！」

ふと、後ろに控《ひか》える隊員達の間から、忍び笑《わら》いの声が……やがてそれは、誰はばかることのない無遠慮《ぶえんりょ》な嘲笑のさざ波となって、室内に響き渡《わた》っていった。

リリシャはそれをもって、愕然たる事実を知る。

「じゃ、じゃあ、私も……？　やっぱり軍に入れられたのはっ……！」

「もう少し使えると思っていたのだがな、期待外れだ。死ぬことすら出来ぬお前は、この家にいらない。リリシャ、お前はお払《はら》い箱《ばこ》だ」

「あ……ああっ……」

自らの身体を腕《うで》で抱《だ》きかかえるようにして、崩れ落《お》ちるリリシャ。顔面を蒼白《そうはく》にさせた彼女の前に、進み出た誰かが立つ。

それは、分家の一つを束ねている男だ。彼はリリシャを見下ろしながら、リムフジェ家全体の慣習を述べ立てた。誰であれ【アフェルカ】として役に立たない者は、一定年齢《ねんれい》になった時点で、長老会の決定により、家から〝外〟に出されるしきたりなのだ、と。

「わ、私は……」

どこかでその可能性に気付きながらも、断固として否定したかった真実。震える彼女の前で、レイリーは冷淡な表情のまま足を組《く》み替《か》えた。

「あまりに哀れなお前には、俺があえて、長老会の決定だと伝えずにおいてやったまでだ。まあ、身内の恥《はじ》を、わざわざ口にするのもはばかられたんでな。何しろ、本家から無能を二人も出したのだ」

「う……うぅ……」

もはや言葉にすらならないうめき声をあげるリリシャを前に、レイリーはただ無言。一方、皮肉げに唇を歪《ゆが》めた分家の男は、どかっと鷹揚《おうよう》な態度で壁《かべ》にもたれかかった。くすんだ金髪《きんぱつ》の男……彼はレイリーに次ぐ実力者であり、【アフェルカ】の副官を務めている。そんな粗暴《そぼう》な態度が許されるだけの力を持っているのだ。

そんな彼が冷徹《れいてつ》に言い放つ。

「てめぇは、最初から期待されてなんかいなかったんだよ。情け深い相談役が教育を施《ほどこ》したんで、ちっとは使い物になるかと、レイリー様が一時的に〝使ってみた〟だけでよ」

「…………」

リリシャは、愕然と床に手を突《つ》いた、色を失くした双眸は、今、暖炉の火の照り返しが揺《ゆ》らめく、磨《みが》かれた冷たい石の床だけを見ている。

そんなリリシャの両隣《りょうどなり》に【アフェルカ】の隊員が二名、並び立つ。脇《わき》を支えられる形で、リリシャは膝立《ひざだ》ちにさせられた。

交互《こうご》に男達の顔を見るが、極度のショックの中、もはやそれが見知った者であるかどうかさえ、判断がつかなかった。

「お兄様、な、何をっ!?」

彼女の真正面に座るレイリーは、そっと足を組み替えると、無表情で肘掛《ひじか》けに突いた手の上に顎《あご》を乗せる。その瞳には一切《いっさい》同情の色はなく、同時に顔色を失くしたリリシャから視線を逸《そ》らすこともなかった。

直後、リリシャは背中がぐい、と引っ張られるのを感じた。男の力で、まるで引き剝《は》がすかのように、衣服を強引に千切り取られる。たちまち白磁のような肌《はだ》が露出し、暖炉の炎《ほのお》になめるように照らされて、まっさらな雪の白の上に、薄《うす》い蜜柑《みかん》色の火影《ほかげ》が躍《おど》った。

「やめて、いや、お兄様、お兄様――!!」

力の限りに抵抗し身もだえするリリシャだったが、両腕はまるで鉄の錠《じょう》で固められたようにがっちりと固定されている。

がつん、と頭から衝撃《しょうげき》。髪《かみ》を掴まれ、強引《ごういん》に石の床の上に、顔を押し付けられたのだ。

必死の力を込め、僅《わず》かに顔を動かす。

どこかから、鉄の擦《こす》れる音が耳に届く。

それと同時、振り乱《みだ》した髪が垂れ落ちて狭《せば》まる視界の端《はし》、暖炉の中に、赤いものが見えた。屈強《くっきょう》な男がそれを暖炉から出し、真っ赤に灼《や》けた先端《せんたん》を確認《かくにん》すると、さらに念入りに火で炙《あぶ》る。

見た目は鉄の棒……だがその先端にある膨《ふく》らんだ部位には、不気味な紋章《もんしょう》めいた何かの形が模《かたど》られている。

それは、焼き印――リリシャの目が、大きく、大きく見開かれる。たちまちその端から、涙《なみだ》の粒《つぶ》が盛り上がり、頬を濡《ぬ》らしていく。

「お兄様っ！　やめ、やめさせて、私はまだできる、できます！　だ、だから……」

「喚《わめ》くな。ジルはあれでも自ら皮膚《ひふ》を焼いたというのに、お前ときたら、他人に手伝わってもらわなければ何もできんのだな。今回の失態と恥辱《ちじょく》の証《あかし》は、その背中にしかと刻んでおけ」

「――ヒッ!?」

兄の声は、すでに人のものではないかのようにざらつき、ひどく歪んで聞こえた。リリシャはガチガチと歯を震わせながら、なんとか首だけを回して、背後を振り向《む》く。覆面をした男が、無言で灼熱《しゃくねつ》の赤に染まった棒付きの鉄塊《てっかい》を掲げた。

そして、掌ほどの印章部に刻まれた禍々《まがまが》しい炎朱色の紋様《もんよう》が、リリシャの視界いっぱいに広がる。

「あああああああああぁぁあぁぁぁあぁ～～～～ッ！！！」

まるで獣《けもの》の咆哮《ほうこう》のような絶叫《ぜっきょう》が響き渡る。皮膚が焼ける嫌《いや》な音と、肉の焦《こ》げる異臭《いしゅう》が室内を満たす。リリシャの背中に押しつけられた焼印に、魔法の光が灯《とも》り、さらに柔肌《やわはだ》を焼き拡《ひろ》げていく。最初は掌《てのひら》程度の大きさだったものが、悪魔《あくま》が翼《つばさ》を開くように肩《かた》や腰《こし》にまで延び、リリシャの心に、決して消えぬ落伍者の印を焼きつけていった。

……全ての工程が終わったその時、唇の端に泡《あわ》を滲ませながら、完全に意識を失ったリリシャは、そのまま冷たい石の床に打ち捨てられた。

◇　◇　◇

アルファの国家元首が住まう場所は、まさに伏魔殿《ふくまでん》、魔境《まきょう》というに相応《ふさわ》しい。

その政治の中枢《ちゅうすう》で打ちだされた政策が一国を支え、さらなる繁栄《はんえい》に繋《つな》がるべき一手が、日々承認《しょうにん》されて施行《しこう》されていく。

だが昨今、そこで働く職員達の様子には、どこか鬼気迫《ききせま》るものがあった。まるで一刻ごとに鞭《むち》で追い立てられているような過剰《かじょう》労働ぶりが、堂々とまかり通っているのだ。

ただそんな状況にあってすら、美しき元首の下で働けることを誇《ほこ》りに思うという、ある意味で常軌《じょうき》を逸《いっ》した精神状態に陥《おちい》っている者がほとんどである。

そんな一角、元首の寝所《しんじょ》がある宮殿《きゅうでん》の豪華《ごうか》さは、まさにあらゆる者が目を瞠《みは》る。ただ、そこの主が人間離れした美貌《びぼう》を持ち、神話の女神《めがみ》の化身《けしん》とも言われているというのであれば、それなりに納得《なっとく》もいくだろう。

それは決して大げさな形容ではなく、いざ彼女が民衆の前に出た時には、老婆《ろうば》や老人が、現人神《あらひとがみ》として拝む姿が、ちらほら見られるぐらいなのだ。

男の劣情《れつじょう》を掻《か》き立てるような世俗的《せぞくてき》なものではなく、それを前にしては誰もがひれ伏《ふ》すしかない、神々《こうごう》しく他を圧倒《あっとう》する天上の美だ。

そんなアルファの元首――シセルニアは、宮殿内《きゅうでんない》の自室で、先程《さきほど》から大きな興奮を抑《おさ》えられないでいた。

胸元《むなもと》の大きく開いた服をまとい、贅《ぜい》を尽《つ》くしたソファーにだらしなく横になりながらも、ついつい頬が緩《ゆる》んでしまうのを止められない。少し気分を落ち着けようと、彼女は大きく寝返《ねがえ》りを打った。その拍子に長い裾《すそ》が少し乱れたが、多少皺《しわ》になろうと構いはしない。

それを叱《しか》る口煩《くちうるさ》い側近は、今、宮殿の外へと出かけているのだから。代わりに興奮を冷ます氷入りの飲み物を用意してくれる人もいなくなっているわけだが、そんなことは、今のシセルニアにとっては、ごく些末《さまつ》な事項《じこう》に過ぎない。

その側近――リンネが先程もたらした一報が、この美人元首が神秘的な瞳を熱く輝《かがや》かせている、主たる理由であった。

「はぁ〜、アルス、アルス……」

恋《こい》の熱に浮《う》かされてでもいるかのように、何度も呟《つぶや》かれる、現役《げんえき》1位の名前。

同時に、シセルニアの唇から、フフッと笑《え》みが零《こぼ》れ落ちる。

身体の内側から溢《あふ》れる愉悦《ゆえつ》。それに身を任せているのが、今は堪《たま》らなく心地良《ここちよ》い。

さらに、この巨大なゲームにおいて、自分がプレイヤーとして、己《おのれ》の仕掛けにアルスが気付くかどうか、まさにそのギリギリのラインを攻《せ》めている……髪が逆立つようなそんなスリルめいた感覚は、まさに極上《ごくじょう》のスパイスだ。

困ったことに、この若き美人元首は、自分が綱渡《つなわた》りをするのは嫌だが、人がそれをするのを見ているのは大好き、という性分《しょうぶん》なのだ。

「ここまで上手くいくと、ちょっと後が怖いのだけど。いいわぁ、アルス。あなたがこうも読み通りに動いてくれると、あなたがまだ、私の手中にあると実感できるものね」

クッションに顔をうずめ、くくっと低く押し殺した、やや不気味とさえ言える笑い声を

立てるシセルニア。完全に一人の世界に入り込んでいる元首の奇態《きたい》を見かねたのか、部屋にいたもう一人の人物が、嗜《たしな》めるかのように口を開く。

「確かに、おおよそは計画通りに行っているみたいだわさ。だがねぇ、物事は上手くいってる時こそ、後ででっかい落とし穴があるもんさね」

それは、杖《つえ》を突いた白髪《はくはつ》の老婆だった。

「ほれ、次はあんたの手番じゃぞ」

老婆はそういうと、ソファーから少し離《はな》れた卓上《たくじょう》のチェス盤《ばん》に手を伸《の》ばし、駒《こま》を一つ動かした。どうやら、彼女はシセルニアと、チェスで勝負している最中だったようだ。大方、その勝負中にリンネから報告が入り、舞《ま》い上《あ》がったシセルニアが感情に任せ、勝負を一時中断してしまったのだろう。

お喜び中、老婆にちょっと水を差されたと言える状況だが、それにシセルニアは怒《おこ》るでもなく、彼女の方を振り返って。

「ええ、これほど気持ちがよい事もないわ。楽しくて楽しくてゾクゾクするって、こう言うことを言うのね。ミルトリア」

老婆の名は、ミルトリア・トリステン——かつて〝魔女《まじょ》〟と恐《おそ》れられた女傑《じょけつ》だ。もっともその異名は、今はその弟子《でし》に引き継がれている。ただ、ずいぶん歳月を経てきただけに、彼女自身、今は昔の二つ名にふさわしい容貌《ようぼう》になってきてはいるが。

それはともかく、彼女こそは、現〝魔女〟ことシスティ・ネクソフィアを弟子に持つ、魔法師界の伝説中の大物なのだった。さらに彼女は【アフェルカ】創設時の初期メンバーにして、隊長の一人を務めた経歴もあり、アルファの歴史、その光と影を体現している人物である。

長らく隠居《いんきょ》生活をしていた彼女だが、こうして今、元首の宮中に足を運んでいる理由は……。

「で、シセルニアの嬢《じょう》ちゃん、私の頼みごとの方は、大丈夫《だいじょうぶ》なのかえ？【アフェルカ】の暴走を止めてあの娘《こ》を救ってほしい、と、わざわざこの老体を、こんなところまで引きずってきたんだわさ」

ソファーから降りたシセルニアは、大胆《だいたん》にも靴《くつ》を脱ぐと、素足《すあし》のまま、チェス盤の乗る卓《たく》まで歩み寄る。

「ミルトリア女老、その心配は無用よ。アルスがきちんと動いてくれて、万事上手《ばんじうま》くいっているわ」

「そうかえ、それは助かったわさ。相談役とかなんとかおだてられても、あたしも歳《とし》さ。最近の若い者……特にリムフジェの坊主《ぼうず》なんざ、あたしの言うことなんざ、もうちっとも聞きやしない。【アフェルカ】は本来、先の元首様にお咎めを受けたあの時に、とっくに消え去っているべきだったのかもしれんわい」

「でも、【アフェルカ】の古老であるあなたが私に協力してくれるなんて、本当に僥倖《ぎょうこう》だったわ。代わりに、あなたはかつて育てた組織から、裏切者扱《あつか》いされるかもしれないけど」

「ふむ……それを言うなら、本当に〝裏切った〟のはどっちか、という話だわさ。【アフェルカ】は変わってしまったからのう。リムフジェの手に委《ゆだ》ねられた後も、今の当主まではまだよかったが……まったく、年齢《とし》は取りたくないもんだわさ」

「でも良かったわよね、最初に言ってたでしょ？　たとえあなたの協力があっても、フリユスエヴァンの末娘《すえむすめ》は死ぬかもしれないって」

「ま、確かに最悪の展開は避けられたようだわさ。なら、別にこっちも言うことはないわさ。で、あんたはどう出る？」

そう言って、ミルトリアはシセルニアへと、卓上の次の一手を促《うなが》す。

そこにある駒は、返しの一手で、今度はシセルニアの手駒《てごま》を取ってしまえる位置にある。

それは、今度はシセルニアが、何かを失うリスクを負う暗示なのかもしれなかった。

シセルニアは油断なく盤上《ばんじょう》を見渡《みわた》す。

（失うもの、ねえ。ま、リリシャ・ロン・ド・リムフジェ・フリュスエヴァン自体は、私

からすると別にどうでもいいと言える駒だけど）

そう、彼女《かのじょ》の計画には、リリシャの生存は全くといっていいほど影響《えいきょう》を与《あた》えない。

それは結局のところ、アルスがどう行動するかによって決まったわけだが、シセルニアにとって、大事なのはアルス自身であって、リリシャではないのだから。

（ここの読みについては、ベリックに負けたわね。でも、局地的な勝敗なんて、実はたいした問題じゃない。大事なのは王の駒を押さえることなんだから。なら、大局じゃ負ける余地はない……あはっ、最高！　完全に余裕《よゆう》な状況って、どうしてこうも心躍るのかしらね、アルス）

シセルニアはチェスの盤上のことはそっちのけで、はしたなく頬を緩める。それこそ、涎《よだれ》の一つも流しかねないだらしなさだ。こんな顔をリンネが見たら、凄《すさ》まじい形相でネチネチと嗜めてくるだろう。

（でも、いつも傍《そば》に付いてるリンネがいないっていうのも、気楽な反面、ちょっと物足りないわね）

そんな勝手なことを考えるシセルニア。ただ、今は代わりに彼女の協力者であるミルトリア女老がいる。彼女は今回の一件に片がつくまで、こうして付き添ってくれる予定だ。

しかし浮かれてばかりはいられない。シセルニアの書いた筋書きの中に、僅かとはいえ、想定外の要素が紛《まぎ》れ込んだのだから。それは彼女の計画に、予想もしなかった綻《ほころ》びをもたらすかもしれない。ミルトリアを問い質《ただ》して、確認しておく必要があるだろう。

「ところで、ミルトリア女老、私の読みだとアルスはベリックに連絡《れんらく》すると思っていたのだけど。おかしいわね、どうしてシスティ理事長が、何故《なぜ》、彼女が〝いろんなこと〟を知っていたのかしらね？」

シセルニアの整った眉《まゆ》が少し顰《ひそ》められ、咎めでもするように、老婆へと向けられた。元首の機嫌《きげん》を損《そこ》ねたとも言える状況だが、かつての先代魔女は、隠し立《だ》てする様子もなく、のうのうと答える。

「いやさ、愛弟子《まなでし》が、わざわざ久方ぶりに訪ねてきたんだ。そりゃ力になってやろうって、親心の一つも出るさね」

「はぁ～、そんなに堂々と言われちゃ、毒気も抜《ぬ》けちゃうわ。かつての女傑は、本当に怖いもの知らずなのね。それとも歳のせい？」

今回の一件で、アルスがリリシャを助けるかどうかは、シセルニアとしても最大の見所だった。もちろんその選択《せんたく》自体は彼女の計画に関係ないとはいえ、ストーリー上、興味深い山場だったのは間違いないのだ。しかしそれも、横から余計な口が入った結果だったとあれば、彼女としては、どうにも面白《おもしろ》くない。

やや口を尖《とが》らせたシセルニアに、ミルトリアは、我儘《わがまま》な孫を宥《なだ》めるかのように言う。

「シセルニアの嬢ちゃん、あたしはシスティには、ごく小さなヒントしか与えとらん。【アフェルカ】の相談役として、教え得る最低限の、な。だがあの子はあれで、かなり鼻が利《き》くんだわさ。得たヒントをどう生かすか、それは結局、システィの器次第《うつわしだい》」

「もういいわ、そういうことにしてあげる。まあ、彼《かれ》も薄々《うすうす》気付いてるかもだけど、アルスを抱き込んだのは私と総督《そうとく》の考えなんだし。私としてもリリシャさんが助かったのは、別にマイナスじゃないわ。……プラスでもないけど」

またも若き元首に、小悪魔的な笑みが戻《もど》ってくる。

リリシャが生存しようとしまいと、シセルニアがミルトリア同様、今の【アフェルカ】の在り方を問題視していることに変わりはない。だからこそ、ミルトリアの申し出は、渡りに船だったのだ。かつての元首がそうだったように【アフェルカ】を手なずけるか、それができないのなら、いっそ……そう、彼女は全く構わない。たとえ、リムフジェやフリュスエヴァン、いや、その支族全てがアルファという国から消失しようとも。

要は、【アフェルカ】という、アルファの陰にある存在を、白日のもとに引き出すこと。そのうえで、その牙を抜き、元首自ら躾《しつけ》をするのだ。鎖《くさり》が外れかけている狂犬《きょうけん》が、あるべき場所に帰ってくれれば良し、帰らなければ処分するだけだ。

シセルニアの父、前元首が急に崩御《ほうぎょ》してしまったため、諸々《もろもろ》の引《ひ》き継ぎがきちんと行われなかったとはいえ、前元首の時にはすでに【アフェルカ】は独断専行の傾向《けいこう》を強めていた。だから今回躾をしようと思い立ったのだが、いかんせん、こちらの手駒では力不足。

そういう意味で、アルスに白羽の矢を立てたのは、シセルニアの英断と言えるだろう。

もちろん前の元首会談の折、アルスに脅《おど》されて恥をかいた意趣《いしゅ》返しの意味もあったが。

いずれにせよ、アルスが【アフェルカ】の目論見を挫《くじ》いてくれたことは、大きな前進だと言える。

元番犬如《ごと》きが、元首の治める内地《にわ》をこれ以上掻き乱すことは、シセルニアとしては許せないことなのだ。

(それと、ウームリュイナも、いずれ抑える必要はあるわね。フフッ、元王族とはいえ、今更しゃしゃり出てこなければ、大目に見るつもりだったのだけど。いくら遠縁《とおえん》の血筋だろうと、元首と貴族の間には、明確な区分があって然《しか》るべきだもの)

実際、ウームリュイナが急に動き出したのは、シセルニアにとっても想定外ではあった。

ただ、かの家が、現在の元首制に対し、二心めいたものを抱いていることは、前から分かっていたことだ。

それが、近頃《ちかごろ》になって更《さら》に不穏《ふおん》な動きを見せたことで、シセルニアが威光《いこう》を示すための

「派手な勝《か》ち戦《いくさ》」の敵役《かたきやく》に選ばれただけのこと。

しかも、ウームリュイナと【アフェルカ】の間に、いつの間にか妙《みょう》なつながりが生まれていることも、シセルニアの逆鱗《げきりん》に触《ふ》れた要因である。

ちなみに軍に組み込まれ、切り捨てられる予定だったリリシャはその動きを察知できておらず、かえって独断で【テンブラム】の審判役《しんぱんやく》を買って出たことを責められる羽目になったのだ。その結果、リリシャの身に起きた悲劇など、シセルニアは知る由もない。

（でも正直、相手役としては力不足というか、たいして期待できなそうなのよね。まあ、あのアイルっていう子は、楽しませてくれそうだけど）

まさかシセルニアや軍の目に触れるのもはばからず、アルスと直《じか》に接触《せっしょく》するとは。ただ、自分を元首の座から引きずり下ろす方法として、アルスを取り込むのは確かに合理的とも言えた。現にシセルニアが各国に対して優位かつ強硬《きょうこう》な姿勢でいられるのも、アルスという切り札をアルファが擁《よう》しているからだ。そしてアルスに対する指揮命令権が、一応とはいえ、ベリックに管理されているからでもある。

アルスがアイルと馬が合わないだろうことは最初から分かっていたが、正直、ルサールカ元首のリチアに勧誘《かんゆう》され、フラフラ付いていってしまうような節操なしでなくて、大いに助かった部分はある。

結局は、全てが落ち着くところに落ち着いている、絶妙《ぜつみょう》なバランス。それが、シセルニアにとってもっとも御《ぎょ》し易《やす》いのだ。国内の貴族勢力もまた同様に、上手《うま》く調整していかなければならない。ウームリュイナはもちろんだが、フェーヴェルやソカレントとも、実は馴《な》れ合《あ》うつもりはあまりない。互《たが》いに協力的なのはいいが、変に力をつけられて増長されても困り物だからだ。

シセルニアはここでもう一つ、そんな自分の思惑《おもわく》全《すべ》てが、順調に運んでいる最大の理由にも思いを馳《は》せる。

それには……他ならぬ軍の総督ベリックの助言が大きな役割を占《し》めていた。結局、彼が一番、アルスのことをよく理解しているのかもしれない。その点でも、ベリックにお株を奪《うば》われるつもりはなかったのだが、今回アルスは彼の読み通り、リリシャを助けに動いた。自分は正直、五分五分ではないかと思っていた。だが、結果を見れば、完敗と言う他ないのだろう。

それにしても禁忌魔法《きんきまほう》という餌《えさ》一つで、アルスの関心をフェーヴェル家に向かせ、結局彼を狙《ねら》いどおり動かすことに成功したベリックに対し、悔《くや》しい思いはある。

（こちらももっと、アルスのことをしっかり見ておいたほうがいいのかしらね）

ウームリュイナの末娘であるリリシャはしっかりと監視《かんし》任務を果たしているようで、軍だけでなく、こちらにも報告は共有されているのだが、別ルートで裏付けが取れるに越《こ》したことはない。

システィもベリックも知らない、学院に潜むシセルニアの息のかかった者。そんな目と耳の数を、もう少し増員するべきかもしれない。もちろん、国内の各動向の察知には〝アルファの眼《め》〟と呼ばれるリンネの魔眼《まがん》も活用されているが、それにも限界はある。彼女がアルスに悟《さと》られないよう、慎重《しんちょう》に監視できているだけでも御《おん》の字《じ》というところだろうか。

そういうわけで、万事《ばんじ》抜《ぬ》け目《め》のない彼女でも、フェーヴェル家で何が行われていたのかまでは分からなかったのだ。

システィが絶妙なタイミングでアルスに接触、それによってアルスがフェーヴェル家に引き返したという事実と、さっきのミルトリアとのやり取りから、多少推測するのが精一《せいいっ》杯《ぱい》というところだ。

（……ま、全部が全部、結果が分かっているゲームというのも、退屈《たいくつ》だものね）

シセルニアはふと、醒《さ》めた目付きになって、そう呟く。

これほどの謀略《ぼうりゃく》を巡《めぐ》らせてはいても、実のところ、シセルニアにとってはほとんどの現実はゲームの域を越えない。だから大抵《たいてい》の場合、シセルニアはいつもゲーム的な思考のみであらゆる物事を捉《とら》え、分析し、対処してしまう。

悪癖《あくへき》だ。

自分でよく分かっているだけに手に負えない。

自分を貶《おとし》めようとするウームリュイナの動きですら、シセルニアの喉元《のどもと》に刃《やいば》を突きつけ、脅《おび》えさせるには足りないのだ。

とはいえ、彼女も別に超人《ちょうじん》ではない。一人の女性として、恐怖《きょうふ》を感じることはあるし、時折、たった一人で守り続ける玉座を、寂《さび》しいと感じることもある。

そんな気持ちを、立場を、孤独《こどく》を、理解して分かち合える者。

彼女はずっと、そんな相手を探しているのかもしれなかった。

それには、その者が自分と同じ器量と才の持ち主で、さらに、元首たるシセルニアの命を本気で奪えるほどの、一種暴虐《ぼうぎゃく》じみた力を持っていなければならない。

今のところ、そんな相手は……いや、〝一人〟だけ、いるのかもしれない。

……だから、彼女は。

そう、自分でもそんなスタンスが、人を駒のように扱うその態度が、彼を怒らせると分かってはいるのだ。

（本当に悪気はないのだけど。今度もしまた怒らせたとしたら、彼、どうすれば、許してくれるかしら）

彼——アルスが何を求めるのか、この機会にそれを探《さぐ》るのも良いかもしれない。金にも権力にも興味がないアルスのことだ、予想の斜《なな》め上《うえ》のことを言い出すかもしれない。この一点に関しては、シセルニアもアイルも共通して興味のあることであった。

そんなことを思い、艶《あで》やかな笑みが一層濃《こ》くなる。その笑みは、どこか心の深い闇《やみ》さえ感じさせるものだった。

不意に耳に届いた、白けたような誰かの一言が、シセルニアのそんな自己陶酔《とうすい》めいた空想を打ち破り、現実に引き戻した。

「さぞ楽しい妄想《もうそう》だったみたいだが……気を付けな、お嬢ちゃん。一国の元首にしては、随分《ずいぶん》と悪人顔が様《さま》になっているよ」

「あら、嫌だわ」

口を愛用の扇子《せんす》で覆《おお》い隠《かく》して、妖艶《ようえん》な笑いで誤魔化《ごまか》すシセルニア。悪戯《いたずら》っぽい笑顔《えがお》で、お返しのように、ミルトリアに言う。

「でも悪人といえば、あなたも十分にその素質があるのではなくて？　かつて己が育ててきた【アフェルカ】を、解体どころか完全に壊《こわ》すことになるかもしれない企《たくら》みに、手を貸しているのだから」

ただ、シセルニアには分かっている。それはゲームめいた感覚でいる自分とは違《ちが》い、命《いのち》懸《が》けの戦場に立つことと同義なのだ、と。

なぜならば――。

「冗談《じょうだん》をお言いでないよ。今、あそこの実権を握《にぎ》っているあのリムフジェの坊主――レイリーは、【アフェルカ】歴代最強と言える化け物だ。まったく、あたしが育てたリリシャほどの可愛《かわい》げの欠片《かけら》もありゃしない。よもや全盛期のセルバを越えようとは、誰《だれ》も想像し得なかったはずだわさ」

どこか往時を振《ふ》り返《かえ》るかのような懐《なつ》かしげな表情を浮かべつつ、ミルトリアは同時に声に悲哀《ひあい》をも滲《にじ》ませて、そう嘆《なげ》く。

「セルバ……あぁ、今はフェーヴェル家の執事《しつじ》だったかしら。でも私ね、実は、強さを測る物差しを一つしか持っていないのよ。もっとたくさんの物差しを持つことができたなら、私ももう少し、慎重になれたのかもしれないわね」

足を容易《たやす》く掬《すく》われそうな、傲慢《ごうまん》な物言い。

シセルニアが唯一《ゆいいつ》所持する物差し……それは、アルスだけだ。あんな性格ではあるが、彼は伊達《だて》や酔狂《すいきょう》で1位の座にいるわけではない。【背反の忌《い》み子／デミ・アズール】を討《とう》伐《ばつ》したことで、アルスの力に対する確信と信頼《しんらい》は、彼女の中で揺るぎないものになった。

それに、シセルニアは実のところ、そこまで【アフェルカ】の力を軽く見ているわけでもない。しかし、アルスをこの計画に組み込めた段階で、どんな相手だろうと、戦闘能力《せんとう》に関しての心配は無用だと判断しただけ。

実際、アルスはフェーヴェル家の問題に不本意ながらも足を踏《ふ》み入《い》れることを決め、セルバを助け、リリシャの命までも救ってみせた。これがきっかけで【アフェルカ】と彼の間に火種が生まれたようだが、その展開は、寧《むし》ろシセルニアにとっては都合がよい。

（今時点でオールクリアとまでは言えないけど、もうフェーヴェル家の心配はいらないわよね。これで形勢は決まったわ。後は【アフェルカ】の王にチェックメイトをかけるだけ……その時、アルスはどうするのかしら）

そんな風に思考を巡らすシセルニアを眺《なが》めつつ、ミルトリアは、積み重ねた年齢を感じさせる顔に、不快そうに新たな皺を刻む。

この元首は、最終的な到達《とうたつ》地点が自分の想定内に収まれば、そこから漏《も》れた犠牲者《ぎせいしゃ》になど目を向けない。小を悉く《ことごと》切り捨てることを、当然の些事《さじ》だと考えているのだろう。

「どうにも歪んでるねぇ。お嬢ちゃん、分かってるのかい？　今回はある意味、フェーヴェルという家全部を危険に晒《さら》す、危ない博打《ばくち》だったんだ。下手をすりゃ、私の教え子、リリシャが死んだだけじゃない。【アフェルカ】の刃が、フェーヴェル家全体に襲《おそ》いかかったかもしれん。もしフェーヴェルが潰《つぶ》されでもしたら、ソカレントや他のフェーヴェル寄りの貴族達《たち》も黙《だま》っちゃいないだろう。そんな状況《じょうきょう》でウームリュイナが満を持して動き出してでもみな、アルファも軍も、二分されての大混乱だ。そうなりゃ、外界に討《う》って出るどころじゃないぞい？　あんたの想定外どころか、最悪の結末を迎《むか》えた可能性もあるんだ。あたしはもう、少しばかりくたびれててね。この歳で、もうこれ以上血を見たくないんだわさ」

不意に人間らしい情を漏らしたミルトリアは、それこそ老いたのかもしれない。彼女は確かに、あまりにも多くの誰かの死を見過ぎてしまったのだろう。

しかし――。

「面白いことを言うわね。そうね、私も別に、血を見て興奮したい変態じゃないわ。誰も死んで欲しくないのは事実よ。……でも悲しいことに、人って、いとも簡単に死んでしまうのよね。それに、元首なんて、常に大のために小を殺すことを強《し》いられる立場よ。全《すべ》てを救う道なんてものがあれば、こんな玉座なんていつでも捨てて構わないくらい……」

急にしおらしくなって見せるシセルニアだったが、少し目を伏せたその姿は、意外に真剣《しんけん》に、世の儚《はかな》さと、所詮《しょせん》人の身たる己の限界を憂《うれ》えているかのようでもある。

それに、と不意に彼女の声色《こわいろ》が変わる。その冷徹な響《ひび》きは、海千山千のミルトリアをして、その背筋を冷やりとさせるに十分足《た》るもの。

「今回は、フェーヴェル家にも因果があるのよ。なにせ、元【アフェルカ】のトップの一人、セルバ・グリーヌスを保護したのだから。過去に幾多《いくた》の血を流した抜身《ぬきみ》の刃を抱き込んで、返り血を浴びずにいられるわけがない。ただ私も鬼《おに》じゃないわ、だから現に、こうして手を差《さ》し伸べているのよ。血を見たいのは、私じゃなく彼ら」

「ふむ、なんともお優《やさ》しいことだわさ」

老婆の皮肉めいた一言に、シセルニアは少し眉を顰めつつ。

「ミルトリア、繰《く》り返しになるけれど……私はね、誰よりも高い位置から国全体を俯瞰《ふかん》しないといけないの。そうすると時々、人々の顔が分からなくなってしまうのよ。蟻《あり》みたいに黒いのが、無数にごちゃごちゃと動き回ってるんだもん。うんざりするわ、ぱっと見だけじゃ、どれが善人でどれが悪人なのか、誰を救って誰を切り捨てるべきなのか、分かりゃしない」

そんなことを真面目《まじめ》に語るシセルニアの瞳《ひとみ》は、人間味の欠けた人形のようだった。

かと思えば、彼女は戯《おど》けたように、はにかんで見せる。

「でも、大切な人はいるのよ。だから全てを切り捨てるつもりはないわ。そして同時に全てを救済する術《すべ》もないの。だからあなたの私情に免《めん》じて、リリシャだけは目を瞑《つぶ》ると言っているのよ。セルバ・グリーヌスについても、分かっているつもり。あなたのことだから、きっと【アフェルカ】に受《う》け継がれてきた〝掟《おきて》〟を変えたいのでしょ？　血は血でしか贖《あがな》えない、なんて、前時代的で死臭《ししゅう》と血の匂《にお》いがこびりついた古い掟を、ね」

ミルトリアはその言葉に逆らわず、静かに頷《うなず》く。

【アフェルカ】の相談役として、セルバを長年、粛清《しゅくせい》対象になることからかばってきたのはミルトリアだ。しかし、もはやアフェルカ内で、彼女の権力は潰《つい》えたと言える。今回の計画に加担したのは、情のある教え子のリリシャだけでなく、外からの力で【アフェルカ】自体の体制が一新されれば、セルバについても、恩情に与《あずか》れるかもしれないからだった。

仮に【アフェルカ】そのものがなくなったとしても、ミルトリアは寧ろ構わないとさえ思っている。古い大樹が倒《たお》れ朽《く》ちなければ、そこに新しい芽は芽吹《めぶ》かない。しかもその樹《き》が、呪《のろ》われた悪魔の樹のように、幾多《あまた》の人の血を吸い続けてきたとなれば、なおさら。

「リリシャとセルバ……これで二つ、二つも、なのよ？　これ以上私に望むのは、贅沢《ぜいたく》を通《とお》り越《こ》して寧ろ不遜《ふそん》だわ、ミルトリア。貴女《あなた》が葬《ほうむ》ってきた命の数に比べれば、十分私は優しいでしょ？」

「お嬢ちゃん、いや、元首様の仰《おつしや》る通りだわな」

目を伏せるミルトリア。確かに自分のことを棚《たな》に上げ過ぎたのかもしれない、今更《いまさら》善人顔をしても、似合わな過ぎるということだろう。

そんな彼女を他所《よそ》に、シセルニアはふと思い出した、というように、自分本位に話題を振る。

「ああ、そうだったわ、ミルトリア」

ぱっと顔を明るくしつつ美貌の元首は、老婆の瞳の奥《おく》を覗《のぞ》き込む。無意識に形作られた笑みの艶やかさは、ミルトリアの目には、いっそ不気味にすら映った。

「あなた、アフェルカがウームリュイナと手を組んだことを知っていたなら、そのへんの内情も多少は分かるのかしら？　例の違法麻薬《いほうまやく》……アンブロージアのこととか。あと、いったいどこが〝協力〟してるのか、とか」

アンブロージア、それは、シセルニアにとっても未知の材料で作られた薬物の原液。恐るべき魔力増強薬《まりよく》であるケミカルブーストですら、これを何十倍にも希釈《きしやく》したものにすぎないという。

そして、曖昧《あいまい》にぼかしてはいるが、シセルニアが一番聞きたいのは、まさにアクセントをつけた最後の一語についてだろう。

具体的には、得体の知れない〝協力者〟の存在を、シセルニアは感じ取っている。そもそもさすがのウームリュイナであっても、今回は一貴族が酔狂に企《くわだ》てるにしては、少々巨《きよ》大《だい》すぎる陰謀《いんぼう》だ。恐らくスケールとしては、反抗《はんこう》ではなく叛乱《はんらん》とでも呼ぶべきもの。ただ、シセルニアを引きずり下ろせば、アルファ国内が簡単にその手に転がりこむというような甘《あま》い目論見《もくろみ》を、彼らが立てているとは思えない。そう考えると、真っ先に疑うべきは……アルファ国外からの、軍事的支援《しえん》や援助《えんじょ》の密約。

「はて、何せあたしゃ隠居の身、昨今のお国事情には疎《うと》くてねぇ。だがその様子だと、どうせもう別ルートで探ってるんだろ？　なら、最初に言ったように、あたしが知ってることは全部話したわさ」

「でしょうね。なら良いの、別に。さぁて、リンネの次なる報告は、まぁだっかな～？」

相手が国老クラスの大物であろうとも、まるで気にもしない砕《くだ》けた言葉遣《ことばづか》い。元首としては異例な若さ相応の奔放《ほんぽう》さに、常人離《ばな》れした知性をも併《あわ》せ持《も》つこの元首の性格が、ミルトリアには未《いま》だに、今一つ理解しきれないのであった。

◇　◇　◇

「ふぅ～……」

どうにも気の抜ける溜《た》め息《いき》が、思わず彼女の口をついて出る。最近、どうしてこうも疲《つか》れるのか。

リンネはその原因を、自分が仕える主《あるじ》が、最近の報告時にはいつも、無垢《むく》な少女のように浮かれているからだと断ずる。

アルスの監視を行うのは、アルファでも一二を争う探知魔法師《まほうし》であるリンネですら、相当に神経をすり減らす作業だ。何せ、魔眼【プレロビレベンスの眼】をもってしても、ときにアルスは、監視の気配に気付きかけてしまうのだから。

魔力的な痕跡《こんせき》など皆無《かいむ》に等しいというのに、シングルと呼ばれる魔法師達が、どれほどの高みに達しているのか、そして彼らを管理下に置くことがどれほど難しいかということを、今更ながらに理解させられる。

それこそ、シングル魔法師を化物と呼ぶ者の心境も分かってこようというもの。

先には、百メートル以上も距離《きょり》を保っていたのに、それでもフェーヴェル邸《てい》から帰還《きかん》する途中《とちゅう》のアルスに、察知されそうになった。ただ、アルスを監視していたのはリンネだけではなかったので、その予期せぬ同業者のほうが、下手な監視で、傍迷惑《はためいわく》なミスを犯《おか》してくれた可能性もあるのだが……。

そのこともシセルニアに報告したのだが、予知能力でもあるのかと疑いたくなることに、彼女は「知ってる」とごく簡単に言ってのけたのだ。

つくづく、恐ろしい人だと感じる。

そして恐ろしいと言えば、その人使いの荒《あら》さもだ。実際にリンネは、彼女の無茶《むちゃ》ぶりによって、これからこの上ない緊張感《きんちょう》とともに命の危険さえ感じる、とある現場に赴《おもむ》かなければならないのだから。

今、リンネはアルファとその隣国《りんごく》、クレビディートとの境目付近に向かっていた。

この辺りは国境地帯ということもあり、比較的辺鄙《ひかくてきへんぴ》な場所だ。

地勢的には不毛の荒れ地《あちち》と暗緑色の森が広がっているばかりで、人の住居はおろか、軍事施設《しせつ》の類さえも、ほぼ見当たらないはず。

だが、そんな予断をもってようやく目的地に到着《とうちゃく》したリンネは、想像外の驚《おどろ》きに目を瞠ることになった。

（本当に、こんなところに屋敷《やしき》があるなんて……！）

雑草に囲まれて、その屋敷は森蔭《かげ》にポツンと佇《たたず》んでいた。

魔法による幻像《げんぞう》では、と半信半疑だったが、遠目にながらも確認《かくにん》してみると、確かに実在している建物らしい。かなり老朽化《ろうきゅうか》し外壁《がいへき》もほぼ崩《くず》れかけている有様だが、雨風をしのぐ程度なら、まずまず役には立ちそうだった。

昔、貴族が別荘《べっそう》か何かにでも使っていたものだろう。それも半世紀近く前と見て、間違《まちが》いはないところだ。

リンネは仕事着――メイド服――のまま、背の高い茂《しげ》みや低木を掻き分《わ》けて、そちらへと歩み出す。

建物間近に広がる、かつては庭園だったと思《おぼ》しき場所には、種々様々な草木が生え散らかっている。中でも少し目を惹《ひ》く白い花は、その数と相まって多少目立つだろうか。こうして見ると、なかなかに野趣《やしゅ》あふれる庭園だと言えなくもなかった。

丈《たけ》の長いスカートでは、気をつけていても、どこかが汚《よご》れてしまう。

(あぁ、もう。なんでこんな所なのよ。人目を気にするにしても、せめてもうちょっと、場所を選んだ方が便利なのに……。木を隠すなら森の中って言うけど、本当に森蔭に隠れなくてもいいでしょうに！)

内心で愚痴《ぐち》を吐《は》きつつ、腰ほどもある草木の中、苦労しつつも進んでいく。おまけに地面までも泥濘《ぬかる》んでおり、先日磨《みが》いたばかりのよそ行きの靴も汚れてしまった。

(最悪……でも、最近ここらで、雨なんて降ったのかしら)

そんな疑問を抱《いだ》いたが、屋敷が近づくにつれてそれも忘れ、リンネは身体と気持ちを改めてぐっと引き締《し》める。

玄関口《げんかんぐち》に到達すると、微《かす》かに開いた扉《とびら》の隙間《すきま》から、そっと顔を覗かせた。中は真っ暗で、まるでゴーストハウスめいた不気味さだ。

（幽霊《ゆうれい》と魔物《まもの》、いったいどっちが怖《こわ》いかって話よねぇ）

益体《やくたい》もないことを考えつつも、リンネは意を決して「ごめんください……」と呟くと、廃屋《はいおく》に足を踏み入れる。以外にも、外壁はともかく、天井《てんじょう》や屋根が崩れ落《お》ちている、ということはない。元が石造りで頑丈《がんじょう》なため、こうしてまだ原形を保っていられるのだろう。

そんな彼女の後ろでドアが軋《きし》む音は、過去の亡霊《ぼうれい》があげるこもった悲鳴のようだった。

屋内はさすがに貴族の屋敷らしく広々としていたが、埃《ほこり》をかぶった家財道具や調度品の成れの果てが所せましと散乱しているせいで、妙な圧迫感《あっぱく》を覚える。

そんなところに。

「ほう、やはり付けられていたか。すぐに襲ってくるかと待ち構えていたが、随分と無駄《むだ》な時間を過ごしてしまった。どうやら、最低限の礼儀《れいぎ》は弁《わきま》えているらしいな」

存外に若々しい声が、暗闇《くらやみ》の向こうからリンネに届けられた。

次の瞬間《しゅんかん》、室内の明かりが一斉《いっせい》に灯《とも》る。オレンジ色の怪《あや》しげな魔法光が、さっきまで闇の中にいた、その人物を照らし出した。リンネがはるばる会いに来たその者は……見た目は、まだ幼い少女だ。小柄《こがら》な身体で大物ぶる子供のような、木箱の上にぞんざいに足を放《ほう》り出《だ》した座《すわ》り方。大きな赤いローブはだぶだぶで、特に両腕《りょううで》は袖《そで》をかなり余らせている。

しかし……その外見からは似ても似つかぬ強者である証《あかし》に、彼女から放出される膨大《ぼうだい》な魔力が、床《ゆか》を這《は》いながら屋敷全体に広がっていく。

もし彼女がリンネに害意があるとすれば、それこそ猛獣《もうじゅう》の餌場《えさば》に好んで足を踏み入れた獲物《えもの》、まさに飛んで火に入る夏の虫、といったところだろう。

ただ、リンネはそんな危険性さえ承知の上で送り込まれているのだから、正直やっていられない。

せめて気圧《けお》されまじと、元首側近たるプライドが、リンネに毅然《きぜん》とした態度を取らせた。

「初めまして、シセルニア様の遣《つか》いで参りました。リンネ・キンメルと申します」

来客対応の場だったなら非の打ち所がない笑顔と、スカートの裾を広げての丁寧《ていねい》なお辞儀《じぎ》を披露《ひろう》する。ふと、スカートに枯《か》れ葉《は》が引っ付いていることに気付くと、リンネはすぐさま、気まずそうにそれを手で払《はら》った。

「コホン、改めまして、こんばんは。こうしてお顔を拝見するのは初めてですね、ミナリス様」

あくまで好意的に見せるための笑顔を作ったが、実はリンネの心臓は、今にも破裂《はれつ》しそうにバクバク言っている。何せ彼女は、国内どころか7カ国随一《ずいいち》の、大魔法犯罪組織の幹部なのだから。

慎重に言葉を選ばなければ、所詮探知魔法師であり、彼女に戦闘能力では及《およ》ぶべくもないリンネなど、瞬殺《しゅんさつ》されてしまう。けれども主人の命令は、この難敵に対し、あくまでも謙《へりくだ》らず、こちらこそ上位者なのだという態度は決して譲《ゆず》らないよう、という無茶苦茶《むちゃくちゃ》ぶりなのだ。

「その名は捨てた。あぁ、貴様、私をバナリスで探知していた奴《やつ》か。んで、どこでその名を知った？」

急に視線を鋭《するど》くした相手に、ギクッとリンネの笑《え》みが引き攣《つ》る。俄《にわ》かに張《は》り詰《つ》めた雰囲《ふんい》気《き》は、まるで周囲の空気が、全て冷水にでも変わったかのようだ。

「はい、学園祭でのアルス様との模擬《もぎ》試合自体は、映像として記録されておりましたので。当然映像なので、詳細《しょうさい》な会話までは聞き取れませんでしたが、そこもシセルニア様ならば……とだけ」

「では、知っているのは、貴様と主人の二人というわけか」

即《すなわ》ち、もし名前の記録一切《いっさい》を抹消《まっしょう》する必要があるならば、その二人を殺せば良いのだな、と確認したとも解釈《かいしゃく》できる物言いである。

ただ、威圧的《いあってき》な態度ではあるが、見た目の幼さ通りの可愛らしい声であるため、凄《すご》み自体はさほどでもない。聞きようによっては、必要以上に己《おのれ》を尖って見せている、反抗期《はんこうき》の少女のようですらある。

ともあれ、相手が名を捨てたというのであれば、リンネはもはや敬称《けいしょう》も付けるべきではないと判断し。

「ええ、イリイスさん」

重ねて、例の営業スマイルも忘れない。そんな態度に拍子抜《ひょうしぬ》けしたのか、イリイスは不可解そうに眉を寄せる。

「どうも分からんな。冬眠《とうみん》中の猛獣を起こすような真似《まね》をして、何をしに来た？　追手にしては独り……どうせ学院での一件絡《がら》みなんだろうが、そうだとしてもこのタイミングなのは、尚更《なおさら》意味が分からん。だいぶ時間はかかったが、もうこちらの魔力は十分回復しているぞ？」

「いいえ、アルス様と互角《ごかく》に渡《わた》り合ったあなたを、私一人でどうこうできるとは考えておりません。たとえ、どれほど疲弊《ひへい》していようとも」

学園祭でアルスと対峙《たいじ》した後、イリイスは逃亡《とうぼう》。軍もその後を追跡《ついせき》したが、結局振り切《き》られてしまったのだ。

が、その追跡メンバーの中には、実はリンネも加わっていた。ただ、軍とは別に、後発組として単独で動いていたので、イリイスが最短距離でアルファから脱《だつ》していれば、本来なら捕捉《ほそく》できなかったはずだ。

幸い、追跡に気付いたイリイスが、追手を振り切るために無駄なルート選びをしてくれたおかげで、かえってリンネの網《あみ》に引っかかってくれたわけだ。

幸いにも彼女は、放棄《ほうき》された所有者無しの屋敷へと逃《に》げ込んでくれた。

だとすれば、シセルニアとしては、大規模な追討部隊を編成する手もあったのだろう。しかし、デリケートな国境地帯で派手に魔法合戦を勃発《ぼっぱつ》させるのは、できれば控《ひか》えたいところ。アルスとの戦闘映像は、すでにシセルニアにも共有されている。下手に追い込めば、かえって貴重な魔法師の一団を、死体の山に変えるだけだ。

もっとも主人がこんな短慮《たんりょ》な思考回路ならば、リンネが使い走りにされることも無かったのだろう。性質《たち》が悪いことに、彼女の主人はもっと狡猾《こうかつ》で、加えてSっ気まで持ち合わせているのだ。

そこでシセルニアは、まず基本に立《た》ち戻り、アルスが何故《なぜ》彼女《かのじょ》を逃《に》がすことにしたのかを考えたのである。

そもそもシセルニアの側近であり、アルファの眼とも呼ばれるリンネを惜《お》しげもなく追跡に参加させたのは、アルスが標的を逃がしたという一報を聞いた時点で、彼女が即断《そくだん》したこと。

クラマは各国にとって共通の敵だ。トップはほぼ、第一級指名手配犯ばかりの魔法犯罪者組織。下部構成員ですら、そこらの魔法師以上に魔法を扱《あつか》える者がほとんど。

ただ、犯罪組織の幹部とは到底《とうてい》思えない十代前半の少女の姿であろうと、元首がその気で調べれば、ことこの少女の正体についての手がかりを見つけられないわけがない。さらにアルスがわざわざ彼女を逃がしたという事実は寧ろ、手がかりの信頼性《しんらいせい》を裏付けるものであった。

つまり、彼女の正体をほぼ知ったうえで、シセルニアはリンネをここへ派遣《はけん》したことになる。ただ、リンネとしては、まずは話を進めるためにも、自分の身を守るためにも。

「私が殺されれば、即座《そくざ》に元首様に伝わります」

これはブラフ。

「そしてその事実、もしくは行方《ゆくえ》不明だという情報を知ったら、今度こそアルス様も本気になられるかもしれませんね」

「それほど貴様が、奴のお気に入りだとでも？」

イリイスは失笑《しつしょう》気味に嗤《わら》った。

「お気に入りかどうかはさておき、これは、随分と気に入られたようでしたので」

そう言うとリンネの双眸《そうぼう》、二つの眼球に鮮《あざ》やかな魔法式が浮《う》かぶ。

アルファの眼とも称《しょう》される異能――【魔眼】。

「――!!　全実を見通す眼、【プロビレベンス】か⁉」

さすがに瞠目《どうもく》するイリイスであったが、一拍《ぱく》後、彼女《かのじょ》の口元は安堵《あんど》したかのように無邪気《むじゃき》な笑みを作った。

辺りに漂《ただよ》うむせ返るような魔力が、ふっと霧散《むさん》する。

イリイスは組んだ足の上に肘《ひじ》を突《つ》き、わずかな興味を示したように、そっと小さな顎《あご》を乗せた。

「……話を聞こうか。それこそ何でも知っていそうな、元首の遣いよ」

「承知いたしました。正直、話の分かりそうな方で、安堵していますよ」

そして――立ち寄る者とてない僻地《へきち》で、その話し合いは一切外部に漏れることなく、淡々《たんたん》と進行していく。

両者ともに身構えたり感情を荒立《あらだ》てる必要もなく、直ちに円滑《えんかつ》な情報の受け渡しが行われた。

しかしその取引が、元とはいえ一度はシングル魔法師の称号《しょうごう》を冠《かん》せられたイリイスの小さな身体に宿る心に、僅《わず》かなさざ波を立てることになった。

戸惑《とまど》いと安堵と諦《あきら》めと――少しの期待。結局、犯罪者の側に身を置くイリイスが、最後に浮かべた表情は、後悔《こうかい》であった。

それは自らの行いに対する懺悔《ざんげ》ではなく、どうして歩む道を踏み違えてしまったのかという、皮肉な運命への呪詛《じゅそ》。

リンネが去った後、一人残されたイリイスは、静かに目を閉じ、もはや戻るべくもない過去へと、しばし思いを巡らせる。

その後悔の念の濃さは、永い年月を経て、なおも一向に薄《うす》まる気配はなかった。

彼女の魂《たましい》を縛《しば》り続ける罪の深さは、やがて寂しい廃屋を覆う夜の深さとなって、不気味な静寂《せいじゃく》のみが漂う森を、黒一色に塗《ぬ》り潰していった。

あとがき

The Greatest Magicmaster's Retirement Plan

お久しぶりです。イズシロです。「最強魔法師の隠遁計画」12巻、如何でしたでしょうか？　紙幅の都合上、色々と語ることも難しいのですが、まずはここまで目を通していただいた読者様に感謝を。足早ではございますが、今回は早々に謝辞に移らせて頂きます。

今巻も大変ご多忙な中、イラストを手がけていただいたミユキルリア先生、重ね重ねありがとうございます。口絵のシセルニアは、私の一推しです。また担当様はじめ、本作に関わっていただいた関係者の皆様、今後とも宜しくお願いいたします。加えて、これまでシリーズを支えていただいている読者様にも、心よりの感謝とお礼を申し上げます。

それと一つ、最後に重要な告知がございます。米白かる先生が手がけるコミック版「最強魔法師の隠遁計画―ジ・オルターネイティブ―」1巻が、スクウェア・エニックス様よりついに2月5日発売になります！　こちらについても語りたいのですが、やはり紙幅の都合で、一言だけ……率直、素晴らしい出来ばえになっております！　なので、このコミック版も合わせて、本年も「最強魔法師」を是非、宜しくお願いいたします。

HJ文庫 http://www.hobbyjapan.co.jp/hjbunko/
917

最強魔法師の隠遁計画 12

2021年2月1日 初版発行

著者――イズシロ

発行者―松下大介
発行所―株式会社ホビージャパン

〒151-0053
東京都渋谷区代々木2-15-8
電話 03(5304)7604(編集)
03(5304)9112(営業)

印刷所――大日本印刷株式会社

装丁――AFTERGLOW/株式会社エストール

Printed in Japan

ISBN978-4-7986-2414-3 C0193